dtv

Osman, der Erzähler im neuesten Roman des gleichnamigen Autors, versteht die Welt nicht mehr. Seine Ehefrau Eminanim, die größte Nervensäge des Mittleren Orients, hat ihm die Koffer vor die Tür gestellt. Ihm, dem perfekten Ehemann. Doch Selbstgerechtigkeit, Machogehabe und flehentliche Selbsterniedrigung nützen nichts. Seine täppischen Versuche, eine neue Bleibe zu finden, und sei es auf dem Polizeirevier, scheitern. Doch Eminanim löst das Problem, indem sie ihn in der Wohnung zurücklässt, die bald einer Müllhalde gleicht. Trost und Hilfe suchend treibt sich Osman herum und macht die verrücktesten Erfahrungen, ehe ihm langsam dämmert, dass nichts und niemand der größten Nervensäge gleichkommt.

Osman Engin, 1960 geboren in der Türkei, lebt seit 1973 in Deutschland und ist studierter Soziologe. Er schreibt Satiren für Zeitungen und Zeitschriften und hat mehrere Satiresammlungen veröffentlicht. Bei dtv sind bislang ›Kanaken-Gandhi‹ und ›Oberkanakengeil‹ erschienen.

Osman Engin

GötterRatte

Roman

Deutscher Taschenbuch Verlag

Von Osman Engin
sind im Deutschen Taschenbuch Verlag erschienen:
Kanaken-Gandhi (20476)
Oberkanakengeil (20631)

Originalausgabe
Mai 2004
Deutscher Taschenbuch Verlag GmbH & Co. KG,
München
www.dtv.de

Umschlagkonzept: Balk & Brumshagen
Umschlagbild: © Til Mette
Gesetzt aus der Linotype Bodoni Book, 10/12˙
Satz: Greiner & Reichel, Köln
Druck und Bindung: Druckerei C. H. Beck, Nördlingen
Gedruckt auf säurefreiem, chlorfrei gebleichtem Papier
Printed in Germany · ISBN 3-423-20708-6

Liebe ist etwas Ideelles, Heiraten etwas Reelles, und nie verwechselt man ungestraft das Ideelle mit dem Reellen.

J. W. v. Goethe

Ich bedanke mich bei:

Andy, Biljana, Can, Candan, Christian, Deniz, Erdal, Ertac, Fatos, Gabi, Gülbahar, Hülya, Ilknur, Lena, Marcel, Mehrican, Meral, Nesrin, Nurcan, Önder, Ralf, Seher, Selma, Sema, Serdar, Serpil, Seyhan, Sonay, Songül, Sonja, Sylvia, Tania, Tanja, Tülay, Yasemin, Yazgül, Yesim.

Donnerstag, 17. März, 16:05 Uhr

Als ich nach der Frühschicht nach Hause komme, stehen unsere drei Reisekoffer vor der Tür.

»Frau, was ist denn hier los?«, frage ich irritiert und völlig überrascht, »fahren wir etwa in den Urlaub, oder hat man uns die Wohnung gekündigt?«

»Keins von beiden«, zischt meine Frau, »es ist nur so, dass du ausziehst!«

»Wie bitte? Ich soll mich ausziehen? Hier, mitten im Treppenhaus? Was sollen denn die Nachbarn sagen?« Die hat vielleicht Fantasien!

»Osman, du wohnst jetzt nicht mehr in dieser Wohnung!«

»Was soll das denn? Du kannst doch nicht einfach unsere Wohnung kündigen. Eine derart billige Wohnung finden wir nicht mal in Ost-Äthiopien! Oder haben wir etwa im Lotto gewonnen?«

»Osman, hör mal zu: Wir ziehen nicht aus! Du ziehst aus!«

»Ach, nein, ich habe es mir doch anders überlegt. Ich denke, ich will gar nicht ausziehen. Von mir aus kannst du die Koffer wieder reinholen.«

»Nein, Osman, die Koffer bleiben draußen! Du auch! Ich hab's jetzt endgültig beschlossen: Du musst aus der Wohnung raus! Ich habe festgestellt, dass unsere Ehe gescheitert ist! Wir verstehen uns nicht mehr!«

»Wieso soll ich ausziehen, wenn du mich nicht verstehst?«, fluche ich und trete wütend gegen den kleinen Reisekoffer.

»Du hast nicht zugehört! Ich habe gesagt, wir verstehen uns nicht mehr. Eigentlich ist es auch logisch, weil wir nie miteinander reden!«

»Wir haben uns doch noch nie verstanden! Habe ich dir das jemals zum Vorwurf gemacht?! Was ist denn passiert? Wieso soll ich ausgerechnet jetzt ausziehen?«

»Osman, wir lieben uns einfach nicht mehr!«

»Aber warum soll ich deswegen ausgerechnet heute ausziehen?«

»Weil mir heute endgültig klar geworden ist, dass das mit uns einfach nicht besser wird! Unsere Ehe funktioniert überhaupt nicht! So stelle ich mir keine normale Ehe vor!«

»Aber Eminanim, mein Engel, wir führen die normalste Ehe der Welt. Wenn ich wüsste, dass es auf anderen Welten Menschen gibt, dann würde ich sagen, unsere Ehe ist die perfekteste und die normalste im ganzen Universum! Zeige mir bitte irgendeine Ehe, in der sich die Ehepartner wirklich lieben, geschweige denn verstehen! Das gibt's doch nur in Arztromanen oder Filmen. Und das auch nur in der letzten Szene, falls beide überleben.«

»Osman, wenn du noch mehr Märchen erzählen willst, dann geh doch in die Politik. Ich habe einfach keine Lust mehr, so dahinzuleben ohne Sinn und Verstand. Aber ich rede mal wieder gegen die Wand. Du weißt sicherlich nicht mal, was der Sinn des Lebens ist«, sagt Eminanim und knallt mir die Tür vor der Nase zu. Im gleichen Moment gehen auch alle anderen Türen im Treppenhaus zu. Morgen weiß es die ganze Straße, übermorgen die ganze Stadt. Ich überlege krampfhaft, was ich heute morgen Falsches gesagt habe. Oder welchen Fehler habe ich gemacht? Was habe ich gestern angestellt? Nichts! Ich habe nicht mal ein Wort mit Eminanim gesprochen! Andersrum, was habe ich nicht getan, was ich schon immer nicht getan habe?

Ich stehe mit meinen Koffern mitten im Flur. So, als hätte ich den letzten Zug in irgendeinem gottverlassenen Provinzbahnhof verpasst. Ich habe nicht mal eigene Schlüssel, um die Wohnungstür aufzuschließen. Ich hatte es nie nötig, Schlüssel mit mir rumzuschleppen. Irgendjemand, beziehungsweise meine Frau, war ja schließlich immer zu Hause. Ich klingele Sturm an der Tür. Mehmet, dieser chaotische ewige Student, macht mit zerzausten Haaren auf:

»Wir kaufen nichts«, ruft er und schlägt seinem Vater die Tür vor der Nase wieder zu. Das Unangenehme an der Situation ist: Ich bin leider sein Vater! Jedenfalls, wenn man fünf unabhängigen Bluttests glauben darf. Ist ja klar, dass er auf ihrer Seite ist. Seit Jahren nörgelt der Schmarotzer an mir rum, dass ich meine Frau zu sehr einschränke. Der Kerl hat gut reden. Ich habe doch nur die eine! Wenn ich, so wie er, jede Woche mit fünf verschiedenen Frauen beschäftigt wäre, dann wäre mir Eminanim auch egal.

Ich klingele noch mal. Hoffentlich macht Hatice auf, sie ist meine einzige Hoffnung. Meine kleine Tochter hält bestimmt zu mir. Wenn man sie nicht mit einem Überraschungsei bestochen hat. Tatsächlich macht Hatice die Tür auf:

»Ich darf nicht mit Fremden reden, Pa! Außer du gibst mir gleich zwei Ü-Eier«, und schlägt die Tür wieder zu.

Man hat sie doch bestochen! Langsam aber sicher steigt mir das Blut in den Kopf. Ich trommele wie ein Irrer an die Wohnungstür. Die Nachbarn sind mir inzwischen völlig egal, sie wissen ohnehin schon alles.

»Hörst du, Frau, mach jetzt endlich die Tür auf! Ich habe keine Lust auf diese dummen Spielchen. Was soll denn dieser Zirkus? Noch heute Morgen bin ich ganz normal wie immer unausgeschlafen zur Arbeit gegangen. Und jetzt komme ich ganz normal todmüde nach Hause! Außerdem habe ich Hunger, und ich muss dringend aufs Klo! Eminanim, Eminaaaniiimm, hörst du mich?!« Mach auf, du Zicke!

Statt meiner Frau höre ich plötzlich Oma Fischkopf von oben durch das Treppenhaus rufen:

»Geben Sie doch endlich Ruhe, Herr Engin! Wie soll ich bei dem Lärm denn meinen Mittagsschlaf halten? Was glauben Sie eigentlich, warum ich mir das mit den Ehemännern erspart habe? Um genau so was zu vermeiden! Lieber bin ich mit 92 Jahren noch Jungfrau; genau wie mein Sternzeichen!«

»Jetzt mach endlich die Tür auf, Frau!«, trete ich weiter gegen die Tür. »Oder ich sorge dafür, dass Oma Fischkopf ein anderes Sternzeichen bekommt!«

»Machen Sie sich keine Sorgen, Frau Fischkopf«, höre ich meine Frau durch die Tür rufen, »der Typ blufft nur! Ich kenne diesen großmäuligen Eunuchen leider zu gut!«

Aber Frau Fischkopf geht offensichtlich kein Risiko ein. Ich höre das Rasseln ihrer Schlösser.

So eine absurde Situation. Ich fühle mich wie in einem sehr schlechten Film! Wie in einer saublöden Fernsehserie! Fernsehen? Film? O Gott, die drehen hier bestimmt ›Versteckte Kamera‹! Alle haben sich verabredet, nur um mich zu ärgern und lächerlich zu machen. Mit der rechten Hand ordne ich alle meine drei Haare. Leider weiß ich nicht, wo die Kameras versteckt sind. Deswegen lächle ich in alle Richtungen und zeige meine Prothese allen Fernsehzuschauern; Zahnprothese natürlich! Gut gelaunt tanze ich im Treppenhaus herum.

»Eminanim, mein Engel, natürlich hast du das Recht, dich von mir zu trennen! Wie sich heutzutage jede Frau jederzeit von ihrem Ehemann trennen kann. Liberal und demokratisch wie ich eingestellt bin, habe ich vor nichts mehr Respekt als vor der durchdachten Entscheidung einer klugen Frau. Ich finde, dass alle Männer da draußen an den Fernsehschirmen, äh, dass alle Männer, anstatt die ganze Zeit vorm Fernseher zu hocken, den Frauen in ihrem Leben mehr Respekt zollen sollten! Eigentlich sollte die gesamte Männerwelt voller Demut und Ehrfurcht vor den Frauen im Staub liegen und der lieben Göttin danken, dass sie eine so wundervolle Krone der Schöpfung geschaffen hat«, rufe ich so säuselnd, wie meine Situation mir erlaubt. »Und Sie, Frau Fischkopf, dass Sie es mit 92 Jahren geschafft haben, immer noch Jungfrau zu sein, bedeutet doch nur, dass die dummen Männer unserer Zeit noch nicht imstande sind, die wirklich wahren Werte der Frauen zu erkennen!«

»Machen Sie sich keine falschen Hoffnungen, Herr Engin. Sie sind überhaupt nicht mein Typ!«

»Eminanim, mein Engel, du hast mir mein Herz gebrochen! Aber ein Mann muss wissen, wann er zu gehen hat!«, rufe ich mit einem fernsehgerechten Grinsen auf dem Gesicht und schubse lässig die Koffer die Treppen herunter. Wo haben sie bloß die verdammten Fernsehkameras versteckt?

Elegant springe ich auf das Treppengeländer und rutsche meinen Koffern hinterher. Unten hüpfe ich über den Kofferberg und pralle frontal mit Opa Prizibilsky zusammen, der im Erdgeschoss wohnt.

»Auaa! Wo sind meine Zähne? Was haben Sie mit meinem Gebiss gemacht, Herr Engin?! Sind Sie verrückt geworden?«, lispelt er.

»Herr Prizibilsky, heute Abend bin ich im Fernsehen zu sehen!«

»Was zeigen Sie denn? Wie man Rentnern das Gebiss aus dem Mund schlägt und sich nicht mal entschuldigt?!«

»Nein, ich bin in der Sendung ›Versteckte Kamera‹! Sie wissen doch, wo man Prominente überrascht und auf den Arm nimmt.«

»Seit wann ist denn ein einfacher Schweißer aus Halle 4 prominent? Oder ist das jetzt schon was Besonderes, dass jemand wie Sie überhaupt eine Arbeit hat?!«

»Prominenz hat doch nichts mit dem Job zu tun. Das ist wie mit der Intelligenz. Damit wird man geboren. Entweder man hat sie, oder man hat sie nicht.«

»Genau! Warum hat man Sie dann gefilmt?«

Ich überspringe seine letzte Bemerkung wie kurz zuvor meine Koffer, betrachte sie als untrügliches Zeichen beginnenden Alzheimers und laufe aus der Tür. Vor dem Haus laufe ich direkt in die Arme meines verrückten Lieblingsnachbarn Ottokar, der in Wirklichkeit ein Außerirdischer ist.

»Ich kenne jetzt den Sinn des Lebens, Osman. Und was hinter dem Universum ist.«

»Ich bin wirklich gespannt, Ottokar. Aber erzähl mir das lieber später. Und tschüs!« Wieder einmal bewundere ich mich selbst! Das ist wirklich eine bemerkenswerte Leistung, inmitten von derart vielen durchgedrehten Psychopathen noch normal zu bleiben.

Wie ein aufgescheuchter Truthahn laufe ich den Karnickelweg rauf und runter, um eine freie Telefonzelle zu finden. Kann mir jemand sagen, warum ein so berühmter Fernsehstar wie ich kein Händi hat? Mein eigener Sohn Mehmet hat bestimmt drei Stück davon. Obwohl sich kein erwachsener Mensch für ihn interessiert. Höchstens eine Hundertschaft halbwüchsiger Mädchen.

Endlich finde ich eine leere Telefonzelle, in der sich kein knutschendes Pärchen oder saufende Penner eingenistet haben, und rufe bei mir zu Hause an. Besser gesagt, ich hätte gerne angerufen, wenn ich meine eigene Nummer wüsste.

»Hey, weißt du meine Telefonnummer«, frage ich den Nachbarsjungen, der gerade vorbeiläuft.

»Bin ich hier die Auskunft?«, fragt der respektlose Bengel.

»Willst du ein paar hinter die Ohren?«, frage ich zurück.

»Wo wohnst du denn, Chef?«, fragt mich der Vierkäsehoch, schon respektvoller.

»Da, wo auch Hatice wohnt!«

»Ach so«, sagt er und tippt meine Nummer ein. »Aber passen Sie auf«, warnt er mich dann, »wenn der Alte von Hatice drangeht, am besten sofort auflegen. Der ist nämlich nicht ganz dicht in der Birne, müssen Sie wissen.«

»Du unverschämter Lümmel, ab sofort hast du Anrufverbot bei uns«, tobe ich.

»Ich weiß«, ruft er ganz lässig von der anderen Straßenseite, »deswegen lasse ich ja immer meine kleine Schwester dort anrufen.«

»Wird man eigentlich bestraft, wenn man einen solchen Frechdachs spontan erwürgt?«

»Wen willst du jetzt schon wieder erwürgen?«, höre ich Eminanims Stimme durchs Telefon.

»Ach, nichts, das war nur ein Selbstgespräch. Eminanim, sag mir lieber, ob die alle noch da sind?«

»Was denn, deine Koffer?«

»Nein, die Fernseh …«

»Den Fernseher kannst du haben. Ich kann euch beide doch nicht trennen.«

»Ich meine die Kamera …«

»Die kannst du von mir aus auch haben. Und den Videorekorder dazu. Diesen einen blöden Urlaubsfilm, auf dem du mit eingezogenem Bauch junge Frauen am Strand anstarrst, kannst du dir in Zukunft alleine angucken!«

»O Gott, Frau, du bringst alles durcheinander. Ich will doch nur wissen, ob die Leute vom Fernsehsender noch da sind.«

»Was erzählst du da schon wieder für'n Quatsch, Osman? Kein Mensch war hier in der Wohnung.«

»Was soll das heißen, kein Mensch war da? Wo sind die Leute von ›Versteckte Kamera‹? Warum standen all diese Koffer im Treppenhaus?«

»Das sind deine Koffer. Die sollst du nehmen und endlich verschwinden.«

»Weib, willst du mich verarschen?«

»Osman, ich habe dir tausendmal gesagt, dass ich mich scheiden lasse, wenn es so weitergeht.«

»Und warum, bitteschön, weiß ich nichts davon?!«

»Weil du nie zuhörst, wenn ich mit dir rede!«

»Aber das stimmt doch gar nicht, Liebling. Und du solltest doch inzwischen wissen, dass du mir nichts Wichtiges erzählen sollst, wenn Fußball im Fernsehen läuft.«

»In unserem Fernsehapparat läuft aber nur Fußball! Fußball, Fußball, Fußball.«

»Gut, dass du mich daran erinnerst, Eminanim. Schau doch mal eben nach, wie es im Pokalspiel Werder gegen Bayern steht. Schade, dass ich die erste Halbzeit verpasst habe. Zieht den Bayern die Lederhosen aus, die Lederhosen aus!«

»Erst mal ziehst du hier aus, Osman! Was du danach machst, und wessen Hosen du dann ausziehst, das interessiert mich nicht! Aber das ist ja mal wieder typisch für dich, dass du an nichts anderes denkst, als fremden Weibern die Kleider vom Leib zu reißen.«

»Meine Telefonkarte ist gleich leer, Eminanim. Das kannst du mir alles gleich erzählen, wenn ich nach Hause komme.«

»Du brauchst dich gar nicht zu bemühen, Osman, ich mach die Tür sowieso nicht auf!«

»Schon gut, sag mir lieber, wie es mit dem Spiel geht?«

»Tuut, tuut, tuut, tuut …«

Das gibt's doch gar nicht! Die Frau muss völlig verrückt sein! Extra wegen des Spiels habe ich heute auf der Arbeit eine Stunde früher Feierabend gemacht, und jetzt dieser Schwachsinn!

Ich gehe ins »Zum Wohl«. Das ist die Kneipe unten an der Hauptstraße. Da schaue ich mir wenigstens die zweite Halbzeit an. Laut brüllend betrete ich die Hütte:

»Olé, olé, olé! Wir ziehen den Bayern die Lederhosen aus; die Lederhosen aus!«

»Osman, halt's Maul«, brüllt Herbert, der hässliche Wirt dieser schönen Kneipe.

»Hörbi, du bist ja schlimmer als meine Alte!« Sie ist wenigstens nicht schwul!

Wie sagt der Volksmund so schön: Wer nichts wird, wird Herbert; oder so ähnlich.

»Hörbi, ich bin stinksauer, meine Alte hat mich gerade vor die Tür gesetzt! Sei froh, dass du mit deinem René nicht verheiratet bist!«

»Osman, da gibt's einen Trick, der sich oft bewährt hat: Du setzt dich gegenüber deiner Wohnung einfach auf den Bürgersteig und guckst immer Mitleid erregend und treudoof wie ein Straßenköter zum Fenster. Irgendwann ist das Ganze deiner Frau zu peinlich vor all den Leuten, und sie lässt dich wieder rein.«

»Ich setz mich doch nicht auf den Bürgersteig! Ich bin doch kein Bettler!«

»Wie kann denn ein Typ allein so blöd sein?«, rufen alle Kerle laut.

»Jungs, ihr tut mir Unrecht. Ich habe mir nichts vorzuwerfen. Ich bin ein absolut normaler Ehemann. Wie ihr alle hier.«

»So ein Versager! Wie kann man aus zwei Meter Entfernung das riesige Tor nicht treffen?«, fluchen sie weiter wie im Chor. »Mein Gott, der haut das Ding voll daneben! Will er die Zuschauer erschießen?!«

Da merke ich enttäuscht, dass ich die ganze Zeit mit den Bierflaschen gesprochen habe. Und Bierflaschen antworten einem ausgesprochen selten. Widerwillig schaue ich mir die Zeitlupe der Torchance an.

»Den Ball hätte ich auch mit dem Hintern reingehauen«, rufe ich stolz in die Runde.

»Osman, mit deinem dicken Hintern schaffst du ein Dutzend Bälle gleichzeitig«, lacht Herbert hinterhältig.

»Hörbi, lass mich in Ruhe. Ich bin nicht in der Stimmung für deine blöden Witze.«

»Osman, ich habe dir doch nur Recht gegeben, dass dein Hintern für einiges zu gebrauchen ist.«

»Ich habe ganz genau verstanden, wie du das gemeint hast. Aber was kann man schon von einem Kerl erwarten, der sich Fußball nur wegen der kurzen Hosen der Spieler anschaut!«

»Reg dich wieder ab, Osman. Du bist doch nur sauer, weil deine Alte Zicken macht. Was ist denn schon dabei?«

»Du hast gut reden, Hörbi. Von dir hat sich ja auch nie eine Frau getrennt.«

»Osman, sei doch froh, dass du sie endlich los bist. Ich sag's dir immer wieder: Keine Frau könnte dich je so glücklich machen wie ich!«

»Herbert, mach mich glücklich: Halt's Maul und bring mir ein Bier!«

»Osman, denkst du etwa, nur deine Ehe ist unglücklich? Überall gibt es Spannungen und Probleme. Was glaubst du wohl, warum die Männer hier den ganzen Tag saufen?«

Ich verkrieche mich in die finsterste Ecke der Kneipe. Ich muss feststellen, dass mich das Fußballspiel überhaupt nicht interessiert. Meine Gedanken kreisen nur noch um das komische Verhalten meiner Frau, wie die Motte um das triste Licht der gelben Glühbirne an der versifften Kneipendecke. Ich kann einfach nicht glauben, dass sie das alles ernst gemeint hat.

»Hörbi, du musst diese zwei Bierchen auch aufschreiben«, sage ich. »Ich habe leider keinen einzigen Cent dabei. Ich konnte ja nicht ahnen, dass meine Frau mich einfach vor die Tür setzt.«

»Hör mal zu, du Schnorrer! Sieh zu, dass du endlich deine Schulden bezahlt kriegst. Sonst setze ich dich auch einfach vor die Tür!«

»Stell dich nicht so an, Hörbi! Ich muss sowieso gleich zum Bankautomaten, um Geld abzuholen, wegen der Blumen für meine Frau. Dann kriegst du dein Geld.«

»Osman, geh zum Friedhof!«

»Fahr zur Hölle, Hörbi!«

»Ich meine doch wegen der Blumen. Das ist billiger.«

Ich laufe direkt zum Bankautomaten drei Straßen weiter. Was fällt meiner Frau eigentlich ein, mich bei dieser Hundekälte auszusperren! Und als Belohnung muss ich ihr auch noch als Drachenfutter Blumen kaufen. Ich weiß beim besten Willen nicht, womit sie das verdient hat. Ich hoffe, sie weiß es!

Endlich bin ich dran und stecke meine Karte in den Automatenschlitz ein. Dann tippe ich die Nummer ein. Bis jetzt dachte ich immer, das wäre meine Nummer. Aber der Besserwisser sagt:

»Das ist nicht Ihre Nummer! Zweimal dürfen Sie noch raten!«

Ich tippe meine Ersatznummer ein.

»Ich glaube, Sie wollen kein Geld?«, steht auf dem kleinen Monitor frech geschrieben.

»Rück endlich mein Geld raus! Du blöde Blechkiste«, beschimpfe ich den Bankautomaten und trete gegen sein Schienbein. Aber vorsichtshalber hole ich doch mein Portemonnaie raus, um meine Geheimnummer zu kontrollieren. Oh, wie peinlich! Der Bankcomputer hatte doch Recht. Schnell tippe ich die richtige Nummer ein.

»Na also, warum denn nicht gleich!«, meint der Apparat mit der schlechten Kinderstube.

Ich tue so, als hätte ich diese unverschämte Bemerkung nicht gesehen. Dann drücke ich noch ein paar kleine Tasten, um meine letzten 300 Euro abzuheben. Gleich danach springt meine Karte raus. Hoffentlich haben die Blumengeschäfte noch auf. Auf dem Gebiet kenne ich mich nicht so gut aus. Ich weiß nur, dass man so kitschiges Zeug verschenkt, wenn man frisch verliebt ist. Ich entdecke einen Blumenladen, der noch offen hat, und stürme hinein.

»Ich brauche einen Strauß Blumen, dringend!«, sage ich wahrheitsgemäß.

»Welche Sorte hätten Sie denn gerne?«, fragt die Verkäuferin und zählt zwei Dutzend Sorten auf, von denen ich noch nie gehört habe. Mein trotteliger Gesichtsausdruck hält sie davon ab, noch zwei Dutzend weiterer Fremdwörter herunterzuleiern.

»Wofür sollen die Blumen denn sein? Zu welcher Gelegenheit?«, fragt sie interessiert.

»Meine Frau hat mich rausgeschmissen, und ich will wieder rein!«, kann ich beim besten Willen nicht sagen.

»Für meine liebe Frau«, sage ich, was zum Teil auch der Wahrheit entspricht.

»Aber was genau? Geburtstag? Hochzeitstag? Zur Versöhnung? Oder einfach so, ohne jeden Grund?«

»Aber wer kauft denn seiner Frau Blumen einfach so ohne jeden Grund?!«

»Gut, dann frage ich jetzt mal anders. Wie viel Geld wollen Sie ausgeben?«

»Von wollen kann keine Rede sein.«

»Nun gut, was mag denn Ihre Frau?«

»Sie mag rote Paprika, mit Hackfleisch und Reis gefüllt, und Kartoffelpüree isst sie auch für ihr Leben gern.«

»Das ist doch schon mal eine sehr hilfreiche Information«,

knurrt die Blumentante und verdreht die Augen. Ich hole mein Portemonnaie raus, um diesen peinlichen Ort so schnell wie möglich zu verlassen.

O Gott, es ist total leer! Kein einziger Schein ist drin! Nachdem ich die Scheckkarte wieder eingesteckt habe, muss ich wohl losgelaufen sein, ohne auf das Geld zu warten. Ich renne blitzschnell aus dem Laden.

»Hey, was ist denn jetzt mit Ihren Blumen?«, ruft mir die Verkäuferin hinterher.

»Ich hole sie später, oder auch nicht!«, rufe ich zurück.

Obwohl ich nicht den Schimmer einer Hoffnung habe, hetze ich zu der Bank zurück. Keine Menschenseele ist in der Nähe des Bankautomaten zu sehen. Aber leider auch kein einziger Geldschein! Nicht mal ein Fünf-Euro-Schein!

Vor lauter Wut haue ich gegen den Bildschirm. Und lese empört seine Antwort:

»Selbst schuld, mein Junge!«

Donnerstag, 17. März, 21:17 Uhr

Ich setze mich auf den Bürgersteig, genau gegenüber von unserem Wohnzimmerfenster. Ich lehne mich gemütlich an die Hauswand des Schuhgeschäfts und strecke die Beine aus. Hoffentlich entdeckt mich meine Frau hier unten bald, damit ich nicht so lange auf den kalten Betonplatten sitzen muss. Über diese Mitleidstour rechne ich mir verdammt gute Chancen aus, noch heute Abend reingelassen zu werden. Ich bete um einen kräftigen Regenschauer, das würde meine Chancen glatt verdoppeln. Eminanim hat letzte Woche sogar einen wildfremden Hund in unsere Wohnung reingelassen, nur weil es paar Tropfen geregnet hat. So ein Hund wird dann besser bedient als ich während der Flitterwochen.

Ich muss irgendeine Methode finden, um zu zeigen, dass ich vor Hunger fast sterbe; was ja auch der Fall ist. Leider ist das meinem dicken Bauch jetzt nicht direkt anzusehen.

Was soll ich bloß machen, wenn sie mich bei der Dunkelheit gar nicht bemerkt? Muss ich etwa die ganze Nacht hier unten auf der Straße verbringen? Da sehe ich auf einmal Claudia um die Ecke biegen. Eines von den vielen Mädchen aus Mehmets Harem.

»Hallo, Claudia«, rufe ich.

»Oh, Herr Engin, guten Abend. Was ist Ihnen denn passiert? Warum liegen Sie denn da auf dem Boden?«

»Ist alles in Ordnung. Ich warte hier nur auf den Bus«, sage ich zu ihr, so zynisch wie ich kann, um ihr Interesse zu wecken. Aber sie zuckt nur verwirrt mit den Schultern und murmelt:

»Ja, ja, dann ist ja gut. Mehmet ist doch zu Hause, oder?«

»Keine Ahnung, ich glaube schon.« Was geht mich jetzt Mehmet an!

»Okay, ich schaue mal kurz bei ihm rein. Tschüs dann auch, Herr Engin.«

Das war schlau von mir. Claudia erzählt meiner Frau bestimmt gleich, dass ich hier unten auf der Straße fast am Krepieren bin. In wenigen Minuten werden sie alle aus der Wohnung heraus auf die Straße strömen. Aber ich werde stur bleiben. Kalt lächelnd werde ich sagen:

»Nein, ich bleibe hier draußen! Ich fühle mich hier geborgener und werde von meinen Mitbürgern so respektiert, wie ich bin.« Dann werden sie alle auf den Knien liegen und darum betteln, dass ich in die Wohnung komme. Aber ich werde sie alle wie Fische an der Angel zappeln lassen; sehr, sehr lange! Bei den armen Fischen bin ich dagegen. Aber bei denen nicht.

Plötzlich stolpert jemand über mich. Im Dunklen höre ich eine junge, erschrockene Frauenstimme:

»Oppla, was ma'hen Sie denn da unten?«

»Hach, was machen Sie denn da oben?« Sie Blindfisch!

»Isch wohne ier! Sie können sisch nischt einfasch auf den Bürgersteig legen! Oder sind Sie ein Penner? Isch meine natürlisch ein bedauernswerter Obdachloser?«

»Nein, ich bin von meiner Frau vor die Tür gesetzt worden. Normalerweise wohne ich da drüben in der zweiten Etage.«

»Warum bringen Sie dann nischt Blumen, wie jeder anständige Mann?«

»Habe ich doch …«

In dem Moment geht oben unser Wohnzimmerfenster auf, und mit viel Getöse knallt ein großer Gegenstand auf die Straße. Gleich darauf ist das Fenster wieder dicht, und die Gardinen werden sofort zugezogen.

»Warum schmeißt meine Frau denn den tollen Blumenkranz raus? Den habe ich ihr vorhin vor die Wohnungstür gestellt. Sie sehen es ja, ich gebe mich nicht mit ein paar Blümchen ab. Ich besorge gleich ein Riesen-Gebinde! Aber es hat überhaupt nichts genützt! Sie haben ja keine Ahnung, wie unsensibel meine Gattin ist!«

Die junge Frau läuft auf die Straße und hebt meinen ruinierten Kranz auf.

»Und so was aben Sie Ihrer Frau zur Versöhnung geschenkt?«, fragt sie fassungslos.

»Ja, der ist doch hübsch, oder? Sind unheimlich viele Blumen drauf.«

»Aben Sie eigentlisch gelesen, was ier auf der Schleife draufsteht?«

»Nein, ist da was geschrieben?«

»Ja, ein Gedischt! Ein ganz bescheuertes Gedischt. Lesen Sie doch.«

»Hier liegt mein Weib,
Gott sei's gedankt,
bis in das Grab hat sie gezankt.
Lauf, lieber Leser, schnell von hier,
sonst steht sie auf und rauft mit dir!«

»Ist Ihnen eigentlisch nischts Besseres eingefallen?«

»Es war schon so dunkel auf dem Friedhof. Ich habe nicht gesehen, dass da eine Schleife dranhing. Mit dem Kranz unter dem Arm bin ich sogar in ein offenes Familiengrab hineingefallen. Mir ist vor Angst fast das Herz stehen geblieben! Stellen Sie sich doch mal vor, die hätten das Grab einfach zugeschüttet, während ich da unten noch drinsteckte.«

»Aben Sie eigentlisch schon mal ge'ört, dass man Blumen sogar im Blumenladen kaufen kann?« Sie schließt die Haustür neben mir auf, geht rein und knallt sie vor meiner Nase gleich wieder zu. Auf dem Flur höre ich sie noch rufen:

»Sie glauben ja gar nicht, wie gut isch Ihre Frau verste'en kann. Sie verdienen es gar nischt anders!« Und sie knallt die Wohnungstür zu.

Ich könnte explodieren vor Wut! Aber es dauert nicht lange, und die kalte Betonplatte unter meinem Hintern saugt alle übermäßige Hitze ab. Da sehe ich auch schon Claudia aus der Haustür kommen.

»Hey, Claudia, was ist denn passiert?«

»Aber, Herr Engin, was machen Sie denn immer noch hier?«

»Hast du vergessen, meiner Frau Bescheid zu sagen, dass ich hier draußen warte?«

»Wieso? Ich denke, Sie sind längst mit dem Bus weggefahren!«

»Claudia, da habe ich dir vorhin doch nicht ganz die Wahrheit gesagt. Ich habe in Wirklichkeit gar nicht auf den Bus gewartet, sondern auf die U-Bahn.«

»Wir haben hier aber überhaupt keine U-Bahn!«

»Aber für den Fall, dass sie hier irgendwann einmal eine U-Bahn bauen sollten, dann will ich unbedingt der Erste sein, der damit fährt.«

»Aber sicher doch«, murmelt sie kaum hörbar und entfernt sich mit großen Schritten, als wäre ein tollwütiger Hund ihr auf den Fersen. »Und tschüs noch, Herr Engin!«

Was soll ich jetzt bloß noch machen?! Meine letzte Hoffnung hat sich soeben aus dem Staub gemacht. Sicherlich hole ich mir eine Lungenentzündung hier auf dem Boden. Will meine Frau mich hier auf der Straße verhungern lassen? Ich muss mein Schicksal wohl selber in die Hand nehmen. Ich sammle kleine Steine und festgetrocknete Erde vom Boden und werfe sie gegen mein eigenes Wohnzimmerfenster.

Kein Mensch reagiert! Nichts! Aber wie denn auch, ich habe ja selber nichts gehört. Neben der Hecke buddle ich einen faustdicken Stein aus und werfe ihn mit aller Kraft Richtung Fenster. Die Scheibe im linken Flügel unseres Wohnzimmers verabschiedet sich unwiderruflich mit ohrenbetäubendem Geklirre. Blitzschnell verstecke ich mich hinter der Hecke. Alle verfügbaren Köpfe meiner Familie werden erschrocken aus dem Fenster gestreckt, das man jetzt nicht mehr öffnen muss.

»Soll ich den Mistkerl verprügeln?«, höre ich meinen linksradikalen Sohn Mehmet zu seiner Mutter rüberbrüllen.

»Du Spinner! Wen willst du denn da verprügeln? Es ist doch kein Mensch auf der Straße zu sehen!«

»Ist mir doch egal«, höre ich Mehmet rufen, »irgendjemand kommt bestimmt!«

»Quatsch nicht soviel Unsinn, geh lieber in den Keller und besorge Pappkartons, damit wir die kaputte Seite vom Fenster abdichten können. Beeil dich, ich habe keine Lust, hier zu erfrieren!«

Ich muss zugeben, einen kleinen positiven Aspekt hat diese Aktion doch gehabt: Vor lauter Aufregung ist mir plötzlich ganz warm! Mein Herz schlägt wild vor Angst! Vor ungefähr 42 Jahren habe ich schon mal eine Fensterscheibe kaputtgeschmissen. Danach habe ich von meinem Vater eine Tracht Prügel bezogen. So ein Glück aber auch, dass der jetzt so weit weg wohnt.

Während ich in Kindheitserinnerungen schwelge, sehe ich, wie mein nichtsnutziger Sohn Mehmet das kaputte Fenster mit Pappe abdichtet. Normalerweise läuft das ja umgekehrt. Da müssen die Väter die von ihren Söhnen zerdepperten Scheiben wieder herrichten. Und sofort wird wieder die dicke Gardine zugezogen. Was soll das denn? Ich kann überhaupt nicht sehen, was da drinnen vorgeht! Muss denn der blöde Vorhang immer zu sein? Da fällt mir ein, dass ich es war, der immer Ärger gemacht hat, wenn jemand vergessen hat, die Gardinen rechtzeitig und vollständig zuzuziehen.

»Frau, wollt ihr unbedingt, dass hier jeder reingaffen kann? Das ist doch keine Peepshow hier!«

»Osman, wer soll bei uns schon durchs Fenster gucken? Glaubst du allen Ernstes, die Leute interessieren sich dafür, wie du in deiner hässlichen Jogginghose stundenlang in den blöden Fernseher starrst?«

Inzwischen hat sich der Aufruhr in unserer Straße wieder gelegt. Ich traue mich wieder aus meinem Versteck. Kaum habe ich meinen Platz auf dem Bürgersteig wieder eingenommen, hält ein Streifenwagen direkt neben mir.

»Ich schwör's Ihnen, Herr Polizist, ich habe das Fenster nicht kaputtgemacht! Ich habe keine Steine geschmissen«, sprudelt es ängstlich aus mir heraus.

»Keine Ahnung, wovon Sie reden«, höre ich den älteren Uniformierten mit dem dicken Bauch knurren. Man sollte es nicht für möglich halten, aber der Mensch hat eine noch dickere Wampe als ich! Ich freue mich immer ein bisschen, wenn ich Menschen treffe, die noch fetter sind als ich.

»Sind Sie etwa nicht wegen des kaputten Fensters dort hergekommen?«

»Nein, man hat uns gemeldet, dass Stadtstreicher die Hauseingänge blockieren«, sagt er und lässt seinen Schmerbauch wackeln.

»Ich habe doch gewußt, die ganze Straße ist voll mit Spannern! Meine Frau wollte mir das nie glauben! Abgesehen davon glaubt meine Frau mir nie was!«

»Haben Sie vor, länger vor diesem Geschäft hier rumzuliegen?«, fragt mich der Schmerbauch in Uniform. Von hier unten aus, vom Bürgersteig, kann ich außer seinem überdimensionalen Bauch nichts erkennen.

»Sagen Sie mir, Herr Polizist, können Sie mich hier unten überhaupt sehen?«

»Ich brauche Sie nicht zu sehen! Sie liegen in einem Hauseingang. Das heißt, Sie sind ein Penner! Und Penner sehen alle gleich aus!«

»Also hören Sie mal, ich bin doch kein Penner! Ich wohne im Haus gegenüber. Weil meine Frau ein paar Probleme mit sich selber hat, lässt sie mich nicht in die Wohnung.«

»Sollen wir mal mit Ihrer Frau reden, ob wir da was machen können?«, nuschelt er.

»Ach, das hat doch überhaupt keinen Sinn! Sie kennen meine Frau eben nicht. Die ist stur wie ein Maulesel!«

»Also eine ganz normale Ehefrau«, lacht er aus vollem Bauch. Plötzlich höre ich eine jüngere Männerstimme aus dem Auto.

»Die sagen, im Männerheim in der Neustadt ist heute Nacht absolut kein Platz mehr frei.« Und aus dem toten Winkel des

Schmerbauches tritt ein unscheinbares Kerlchen in Uniform hervor.

»Hören Sie mal, Meister, ich muss Ihre Personalien aufnehmen! Stehen Sie schon auf. Wir dürfen Sie hier nicht liegen lassen. Es gibt Beschwerden von den Anwohnern.«

»Aber ich wohne doch selbst hier in der Straße.«

In der Hoffnung, dass meine Frau diese hochdramatische Szene vom Fenster aus beobachtet, steige ich wie ein Filmheld, der zu Unrecht verhaftet wird, in den Streifenwagen. Die beiden schmeißen mich auf dem nächsten Polizeirevier raus.

»Es tut mir Leid«, sagt der junge Polizist hinter dem Schalter. Bei der Polizei beschäftigen sie jetzt auch schon Kinder. Der ist garantiert jünger als mein Sohn Mehmet. Knapp älter als Hatice.

»Ich habe wirklich überall nachgefragt, aber heute Nacht ist wirklich nirgendwo mehr ein Platz frei. Sie müssen in unserer Ausnüchterungszelle übernachten.«

»Ich bin nicht besoffen«, flehe ich ihn an.

»Das macht nichts, in der Beziehung sind wir total tolerant!«

»Darf ich wenigstens zu Hause anrufen?«

»Hier ist der Apparat. Aber nur ein Ortsgespräch!«

»Guten Tag, wir sind leider nicht zu Hause«, höre ich meine eigene Stimme mich anlügen. Wenn sie nicht gestört werden will, dann schaltet meine Frau immer den Anrufbeantworter an. Mit möglichst traurigem Tonfall in der Stimme lege ich nach dem Piepston gleich los:

»Eminanim, jetzt hör doch mal zu. Das ist jetzt wirklich kein Spaß mehr! Schau nur, wie weit du es getrieben hast. Ich werde gleich in eine dunkle, kalte Gefängniszelle zusammen mit anderen Schwerverbrechern eingesperrt. Willst du wirklich schuld sein, dass der Vater deiner Kinder hinter kalten Gefängnismauern zu Tode kommt? Wie kannst du zulassen, dass unsere kleine Tochter Hatice als die Halbwaise eines Häftlings aufwachsen muss? Bitte erzähle den Kindern nie, wo ihr Vater gelandet ist, nachdem du ihn verstoßen hast. Willst du etwa …«

»Vielen Dank für Ihren Anruf, und tschüs!«

Aber zum Glück bin ich nicht ganz allein in der Zelle. Ein Häufchen Elend kauert, in eine Wolldecke eingehüllt, weinend in der Ecke.

»Guten Abend«, sage ich.

»Hallöchen«, höre ich ihn schluchzen.

»Was haben Sie denn?«, frage ich neugierig, »haben die Polizisten Sie misshandelt?«

»Ach, lassen Sie mich in Ruhe«, jammert er.

»Meine Frau hat mich nicht in unsere Wohnung reingelassen. Deswegen haben die Polizisten mich hier eingesperrt«, erzähle ich freiwillig, damit die Heulsuse endlich mit der Sprache rausrückt.

»Sie hätten sich einfach vor der Wohnung auf die Straße setzen sollen«, sagt er widerwillig mit weinerlicher Stimme.

»Habe ich doch gemacht! Aber der Trick hat überhaupt nichts gebracht.«

»Bei mir heute auch nicht. Obwohl ich mit der Nummer bei meinem Mann früher immer Erfolg hatte«, nuschelt er vor sich hin.

»Bei Ihrem Mann?«, frage ich überrascht und gleichzeitig froh, mit einer fremden Frau in einer Zelle eingesperrt zu sein.

»Ja, bei meinem Herbert!«

»Hallo René! Ich bin der Osman.«

»Woher kennen wir uns?«, schaut er mich überrascht an.

»Von Hörbi aus dem ›Zum Wohl‹. Das ist meine Stammkneipe. Mach dir mal keine Sorgen, René, Hörbi beruhigt sich schon wieder. Er weiß, was er an dir hat.« Jetzt wird mir auch klar, warum Hörbi heute Abend mit mir zu flirten versucht hat.

»Dieser blöde, eifersüchtige Macho«, fängt René wieder an zu schluchzen, »nur weil ich mal einen anderen Kerl über Nacht in der Wohnung hatte!«

»Ein flotter Dreier, das muss doch ganz nach Herberts Geschmack gewesen sein. Der redet ständig von so was!«

»Herbert wusste nichts davon, er war doch gar nicht da!«

»Das verstehe ich nicht, wo war er?«

»Herbert ist für draußen zuständig: für die Kneipe, für das Einkaufen, Behördengänge und den ganzen Quatsch! Der ganze Haushalt bleibt natürlich an mir hängen. Nicht mal abtrocknen tut Herbert. Aber ich will sowieso nicht, dass er sich da einmischt. Er hat nämlich zwei linke Hände, was den Haushalt betrifft.«

»Dann lebst du ja wie ein Gefangener in Herberts Wohnung! Du musst dich ja hier in der Zelle wie zu Hause fühlen.«

»Ach nein, mein Fernseher und meine Pflegemittel fehlen mir doch sehr«, zittert seine Stimme kaum hörbar.

»René, warst du eigentlich schon immer so?«, frage ich.

»Was meinst du denn?«

Ich schäme mich, ihm den richtigen Ausdruck direkt ins Gesicht zu sagen, und versuche taktvoll durch die Blume zu reden:

»So eine krankhaft perverse, männliche Lesbe halt!«

»Du meinst schwul?«

»Das hast du jetzt gesagt!«

»Ja, ich war schon immer homophil.«

»Wer war denn der fremde Mann, der euer trautes Glück so brutal zerstörte?«

»Den kennst du nicht, das war Antonio.«

»Antonio Banderas?«, versuche ich witzig zu sein.

»Genau, kennst du den auch?«

»Was? Der Schauspieler? Ich fass es nicht!«

»Na ja, sein richtiger Nachname klingt irgendwie anders. Aber alle nennen ihn so. Er ist seit fünf Jahren ein Brieffreund von mir. Er ist jetzt zum ersten Mal aus Barcelona hier, um mich zu besuchen, weil er in Deutschland irgendwas Geschäftliches zu tun hat. Und nun diese Blamage! Herbert hat alles falsch verstanden und uns beide aus der Wohnung rausgeschmissen!«

»Ich glaube, ich muss mal mit Hörbi ein ernstes Wort reden. So was macht man einfach nicht. Was sollen denn die Spanier von uns denken?« Ist mir eigentlich so was von egal!

»Und das gerade heute«, schluchzt René. »Wo ich doch meine Haarkur machen muss!«

»Wieso denn heute? Wegen Antonio Banderas?«

»Antonio hat nichts damit zu tun. Jeden Donnerstag widme ich mich ganz und gar der Haarpflege.«

»Das kenne ich von zu Hause, René. Meine Töchter haben das gleiche Problem. Deswegen wollte ich schon ein zweites Badezimmer einbauen.«

»Hörbi gefällt es, wenn er stundenlang meine Haare kraulen kann.«

»Da ist es kein Wunder, dass du jede Woche dein Haar pflegen musst, wenn Hörbi stundenlang mit seinen Fettfingern da reingrabscht.«

»Das darf er. Ich mach's ja für ihn. Aber du glaubst gar nicht, wie sehr mir mein niedliches Kuschelsofa vor dem Fernseher fehlt«, wimmert er.

»Was machst du denn freitags?«, frage ich, damit er mit dem Heulen aufhört.

»Das ist aber eine blöde Frage; Maniküre natürlich! Was denn sonst?«, sagt er fast tonlos, ohne von seinen Fingernägeln aufzuschauen.

»Ach ja, natürlich! Wie dumm von mir!«

»Durch die ganzen Pflege- und Färbemittel werden die Hände und Fingernägel ganz schön in Mitleidenschaft gezogen. Leider habe ich auch eine Gummiallergie und kann keine Plastikhandschuhe anziehen.«

»Hörbi hilft dir bestimmt immer dabei, oder?« Hörbi und helfen, dass ich nicht lache!

»Herbert und helfen, dass ich nicht lache! Der Macho nutzt immer nur meine Hilflosigkeit aus, wenn ich am Nägellackieren bin. Der weiß, dass ich mich dann nicht wehren kann, und will ständig Schweinkram mit mir machen!«

»Und so was lässt du dir gefallen?«

»Kein Problem, dauert ja nur fünf Minuten. Aber die Nägel neu lackieren würde den ganzen Tag kosten!«

»Das sehe ich ein«, und bevor er einen neuen Heulkrampf kriegt, frage ich vorsichtshalber: »Und welches Programm ist für Samstag vorgesehen?«

»Samstags muss ich Staubwischen, Staubsaugen und Fensterputzen.«

»Und sonntags?«

Ich ärgere mich, dass die Woche nur so wenige Tage hat. Was mache ich bloß, wenn ich wieder beim Donnerstag angekommen bin? Bei der Zusammenstellung der Wochentage hat sich natürlich keiner Gedanken darüber gemacht, wie man mit nur sieben Tagen labile Menschen trösten soll!

»Hey, Vater, du hast dir aber ein schickes Hotel ausgesucht«, höre ich die rettende Stimme meines Sohnes Mehmet.

Ich wusste, dass die mich abholen kommen!

»Vater, Mutter schickt mich. Ich soll dich abholen.«

Ich weiß, dass meine Frau ohne mich nicht leben kann!

»René, komm doch mit zu uns. Ich lade dich ein. Wir haben alles, was du zum Glücklichsein brauchst. Kuschelsofa mit Fernseher, Video, Schüssel, Kabel, und meine Töchter haben zentnerweise Schminkutensilien.« Bleib bloß da, wo du bist!

»Osman, das ist lieb gemeint von dir, aber es geht nicht. Ich brauche meine eigene Pflegeserie, mein Kuschelsofa und meinen Teddy.«

Während ich meine Jacke anziehe, bringt der junge Polizist auch den betrunkenen Hörbi in unsere gemütliche Zelle.

»Hörbi, schämst du dich nicht, so ein armes, zartes Geschöpf einfach vor die Tür zu setzen? Und das nur wegen Leonardo Di Caprio?«

»Antonio Banderas«, werde ich leise zurechtgeschluchzt.

»Hörbi, ich warne dich! Wenn du das noch einmal machst, zieht René bei mir ein. Und ich hetze dir meine Frau samt allen Kindern auf den Hals!«

Samstag, 19. März, 9:35 Uhr

Ich setze mich unrasiert an den Frühstückstisch und halte die Zeitung wie einen Schutzschild vors Gesicht. Bei meiner Laune will ich nicht gesehen werden und erst recht niemanden sehen. Ich muss zugeben, so viel anders als an anderen Tagen ist es gar nicht. Außer vielleicht dem gravierenden Unterschied, dass meine Frau heute Morgen nicht grundlos an mir rummeckert. Das ist völlig neu. Und sehr angenehm. Gestern war ich den ganzen Tag in Halle 4 und dann bei Hörbi im »Zum Wohl«. Heute gebe ich Eminanim die Gelegenheit, sich bei mir für Vorgestern zu entschuldigen.

Wie hat sie doch in den letzten Jahren meine arme Zeitung schikaniert! Auch wenn sie es immer leugnet, ich weiß, dass sie es ist, die regelmäßig löffelweise Marmelade reinschmiert, das Honigglas darüber kippt, riesige Löcher hineinschneidet, nur um mich zu sehen. Und aus Versehen das Feuerzeug dranhält, während ich am Lesen bin. Ohne mein Wissen hat sie meine geliebte Zeitung mindestens zehnmal abbestellt. Und dafür irgendeine nutzlose Zeitschrift mit dem Namen Petra, Brigitte, Melanie oder Gundula abonniert.

»Ich muss doch wissen, was in der Welt passiert«, sage ich ihr natürlich nicht mehr. Denn dann erinnert sie mich immer wieder daran, dass sie mir mal eine zwei Jahre alte Zeitung untergeschoben hat und ich nichts gemerkt habe. Ich hatte die Zeitung komplett von vorne bis hinten durchgelesen.

Heute Morgen sagt meine Frau aber gar nichts. Sie knabbert nur an ihrem Brötchen herum. Ich nehme es jedenfalls an, denn ich kann sie ja von hier aus nicht sehen. Auf jedes Attentat bezüglich meiner Zeitung bin ich inzwischen gefasst, trotzdem versuche ich mich auf meine unschuldige Zeitung zu konzentrieren. Was mir in meiner momentanen Stimmung ausgesprochen schwer fällt. Sie soll sich erst für Vorgestern entschuldigen. Und zwar in aller Form, auch bei meiner Zeitung!

»Du bist entweder bei der Arbeit in Halle 4 oder du liest in der Küche die Zeitung oder du hängst auf der Couch rum und starrst in den Fernseher! Das ist alles, was ich von dir sehe!«, war einer ihrer häufigsten Vorwürfe.

»Was hältst du davon, wenn du deine Zeitung unter den Arm klemmst und dir eine neue Wohnung suchst? Damit ihr beide dort allein glücklich und zufrieden weiterleben könnt!«, war auch nicht selten zu hören.

»Osman, entscheide dich endlich, was ist dir wichtiger? Die Zeitung, der Fernseher oder ich? Hallooo, Osman, hast du das gehört, entscheide dich bitte! ... Osman, sag was, bist du überhaupt da, oder steht dort nur die Zeitung?«

»Frau, ich will, dass du mich wenigstens morgens in Ruhe lässt! Die Bundesliga-Tabelle ist ohnehin kompliziert genug. Wenn wir nicht höllisch aufpassen, dann landen wir in der nächsten Saison wirklich in der zweiten Liga!«

»Wenn du nicht höllisch aufpasst, dann landen wir beide vor dem Scheidungsrichter! Und das noch in dieser Saison!«

Heute sagt sie nicht mal solche Nettigkeiten. Eminanim ist völlig still, so als hätte man sie die vorletzte Nacht in den Knast gesteckt. Aber ehrlich gesagt kommt mir ihr Verhalten sehr entgegen, denn die Gefahr des Abstiegs ist ja immer noch nicht gebannt!

»Ich habe keine Lust mehr, Osman, das ist doch keine Ehe. Du bist zu Hause wie ein Geist! Wenn du wenigstens geistreich wärst. Langsam kriege ich richtig Angst. Vielleicht bist du ja wirklich ein Gespenst! Du flatterst morgens bisschen mit der Zeitung und abends guckst du Fußball. Nachts schnarchst du nicht mal mehr!«, hat sie mir immer und immer wieder vorgeworfen. Diesen Spruch habe ich jeden Tag serviert bekommen zusammen mit einer Tasse dampfendem, frischen Tee. Wenn man schnarcht, ist es ein Fehler, wenn man nicht schnarcht, ist es auch ein Fehler! Kann mir einer sagen, wie ich schlafen soll?

»Du hast doch keine Ahnung, wie fürchterlich ein echtes Gespenst ist«, habe ich dann immer geantwortet. »Millionen von Fußballfans können nachts nicht mehr richtig schlafen wegen des bösen Abstiegsgespenstes, das bei meiner Mannschaft umgeht.«

Eines Morgens, während ich wie immer völlig harmlos in meiner Zeitung blätterte, entdeckte ich unter den Vermisstenanzeigen eine Annonce:

»Osman, wo bist du? Wo ist der Mann geblieben, den ich vor 25 Jahren geheiratet habe?! Bitte melde dich! Oder schick mir eine Nachricht mit einem Lebenszeichen von dir! Denn der Zombie, der bei mir hier auf der Couch liegt und nichts tut, außer in den Fernsehapparat zu starren, kann unmöglich mein geliebter Osi sein!! Unterschrift: Eine unzufriedene und unbefriedigte Ehefrau!«

Daraufhin habe ich die Anzeige einfach meiner Frau unter die Nase gehalten und ihr gesagt:

»Schau, Eminanim, du beschwerst dich immer über mich. Aber sieh selbst, es gibt viel schlimmere Ehemänner, die nichts von sich hören lassen!«

An dem Tag begnügte sie sich nicht mehr nur damit, meine Zeitung anzuzünden, sondern knallte auch die volle Teekanne an die Wand, bevor sie wutschnaubend und heulend verschwand. Frauen sind ja so empfindlich!

Ich schnappe meine Zeitung, meinen Tee und flüchte ins Schlafzimmer. Die Gefahr, dass jeden Moment Mehmet in die Küche reingetorkelt kommt, ist sehr groß. In meiner gegenwärtigen Gemütslage die nervige Mutter und ihren bekloppten Sohn im Doppelpack zu ertragen, wäre einfach zu viel verlangt. Und ich habe die drohende Gefahr auf die Sekunde genau voraus gesehen. Kaum bin ich im Schlafzimmer, höre ich, wie Mehmets Tür aufgeht und er grunzend in Richtung Badezimmer latscht. Ich bin der doppelten Gefahr wirklich nur knapp entkommen. Aber die andere Hälfte heftet sich dennoch erbarmungslos an meine Fersen. Eminanim kommt mit einem Gesichtsausdruck von mindestens acht Monaten Regenwetter zu mir ins Schlafzimmer.

»Du liebst mich nicht! Du hast mich nie geliebt! Seit Monaten guckst du mich nicht mal mehr an!«, schreit sie mich auch sofort an.

»Wenn ich dich angucken würde, während du so rumnörgelst, dann könnte ich dich wirklich niemals lieben«, sage ich natürlich nicht. Sondern schlucke alles wie eine riesige, dicke, fette Kröte runter.

»Ich muss verrückt gewesen sein! Jahrelang habe ich für dich geschuftet, habe mich aufgeopfert, und was ist der Dank dafür? Der Herr guckt mich nicht mal mit dem Hintern an!«

»Frau, das hast du mir schon mal gesagt. So viele Wiederholungen hat nicht mal das ZDF.«

»Geputzt, gekocht, gewaschen, aufgeräumt, mich um die Kinder gekümmert, und was ist der Lohn? Nichts!«

»Ja, was erwartest du denn von mir, was soll ich denn sonst machen?! Soll ich dir für die Magenschmerzen, die du mir mit deiner Nörgelei verursacht hast, auch noch einen dicken Orden geben?«

»Ihr Männer seid nicht nur alle saublöd, ihr seid auch noch so sensibel wie eine tote Schildkröte! … Na gut, das war jetzt ein bisschen übertrieben. Ich entschuldige mich.«

»Bitte, bitte, nicht der Rede wert. Ich bin doch deine Beleidigungen gewöhnt.«

»Ich habe mich bei den toten Schildkröten entschuldigt!«

»Gut, gut, mach, was du willst! Jetzt hör endlich auf rumzunörgeln.«

»Ich habe mir mein ganzes Leben mit Windelnwechseln und Geschirrspülen versaut. Seit Jahrzehnten muss ich immer nur funktionieren, funktionieren, funktionieren! Ich bin wie eine dämliche, langweilige Maschine geworden!«

»Eine Maschine? Das wäre doch nicht schlecht! Aber leider geht nur dein Mundwerk wie eine Maschine!«

»Wenn andere dabei sind, dann hörst du nie auf zu quasseln. Wenn wir beide alleine sind, dann kriegt der Herr höchstens ein ›eeeee‹, ›ööööö‹, ›hüüüü‹, ›hmmm‹ heraus. Oder bestenfalls ein Grunzen.«

»Was willst du eigentlich? Treib mich nicht in den Wahnsinn! Meine Eltern haben so gelebt, meine Großeltern haben so gelebt. Deine Eltern übrigens auch. Und ich danke dem Himmel, dass ich deine Großeltern nicht auch noch miterleben musste!«

»Ich habe echt aufgegeben, dich zu ändern! Du wirst schon sehen, eines Tages verlasse ich dich wirklich!«

»Eminanim, spinn doch nicht rum! Außerdem, wo willst du denn schon hin?«

»Beruhige dich, ich find schon was.«

»Ja, was denn? Willst du wieder zu deiner Mutter zurück, oder was? Sie nimmt dich hundertprozentig nicht auf. Sie sucht selbst ständig Opfer, denen sie zur Last fallen kann.«

»Lass meine Mutter da raus. Im schlimmsten Fall gehe ich ins Frauenheim.«

»Das ist endlich mal eine prima Idee, Eminanim. Darf ich mitkommen? Dann habe ich endlich meinen lang ersehnten Harem.« Eigentlich dürfte ich keine Witze machen, ich bin ja noch beleidigt und gekränkt.

»Noch so ein dummer Spruch von dir, und ich schnappe mir das Messer dort drüben. Dann kannst du mitkommen in deinen Harem; als Eunuch!«

»Ööh, hören die denn heute mit dem Streiten nie auf?«, höre ich Mehmet im Wohnzimmer zu Hatice sagen. In einem der wenigen Momente, wo Eminanim mal Luft holt.

»Warum hauen sich denn Mama und Papa den ganzen Tag?«, fragt die Kleine.

»Keine Ahnung! Das macht man wohl so, wenn man zu lange verheiratet ist.«

»Wie lange sind die denn schon zu lange verheiratet?«
»Über zwanzig Jahre!«
»Booh, und wie lange müssen die noch?«

Kurz danach klingelt es an der Tür.

»Hallo, Oma, was hast du mir mitgebracht?«, höre ich Hatice meine Schwiegermutter begrüßen.

»Na, Hatice, mein Mäuschen, wie geht's dir denn?«, ruft sie, »wo sind denn Papa und Mama?«

Noch bevor Hatice was sagen kann – womöglich die Wahrheit –, stürzt Eminanim aus dem Schlafzimmer.

»Guten Morgen, Mama, schön, dass du da bist. Wie geht's?«

»Ach, muss ja. Und wie schaut's bei euch aus?«

»Alles bestens! Könnte nicht besser sein.«

»Wo steckt denn dein Mann? Oder ist er zur Arbeit?«

»Osman ist im Schlafzimmer und zieht sich gerade an.«

Eminanim ist mit Abstand die beste Schauspielerin, die ich je gesehen habe. Wenn Hollywood sie kennen würde, wäre sie jedes Jahr auf den Oscar abonniert. Wenn sie wütend ist, kann sie sagenhaft die zufriedenste Ehefrau der Welt spielen. Wenn sie todtraurig ist, ist sie in der Lage, fabelhaft die glückliche Frau zu mimen. Genauso, wie sie schon die ganzen Jahre ohne den geringsten Grund vor mir die Beleidigte spielt. Sie wirft mir ständig vor, ich hätte ihr Leben versaut. Das Einzige, wobei ich ihr möglicherweise im Wege stand, wäre vielleicht eine Filmkarriere. Stattdessen bekomme ich nun seit Jahren unter Ausschluss der Öffentlichkeit wahre Triumphe ihrer Schauspielkunst vorgeführt.

Ich dagegen hasse es wie die Pest, anderen Leuten Theater vorzuspielen; außer vielleicht meinem Meister Viehtreiber in Halle 4. Wenn ich verärgert bin, dann bin ich halt verärgert! Immer, überall und jedem das Bild von einer absolut glücklichen und harmonischen Ehe vorzugaukeln, finde ich ausgesprochen anstrengend und heuchlerisch. Als wenn ein erwachsener Mensch, der verheiratet ist oder verheiratet war, nicht ganz genau wüsste, dass man in der Ehe nicht glücklich sein kann. Zumindest nicht so oft. Und nach 25 Jahren sowieso nicht!

Eminanim kriegt auch immer einen mittleren Schock, wenn sie erfährt, dass mal wieder eine dieser Friede-Freude-Eierkuchen-Beziehungen in unserem Freundeskreis in die Brüche gegangen ist. Gerade sie als hochtalentierte Schauspielerin müsste doch eigentlich am besten wissen, dass diese Heile-Welt-Fassade grundsätzlich und immer nur gespielt ist.

»Unsere Lieblingsmutter ist da, mein Schatz«, flötet meine Frau im Flur. Stimmt, irgendwann werde ich sie gern haben; wenn ich ihr auch auf dem Friedhof die Blumen klaue.

»Osman, mein Häschen, jetzt beeil dich doch! Mama und ich wollen in die Stadt zum Einkaufen, wir haben nicht mehr so viel Zeit!«

»Schert euch zum Teufel, ihr beiden Zimtziegen«, würde ich doch am liebsten sagen. Aber stattdessen rufe ich:

»Ich komme gleich, mein Täubchen!«

»Lass gut sein, wir gehen schon los«, schreit sie zurück. »Ich rufe dich an, wenn du uns aus der Stadt abholen sollst.«

Ich komme einfach keinen Millimeter voran. Eminanim ruft immer dann an, dass ich sie abholen soll, wenn die Stadt völlig verstopft ist. Ich käme zu Fuß wirklich schneller voran. Aber den ganzen Krempel, den sie ständig in der Stadt kauft, kann man unmöglich ohne Auto transportieren. Die dicke Schwiegermutter erst recht nicht. Dass ich nur wegen ihrer Mutter alle zehn Jahre komplett alle Stoßdämpfer an meinem Ford Transit auswechseln muss, kümmert Eminanim nicht im Geringsten.

Diese Frau treibt mich wirklich auf die Palme! Zumindest auf die Verkehrsampel. Ich meine ausnahmsweise diesmal nicht meine eigene Frau, sondern den Blindfisch direkt vor mir. In meinem langen Leben habe ich schon Leute gesehen, die bei Rot an der Ampel halten. Tolerant wie ich bin, habe ich für solche Menschen durchaus Verständnis. Schließlich ist die Gefahr, dass irgendein prämiengeiler Bulle plötzlich auftaucht, nicht völlig auszuschließen. Ich habe in meiner Fahrer-Karriere sogar zahllose Versager erlebt, die selbst bei Gelb halten. Aber diese Irre in dem Spielzeugauto direkt vor mir treibt mich in den Wahnsinn! Die Frau hält sogar bei Grün!

Das darf ja wohl nicht wahr sein! Die Frau steigt jetzt auch noch mitten auf der Fahrbahn aus und kommt zu mir nach hinten, um mit mir zu schimpfen. Aber wieso? Na gut, ich habe ein paarmal gehupt, einige Male das Fernlicht angemacht, eventuell den Vogel gezeigt und sie ab und zu ein bisschen bedrängt. Vielleicht habe ich auch ein-, zweimal ihre Stoßstange berührt. Aber wozu sind denn Stoßstangen sonst da? Doch wohl zum Stoßen! Panikartig verriegele ich alle Türen und schließe das Fenster. Ich habe jetzt überhaupt keine Lust auf eine Grundsatzdiskussion mit dieser Dame über das Verhalten im Straßenverkehr im Allgemeinen und Besonderen. Und entschuldigen werde ich mich auch nicht! Sie ist doch diejenige gewesen, die bei allen möglichen Farben anhält. Der wild gewordene Verkehrsrowdy im Hosenanzug klopft leise ans Seitenfenster.

»Was wollen Sie denn von mir, ich habe Ihnen nichts getan! Ich habe Ihnen nicht den Vogel gezeigt. Ich musste mich nur ein paarmal am Kopf kratzen. Ich habe sehr viele Schuppen und dadurch sehr starken Juckreiz, müssen Sie wissen«, rufe ich so laut ich kann durch die geschlossene Scheibe.

»Das kenne ich, waschen Sie sie doch mal mit Brennesseltee«, lächelt sie mich an.

»Danke für den Tipp. Aber wollen Sie nicht endlich weiterfahren?«

»Ich wollte Ihnen nur sagen, Ihr linker Scheinwerfer ist kaputt. Sie können doch nicht mit einem kaputten Scheinwerfer fahren.«

»Wieso denn nicht? Ich fahre schon seit 15 Jahren so. Wissen Sie eigentlich, wie schwer das ist, für einen antiken Ford Transit, Baujahr 68, Original-Scheinwerfer zu bekommen?«

»Warum suchen Sie sich kein richtiges Auto?«

»Warum sitzen Sie nicht in der Küche, anstatt mit Ihrem kugeligen Ei den Verkehr zu blockieren?«

»Und Sie lassen auch noch die ganze Zeit den Motor von Ihrer Rostbeule laufen. Das Ozonloch wird bald größer sein als die Erde selbst. Und daran sind Sie schuld!«

»Aber verglichen mit den Umweltschäden, die durch unfähige Autofahrerinnen wie Sie verursacht werden, ist das, was ich hier tue, bestenfalls ein kleiner Mückenstich auf dem Rücken eines Elefanten.«

»Hören Sie mal, ich habe einen nagelneuen Wagen mit sehr niedrigen Abgaswerten.«

»Und was ist mit den Millionen Autos, die seit Stunden auf der Stelle stehen und die Luft verpesten, nur weil solche Anfängerinnen wie Sie Staus verursachen?«

»Was für eine infame Verleumdung! Ich verursache doch keine Staus!«

»Da haben Sie ausnahmsweise mal Recht, Sie sind der Stau«, brülle ich und knalle mit der Faust so laut ich kann auf die Hupe:

»Düüüüüüüüüüt!! Daaaaaaaaaat! Doooooooooot!«

Alle anderen Autofahrer drücken auch gleichzeitig auf die Hupe, als hätten sie nur auf ein Signal von mir gewartet. Die Umweltverpesterin flüchtet, wie von der Tarantel gestochen, zu ihrem weichgekochten Frühstücksei auf Rädern.

Plötzlich steigt Eminanim mit hundert Tüten im Schlepptau auf der Beifahrerseite ein.

»Ich habe gewusst, dass du dir ausgerechnet diesen Stau hier aussuchst«, schimpft sie, während sie die Taschen verstaut.

»Die anderen Staus, die heute im Angebot waren, gefielen mir überhaupt nicht«, sage ich. »Wenn du mich um diese Uhrzeit anrufst, dann ist dieser der attraktivste von allen verfügbaren Staus.«

»Ja, was soll ich denn machen? Ich kann doch nicht schon vor dem Frühstück einkaufen gehen.«

»Hör mal, ihr seid gleich nach dem Frühstück losgegangen. Und jetzt haben wir Feierabend. Wo steckt eigentlich deine Mutter?«

»Keine Ahnung! Also, wir waren *Kaffee und Kuchen essen…*«

»Da ist sie wohl noch einen Kuchen holen gegangen und nicht wiedergekommen, nicht wahr?«

»Natürlich ist sie wiedergekommen. Denn danach sind wir weiter einkaufen gegangen.«

»Jetzt weiß ich's! Nach einem Dutzend Kuchen hast du sie wieder zu uns nach Hause geschickt, damit sie mich heute Abend wieder nicht reinlässt. Abgesehen davon rede ich eigentlich überhaupt nicht mit dir. Das ist jetzt nur so eine Ausnahme, weil wir Besuch von deiner Mutter bekommen haben. Und du sie zu allem Überfluss auch noch verloren hast!«

»Ich habe meine Mutter nicht verloren! Sie hat nur vorhin diesen schicken Pullover gesehen und suchte nach dem Verkäufer, um mit ihm zu handeln. Dann ist sie irgendwie nicht wiedergekommen.«

»Der Verkäufer hat sie bestimmt erschlagen und im Wühltisch verbuddelt. Nicht alle Männer haben so viel Geduld wie ich.«

»Ja, ja, du bist wieder sehr witzig heute. Ich habe mich mit meiner Mutter irgendwie nur verpasst.«

»Und wieso erzählst du mir dann stundenlang was von Kaffee und Kuchen, wenn ihr euch doch beim Pulloverkaufen verloren habt? Ja, werde ich denn nie in meinem Leben auch nur einen einzigen vernünftigen Satz aus deinem Mund hören, der irgendwie logisch ist und plausibel klingt? Sondern immer nur Humbug hoch zehn! An deiner Stelle sage ich da lieber gar nichts, als nur so wirres Zeug!«

»Von wegen Humbug und wirres Zeug! Jedes Kind weiß doch, dass man vom Kaffeetrinken Harndrang bekommt. Es ist doch gut möglich, dass sie aus diesem Grund irgendeine Toilette aufgesucht hat und wir uns deswegen verloren haben.«

»Oh Gott, statt zwei Stunden lang über Kaffee und Kuchen zu debattieren, hättest du mir doch gleich sagen können, sie musste mal dringend, und dann war sie weg!«

»Wunderbar! Jetzt begnügst du dich nicht mehr damit, zu bestimmen, was ich zu tun und zu lassen habe, jetzt diktierst du auch noch, was ich zu sagen und nicht zu sagen habe!«

»Davon ist überhaupt nicht die Rede! Merk dir, ich diktiere gar nichts! Du bist doch hier diejenige, die mich aus meiner eigenen Wohnung rausgeworfen hat!«

»Ich schlage doch nur vor, dass wir uns für einige Wochen trennen, damit du die Zeit hast, über manche Sachen nachzudenken.«

»Ich brauche überhaupt nicht nachzudenken. Pass auf, ich schlage dir einen hervorragenden 43-Punkte-Plan vor. Osmans Wunderplan zur Rettung schiffbrüchiger Ehen! Erstens, Frauen dürfen abwaschen, wann sie wollen. Zweitens, sie dürfen ganz allein entscheiden, was sie kochen. Drittens, sie dürfen überall staubwischen, während der Mann Fußball guckt, mit Ausnahme des Fernsehapparates. Viertens, die Frau darf ganz allein über die Fernbedienung verfügen, wenn der Mann auf der Arbeit ist. Fünftens ...«

»Siehst du, mit dir kann man einfach kein vernünftiges Wort reden.«

»Wie willst du das denn jetzt schon beurteilen? Ich habe dir doch gerade mal vier Punkte meines genialen 43-Punkte-Plans vorgetragen. Ich hasse Kritiker, die vernichtende Rezensionen schreiben, ohne das Buch gelesen zu haben.«

»Ich brauche deine restlichen 39 schwachsinnigen Punkte nicht zu hören. In Laufe der Jahre hast du bestimmt 39 Millionen Mal ähnlichen Mist verzapft.«

»Siehst du, jetzt hast du dich verraten. Ständig wirfst du mir vor, ich würde mit dir nicht reden. Ja, ich wäre wie ein Geist zu Hause, und jetzt ...«

»Um hirnrissige und bescheuerte Sprüche bist du nie verlegen.«

»Das sind doch nur Vorurteile. Wie willst du es denn beurteilen, du hast dir meinen tollen 43-Punkte-Plan noch nicht mal bis zur Hälfte angehört. Dieser geniale Plan hätte aus unserer Ehe ein wahres Paradies gemacht, um das uns sogar Ottokars Aliens beneidet hätten.«

»Da hast du ausnahmsweise mal Recht. Denn kein vernunftbegabtes Wesen auf dieser Welt käme auf die Idee, uns wegen unserer Ehe zu beneiden.«

»Ein vernunftbegabtes Wesen würde auch nie heiraten!«

»Dich jedenfalls nicht, das steht schon mal fest!«

»Ich entführe dich, Eminanim. Wir fahren nicht nach Hause!«

»Du bringst schon wieder alles durcheinander. Ich habe gesagt, einer von uns beiden muss ausziehen, nicht beide. Warum fährst du denn in den Wald hinein? Willst du mich umbringen? Meine Mutter weiß, dass du mich abholen wolltest!«

»Ich dachte, wir machen mal was Aufregendes im Auto, so wie früher.«

»Du hast bestimmt vergessen, wie das geht.«

»Glaube ich nicht. Das verlernt man genauso wenig wie Fahrrad fahren oder schwimmen.«

»Schwimmen und Fahrrad fahren kannst du ja auch nicht.«

»Ich kann ja üben.«

»Warum übst du denn nicht zu Hause?«

»Deine Mutter hängt jetzt bei uns in der Wohnung rum.«

»Quatsch. Sie wollte nur mit mir einkaufen gehen. Sie muss dringend zu sich nach Hause.«

»Egal, was muss, das muss!«

»Ich verstehe dich nicht. Wie kannst du denn in unserer momentanen Stimmung überhaupt an so was denken? Du redest ja angeblich nicht mal mit mir, hast du gesagt.«

»Ich will ja auch nicht reden, bis du dich entschuldigst; ich will was anderes. Zieh dich schon mal aus!«

Ich fahre den Wagen in eine ganz dunkle Ecke mit vielen Bäumen und stelle den Motor ab.

»Osman, das ist doch albern hier, ich bin doch keine Jugendliche mehr.«

»Es steht geschrieben, dass wir ab und zu unseren ehelichen Pflichten nachkommen sollen.«

»Denkst du, es gehört zu den ehelichen Pflichten, es einmal in zehn Jahren auf die Schnelle im Auto zu treiben?«

»Jetzt meckere nicht wieder an mir rum. Ich habe gleich keine Lust mehr.«

»Also gut, küss mich!«

»Aber warum soll ich dich denn jetzt küssen? Wir sind doch schon seit Jahren miteinander verheiratet.«

»Komm, Osman, wenn wir es alle Jahrzehnte einmal machen, dann soll's doch bisschen vernünftig aussehen, oder?«

»Das braucht doch nicht vernünftig auszusehen, hier guckt doch keiner zu.«

»Jetzt laber nicht rum und lass mich hier nicht halb nackt rumsitzen. Fang endlich an!«

»Rück den Sitz nach hinten und komm hier rüber.«

»Du kannst doch froh sein, dass du mit deinem dicken fetten Bauch überhaupt in den Transit reinpasst.«

»Nein, so geht das nicht. Der Schaltknüppel bohrt sich mir in den Bauch.«

»Was, das ist nur der Schaltknüppel? Da habe ich mir ja wie immer falsche Hoffnungen gemacht.«

»Das ist unbequem. So wird das nie was!«

»Wieso, hast du überhaupt schon angefangen? Ich merke nichts!«

»Eminanim, hilf mir doch. Dreh dich mal um.«

»Was soll das denn sein? Yoga?«

»Du bist nackt, ich bin nackt, und wir stehen nicht unter der Dusche. Also kann es nur Sex sein.«

»Jetzt quatsch nicht so lange, beeil dich. Ich friere mir hier den Hintern ab!«

»Ja, Eminanim, so ist gut. Weiter so. Aber zerre nicht so an meinem Ohr rum, das ist doch kein Haltegriff.«

»Und du sollst von meinem Fuß runtergehen. Das ist nicht das Bremspedal.«

»Hände hoch. Los, die Hände hoch!«

»Osman, bist du bescheuert? Wenn ich jetzt die Hände hochhebe, legen wir uns beide auf die Nase.«

»Los, Hände hoch, habe ich gesagt!«

»Verdammt noch mal, tickst du nicht richtig?«

»Aber Frau, ich sag doch gar nichts.«

»Hände hoch und aussteigen! Aber ganz langsam!«

Völlig entsetzt stellen wir fest, dass uns zwei Polizisten mit ihren Taschenlampen und Pistolen ins Visier nehmen. Urplötzlich reißen sie die beiden Türen gleichzeitig auf.

»Los, sofort aussteigen, die Herrschaften, aber dalli dalli!«

»Wenn die eine Sekunde früher gekommen wären, hätte es einen Polizisten-Doppelmord gegeben«, flüstere ich Eminanim zu.

»Hier wird nicht geflüstert! Los, die Hände auf's Wagendach und die Beine auseinander. Die Ausweise und die Wagenpapiere will ich sehen.«

»Wie soll ich denn mit erhobenen Händen die Papiere holen? Die liegen doch nicht oben auf dem Wagendach.«

»Osman, halt endlich deine Klappe! Mit der Polizei kannst du doch nicht so reden wie mit mir. Weißt du eigentlich, warum die uns angehalten haben?«

»Wieso angehalten? Ich bin doch gar nicht gefahren. Oder habe ich dich so sehr in Fahrt gebracht?«

»Was wollen die von uns? Wieso behandeln sie uns wie Verbrecher?«, flüstert sie und zupft ihren Mantel zurecht. Sie war entschieden schneller als ich. Zumindest in der Hinsicht.

»Habe ich ein Stoppschild missachtet, oder bin ich etwa zu schnell gefahren?«, versuche ich die verfahrene Situation etwas aufzulockern.

»Klappe halten«, sagt der Uniformierte hinter mir und bohrt mir sein Knie in den Rücken. Ich knalle mit dem Bauch gegen den Wagen. Mein gut gepolsterter Airbag fängt den Stoß hervorragend ab. Meine Frau holt aus ihrer Handtasche unsere Papiere raus.

»Sagen Sie doch mal, was Sie von ihm wollen?«, fragt sie.

»Von ihm wollen wir bisher gar nichts. Wir ermitteln erst mal ausschließlich gegen Sie.«

»Was, gegen mich?«, fragt Eminanim mit großen Augen. »Was soll ich denn gemacht haben? Weswegen?«

»Wegen Prostitution!«

»Weswegen ermitteln Sie nochmal?«, fragt sie rot bis über beide Ohren.

»Wegen Prostitution, sagte ich doch!«

»Gegen mich?«

»Ja, gegen Sie, mein Täubchen. Stellen Sie sich nicht dümmer, als Sie sind!«

Zwei Zentimeter vor dem Kopf des Beamten fange ich die schwere Handtasche meiner Frau ab. Ich habe mir sicherlich etliche Finger dabei gebrochen.

»Was ist denn hier los?«, fragt der ahnungslose Polizist, der soeben knapp einem mehrfachen Schädelbasisbruch entkommen ist.

»Wir sind verheiratet«, ruft meine Frau empört.

»Was, ist der nicht ihr Freier?«

»Ich bin ihr Ehemann«, rufe ich stolz.

»Warum treiben Sie es dann heimlich auf diesem abgelegenen Platz, von dem jeder weiß, dass es ein Nutten-Treffpunkt ist?«

»Also wenn Sie gegen mich allen Ernstes wegen Prostitution ermitteln wollen, dann können Sie genauso gut auch gleich Anzeige erstatten wegen Spionage, Bankraub und Flugzeugentführung«, höhnt Eminanim.

»Aber nur gegen sie alleine«, werfe ich in die Runde, »ich bin unschuldig. Ich habe nichts getan.«

»Frau Engin, da haben Sie aber noch mal Glück, wir haben gerade die Rückantwort aus der Zentrale bekommen. Sie sind bisher in unserer Datei nicht registriert«, ruft der Beamte mit dem Sprechfunkgerät. »Wir haben auch erfahren, dass Sie verheiratet sind und die gleiche Adresse haben.«

»Das haben wir doch die ganze Zeit gesagt«, atmet Eminanim erleichtert auf.

»Aber wir nehmen Herrn Engin trotzdem mit aufs Revier. Das Ganze muss noch protokolliert werden.«

»Ihn können Sie ruhig mitnehmen. Da habe ich nichts dagegen.«

»Steigen Sie bitte beide hinten im Streifenwagen ein. Wir setzen Sie vorher zu Hause ab, Frau Engin.«

»Und was ist mit meinem armen Ford Transit? Soll der ganz alleine hier im Wald stehen bleiben?«

Auf der Rückfahrt flüstere ich meiner Frau sehr leise ins Ohr:

»Eminanim, den Moment, als die Polizisten kamen, werde ich nie vergessen«, um sie von dem ganzen peinlichen Erlebnis ein bisschen abzulenken.

»Ja, Osman, sogar die Polizei schickt extra einen Streifenwagen zu uns, um diesen einmaligen Vorgang in zehn Jahren zu schützen und abzusichern.«

Sonntag, 20. März, 10:17 Uhr

Am nächsten Morgen wache ich mit steifem Hals auf unserem Sofa auf. Wie ein wild gewordener Tennisball hüpft meine kleine Tochter Hatice auf meinem Bauch auf und nieder. Auf dem Sofa morgens aufzuwachen ist keine ganz neue Erfahrung für mich. Ich schlafe öfter da ein, seitdem die Fernsehsender auch nachts senden. Eigentlich wäre ich heute Morgen lieber dadurch wach geworden, dass meine Frau auf meinem Bauch rumhüpft. Gewissermaßen als kleiner Entschuldigungsversuch für ihr gestriges Fehlverhalten. Gestern Abend hat sie schon geschlafen, als mich Mehmet wieder vom Polizeirevier abholte. Und heute habe ich sie noch nicht gesehen. Ich kann sie nur hören in Form von Klappergeräuschen aus der Küche. Vor nichts hat sie jetzt mehr Angst, als wie die Schuldige dazustehen. Sie wird versuchen, die Sache unter den Teppich zu kehren. Aber ich werde diesmal ihren Tee nicht anrühren, bevor sie nicht in aller Form um Verzeihung gebeten hat. Wenn ich will, kann ich problemlos tagelang schmollen. Macht mir überhaupt nichts aus.

»Das Frühstück ist auf dem Tisch«, höre ich sie aus der Küche rufen.

Natürlich werde ich mich jetzt nicht sofort an den Tisch setzen. So einfach kriegt sie mich nicht rum! Da muss sie schon ein paarmal rufen.

»Mehmet, dein Frühstück ist fertig«, höre ich meine Frau erneut rufen.

Wieso eigentlich Mehmet? Warum werde ich immer ausgeklammert? Bei mir muss sie sich doch entschuldigen!

»Okay, Bob, ich bin schon unterwegs.« Vor einigen Jahren

hat sich meine Frau Dauerwellen machen lassen, was aber katastrophal in die Hose ging. Seitdem wird sie von meinem Sohn Bob Marley gerufen.

In kurzen Boxershorts läuft Mehmet mit dicken Augen und zerzausten Haaren an mir vorbei.

»Hey, Sisyphos, hast du keine Lust zu frühstücken, oder was?« Und mich nennt er, Gott weiß warum, Sisyphos. Meinen Vorschlag, er soll lieber seine Mutter Sissipus und mich Bob Marley nennen, lehnt er kategorisch ab.

»Frühstücken? Ich weiß von nichts«, tue ich ahnungslos.

»Mutter brüllt doch seit einer halben Stunde in der Küche rum. Von dem Lärm bin ich sogar wach geworden.«

»Also mir hat keiner was gesagt.« Sie muss erst betteln!

»Na dann weißt du es jetzt eben. Oder bist du etwa auf Diät?«

»So was habe ich doch gar nicht nötig bei meiner Figur.«

»Stimmt! Ein Zentner Übergewicht ist ja bei dir normal. Erst bei fünf Zentnern kommst du ins Grübeln.«

Der Mistkerl! Dabei möchte ich nur in Ruhe eingeschnappt und beleidigt sein. Erst mal muss sich Eminanim in aller Form mehrmals laut hörbar für ihr Benehmen entschuldigen! Und zwar direkt vor den armen Kindern, denn die mussten das Ganze ja auch miterleben. Bei der ersten Entschuldigung werde ich sie nicht mal eines Blickes würdigen. Bei der zweiten werde ich irgendwas Belangloses murmeln: »Hast du gerade was gesagt?« Erst bei der dritten werde ich mich schließlich überreden lassen, einen kleinen Bissen zu mir zu nehmen.

Diesmal brüllt Mehmet aus der Küche:

»Vater, frühstücken! Du weißt, wer zu spät kommt, den bestraft der kalte Tee!« Der Kerl lässt mich einfach nicht schmollen, dieser Idiot! Merkt er denn nicht, dass ich der beleidigte Ehemann bin, der auf die Entschuldigung seiner Frau wartet?

»Sag mir lieber, wer das Fenster kaputtgemacht hat! Kaum lässt man euch fünf Minuten alleine, schon geht die ganze Wohnung zu Bruch! Ich habe mir heute Nacht fast den Hintern abgefroren«, sage ich.

»Irgend so ein Vollidiot hat da einen Stein reingeschmissen!«

»Man sagt nicht Vollidiot zu Leuten, die man gar nicht kennt! Vielleicht ist er ja ein ganz vernünftiger Mensch. Der hat bestimmt gute Gründe dafür gehabt!«

Ich habe so großen Hunger, selbst von einer klitzekleinen Entschuldigung würde ich mich sofort überreden lassen, ein Dutzend belegte Brötchen zu verschlingen. Ich werde natürlich ganz beleidigt frühstücken. Sie werde ich nicht mal von der Seite anschauen. Selbst meinen Tee werde ich mir selber einschenken! So weit hat sie mich schon getrieben!

Genüsslich stolziert Mehmet mit vollem Bauch an mir vorbei zurück in sein Zimmer. Natürlich nicht ohne mich vorher zu ärgern.

»Nur durch ›nicht frühstücken‹ kriegst du diesen gigantischen Fettberg niemals weg! Da musst du leider schon etwas Sport treiben!«

»Wie geht's denn deinem DAX?«, frage ich ihn, um von meinem Bauch abzulenken. Er ist der kapitalistischste Kommunist, den ich kenne. »Oder legst du neuerdings eher in Alkohol an als an der Börse?«

»Du hast es erraten«, ruft Mehmet, »wo kriegt man denn sonst 40 Prozent? Nur bei gutem Cognac!«

Aus den Augenwinkeln beobachte ich meine Frau in der Küche. Sie deckt den Frühstückstisch ab und kommt dann endlich ins Wohnzimmer.

»Osman, wir müssen mal miteinander reden.«

Ich sage kein Wort! Erst muss sie sich bei mir in aller Form entschuldigen! Gestern ist sie der Entschuldigung wegen ihrer Mutter und den Bullen entkommen. Ich bin stumm wie ein Fisch. Fische können auch leiden, aber sie schreien nicht rum. Genau das mache ich jetzt auch.

»Osman, warum kriegst du eigentlich nie deinen Mund auf, wenn wir ein Problem haben?«

Wir? Was für ein Problem hat sie? Ich bin doch derjenige,

dem man ein Problem gemacht hat! Alle in der Wohnung haben sich den Magen voll geschlagen, ohne an ihren Ernährer zu denken. Undank ist der Welten Lohn!

»Osman, denkst du, dass du alle Probleme stumm aussitzen kannst?«

Warum nicht?

»Ich weiß, dass du glaubst, dass Probleme sich durch Nichtstun von selbst erledigen. Das ist ein Irrglaube, dem du seit Jahren verfallen bist. Dadurch ändert sich überhaupt nichts! Es staut sich immer mehr auf!«

Na und! Sie muss sich erst entschuldigen, bevor ich was sage.

»Wie ich das hasse! Ich könnte genauso gut gegen die Wand reden!«, flucht sie.

Tu es doch!

»Du hast ja Recht. Es macht überhaupt keinen Sinn, dass wir miteinander reden. Du weißt ja sowieso, worum es geht!«

Ich habe keine Ahnung, wovon sie redet! Bin ich Hellseher? Ich habe nicht die geringste Ahnung, was dieses ganze Theater sein soll! Aber um sich mit mir zu streiten, lässt sie sich ständig neuen Quatsch einfallen! In der Hinsicht ist sie sehr kreativ. Ich möchte sagen: Weltklasse! Wie ich sie kenne, denkt sie jetzt, ich würde meinen Mund nicht aufmachen, weil ich mir meiner Schuld bewusst bin.

»Dass du den Mund jetzt nicht aufkriegst, zeigt doch nur, dass du dir deiner Schuld längst bewusst bist!«

Man merkt, wir sind seit fünfundzwanzig Jahren verheiratet!

Um zu zeigen, wie ernst ich es meine, tue ich das, was wohl jeder erwachsene Mann in meiner Situation tun würde: Ich stehe betont verärgert auf und schmeiße die Fernbedienung in die Ecke. Ich schnappe mir Eminanims Schlüsselbund, und mit einem Ruck reiße ich die Tür auf. Und schlage sie dann hinter mir so fest zu, dass die Wände im ganzen Wohnblock wackeln. Heutzutage kann man ja als Mann gar nicht genug demonstrieren, wer der Herr im Haus ist. Sollte ich jetzt vielleicht klingeln und erklären, dass ein starker Luftzug den Lärm verursacht hat? Eigentlich bin ich ja ein harmoniesüchtiger und friedliebender Mensch.

Nun ja, was sein muss, das muss halt sein! Oder soll sie etwa ungestraft davonkommen? Schließlich landete ich wegen ihr zweimal im Knast.

Unten im Flur schließe ich Eminanims Fahrrad auf, um mir bei meinem Bankautomaten Geld zu besorgen. Etwas Minus darf ich ja wohl machen. Ich muss unbedingt was essen. Wenn ich gefrühstückt habe, geht's mir sicherlich besser. Nach zwei Portionen Döner, dem deutschen Nationalgericht, geht's jedem besser. Dabei behauptet meine Frau immer, ich könnte sechs Monate ohne was zu essen nur von meinem Bauch leben.

In der Fußgängerzone stehen die Omas und Opas wie ausrangierte Slalomstangen und schimpfen wie Rohrspatzen. Weil ich angeblich meinen mir zugewiesenen Radweg um ein paar Zentimeter verlassen hätte und die Grenzen ihres Hoheitsgebietes verletzen würde. Genau in dem Moment wird die wütendste Oma, die wie eine Irre mit ihrem Regenschirm fuchtelt, von einem vorbeirasenden, als Fahrradkurier getarnten Massenmörder erfasst. Durch die Wucht wird sie durch die Gegend gewirbelt wie ein Brummkreisel. Ich steige schnell vom Rad und bremse sie ab.

»Was war denn das?«, stottert sie mit schneeweißem Gesicht, passend zu ihrer Haarfarbe.

»Warum werden eigentlich alle Omas vom Staat gezwungen, sich so komische Dauerwellen machen zu lassen?«, frage ich voller Mitleid. Lauter Bob Marleys.

»Was ist los? Wo bin ich? Wer ist hier?«, lispelt sie erschrocken und muss sich erst mal auf die Holzbank setzen.

»Das war ein Orkan,« sage ich. »Ein richtiger Hurrikan ist hier durch die Fußgängerzone gesaust. Diese tropischen Wirbelstürme blasen alles weg, was sich ihnen in den Weg stellt. Fahrräder, Kinderwagen, Omas, Dackel.«

Ich schnappe mir wieder das Fahrrad, und mit einer eleganten Bewegung hebe ich mein Bein über den Sattel. Aber weil diese Damenräder so schlecht konstruiert sind, plumpse ich auf der anderen Seite wieder auf den Boden. Es ist schon lange her, dass ich mit einem leichtfüßigen Schwung elegant auf einem Fahrrad landen konnte. Um mich nicht weiter zu blamieren, schiebe ich das Fahrrad durch die Fußgängerzone bis zum Bankautomaten. Dort angekommen, lehne ich Eminanims Fahrrad an den Pfahl mit dem Halteverbotsschild.

Hier werden bei mir immer wieder negative Erinnerungen wach. Ich war nur kurz in der Bank, um meine Auszüge abzuholen, und schon wurde mein Ford Transit abgeschleppt. Das ganze Programm mit allem Drum und Dran: Ein riesiger Lastwagen mit einem Kran obendrauf und drei Polizeiautos drumrum. Ich habe den Leuten sogar geholfen, meinen Franz-Josef auf der Ladefläche richtig zu platzieren, damit er keinen Kratzer abkriegt. Im Polizeiauto durfte ich damals meinem als Geisel genommenen Wagen hinterherfahren, um ihn dann mit sehr viel Lösegeld wieder freizukaufen. Das ist staatlich gefördertes Kidnapping.

Ich stelle mich in die Warteschlange vor dem frechen Geldautomaten.

»Was willst du denn schon wieder?«, ist sinngemäß auf dem Bildschirm zu lesen, als ich an der Reihe bin.

»Für einen Kredit werde ich ja noch gut genug sein!« Du blöde Kiste!

Da sehe ich aus den Augenwinkeln, dass sich jemand an meinem Fahrrad zu schaffen macht. Mein Fahrzeug wird erneut abgeschleppt! Diesmal von Privat! Sozusagen ein Privatunternehmer mit offensichtlichen Drogenproblemen. Als ich gerade hinter dem Junkie her rennen will, fällt mir mein Geld ein.

Ich schaue mir die Leute in der Schlange hinter mir an. Verglichen mit denen sieht sogar der Fahrraddieb vertrauenswürdig aus! Ich muss mich innerhalb von Bruchteilen einer Sekunde entscheiden. Eminanims teures Sportrad entfernt sich immer schneller. Der neue Besitzer hat anscheinend überhaupt keine Schwierigkeiten mit diesem Drahtesel.

Eminanim wird völlig durchdrehen, wenn ich ohne Fahrrad heimkomme. Aber diesen Gaunern hinter mir will ich die 200 Euro auch nicht schenken, die gleich rausspringen werden. Ich entscheide mich für den Familienfrieden und laufe dem Dieb hinterher. Das Fahrrad war viel teurer als die 200 Euro. Zum Fahrrad fahren eignet sich mein Bauch nur begrenzt, aber zum Fahrraddieb-Einholen noch viel weniger.

Zwei Straßen weiter bin ich völlig erschöpft und gebe atemlos auf. Kaum habe ich mich auf eine Haustreppe gesetzt, um mich kurz auszuruhen, da fallen mir die 200 Euro wieder ein. Mit hochrotem Kopf und total durchgeschwitzt keuche ich zur Bank zurück.

Die Schlange vor dem Automaten hat sich bereits in Nichts aufgelöst. Und mit ihnen meine 200 Euro. Die Penner hocken jetzt bestimmt alle zusammen in der nächsten Kneipe und trinken auf mein Wohl. Jetzt habe ich weder Geld noch Fahrrad!

»Osman, du siehst ja völlig fertig aus! Ich hoffe, du bist nicht krank«, höre ich die besorgte Stimme meines leicht durchgeknallten Lieblingsnachbarn direkt neben meinem Ohr.

»Doch, Ottokar, mir fehlen mein Fahrrad und 500 Euro! Außerdem bin ich unheimlich viel gerannt und jetzt total müde, also lass mich in Ruhe!« In meiner Wut schnappe ich mir einen Stein und schmeiße ihn gegen den Bankautomaten. Wie von Geisterhand geworfen, prallt der Stein zurück und trifft mich voll an der Stirn.

»Osman, glaubst du mir jetzt vielleicht endlich, dass hinter alldem eine gigantische Verschwörung der Außerirdischen steckt?«, philosophiert mein Nachbar.

»Ottokar, lass mich in Ruhe mit deinem außerirdischen Blödsinn! Sag mir lieber, ob du zu Hause was Irdisches im Kühlschrank hast.«

Sonntag, 20. März, 18:43 Uhr

Nachdem ich mir in der Küche von Ottokar den Bauch voll geschlagen habe, geht's meinem Magen und mir erheblich besser. Nach Aussage von Ottokar habe ich gerade zwei volle Teller Spiralnebel M 31 mit viel extragalaktischer Andromedasoße und dazu zwei Flaschen von Alpha Centauri verspeist. Normalsterbliche würden dieses Mittagessen schlicht als zwei Teller Spaghetti mit viel Ketchup und zwei Flaschen Bier bezeichnen. Mir ist egal, wie er seine Spaghetti nennt, das Essen kam gerade noch zur rechten Zeit, kurz bevor meine Seele ihre sterbliche Hülle ein für alle Mal in Richtung der nächsten Nachbargalaxie verlassen hätte. Dahin, wo Ottokar und die anderen Mitglieder seiner außerirdischen Besatzungsarmee herkommen. Seine ursprüngliche Heimat ist rechts unten im Spiralnebel M 31. Etwa 2,5 Lichtjahre von Norddeutschland entfernt. Ottokar behauptet, das wäre ein typisches Essen seiner alten Heimat. Aber bei der extragalaktischen Andromedasoße habe ich so meine Zweifel. Auf der Flasche steht nämlich ganz eindeutig, in sehr irdischen Buchstaben: »Hergestellt in Karlsruhe«! Die Außerirdischen wollen uns mit dem Ketchup in Sicherheit wiegen und in Wirklichkeit unsere systematische Ausrottung vorantreiben, erklärt Ottokar immer wieder. Wenn ich mir das McDonalds-Essen anschaue, halte ich diese Theorie für gar nicht so abwegig!

»Osman, das sind jetzt natürlich Geheimnisse, die ich dir anvertraue. Wenn meine Vorgesetzten rauskriegen, dass ich mich als Agent mit den Einheimischen verbrüdere, dann werde ich eliminiert.«

»Ottokar, das weiß ich alles schon. Das hast du mir in den

letzten Jahren hundertzwanzigmal erzählt. Sag mir lieber, was der Sinn des Lebens ist? Was ist hinter dem Universum? Vor ein paar Tagen hast du behauptet, alles zu wissen.«

»Osman, ich werde dir jetzt ein anderes Geheimnis anvertrauen, was nur dich betrifft!«

»Gut, Ottokar, ich höre gespannt zu.« Ich penn gleich ein. Aber wenn ich mir bei ihm schon den Magen voll schlage, kann ich ihm ja mal als Gegenleistung fünf Minuten zuhören. Außerdem weiß ich nicht, wohin ich gehen soll!

»Also pass mal auf, Osman. Du holst ja schon seit vielen Jahren Geld von diesem Bankautomaten ab, nicht wahr?«

»Ja. Bis dahin kann ich folgen! Aber mach es bitte nicht komplizierter!«

»Und seit vorgestern, seit dich deine Frau zum ersten Mal seit fünfundzwanzig Jahren rausgeschmissen hat, klappt gar nichts mehr mit dem Automaten! Glaubst du wirklich immer noch an einen gigantischen Zufall?«

»Okay, ich weiß Bescheid, Ottokar. Dahinter stecken schon wieder deine außerirdischen Landsleute! Deine Kumpels von M 31! Aber was nützt es den Aliens, wenn ich Zoff mit meiner Frau habe?«

»Aber, Osman, das liegt doch alles so klar auf der Hand. Das Ziel ist, Chaos zu schaffen, damit die irdische Gesellschaft in sich zusammenstürzt. Und da fangen unsere Leute natürlich bei der kleinsten Institution, der Familie, an. Wenn es vor zwei Tagen mit dem Geldautomaten geklappt hätte, dann hätte deine Frau einen hübschen, großen Blumenstrauß bekommen, und alles wäre wieder in Ordnung gewesen. Stattdessen besorgst du deiner Frau einen Kranz, der für eine tote Oma gedacht war. Und heute wird dir im entscheidenden Moment dein Fahrrad geklaut …«

»Aber wenn sie die menschliche Gesellschaft wirklich zum Einsturz bringen wollten, dann müssten sie doch stattdessen gerade die Familie fördern. Wo die Leute dann total unglücklich miteinander leben, obwohl sie sich seit Jahren nichts mehr zu sagen haben. Mit Massen von Kindern, die alles vollkacken, wenn sie klein sind, und auf die Eltern pfeifen, wenn sie größer sind!«

»Warte, warte, Osman, alles der Reihe nach! Schon seit Jahren haben die Außerirdischen alle Bankautomaten unter ihrer Kontrolle. Und auch den überwiegenden Teil der schwulen Barkeeper. Und somit auch deinen Hörbi. Der hat dich mit einem direkten Marschbefehl von M 31 zu diesem Friedhof geschickt. Dort sind alle Kränze ausschließlich für dich präpariert worden. Alle haben Schleifen mit Grüßen für tote Omas. Die Lichter der Straßenbeleuchtung sind gestern Abend nicht zufällig defekt gewesen. Man hat extra für dich ein tiefes Loch in den Weg gegraben, damit du glaubst, du wärst in eine Familiengruft gefallen. Du solltest in Panik geraten und nicht mehr zum Nachdenken kommen. Danach war doch klar, dass der Streit mit deiner Frau eskaliert. Und nach der Aktion mit dem Fahrrad heute wird deine Frau sich von dir scheiden lassen.«

»Ottokar, du und deine außerirdischen Kumpels, ihr könnt mir den Buckel runterrutschen! Ihr könnt machen, was ihr wollt, ich werde mich nicht von meiner Frau scheiden lassen! Selbst dann nicht, wenn sich herausstellen sollte, dass Eminanim die Mutter aller Aliens ist!« Was ich mir durchaus vorstellen kann!

»Also gut, Osman, ich will es dir nicht länger verheimlichen. Aber du musst jetzt sehr tapfer sein: Deine Frau ist nach mir vorliegenden Informationen vor genau sieben Jahren gegen einen Androiden ausgetauscht worden. Diese Frauen-Androiden, Modell ›Saturn B‹, werden bereits seit mehreren Jahren ausschließlich für diesen Zweck auf M 31 gezüchtet.«

»Wenn ihr mir schon einen Androiden ins Bett legt, warum nicht ein anderes Modell? Genaue Vorstellungen habe ich nicht, aber ansatzweise hätte ich schon paar Ideen. So zum Beispiel seidig glatte, hüftlange, goldblonde, hochgesteckte Haare sollte sie haben. Große, grüne Mandelaugen wären hervorragend. Und noch was: Hohe Wangenknochen sind enorm wichtig! Und natürlich sollte sie eine helle, samtige, zarte Pfirsichhaut haben, selbstverständlich mit klassisch ebenmäßigen, umwerfend weiblichen Zügen. Der absolut erotische, anschmiegsame, wohlproportionierte, schlanke Körper sollte an den richtigen Stellen angenehm gerundet sein. Mit zierlichen kleinen Füßchen, die in glänzenden, hochhackigen Pumps stecken. Ein hautenges, perfekt sitzendes, kurzes, schwarzes Kleidchen sollte ihren atemberaubenden Körper stellenweise verhüllen. Ihre umwerfend hübschen, eleganten, langen Beine sollten jedem Mann das Herz zum Stillstand bringen. Ihre kirschroten, vollen Lippen, also dieser Schmollmund …«

»Das reicht, das reicht, Osman! Mit diesen Merkmalen kannst du dir in Deutschland Frauen aus dem Katalog bestellen, aber nicht im Universum.«

Kurz nach 21 Uhr verlasse ich das als Wohnung getarnte UFO Ottokars. Beim Rausgehen sage ich ihm noch:

»Ottokar, ihr habt mir meine Frau, und was noch schlimmer ist, das Fahrrad von meiner Frau geklaut. Kannst du mich dafür jetzt bitte nach Hause beamen.«

»Osman, du weißt ganz genau, dass ich nichts machen darf, was meine wahre Identität aufdeckt. Du bist der einzige Mensch auf der Welt, der weiß, wer ich wirklich bin.« Ich weiß, ich weiß, ein ganz und gar harmloser Irrer!

»Das nächste Mal erkläre ich dir auch den Sinn des Lebens.«

Ich verabschiede mich, und schon vor Ottokars Haustür befinde ich mich wieder auf der guten, alten Mutter Erde. Ich kann ja so gut nachempfinden, was Armstrong damals gefühlt haben muss, als er vom Mond zurückkam.

Wie bringe ich Eminanim wohl das mit dem Fahrrad bei? Was soll das Theater, das sie seit Tagen anstellt? Das sind Fragen, die die Welt bewegen! Apropos Fragen: ich hasse es, wenn Eminanim mich ständig fragt:

»Osman, an was denkst du gerade?«

»Keine Ahnung, nichts!«

»Lüg doch nicht! Jeder Mensch denkt immer an irgendwas!«

»Ich aber nicht!« Wirklich!

»Jetzt sag schon!«

»Da ist nichts! Ich bin nicht Einstein! Ich denke an nichts Wichtiges!«

»Ich spüre genau, wenn du mir was verheimlichst«, murmelt sie dann immer und geht beleidigt und eingeschnappt in die Küche. Wenn ich beim nächsten Mal ein paar Sekunden innehielt, um mir was Bedeutungsvolles und Wichtiges auszudenken, dann drehte sie sich gleich gekränkt um:

»Du willst mich doch belügen! Sonst müsstest du nicht nachdenken! Hat sich schon erledigt, interessiert mich nicht mehr, was du sagst!«

Und wenn ich mal durch jahrelange Erfahrung auf so eine Frage gut vorbereitet war und mir vorher was richtig Tolles ausgedacht hatte, dann schimpfte sie erst recht:

»Das hast du dir doch vorher zurechtgelegt. Ich kenne dich doch, du Schuft!«

Ein paarmal habe ich versucht, den Spieß umzudrehen, und fragte sie aus Rache in einem möglichst unpassenden Augenblick:

»Eminanim, an was denkst du jetzt in dieser Sekunde?«

Ich wollte, dass sie am eigenen Leib erfährt, was für eine Folter diese nervige Ausfragerei ist. Aber sie ließ sich überhaupt nicht schockieren und plapperte wie ein Wasserfall zwei volle Stunden lang. Jeden Schwachsinn, der ihr gerade durch den Kopf ging, musste ich mir anhören.

»Stop, Eminanim, das reicht fürs Erste! Die Frage war, was du in diesem Moment dachtest. Nicht das gesamte letzte Jahr!«

Montag, 21. März, 15:22 Uhr

Ich sitze nach der Arbeit zu Hause auf dem Sofa, die Füße gemütlich auf dem Couchtisch, und zappe mich durch das Nachmittagsprogramm in meinem Fernseher.

»Osman, wo ist mein Fahrrad?«, bricht meine Frau ihr tagelanges Schweigen.

»Bist du blind, steht doch unten im Flur!«, sage ich bestimmt.

»Es ist nicht da! Wo hast du es bloß abgestellt?«, wird sie lauter.

»Ich hab's da hingestellt, wo es hingehört«, fertige ich sie locker ab.

»Dort ist es aber nicht. Du hast bestimmt vergessen abzuschließen.«

»Was sagst du da?« Empört stehe ich auf. »Wenn das Fahrrad geklaut ist, dann hat das bestimmt Opa Prizibilsky getan! Oder seine Kinder, oder die Enkel, oder die Urenkel! Oder alle zusammen! Ich habe beobachtet, dass sie ganz gierig auf dein Fahrrad waren.« Betont wütend ziehe ich meine Schuhe an. »Das muss der Prizibilsky mir bezahlen! Ich lass mir von denen doch nicht dein schönes Fahrrad klauen!«

»Setz dich wieder hin«, zerrt sie mich zurück auf's Sofa. Worauf ich auch schwer spekuliert habe. »Du kannst doch nicht durchdrehen und dem alten Mann einfach an die Gurgel gehen! Wir haben doch überhaupt keine Beweise!«

»Das ist mir völlig egal! Ich bin mir absolut sicher, dass der dein Fahrrad hat!«, fluche ich.

»Vielleicht taucht es ja wieder auf«, versucht Eminanim mich zu beruhigen. »Möglicherweise hat es jemand aus dem Haus ausgeliehen und hat vergessen zu fragen.«

»Vielleicht waren es aber auch die Außerirdischen!«

»Sehr witzig!«

»Na gut, vielleicht nicht direkt ein echter Außerirdischer. Aber jemand, den die Aliens so programmiert haben, dass er für sie Fahrräder klaut. Denn durch Fahrräderklauen wollen sie die Gesellschaft spalten!« Eminanim schaut mich gelangweilt an und stöhnt:

»Du warst also wieder bei Ottokar, nicht wahr? Immer wenn du bei dem Spinner warst, dann ist auch dein letztes bisschen Verstand im Eimer.«

»Ach was, du glaubst doch nicht, dass ich Ottokar ernst nehme.«

»Und wie soll ich jetzt einkaufen fahren?«

»Eminanim, ich habe dir den ganzen Quatsch mit der Trennung und der Aussperrerei verziehen! Ich habe mal scharf nachgedacht und bin zu dem Schluss gekommen, dass es gut für dich wäre, wenn ich heute Nacht wieder bei dir im Schlafzimmer schlafe.«

»Von wegen! Du schläfst so lange auf der Couch, bis wir uns endgültig ausgesprochen haben!«

»Ich weiß nicht, was du willst! Jede normale Frau wäre überglücklich, wenn sie mit mir im gleichen Bett liegen dürfte!«

»Aber auch nur liegen! Und das auch nur dann, wenn sie die letzten zehn Jahre unter der Brücke hat schlafen müssen!«

»Eminanim, hast du den Volkshochschulkursus ›Osman-fertig-machen für Fortgeschrittene‹ besucht?«

»Wie du mir, so ich dir! So lange wir dieses Problem nicht aus der Welt geschafft haben, ist hier nichts normal. Erst wenn du gelernt hast, vernünftig mit mir zu reden!«

»Frau, wir haben doch erst kürzlich ausführlich gesprochen, hast du vergessen? In der Halbzeitpause des Spiels Kamerun gegen Saudi-Arabien.«

»Wie gesagt, entweder macht der Herr alberne Witze, oder er schweigt monatelang.«

»Ich schweige doch nur aus Höflichkeit, um dich nicht zu unterbrechen.«

»Du fängst jetzt schon wieder an rumzualbern. Ich halte es nicht mehr aus! Damit du es ganz genau weißt: Ich meine es ernst mit der Trennung!«

»Du willst dich von mir trennen, dass ich nicht lache«, lache ich.

»Schön, dass wenigstens du was zu lachen hast! Ich finde das alles überhaupt nicht komisch!«

»Eminanim, du bist so was von undankbar! Für wen lasse ich mir denn ständig neue Witze einfallen, doch nur für dich!«

»Ach ja, für mich? Sehr interessant! Das machst du doch nur, um im Mittelpunkt zu stehen. Wenn wir alleine sind, muss ich befürchten, dass du deine Zunge verschluckt hast. Aber kaum kommt Besuch durch die Tür, jagt ein blöder Spruch den nächsten. Nach dem Motto: ›Kommt ein Mann in den Puff‹. Ich finde deine Witze zum Kotzen!«

»Ich habe übrigens einen neuen, Eminanim, hör mal zu: ›Wie war die Hochzeitsnacht?‹, wird die Blondine gefragt, na, was meinst du, was hat sie geantwortet?«

Meine Frau antwortet im Gegensatz zu der Blondine überhaupt nicht und wirft mir dafür einen empörten Blick zu.

»Also die Blondine antwortet: ›Nichts Besonderes, eigentlich so wie immer!‹ Haaha hoo, hr hr hr, ist der nicht lustig?«

»Es geht nicht mehr, Osman. Lass uns wenigstens eine Weile jeder für sich alleine leben!«

»Dann geh doch, wenn du es unbedingt willst!« Dann habe ich endlich meine Ruhe!

Eminanim stürmt aus dem Wohnzimmer und knallt die Tür wie eine Irre hinter sich zu. Jetzt sind wir schon so lange verheiratet, aber sie ist für mich im Laufe der Zeit noch geheimnisvoller und undurchschaubarer geworden als die Wahrsagungen des Nostradamus! Der hat leider nicht mal verschlüsselt vorausgesagt, dass die Frauen in den nächsten Jahrtausenden irgendwann einmal zur Vernunft kommen. Und wenn doch, hätte er meine Frau sicherlich als große Ausnahme persönlich erwähnt!

Wie eine Bombe explodiert die große Vase urplötzlich an der Wohnzimmerwand. Noch vor ein paar Sekunden stand sie ganz friedlich auf dem Couchtisch. Die Scherben sind wie Pulverschnee im ganzen Zimmer heruntergerieselt. Ich gehe nach draußen und schlage die Tür erneut zu. Ich habe von Augenzeugen gehört, die behaupten, wenige Sekunden vor der Detonation in meiner rechten Hand eine ähnliche Vase gesehen zu haben. Aber das kann ich nur als bösartiges Gerücht abtun, das meinen guten Namen in den Dreck ziehen will. Erfolgreiche Männer haben überall ihre Neider.

In solchen Situationen pflege ich seit Jahren mit dem Wagen ziellos durch die Gegend zu fahren, um endlich mit mir alleine zu sein und in Ruhe nachzudenken. Der einzige Haken an der Sache ist: Praktisch habe ich keinen Wagen! Denn mein Sohn Mehmet rast mit dem Ding mindestens 28 Stunden am Tag durch die Gegend. Doch wie durch ein Wunder entdecke ich heute meinen heiß geliebten, grasgrünen Franz-Josef direkt vor unserem Haus. Ich klettere rein und fahre laut pfeifend los. Drei Kilometer weiter schiebe ich den Wagen laut fluchend bis zur nächsten Tankstelle. Es hätte mir klar sein müssen, dass Mehmet den Transit nur stehen lässt, wenn kein Tropfen Benzin mehr im Tank ist. Ich tanke den Franz-Josef voll und darf dann an der Kasse meine Uhr und den Führerschein als Pfand abgeben. Völlig durcheinander trete ich aufs Gaspedal.

Eminanim kann doch gar nicht weg! Wo soll sie denn hin? In jungen Jahren hatte ich gedacht, dieses Unglücklichsein in der Beziehung sei eine Ausnahme. Aber heute weiß ich, es ist der Normalfall. Und ich bin mir mittlerweile auch sicher, dass nicht das Geld oder viel Arbeit mich zu Überstunden in Halle 4 gezwungen haben, sondern einzig und allein der schief hängende Haussegen.

Nach einer Stunde trete ich wieder erschrocken auf die

Bremse, als ich merke, dass ich gerade den zweiten Rettungswagen überhole, der mit Blaulicht und Sirene Richtung Krankenhaus rast. Ich nehme mir auch ganz fest vor, bei Rot nicht mehr durchzufahren. Und erst recht nicht an unübersichtlichen Kreuzungen! Bei den vielen Blitzlichtern versuche ich möglichst sympathisch zu lächeln und mache gute Miene zum bösen Spiel ... wie damals bei unserer Hochzeit ...

Plötzlich sehe ich, wie mir aus dem Wagen in der Spur neben mir zwei junge, hübsche Frauen heftig zuwinken. Ich kann im Dunkeln nicht alles ganz genau erkennen, aber eins weiß ich, ich werde gerade schräg von der Seite frontal angebaggert! Ich habe schon davon gehört, dass Frauen einen siebten Sinn dafür haben sollen, wenn ein Mann Probleme mit seiner Ehefrau hat. Als Mann von Welt winke ich mit einem verführerischen Lächeln galant zurück. Mit der rechten Hand steuere ich gekonnt und professionell meinen grasgrünen Sportwagen. Mit der anderen streiche ich elegant und genüsslich über meinen männlichsten Teil; den Schnurrbart! Ich weiß, das macht die Frauen besonders verrückt! Und prompt bekommen die beiden Frauen in der Spur neben mir noch während der Fahrt orgasmusähnliche Anfälle, zappeln und machen mit den Händen obszöne Bewegungen.

Und Eminanim glaubt allen Ernstes, dass sie mir mit ihrem blöden Trennungsgeschwätz Angst machen kann! Ausgerechnet mir! Dass ich nicht lache! Natürlich lasse ich mir nicht anmerken, dass alle Frauen wild nach mir sind. Es reicht, wenn ich weiß, dass ich nur mit dem Finger zu schnippen brauche. Davon werde ich Eminanim natürlich nichts erzählen. Ein Gentleman genießt und erzählt es jedem; nur nicht seiner Frau! Sonst wäre er ja auch kein Gentleman, sondern ein ganz gewöhnlicher, blöder Chauvi, der seine Frau betrügt.

Die beiden attraktiven, notgeilen Frauen lotsen mich auf einen einsamen Parkplatz. O Gott, die müssen es aber nötig haben. Elegant fahre ich rechts ran, während ich den linken Arm extrem locker aus dem Seitenfenster rausbaumeln lasse.

Mit Spucke ordne ich meine Augenbrauen und die Haare. Ich ordne meinen Anzug. Meinen Anzug? Mit Entsetzen stelle ich fest, dass ich in meiner Wut nur mit einem Pyjama bekleidet aus dem Haus gerannt bin. Herrje, ist das peinlich vor den Mädchen!

Die beiden jungen Mädchen schlüpfen aus ihrem Spielzeugauto raus und kommen zu mir rübergelaufen. Schlau wie ich bin, drehe ich den Spieß mit dem peinlichen Pyjama einfach um und rufe ihnen souverän zu:

»Hallo, ihr seid aber ein paar süße Dinger! Ich habe mich extra für euch während der Fahrt umgezogen und es mir schon mal bequem gemacht.«

Da sehe ich, dass meine beiden Verehrerinnen Uniform-Fetischistinnen sind.

Ich mache mir langsam Sorgen, dass ich wegen Verführung Minderjähriger belangt werde. Wie soll ich vor Gericht beweisen, dass die beiden mich verführt haben? Aber wenn man das Alter der beiden zusammenzählt, dann sind sie garantiert älter als 18.

»Sagen Sie mal, was haben Sie sich eigentlich dabei gedacht?«, fragt mich eine von den Zwillingen mit ihrer erotischen Stimme.

»Ach, ihr kleinen Luder, was soll ich mir schon dabei gedacht haben?«, grinse ich anzüglich. »Ihr seid doch nicht die Ersten. Sobald ich mich in der Öffentlichkeit zeige, werde ich immer von hübschen Frauen angebaggert.«

»Der Kerl hat ja wirklich nur einen Pyjama an!«

»Ob der aus einer Anstalt entflohen ist?«

»Schon möglich, so wie der aussieht!«

»Jetzt steigen Sie mal aus! Legen Sie die Hände über den Kopf und machen Sie die Beine breit!«, stöhnt die Blondine mit ungezügeltem Verlangen in der Stimme.

»Eigentlich müsste ich das sagen. Ihr jungen Dinger von heute seid so was von verdorben.«

Montag, 21. März, 21:47 Uhr

»Ach, der Penner von gestern Abend schon wieder«, höhnt der Polizist, dessen Gastfreundschaft ich letztens auf Wache 3 öfter genießen durfte.

»Warum ist die Polizei denn so frauenfeindlich? Warum dürfen Frauen keinen anständigen Streifenwagen fahren? Das führt doch nur zu Missverständnissen!«

»Sie sind von einer ganz normalen Zivilstreife angehalten worden.«

»Wie soll ich denn das wissen? Ich dachte, die baggern mich an, weil sie noch nie einen so gut aussehenden Mann gesehen haben. Ich schwöre Ihnen, Herr Oberhauptkommissar.«

»Bisher bin ich nur der Dienst habende Wachtposten.«

»Herr Dienst habender Oberhauptwachtposten, so glauben Sie mir doch bitte, die wollten wirklich was von mir!«

»Natürlich wollten die was von Ihnen, bei Ihrer Fahrweise ist das ja auch kein Wunder. Sie sind in der Stadt ständig über Hundert gefahren, haben mehrmals rechts überholt, sind bei sieben roten Ampeln durchgebrettert und wie ein Irrer durch die Fußgängerzonen gejagt.«

»Was würden Sie denn machen, wenn Ihre Frau sagt, Sie sollen ausziehen?«

»Dazu kommt noch, dass Sie nicht angeschnallt waren, sowie Fahren ohne Führerschein und Wagenpapiere!«

»Na gut, Herr Dienst habender Oberhaupt-Generalwachtposten, ich bekenne mich in allen Punkten für schuldig! Aber ich will Sie nicht länger als nötig in Anspruch nehmen. Ich habe nicht besonders viel Geld dabei, aber was ich habe, das gehört Ihnen! Schönen Abend noch. Und tschüs!«

»Was soll ich denn mit einem Kaugummi und 65 Cent?«

»Ich habe leider nicht mehr dabei. Sobald ich etwas habe, kriegen Sie so viel Geld wie Sie wollen, Herr Dienst habender Oberhaupt-Generalwachtposten-Major!« Würg!

»Sie gehen jetzt wieder ganz ruhig in Ihre Zelle. Den Weg kennen Sie ja schon. Ihre Freundin, diese Transe, wartet schon sehnsüchtig auf Sie.«

Heute begrüßen wir uns wie zwei alte Kumpel:

»Hallöchen, Herr Engin!«

»Guten Abend, René, mein Junge!«

»Mein Junge? Was soll das heißen, Herr Engin?«, protestiert René.

»Hallöchen, René! Hast du dich wieder mit Hörbi gestritten?«

»Nein, ich streite nie! Aber Herbert findet immer einen Grund, an mir rumzunörgeln!«

»Was willst du hier eigentlich ohne Sofa und deinen Kosmetikkoffer?«

»Den lebenswichtigen Teil der Pflegeserie habe ich heute dabei«, sagt er und holt aus einem rosafarbenen Plüschbeutel ein halbes Dutzend Cremetuben heraus und betupft damit ganz zart die Halspartie. »Herbert, dieses Ekelpaket, hat mich schon wieder aus der Wohnung rausgeschmissen. Dieses Mal hat er mich sogar geschlagen! Ich hasse ihn! Wirklich, ich hasse ihn!«

»Weswegen denn? Ist er immer noch eifersüchtig auf Bruce Willis?«

»Ja, auf Antonio!«

»Genau, sag ich doch, Antonio Banderas! Aber bist du denn überhaupt nicht schlauer geworden?«

»Ja, aber woher soll ich denn wissen, dass Herbert am Montag plötzlich nach Hause kommt? Dieser Südländer, dieser haarige Kerl, hat so einen langen Weg gehabt von Barcelona bis hierher. Da konnte ich ihn doch nicht gleich danach vor die Tür setzen!«

»Na ja, aber was ich nicht ganz verstehe, ist, René, warum landest du jedes Mal im Knast, nur weil Hörbi dich mal rausschmeißt?« So wie ich.

Als Antwort steht René langsam auf und lässt die Wolldecke lasziv wie eine Stripteasetänzerin auf den Boden fallen.

Ich habe noch nie im Leben so einen Mann gesehen! Eine Frau auch nicht! Nicht mal im Fernsehen! Sie … er hat kein einziges Haar am Körper, und auch kein einziges Kleidungsstück! Man sieht nur einen hauchdünnen Strapsgürtel, glänzende Strümpfe und Pumps mit hohen Absätzen. Hier und da glitzert auch irgendein Goldkettchen oder Piercing.

»So hat er mich rausgeschmissen. Und die Polizei nennt das dann öffentliches Ärgernis, Herr Engin. In Wirklichkeit sind die ganzen Nachbarn doch alle nur neidisch und verklemmt!«

René angelt sich die Wolldecke vom Boden, wickelt sich darin ein und setzt sich ganz elegant wieder hin.

»René, du bist wirklich unglaublich!«, stottere ich völlig verwirrt mit sperrangelweit offenem Mund.

»Ich glaube, dieses Mal haben sich die beiden sogar wegen mir geprügelt«, kichert René.

»Wer denn? Leonardo DiCaprio und Bruce Willis?«

»Genau, Antonio und Herbert!«

Plötzlich entdecke ich in der Zeitung, die René gelesen hat, die aktuellen Lottozahlen. Ich traue meinen Augen nicht. Es sind genau meine Nummern. Ich bin mir ziemlich sicher, dass das haargenau meine Lottozahlen sind! Ich kenne doch meine Zahlen. Seit Jahren spiele ich Woche für Woche das gleiche System: Das Alter meines Ford Transit, die Nummer der Halle, in der ich zur Zeit arbeite, Werders Platz in der letzten Bundesliga-Abschlusstabelle, meine Schuhgröße (mit den Jahren werde ich allerdings immer plattfüßiger), mein momentanes Kampfgewicht geteilt durch vier und die Zahl von Mehmets Liebschaften in den letzten zwei Jahren. Und genau diese Nummern sehe ich schwarz auf weiß vor mir. Ich explodiere fast vor Aufregung, aber ich beiße mir auf die Lippen und sage kein

Sterbenswörtchen. Die Bullen würden mich garantiert so lange prügeln und foltern, bis ich mit dem Lottoschein rausrücke.

Seid umschlungen, Millionen!!

Fünf Minuten später steht Mehmet in der Zellentür. Auf der Heimfahrt überlege ich mir, was ich demnächst mit meinen ganzen Millionen anstellen werde. Der Kommunist hier neben mir auf dem Beifahrersitz wird nicht mal von deren Existenz erfahren. Ich will doch nicht als Sponsor von einem Dutzend kommunistischer Umstürze in Afrika in die Geschichte eingehen. Sondern als derjenige, der die größte und umfangreichste Ford-Transit-Sammlung der Welt sein Eigen nennen darf. Als wir dann im Karnickelweg 7b aus dem Wagen aussteigen, kann ich es mir nicht verkneifen, ihn stolz zu fragen:

»Deine Mutter hat dich bestimmt wieder geschickt, nicht wahr?«

»Mutter ist seit gestern Abend nicht mehr da.«

»Was soll das heißen, sie ist nicht mehr da?«

»Sie ist nicht zu Hause, heißt das!«

»Eminanim ist nicht zu Hause? Um sechs Uhr morgens? Wie kann sie es wagen, ohne mich vorher zu fragen?!«

»Vater, Mutter ist richtig weg! Nach fünfundzwanzig Jahren hast du es endlich geschafft, sie aus ihrer Wohnung zu vertreiben! Wenn das für dich kein Grund zum Feiern ist! Also freu dich doch!«

Ich laufe ins Wohnzimmer und rufe:

»Eminanim! Eminanim!«

»Ich hab's doch gesagt: Sie ist weg!« Ich renne zum Schlafzimmer:

»Eminanim! Eminanim!« Ich stürze ins Kinderzimmer:

»Hatice! Zeynep!«

»Die Kleinen hat sie auch mitgenommen.«

»Wo will sie denn mitten in der Nacht mit den Kindern hin?!«

»Keine Ahnung! Sie wollte mir nicht sagen, wo sie hingeht!«

Danach schaue ich sofort nach dem Lottoschein auf dem Fernseher. Da müsste er doch liegen. Nichts! Da liegt er eigentlich seit Jahren, Woche für Woche. Das ist sein Stammplatz. Ich durchwühle alle Schubladen im Wohnzimmer, nichts! Ich krame in allen Taschen nach, die ich finden kann, wieder nichts! Weder in den Hosen noch in den Mänteln, Jacken oder Hemden. Ich durchkämme die ganze Wohnung bis in die hinterste Ecke und schaue sogar unter der Schlafzimmermatratze nach.

»Am besten, du guckst noch im Mülleimer nach, vielleicht hat sich Mutter ja dort versteckt«, bringt mich Mehmet noch zusätzlich auf die Palme. Mach du dich nur lustig über mich, mein Junge, du kriegst keinen Cent von meinen Millionen.

Nach einer Stunde stelle ich die Suchaktion schweißüberströmt und völlig erschöpft ein. Der Lottoschein ist weg! Irgendjemand hat ihn geklaut. Jetzt wird mir auch klar, warum Eminanim abgehauen ist: Wenn Frauen plötzlich reich werden, verlassen sie als Erstes ihre Ehemänner!

»Mehmet, jetzt rück endlich mit der Wahrheit raus.«

»Vater, ich hab doch gesagt, ich habe keine Ahnung, wo Mutter steckt.«

»Ich meine doch den Schein, du Idiot!«

»Was für einen Schein denn, meinst du eure Heiratsurkunde?« Ich muss vorsichtiger sein, fast hätte ich schlafende Hunde geweckt.

»Ja, ja, natürlich, die Heiratsurkunde, was denn sonst?« Von mir aus kann Eminanim hingehen, wo der Pfeffer wächst, aber meine Millionen bleiben schön hier bei mir.

»Mehmet, was hat sie denn nun eigentlich gesagt, warum sie wegläuft?«

»Willst du das wirklich von mir wissen?«

»Soll ich dir mal was sagen, du Hosenscheißer: Sie kommt genauso zurückgekrochen, wie sie weggegangen ist! Spätestens heute Abend wird sie hier voller Reue andackeln und mich um Verzeihung bitten!«

»Wenn du dich da mal nicht täuschst. Ich glaube, du wirst ziemlich lange warten«, sagt Mehmet und geht aus der Haustür.

Ich bleibe alleine zurück! Ganz alleine!

Ich kann mich auch gar nicht daran erinnern, dass ich in dieser Wohnung jemals ganz alleine war. Ich glaube, eigentlich nie! Ich rufe den Personalchef von Halle 4 an und sage ihm, dass ich heute nicht zur Mittagsschicht kommen kann. Ich kann mich gar nicht daran erinnern, dass ich mich jemals bei der Arbeit telefonisch krankgemeldet habe. Ich glaube, eigentlich nie!

Was macht man um diese Zeit, wenn man alleine zu Hause ist? Frühstückt man dann? Frühstücken die Leute, die alleine sind? Kann man überhaupt alleine frühstücken? Wie hat Eminanim diese harte Butter auf diese Brötchen schmieren können? Ich schmeiße das Brötchen in den Mülleimer und gehe mich rasieren. Das konnte ich schon immer alleine! Oh Gott, wie sehe ich denn aus? Ist mir eine Dampfwalze übers Gesicht gefahren? Kein Wunder, dass meine ganze Familie aus dem Haus geflüchtet ist.

»Sag mal, Spiegel, bin ich nicht schon immer ein guter Ehemann gewesen?«

»Ey, Alter, stell nicht so blöde Fragen. Die Antwort weißt du doch selber!«

Plötzlich schlägt mein elektrischer Rasierapparat ohne jedes Zutun meinerseits wie ein Irrer gegen den frechen Spiegel. Der fällt runter und zerbricht in viele kleine Teile. Jetzt kann ich endlich in meinen vier, acht oder dreizehn Wänden machen, was auch immer ich will. Kein Mensch nörgelt an mir rum, ich kann rumlaufen, wie es mir passt. Ach, wenn es doch immer so wäre! Aber spätestens heute Abend ist es vorbei mit der Herrlichkeit.

Ich beschließe, heute mal all das zu tun, was ich schon immer tun wollte, wenn ich mal alleine in der Wohnung sein sollte. Ja, aber was tut man, wenn man alleine ist? Ich habe darin keine Übung. Seit Jahren ist es das erste Mal. Frühstücken kann ich nicht und rasieren brauche ich mich nicht. Da klingelt das Telefon.

»Hallo, Osman, ich bin's«, höre ich die Stimme von Erkek Fatma, der Freundin meiner Ehefrau. »Wie geht's dir denn? Ich möchte mit Eminanim reden, kannst du sie mir holen?«

»Sie ist nicht da!«

»Wo ist sie denn?«

»Keine Ahnung.«

»Waas, du weißt nicht, wo deine Frau ist?«

»Was fragst du mich? Bin ich der Hausmeister hier oder was?«

»Wann ist sie denn wieder da?«

»Ich hab noch geschlafen, als sie aus dem Haus ging. Bestimmt ist sie gegen Abend wieder da.«

»Na gut, dann bis heute Abend. Tschüs!«

»Tschüss, du blöde Kuh!«

Es kann durchaus sein, dass sie die letzten Worte nicht ganz mitbekommen hat. Um Irritationen vorzubeugen, hat nämlich der Zeigefinger meiner linken Hand vorsichtshalber schon vorher auf die Gabel gedrückt. Dieser Finger ist der liebevollste und höflichste von allen meinen Fingern. Der weigert sich sogar, in meiner Nase zu bohren. Schlagartig werde ich durch das laute Klingeln des Telefons erneut aus meinen Gedanken gerissen.

»Hallo, Vater, hier ist Recep«, meldet sich mein ältester Sohn, der mit seiner Frau Helga eine Viertelstunde entfernt wohnt.

»Hallo, Nummer 1.«

»Wie geht's dir denn, Vater? Kannst du mir mal bitte Mutter rüberreichen?«

Wie? Eminanim ist nicht bei denen? Ich hätte schwören können, dass sie in Receps Wohnzimmer sitzt und ihren Kummer mit tassenweise Tee ertränkt, bevor sie heute Abend wiederkommt.

»Sie ist gerade aus dem Haus gegangen, Recep«, sage ich.

»Sie hat mir vor zwei Tagen gesagt, dass sie ständig fürchterliche Kopfschmerzen hat.«

»Ach, nein, der geht's gut.«

»Ja gut, Vater, ich ruf heute Abend wieder an.«

Ich schmeiße den Hörer in die Ecke und mich aufs Ohr!

Nach ein paar Stunden springe ich zu Tode erschreckt hoch!

Auf gar keinen Fall darf sie mich zu Hause antreffen, wenn sie zurückkommt. Sie könnte auf die idiotische Idee kommen, dass ich die ganze Zeit hier sitze und verzweifelt auf sie warte. Ich schnappe mir meine Jacke und gehe raus.

Ich parke den Franz-Josef ein Stück weiter weg. Gerade so, dass ich beobachten kann, wer in unserem Haus ein und aus geht. Eminanim ist schon seit 15 Stunden, 27 Minuten und 8 Sekunden weg! Ich bin ja kein Unmensch! 8 Sekunden darf sie weggehen, aber der Rest stört mich. 15 Stunden und 27 Minuten sind eine Ewigkeit für unsere Verhältnisse. Hoffentlich geht sie in der großen Stadt nicht verloren, so ganz ohne mich!

Einige meiner Bekannten haben das Vorurteil, dass die Ehe ziemlicher Schwachsinn ist. Und sie haben Unrecht damit! Im Grunde ist die Ehe totaler Schwachsinn! Ohne Ehe keine Ehefrau! Ohne Ehefrau keine Schwiegermutter! Ohne Schwiegermutter keine Eheprobleme! Ohne Eheprobleme kein Magengeschwür! Nur Eminanim ist in der Lage, mich so stinkwütend zu machen! Und von diesem Talent macht sie reichlich Gebrauch.

»Guten Tag, Herr Engin.«

»Guten Tag!«

»Schönes Wetter, nicht wahr?«

»Ja, toll!«

»Alles klar?«

»Muss ja!«

Herr Sievers ist ein sogenannter »Treppenhausbekannter« von mir. Seit zwölf Jahren ist er Hausmeister in unserem Block. Aber ich kenne ihn eigentlich nur aus dem Treppenhaus. Dass der Mann mich überhaupt erkannt hat, ohne das passende Drumrum, das Treppenhaus, ist ein wahres Wunder.

»Wissen Sie, Herr Sievers, der Benzintank hier an meinem …«, versuche ich meinen ungewöhnlichen Aufenthaltsort zu rechtfertigen. Er ist schon längst über die Straße gegangen. Man könnte fast auf die Idee kommen, meine Probleme interessieren ihn überhaupt nicht.

»Mahlzeit!«

»Soll ich bei Ihnen einsteigen, oder soll ich mit meinem eigenen Wagen hinterherfahren?«, frage ich den halbwüchsigen Polizeischüler. In den letzten Tagen habe ich mit den Brüdern mehr Zeit verbracht als mit meiner Frau! Fragt sich nur, was besser ist?

»Warum lungern Sie die ganze Zeit hier vor dem Haus rum? Wir haben mehrere Anrufe erhalten. Die Anwohner bekommen es langsam mit der Angst zu tun.«

»Der Motor machte so komische Geräusche. Da bin ich kurz rechts rangefahren«, um meine Frau auszuspionieren.

»So, so, seit zwei Stunden warten Sie also jetzt hier, dass das komische Geräusch sich wieder bei Ihnen meldet?«

»Wirklich? Schon zwei Stunden warte ich? Es ist erschreckend, wie die Zeit vorüberrast! Aber glaubt mir, je älter man wird, desto schneller vergeht die Zeit. Deshalb kann ich euch nur raten, genießt eure herrliche Jugend so bewusst wie möglich und …«

»Und ich kann Ihnen nur raten, hier so schnell wie möglich mit der Klapperkiste zu verschwinden!«

So was lässt sich ein stolzer und rechtschaffener Ford Transit natürlich nicht zweimal sagen und fährt los.

Heute halte ich es nirgendwo lange aus!

Weder in der Kneipe von Hörbi, dem schwulen Männerschreck, noch im Café von Luigi, dem dauergeilen Frauenschreck. Und auf das Neutrum Ottokar habe ich überhaupt keinen Nerv. Heute will ich nicht die 3568. Folge von Enterprise zum 52. Mal sehen, und mit dem Sinn des Lebens rückt er sowieso nicht raus.

Von der Eisdiele aus rufe ich zu Hause an, ob Eminanim schon da ist. Ich werde natürlich sofort auflegen, wenn sie rangeht. Aber ich lege doch nicht auf. Denn sie geht gar nicht ran. Es klingelt und klingelt. Anscheinend habe ich vergessen, den Anrufbeantworter anzuschalten. Vielleicht duscht sie gerade, oder sie fegt die Scherben im Badezimmer zusammen. Noch vor ein paar Tagen haben sich die Massen in unserer Wohnung fast zur Tode getrampelt, um ans Telefon zu gelangen. Und jetzt?

Eminanim ist seit 20 Stunden, 12 Minuten und 17 Sekunden weg! Es könnten sogar 21 Stunden und 13 Minuten sein. Ich traue nämlich Mehmets Zeitgefühl nicht. Den Weggang seiner Mutter hat er sich bestimmt nicht auf die Minute genau gemerkt. Einfach so, nur um sich bei mir zu rächen. Aber seine Dusseligkeit hätte natürlich auch den Vorteil, dass Eminanim erst seit 20 Stunden und 11 Minuten weg ist!

Wo kann meine Frau um diese Uhrzeit überhaupt noch stecken? Es ist fast zehn Uhr abends und ich beschließe, mit diesem kindischen Spiel aufzuhören. Also damit, wie ein herrenloser Hund herumzustreunen, um Eminanim nicht das tolle Gefühl zu geben, ich würde sehnsüchtig auf sie warten. Vielleicht ruft die arme Frau – arme Frau? Blöde Kuh! – ja ständig zu Hause an, um mir zu sagen, dass sie sich etwas verspätet. So um die 24 Stunden oder so! Ich fand diese verlängerten Ladenöffnungszeiten schon immer bescheuert!

Ich parke den Ford Transit direkt vor dem Haus. Sie kann ruhig sehen, dass ich zu Hause bin. Von mir aus kann sie ruhig denken, dass ich auf sie warte. Aber wenn sie da ist, werde ich sie nicht einmal angucken! Kein einziges Wort werde ich mit ihr sprechen. Ich werde so tun, als würde ich sie überhaupt nicht wahrnehmen. Ich werde auf der Couch liegen und mich auf den Fernseher konzentrieren. Mist, dann ist ja alles wie früher! Sie wird gar nicht merken, dass ich stinksauer bin! Bei so einem kleinen Einkaufsbummel oder lächerlichen Freundinnen-Besuch verliert ein gestandener Mann meines Kalibers nicht gleich die Fassung!

Wieder zu Hause schaue ich sofort auf den Anrufbeantworter. Mist, kein Anruf! Nicht mal der von mir! Vielleicht hätte ich das Ding doch anmachen sollen. Aber ich merke auch so, dass Eminanim in der Zwischenzeit nicht da war. Das Badezimmer ist immer noch voller Scherben, und die Küche sieht chaotisch aus. Ich mache es mir auf dem Sofa gemütlich und schalte den Fernseher an. ›Kramer gegen Kramer‹! Was will die blöde Glotze mir damit sagen? Das ist einer von Eminanims Lieblingsfilmen. Sie hat mich mindestens achtmal gezwungen, diesen Film mit ihr zusammen anzugucken. Völlig entnervt schalte ich die Kiste wieder aus. Ich habe nichts gegen Dustin Hoffman aber ich kann mich heute auf den Film überhaupt nicht konzentrieren. Außerdem kenne ich ihn ja auswendig. Jetzt hat Eminanim es endlich erreicht: Sie hat mir den Spaß am Fernsehen verdorben. Tolerant wie ich bin, kann ich ja alles Mögliche verzeihen. Aber das nicht!

Wie ein Tiger laufe ich in der Wohnung auf und ab. Wo ist sie jetzt? Wieso kommt sie nicht nach Hause? Warum ruft sie nicht an? Was hat sie vor? Will sie mich wahnsinnig machen? Will sie mich wirklich verlassen? Wo ist der verdammte Lottoschein?

Ich haue mich wieder aufs Ohr!

Nach einiger Zeit werde ich durch Mehmets Krach wieder wach. Kann er nicht etwas leiser sein? Ich hatte einen tollen Traum: Ich hatte gerade Sex mit Kramer! Natürlich mit der weiblichen Hälfte. Blitzschnell schließe ich sofort wieder die Augen, damit der schöne Traum weitergeht. Diese Werbeunterbrechungen an den besten Stellen des Films bin ich ja seit Jahren gewöhnt. Und prompt läuft der Streifen auch schon weiter. Ich liege wieder mit Kramer im Bett. Oh, verdammt; diesmal mit Herrn Kramer!

Dienstag, 22. März, 13:35 Uhr

Frau Ingeborg Lehrknecht-Ziegenbart schleicht sich plötzlich in meinen Film ein. Sie ist die Grundschullehrerin meiner Tochter Hatice. Uh! Da wünsche ich mir doch lieber Herrn Kramer zurück. Plötzlich habe ich als Zugabe auch noch Eminanim in meinem Traum neben meinem Bett stehen. Nein, das ist zu viel! Wer denkt sich denn so ein blödes Drehbuch aus?

»Pa, Pa, ich brauch Taschengeld«, kommt Hatice auch ins Schlafzimmer gestürmt. Erschrocken fahre ich hoch. Die sind ja wirklich hier in meinem Schlafzimmer.

»Du, Osman, ich komme, um Hatices Sachen abzuholen«, sagt Eminanim, »bleib du nur ruhig liegen! Ich mach das schon.«

»Eminanim, was macht diese fremde Frau in meinem Schlafzimmer? Will sie schon wieder mit mir alleine einen Elternsprechtag machen?«

»Nein, Frau Ingeborg hilft mir nur.«

»Wobei helfen?«

»Als ich Hatice vorhin von der Schule abgeholt hab, da habe ich sie gebeten mitzukommen. Schließlich kann man nie wissen, was durchgedrehte Männer in einer Trennungssituation so alles anstellen.«

»Eminanim, schick das Kind raus! Sie ist noch nicht mal in der Pubertät!«

»Oh, ich freue mich schon auf die Pubertät«, sagt Hatice.

»Wieso das denn?«, frage ich völlig verblüfft.

»Na, dann geht's doch mit den Jungs endlich richtig los!«

»Du unverschämtes Kind! Hat dir das deine Lehrerin beigebracht? Eigentlich solltest du zuerst das mit den Störchen lernen!«

»Das weiß ich schon längst! Ich frage mich nur, warum einige doofe Jungs mit den Störchen schlafen, obwohl es so viele hübsche Mädchen überall gibt?«

»Los, raus hier, du ungezogenes Balg!« Während ich meine Hose anziehe, schaue ich meine Frau vorwurfsvoll an:

»Eminanim, wo warst du eigentlich die ganze Nacht? Kannst du dich daran erinnern, wir haben geschworen zusammenzubleiben, bis der Tod uns scheidet.«

»Ich bin bereits tot, Osman! Immer die gleiche Hausarbeit, immer die gleichen Sorgen, immer der gleiche Alltagstrott. Immer das Gleiche, immer das Gleiche!«

»Das stimmt doch gar nicht! Erst letzte Woche haben wir uns einen ganz neuen Videofilm angeguckt!«

»Siehst du, immer wenn es mir ernst ist, kommt so ein dummer Spruch. Dir ist doch alles gleichgültig! Ich war öfters drauf und dran, die Polizei um Hilfe zu rufen, weil sich ein wildfremder Mann in unserem Wohnzimmer eingenistet hat!«

»Eminanim, was ist mit den Kindern? Wir wollten doch alles für die Kinder tun!«

»Ich tue es ja auch für die Kinder. Sie sollen nicht mit dem schrecklichen Beispiel unserer Ehe aufwachsen. Ich hatte eigentlich immer vor, mein Leben mit einem Mann zu verbringen!«

»Was bin ich denn? Eunuch?«

»Osman, als du damals bei unserer Trauung auf die Frage des Standesbeamten, ob du mich zur Frau haben willst, mit ›Wenn es sein muss‹ geantwortet hast, fanden das alle spaßig und originell. Nur habe ich später leidvoll feststellen müssen, dass das dein voller Ernst war.«

»Ich wollte doch nur witzig sein und dich glücklich machen.«

»Osman, tu mir bitte einen Gefallen und mach mich jetzt glücklich!«

»Alles, was du willst, Eminanim. Zieh du dich schon mal aus. Ich gehe ins Badezimmer, mich waschen.«

»Osman, ich möchte, dass du dich scheiden lässt.«

»Von wem denn?«

»Nun rat mal, mit wem bist du denn verheiratet?«

Ich spüre, dass ich was Außergewöhnliches tun muss, damit meine Frau mit diesem Schwachsinn aufhört. Und schnappe mir das große Küchenmesser vom Tablett.

»Ma! Ma! Hilf mir!«, schreit Hatice.

»Frau, wenn du weggehst, tu ich ihr was an und anschließend bringe ich mich selbst um!«

»Osman, bist du wahnsinnig? Wie kann man so was seinem eigenen Kind antun?«

»Ma, tu doch was!«, heult Hatice.

Ich falle auf die Knie und flehe Eminanim an:

»Frau, zwing mich nicht zum Äußersten, ich weiß nicht mehr weiter. Ich schwöre dir hoch und heilig, dass ich in Zukunft im Sitzen pinkele!«

»Osman, ich verlasse dich jetzt körperlich. Aber du hast mich schon vor Jahren geistig verlassen!«

Ich hole mit dem Messer aus.

»Maaaa!«

»Osmaaaann!«

»Polizeii, Feuerwehr, Schulaufsicht!«

»Osman, ich verspreche dir, dass wir später darüber reden.«

»Also gut«, gebe ich nach und stelle das kleine Ding auf den Stuhl. Mit grünem Gesicht kommt Hatice angerannt.

»Pa, hättest du das mit dem Messer wirklich gemacht?«, fragt sie mit ihren großen, verheulten Augen. »Hättest du wirklich mein Pokémon totgemacht?«

»Verzeih mir, Hatice! Ich weiß nicht mehr, was ich tun soll«, bitte ich meine Tochter um Vergebung für die Höllenqualen, die sie und ihr Pokémon durchmachen mussten.

Die Lehrerin schnappt sich zwei von drei Koffern, die Eminanim inzwischen voll gepackt hat. Ich habe das ungute Gefühl, dass meine Frau ernsthaft darüber nachdenkt, unsere Wohnung zu verlassen.

»Tschüs, Osman. Ich ruf dich die Tage mal an.«

»Eminanim, wenn du jetzt diesen Schritt über die Schwelle tust, dann bekommst du keinen einzigen Cent von all meinen Millionen!«

»Du bringst mich aber richtig ins Grübeln, Osman. Nun gut, ich hab's mir überlegt, du kannst deine Millionen für dich behalten!«

»Ach, Eminanim, weißt du eigentlich rein zufällig, wo mein Lottoschein ist?«

»Der liegt da, wo er immer zu liegen hat: auf dem Fernsehapparat.«

»Da liegt er aber nicht!«

»Ja, da kann ich doch nichts dafür. In diesem Saustall würde nicht mal der Teufel sein eigenes Baby wiederfinden.« Sie schnappt sich den letzten Koffer.

»Frau, wenn du mich jetzt wegen der Lehrerin verlässt, ich meine, mit der Lehrerin, dann springe ich aus dem Fenster!«, schreie ich verzweifelt von der Fensterbank, auf der ich mit zitternden Knien stehe.

»Hör endlich auf, dich vor den Nachbarn zum Affen zu machen, Osman!«

»Spring doch! Spring doch!«, höre ich ihre Komplizin aus dem Flur brüllen. So was soll eine Pädagogin sein? Laut krachend fällt die Tür hinter ihnen zu. Ich stehe wie eine Zimmerpflanze auf dem Fensterbrett. Eine vernachlässigte, ausgedörrte Pflanze.

»Voller Dornen und Zigarettenkippen«, würde jetzt Eminanim sagen.

Soll ich mich jetzt runterstürzen? Bis zu ihrem Tod würde Eminanim bestimmt ein schlechtes Gewissen haben. Dann würde sie merken, wie sehr ich an ihr gehangen habe. Nur was hätte ich noch davon? Sicher würde sie alle Koffer fallen lassen und zu mir auf den Fußweg laufen. Sie würde heulen, während sie meinen Kopf streichelt. Oder was davon übrig ist. Aber die Frauen lieben einen Mann sowieso nur, wenn er Milliardär ist.

Sie wollen einen erfolgreichen Mann, der mit beiden Beinen fest im Leben steht, und keinen, der auf dem Kopfsteinpflaster klebt. Und die Zicke Ziegenbart würde nur anmerken:

»Frau Engin, jetzt brauchen Sie sich nicht mal mehr scheiden zu lassen.«

Erschöpft steige ich vom Fensterbrett herunter und schließe das Fenster hinter mir. Möglicherweise hätte ich den Sprung auf Opa Prizibilskys Balkon auch relativ unbeschadet überstanden.

Ich bin wieder allein! So elend und hilflos habe ich mich nicht mal gefühlt, als mein Ford Transit vor sechs Jahren auf einer gottverlassenen Landstraße irgendwo in Ostfriesland einen Getriebeschaden hatte.

Ich halte es in der Wohnung nicht aus. Mir fällt nur eine Person ein, die mir jetzt helfen könnte: mein langjähriger Arbeitskollege Hans, der Staplerfahrer. Der kann mich garantiert am besten trösten. Hans ist ein fanatischer Frauenhasser. Das ist aber auch das einzig Sympathische an ihm. Er ist ein absoluter Experte, was Eheprobleme angeht. Ich weiß auch, wo ich ihn suchen muss. Im »Zum Wohl«.

»Wie siehst du denn aus, bist du gegen eine Straßenbahn gelaufen?«, macht sich dieser Macho-Hörbi hinter seinem Tresen über mich lustig. »Du weißt doch, mit einer fahrenden Straßenbahn treibt man's nicht! Das ist völlig ungesund!«

»Lass mich in Ruhe, Hörbi! Pass du lieber auf deinen René auf. Wenn du den noch mal verhaust, dann landest du unter der Straßenbahn! Bring mir lieber ein Bier rüber.«

Ich setze mich zu Hans neben der Tür. An seiner roten Nase sieht man, dass er heute für reichlich Umsatz in Hörbis Laden gesorgt hat.

»Hans, ich bin völlig durcheinander. Wie heißt noch mal das Wort für Lebensende mit drei Buchstaben?«

»Ehe.«

»Nein, jetzt habe ich's: Tod! Ich will sterben, mit meiner Frau klappt's nicht mehr«, beichte ich ihm schweren Herzens.

»Hast du es mal mit Viagra versucht?«

»Ach, im meinem Fall nützt mir Viagra auch nichts mehr. Meine Frau ist ausgezogen. Sie hat mich endgültig verlassen.«

»Herzlichen Glückwunsch! Wie hast du das denn geschafft?«

»Wenn ich das nur wüsste! Die ganze Zeit zermartere ich mir das Hirn, aber ich kriege es nicht raus.«

»Osman, tu mir einen Gefallen und finde es schnell raus. Und dann musst du mir den Trick verraten.«

»Hans, das ist nicht lustig. Mach jetzt keine Witze darüber. Mir ist das ernst.«

»Mir doch auch, Osman. Wenn du entdeckt hast, wie man eine Ehefrau los wird, dann lass dir die Sache patentieren! Damit lässt sich viel Geld machen.«

»Du sollst dich nicht lustig machen über mich. Sie fehlt mir sehr zu Hause!« Und ich weiß nicht mal, warum.

»Dann kauf doch eine Spülmaschine!«

»Hans, mach dich nicht lustig über mich. Ich fühl mich wie 'ne Sau auf der Schlachtbank.«

»Ich kenne da ein gutes Gegenmittel, Osman. Wenn du Zahnschmerzen hast, musst du dir nur mit einem dicken Hammer auf den Fuß hauen. Das hilft immer.«

»Habe ich schon probiert. Paarmal mit dem Kopf gegen die Wand. Hat aber nichts gebracht, außer diesen hässlichen Beulen hier oben. Wieso verlässt sie mich gerade jetzt?«

»Vielleicht hat sie sich ja verliebt!«

»Warum sollte sie sich denn trennen, wenn sie sich in mich verliebt hat?«

»Doch nicht in dich! Welche Ehefrau verliebt sich denn schon in ihren eigenen Ehemann? Andererseits weiß doch eigentlich jeder, dass 'ne Alte mit zwei Kindern eher vom Blitz getroffen wird, als einen neuen Mann zu finden.«

»Aber meine Frau ist doch nicht alt!«

»Alle Weiber über 25 sind alt! Deine Frau hat sogar fünf Blagen, die wird eher von einem Blitz und einem Kometen gleichzeitig getroffen, als dass die einen neuen Mann findet.«

»Ach, du willst mich doch nur beruhigen. Ich sehe schon die Kerle, wie sie alle Schlange stehen, um sie heiraten zu dürfen.«

»Das ist doch völliger Quatsch! Eine geschiedene Frau mit einem halben Dutzend Kindern ist auf dem Heiratsmarkt genauso attraktiv und wertvoll wie ein 60-Jähriger Fußballer mit Holzbein auf dem Transfermarkt!«

»Du meinst wirklich, es spricht alles für mich?«

»Das will ich damit auch nicht gesagt haben, Osman. Denn das spricht ja nicht gerade für dich, wenn dich deine Frau in so einer beschissenen Situation verlässt. Obwohl sie weiß, dass sie auf dem Heiratsmarkt völlig chancenlos ist.«

»Na toll, was soll ich jetzt machen?«

»Gott danken, dass die Alte sich aus dem Staub gemacht hat! Und dann ganz schnell alle Türschlösser auswechseln, damit sie sich nicht wieder einnisten kann. So eine tolle Gelegenheit bekommst du kein zweites Mal.«

»Wenn ich ehrlich sein soll, ich würd mich freuen, wenn Eminanim wieder zurückkommen würde.«

»Aber schon zwei Minuten später würdest du das bitter bereuen und dir nichts sehnlicher wünschen, als dass sie sofort wieder verschwindet. Am besten auf die dunkle Seite des Mondes!«

»Mensch, Hans, nimm mich doch mal ernst, warum glaubst du mir denn nicht, dass es mir wirklich dreckig geht? Soll ich etwa erst diesen ekligen Aschenbecher hier samt der Kippen auffressen oder was?«, stöhne ich und kippe mir den Rest vom Bierglas über den Kopf.

»Osman, du Ferkel! Kannst du nicht mal anständig saufen, wie es sich gehört, nur weil deine Tussi dich vor die Tür gesetzt hat?«, pöbelt Hörbi von der Theke rüber und schmeißt mir einen dreckigen Lappen in den Nacken. »Das machst du jetzt alles wieder schön sauber, hast du gehört!«

Ich klatsche ihm den nassen Lappen umgehend ins Gesicht und stürme fluchend aus dem Laden.

»Das kommt dabei raus, wenn die Leute es nicht gelernt haben sich zu trennen«, lästert Hörbi hinter meinem Rücken.

Diese Kneipe werde ich bald kaufen, nur um Hörbi an die Luft zu setzen. Auf der Straße holt mich Hans wieder ein.

»Mensch, Osman, spiel doch nicht den Beleidigten! Wenn du unbedingt eine bescheuerte Hexe am Hals haben willst, kannst du meine haben. Ich schenk' sie dir!«

»Hans, Frauen sind für mich doch das Wichtigste auf dieser Welt.«

»Aber für mich doch auch, Osman. Das kommt gleich nach Saufen, Fußball, Autos und Formel 1!«

»Hans, hör doch endlich mit dem Blödsinn auf! Hilf mir lieber, die Frauen zu verstehen, wenigstens Eminanim! Meine Frau behauptet nämlich immer, sie wäre während der Ehe mit mir nie glücklich gewesen.«

»Osman, heiraten heißt lügen lernen, und was Eminanim da von sich gibt, ist so eine glatte Lüge!« Danach holt Hans ein kleines Heft aus der Innentasche seiner Jacke und liest: »Nichts ist schlimmer als eine Frau, selbst wenn sie gut ist!«

»Für mich sind die Frauen ein Rätsel. Die wollen geheimnisvoll sein und doch verstanden werden. Wie soll man das kapieren?«

»Hast recht, Osman. Aber ich habe ein so erfahrenes, geschultes Auge, ich sehe meistens vorher, welche Ehen nicht funktionieren werden!«

»Wirklich, woran denn?«

»Wenn ein Mann und eine Frau heiraten.«

»Aber Männer und Frauen passen doch gut zusammen, so wie der sprichwörtliche Deckel auf den Topf«, sage ich.

»Ja, aber sie passen nur an einer Stelle zusammen. Ansonsten sind sie wie Bierdeckel und Schnellkochtopf.«

»Ich verstehe nicht, was Eminanim mit ihrem blöden Verhalten eigentlich erreichen will?«

»Ach, was soll sie denn schon wollen? Schuhe und Klamotten natürlich!«

»Davon hat sie doch mehr als genug. Sie muss einen Lastwagen mieten, um ihre Schuhe und Kleider abholen zu können. Trotzdem hat sie mich jeden Tag gefragt: ›Was soll ich denn heute anziehen? Ich habe doch nichts anzuziehen.‹ Diese Sätze habe ich gehasst wie die Pest.«

»Du sollst den Frauen auch nicht den ganzen Unsinn abnehmen, den sie so den ganzen Tag verzapfen. Heute behaupten sie hysterisch irgendeinen Blödsinn, und morgen vertreten sie kreischend genau das Gegenteil. Wenn die Frauen anfangen, ständig zu kritisieren, heißt das, dass sie ein kritisches Alter erreicht haben. Oder die Beziehung hat ein kritisches Alter erreicht.«

»Hans, es ist unglaublich, wie gut du dich mit Frauen auskennst! Für mich sind sie genauso rätselhaft wie die Tatsache, dass Flugzeuge fliegen können.«

»Da bin ich auch kein Experte, Osman. Aber eins kann ich dir sagen: Frauen sind wesentlich schwieriger und komplizierter als Flugzeuge! Du musst nur eines lernen, das ist genauso wie mit diesen lästigen Versicherungsvertretern an der Tür. Kennst du eine, kennst du alle. Beide wollen einen Mann nur über's Ohr hauen. Und nachdem sie ihn richtig ruiniert haben, lassen sie sich nie wieder blicken.«

»Sag mal, Hans, ist das nicht ein bisschen zu extrem?«

Mit einer großen Geste holt er schon wieder sein kleines Heft heraus:

»Selten irrt, wer von den Frauen das Schlechteste denkt!«

»Mein Gott, Hans, dieser Spruch ist ja noch negativer!«

»Osman, kein Mann kann so negativ denken, wie es die Frauen in Wirklichkeit sind!«

»Das ist mir egal, Hans, ich werde nie aufhören, mein ganzes Leben lang die perfekte und ideale Frau zu suchen.«

»Dagegen ist ja nichts zu sagen, Osman. Aber wenn du schlau bist, dann sorgst du dafür, dass deine Frau nicht dahinter kommt!«

»Hans, sag mal, was ist das für ein schlaues Buch?«

»Das ist meine ganz persönliche Bibel! Das ist das Einzige, was ich von meinem Vater geerbt habe. Und der hatte das von seinem Vater. Hier drin sind unsere jahrhundertealten Familienjuwelen. Hier haben die Männer aus unserer Familie die schönsten Wahrheiten anderer weiser Männer der Menschheitsgeschichte zusammengetragen.

Hör dir doch mal an, was Buddha zu diesem Thema vor viertausend Jahren gesagt hat: ›Das Weib ist von Grund auf schlecht, es sündigt, sooft sich eine Gelegenheit dazu bietet.‹«

»Hans, weißt du, was noch schlimmer ist als eine Frau?«

»Ja, eine andere Frau!«

»Was ich meinte, ist ...«

»Zwei Frauen!«

»Hans, ob du es glaubst oder nicht, meine Frau behauptet, nur durch sie hätte ich diesen kometenhaften Karrieresprung zur Halle 4 geschafft.«

»So einen Blödsinn können nur die Weiber quatschen. Aber wieso behauptet denn deine Frau, dass sie was damit zu tun hat?«

»Durch das angeblich tolle Essen, dass sie mir jeden Tag zur Arbeit mitgegeben hat. Nur dadurch hätte ich überhaupt die Kraft gehabt, mich auf den Beinen zu halten und nicht in den kochenden Hochofen zu fallen.«

»Osman, hast du ihr nicht gesagt, dass wir ihre angebrannte Bohnensuppe, die sie seit Jahren kocht, immer in den Hochofen schütten?«

»Hans, dir kann ich ja die Wahrheit erzählen. Die ganze Wahrheit über die angebrannte Bohnensuppe: Ich hatte meine Frau mal, als sie noch ein hübsches Mädchen war, also vor sehr langer Zeit, zu mir nach Hause eingeladen. Ich wollte für sie Bohnensuppe kochen, um damit groß anzugeben. Aber weil ich mehr mit ihr beschäftigt war als mit dem Essen kochen, habe ich die Bohnen anbrennen lassen. Um nicht wie ein Trottel dazustehen, der nicht mal Suppe kochen kann, habe ich gesagt: ›Ich liebe angebrannte Bohnensuppe. Wegen dem tollen Geruch und dem markanten Geschmack!‹ Ich konnte doch nicht ahnen, dass die Frau daraufhin 25 Jahre lang für mich in einem Extratopf die Bohnensuppe anbrennen lässt.«

»Mein Gott, du hast jahrelang scheußliche Bohnen gegessen und nichts gesagt?«

»Ich wollte mir keine Blöße geben. Lieber ging ich nach dem Essen mit Bauchschmerzen ins Badezimmer, um alles auszuspucken.«

»Sehr gut, Osman, bloß keine Schwäche zeigen.«

»Hans, immer wenn ich mit dir spreche, geht's mir anschließend blendend. Vorhin war ich so traurig. Aber von mir aus kann meine Frau jetzt wirklich auf die dunkle Seite des Mondes verschwinden! Oder auf die dunkle Seite der Sonne. Hat die Sonne überhaupt eine dunkle Seite, Hans?«

»Weiß ich nicht! Ist mir aber auch egal! Wie gesagt, die einzigen Gebiete, von denen ich etwas verstehe, sind Frauen und Staplerfahren. Komm mit, wir gehen ins Muschelhaus!«

»Ich will nicht ins Restaurant. Ich habe andere Sorgen.«

»Du hast ja von nichts 'ne Ahnung! Muschelhaus ist doch kein Restaurant. So nennt man das Bordell! Komm, gehen wir hin.«

»Ins Bordell? Warum das denn so plötzlich?«

»Was heißt so plötzlich? Das ist nun mal so. Wenn einem die Frau abhaut, dann geht man halt in den Puff! So macht man das als Mann!«

»Ich habe dort noch nie mit einer Frau …« Mann, ist das peinlich!

»Wirklich, noch nie? Nur rumgegafft? Mensch, man kommt doch nur einmal auf die Welt! Aber du hast ja eine Entschuldigung. Deine Frau ist ja erst vor ein paar Tagen weggelaufen. Aber ein richtiger Grund ist das auch nicht! Denn die Puffs sind voll mit Ehemännern. Man kann das ja auch positiv sehen: Du hast die schönste Erfahrung der Welt noch vor dir! Komm, Osman, ist doch gleich um die Ecke, gehen wir.«

Mist, ich habe keine Ahnung, was man mit einer Frau im

Bordell macht! Na ja, wie man's macht, das weiß ich schon. Aber mit einer fremden Frau so auf Befehl, das kann ich nicht!

»Du, Hans, ich habe auf der Arbeit so vieles über diese Frauen gehört, dass sie einen ausrauben und so.«

»Osman, Nutten machen so was nicht! Das machen nur die Ehefrauen. Im Puff findest du die ehrlichsten und anständigsten Frauen der Welt. Die wollen, ganz offen und direkt, nur etwas Geld von uns Männern.«

»Aber kostet es nicht ein Vermögen, in den Puff zu gehen? Ich habe nicht so viel Geld dabei!«

»Wie gesagt, es ist viel billiger als eine Ehefrau. Und vor allem wesentlich billiger als eine Geliebte, die doch ständig in teure Restaurants ausgeführt werden will. Wenn man bedenkt, was das alles an Geld kostet: tanzen gehen, essen gehen, Diamanten, Pelze.«

»Du meinst, zwischen der Ehefrau und der Geliebten sind keine so gravierenden Unterschiede?«

»Doch, einige kleine schon. Die Geliebte ist 30 Kilo leichter, hat gepflegte Haare und keine Falten!«

»Also gut, du hast mich überzeugt, gehen wir! Aber wenn uns da jemand reingehen sieht? Ich werde mich in Grund und Boden schämen!«

»Das ist doch völlig normal. Alle Männer gehen mindestens einmal in der Woche ins Bordell. So wie man jede Woche einmal zum Friseur, zum Fußball oder unter die Dusche geht.«

»Hans, ich habe echt Schiss! Eminanim bringt mich um, wenn sie mich dort erwischt.«

»Wie soll das denn gehen? Arbeitet deine Frau etwa im Puff?«

Dienstag, 22. März, 21:07 Uhr

Je näher wir dem Bordell kommen, desto mehr Vorposten begegnen uns. Einige in Miniröcken und einige in gar keinen Röcken.

»Hans, du hast Recht. Die armen Mädchen hier verdienen wirklich nichts! Die können sich nicht mal anständige Kleidung leisten.«

»Na, mein Süßer, wie wär's mit uns beiden?«, fragt die im schwarzen Minirock mit den blonden Haaren.

»Öh … eh … hmm, ich weiß nicht«, stottere ich.

»Hallo, Kleiner, soll ich dir mal was zeigen?«, fragt die in gar keinem Rock.

»Was wollen Sie mir denn zeigen? Aber warten Sie mal, ich muss erst meinen Kumpel fragen!«

Hans zerrt mich am Arm in einen Hauseingang:

»Sag mal, bist du total bescheuert, Osman? Du musst doch nicht mit der erstbesten Nutte eine Grundsatzdiskussion anfangen, nur weil die dich von der Seite anquatscht!«

»Aber es ist doch sehr unhöflich, so reizende Damen ohne Antwort auf der Straße stehen zu lassen.«

»Die stehen noch jahrelang dort. Und das machen sie auch, wenn du sie nicht volllaberst.«

Das Haus hat mehrere Stockwerke, und auf jeder Etage gibt's lange Korridore mit vielen kleinen Zimmern nebeneinander auf beiden Seiten. Und vor den Türen sitzen viele Frauen in Unterwäsche auf Barhockern und warten auf mich.

So stelle ich mir das Paradies vor! Wenn ich die Millionen endlich in der Tasche habe, dann werde ich hier einziehen. Nicht als Prostituierte natürlich.

»Hans, das ist ja toll hier! Darf ich mir wirklich aussuchen, welche ich will?«

»Logisch! Die gehören alle dir!«

Ein lebenslanger Wunschtraum ist in Erfüllung gegangen: Ich habe meinen eigenen Harem! Nur die vielen Spanner, die hier durch die Gegend latschen und meine Frauen anstarren, trüben mein Glück ein wenig.

»Na, mein Schatz, soll ich dir mal mein Zimmer zeigen?«, fragt eine Blondine mit einem sagenhaft kurvenreichen Körper.

»Gerne, danke für die Einladung. Ich wollte schon immer mal wissen, wie Sie so wohnen.«

Rücksichtslos schubst mich Hans von der hübschen Dame weg.

»Osman, du bist ein Grünschnabel! Du kannst doch nicht einfach so reingehen, ohne vorher zu verhandeln!«

»Wieso verhandeln? Das sind doch Frauen, keine Tomaten!«

»Du musst doch den Frauen sagen, was du im Bett haben willst! Und dann sagen sie dir, was es kostet.«

»So was tut man doch nicht! Dann kommt sich jede Frau wie eine billige Nutte vor!«

»Herr im Himmel, ich drehe gleich durch! Rat mal, wo wir hier sind?! Das Handeln gehört einfach dazu. Sonst kannst du dich hinterher dumm und dämlich bezahlen!«

»Hans, mir ist es wirklich ein großes Rätsel, warum ein so gigantischer Kerl wie du überhaupt geheiratet hat!«

Ich höre jetzt schon viele Frauen protestieren, dass man einen Mann von knapp 150 cm Größe ›einen gigantischen Kerl‹ nennen darf. Aber in meinen Augen ist er ein Gigant! Der echteste Kerl, den es je gegeben hat!

»Wegen lächerlicher 20 Cent musste ich heiraten, Osman!«

»Was, so billig waren die Frauen damals? Das verstehe ich. Bei einem so billigen Brautgeld muss man einfach zugreifen!«

»Quatsch! Ich Idiot war zu geizig, um 20 Cent für ein Kondom auszugeben. Und wie bei einem Hengst wie mir auch nicht anders zu erwarten war, wurde die blöde Kuh prompt schwanger.«

»Ach, Hans, dann bist du ja genauso wie ich durch eine hinterhältige Intrige zur Heirat gezwungen worden.«

»Wem sagst du das, Osman? So wie alle Ehemänner halt! Obwohl man sich klar machen muss, dass es die Männer waren, die einen solchen Schwachsinn wie die Ehe überhaupt erfunden haben. Die hätten lieber eine Ehe unter Frauen erfinden sollen. Dann wäre der Menschheit viel Unheil erspart geblieben!«

»Hans, das ist aber eine traurige Geschichte! Wegen lächerlicher 20 Cent, das muss man sich mal klar machen!«

»Aber dazu kommt natürlich noch, dass ich zu Hause jemanden brauche, der für mich wäscht, kocht und das Bier aus dem Keller holt!«

»Hans, kannst du bitte aus deinem Superbuch noch einen tollen Spruch über doofe Ehefrauen aussuchen, damit ich die tollen Weiber hier im Puff richtig zu würdigen weiß.«

Wir setzen uns auf die Treppe zwischen zwei Stockwerken.

»Frauen sind im Prinzip ja gar nicht mal so schlecht, solange sie das Maul halten!«

Alle Männer auf dem Flur, die nachdenklich unser Gespräch verfolgt haben, klatschen bei diesem Spruch johlend Beifall. Ich erzittere vor Ehrfurcht vor so viel Weisheit. Oder zieht es hier im Treppenhaus?

Ich beschließe, spontan eine repräsentative Umfrage zu starten, ob alle Männer hier genauso unglücklich sind wie ich.

»Sind Sie auch unzufrieden und unglücklich mit Ihrer Ehefrau?«, frage ich frei heraus einen der Freier, der offenbar gerade frei ist.

»Am Anfang unserer Ehe war unser Glück etwas getrübt«, sagt er, »aber seit zwei Jahren reden wir nicht mehr miteinander. Und seitdem klappt unsere Ehe ganz wunderbar.«

»Früher war meine Frau recht problematisch«, berichtet mein zweiter Umfragekandidat, ein nicht mehr ganz so freier

Freier, denn eine Blondine mit den Traummaßen 150–100–150 zerrt ihn in ihre Zelle, »aber seitdem sie vor sechs Jahren gestorben ist, läuft's einfach prima bei uns.«

Meine repräsentative Umfrage hat erbracht, dass 50 Prozent aller Männer es besser finden, wenn die Ehefrau tot ist; und dass 100 Prozent es absolut notwendig für eine glückliche Ehe halten, dass die Frauen kein Wort von sich geben.

Nach diesen beruhigenden Umfrageergebnissen gehe ich mit Hans ein Stockwerk höher.

Und gleich die erste Frau, die ich im Flur erblicke, lässt mich fast erblinden! Ihr schwarzer und unglaublich kurzer und enger Minirock sitzt so knapp, dass der männlichen Fantasie nichts überlassen bleibt. Bei der Figur vergesse ich sofort all die Spielregeln, die Hans mir vorhin eingehämmert hat. Ich weiß nicht mal mehr meinen eigenen Namen! Dieses Geschöpf hat so viel Anziehungskraft, dass ich wie ein Roboter schnurstracks auf sie zulaufe.

»Na, Süßer, willst du nicht zu mir reinkommen?« »Süßer« heiße ich also!

»Na klar, sofort! Wenn Sie wollen, sterbe ich hier auch zu Ihren Füßen!«

Ihren Kurven folgend stürme ich in ihr Zimmer. Mit einer eleganten Bewegung schließt sie die Tür hinter uns zart zu.

»Osman, du Penner! Du Idiot! Du kannst doch nicht einfach so reingehen! Verhandeln habe ich gesagt, du Grünschnabel! Du Anfänger, du!«, höre ich jemand auf dem Flur toben. Aber eigentlich nehmen meine Ohren nichts mehr so richtig wahr. Weil meine armen zwei Augen in so kurzer Zeit so viel Unglaubliches verarbeiten müssen.

»Wie heißt du denn, mein Süßer?«

»Mein Name ist Osman. Wie heißen Sie denn bitte?«

»Chantal.«

»Schantal! Was Schöneres habe ich in meinem Leben noch nicht gehört!«

In ihrem kleinen Zimmer gibt es nur ein großes Bett und

eine Kommode. Ich bin ganz allein mit einer feinen Dame aus gutem Haus ohne jeden Tadel.

»Englisch? Spanisch? Griechisch oder Französisch?«, fragt sie mich mit ihrer unnachahmlich wundervollen Stimme. Wie ich es schon vermutet hatte, eine hochgebildete, sehr intelligente Frau.

»Es tut mir Leid, ich kann leider nur Deutsch«, muss ich beschämt zugeben. »Für Fremdsprachen bin ich völlig untalentiert!«

»Fellatio?«

»Mein Italienisch ist noch schlechter, Senyorita!«

Bei so viel Schönheit, Intelligenz und Eleganz bleibe ich wie versteinert neben dem Bett stehen. Warum ist eigentlich Gott so ungerecht? Warum hat er von dieser Sorte Frau so wenige erschaffen? Oder hat Ottokar meine Bestellung schon geliefert? Diese Sonderanfertigung ist wirklich ein richtiges Einzelstück.

»Erledigen wir zuerst das Geschäftliche. Ich kriege 100 Euro, Süßer! Leg das Geld auf die Kommode!«

»100 Euro? Wofür? Wollen Sie mich etwa heiraten? Sie sind aber direkt, Frau Schantal! Hans hatte schon wieder Recht. Alle Frauen denken zuerst ans Geld und dann sofort ans Heiraten!«

»Lass mal gut sein, mein Junge. Ich bin zufrieden mit meinem Arbeitsplatz. Du hast doch keine Ahnung, wie lange ich warten musste, bis ich hier ein Zimmer bekommen habe.«

Bei ihrer unglaublich erotischen Figur zittere ich mittlerweile wie Espenlaub mit starkem Schüttelfrost.

»Wie gesagt, zuerst kommt das Geschäftliche, Kleiner!«

»Wofür soll ich denn jetzt schon bezahlen? Wir haben doch noch gar nichts gemacht!«

»Das sind hier so die Spielregeln, zuerst gehört das Geld auf die Kommode! Sonst kannst du sofort wieder abhauen!«

»Schantal, Sie können mich doch nicht wegschicken. Wir sind füreinander geschaffen!«

Aus der Jackentasche hole ich mein Portemonnaie raus. Ich

lege zwei nagelneue Fünfzig-Euro-Scheine auf die Kommode, die ich von Mehmets Zimmer mitgehen ließ, was mir im Innersten sehr weh tut. Aber bei ihrer Schönheit vergesse ich alle Schmerzen binnen einer Sekunde.

Kaum liegt das Geld auf der Kommode, schon liegen wir im Bett!

Weltpremiere! Ich liege mit einer schönen, völlig fremden Frau im Bett! Im gleichen Bett zur gleichen Zeit! Und völlig nackt! Ich bin jedenfalls völlig nackt, aber sie hat immer noch die Sachen an, die ich schon bei unserem ersten Rendezvous vor ihrer Tür bewundern konnte.

»Entschuldigung, wollen Sie sich nicht auch etwas ausziehen?«

»Ausziehen, sagst du?«

»Ja. Oder finden Sie es aufregender, wenn ich Sie ausziehe?«

»Wenn ich mich ausziehen soll, dann musst du schon etwas drauflegen, mein Süßer!«

Wohl oder übel trotte ich wieder zu meinem Portemonnaie. Das Praktische an der Sache ist, dass ich nichts brauche, um meine Blöße zu bedecken. Das tut mein wohlgerundeter Bauch für mich ganz von alleine.

»Halt, halt, halt! Ich habe nichts von Anfassen gesagt«, ruft sie und schlägt mir blitzschnell auf beide Hände.

»Aber ich habe doch schon zusätzlich bezahlt!«

»Dafür darfst du sie angucken, aber nicht anfassen! Wenn du meine Titten berühren willst, musst du noch einen Zwanziger drauflegen.«

»Schantal, ich habe das ungute Gefühl, dass Sie nur wegen meines Geldes mit mir ins Bett gehen!«

»Aber nicht doch. Ich treib's mit dir nur wegen deiner süßen, fetten Wampe!«

Ich lege sofort noch einen Schein auf die Kommode und danach mich zu ihr hin.

»Können Sie bitte Ihren rechten Arm etwa zwei Zentimeter nach hinten legen?«, frage ich leise.

»Wieso soll ich mich denn bewegen? Wir machen hier doch keine Turnübungen!«

»Gut, gut, bewegen Sie sich bloß nicht! Sie könnten sich ja was brechen!«

»Halt! Stop! Nicht kneten! Das ist doch kein Pizzateig, wo du beliebig reingrabschen kannst!«

»Aber Sie haben doch gesagt, dass ich Sie jetzt anfassen darf! Ich habe fast meinen gesamten Monatslohn dafür hinblättern müssen!«

»Berühren habe ich gesagt, nicht abreißen! Wenn du so daran rumquetschst, platzen gleich noch meine Silikons. Weißt du eigentlich, was mich die Teile gekostet haben?«

»Das kann ich eigentlich gar nicht glauben! Bei einer so attraktiven Frau müssen die Dinger einfach echt sein!«

»Sind sie ja auch; echt Silikon! Stehen wie 'ne Eins!«

Ich ignoriere schlicht und ergreifend ihre beiden letzten unverständlichen Sätze und nähere mich ihr so romantisch, wie ich kann.

»O Gott! Halt! Bist du etwa völlig pervers? Niemand darf mich auf den Mund küssen!«

Ich stehe genervt wieder auf.

»Ich weiß schon, zwanzig Euro auf die Kommode!«

»Nein, keine zwanzig Euro! Nicht mal tausend! Auf den Mund darf mich keiner küssen. Du bist doch nicht mein Ehemann.«

»Was ist das denn für eine Logik? Küssen darf ich Sie nicht, aber mit Ihnen schlafen schon!«

Obwohl ich mittlerweile so meine Zweifel habe, ob ich das wirklich darf? Beziehungsweise ob der Inhalt meines Portemonnaies dafür ausreicht?!

»Nun sag schon, hast du vielleicht andere perverse Fantasien auf Lager?«, fragt sie mich neugierig.

»Was denn für perverse Fantasien? Ich wollte doch nur ein harmloses Küsschen in Ehren!«

»Hast du Vergewaltigungsfantasien? Möchtest du Vergewaltigung spielen?«

»Die Nummer kenn ich schon! So hat mich meine Ehefrau auch reingelegt. Ich weiß, gleich kommen Ihre Brüder!«

»Oder soll ich dich vielleicht ein bisschen schlagen oder auspeitschen?«

»Aber wieso? Ich habe doch noch gar nichts gemacht!«

»Mensch! Bist du wahnsinnig? Ich hab doch gesagt, nicht so fest drücken!«

»Das ist doch doof. Wenn ich nichts anfassen darf, dann kann ich ja gleich Telefonsex machen. Dabei habe ich schon so viel Geld bezahlt!«

»Jetzt quatsch nicht so viel! Schieb dein Nümmerchen und hau ab!«

»Und ich dachte immer, im Puff geht es hoch her mit Wein, Weib und Gesang?!«

»Wenn du Gesang haben willst, musst du in die Kirche gehen.«

»Schantal, vielleicht sollten wir einfach nur so ein bisschen kuscheln.«

»Kuscheln? Jetzt wirst du ja langsam richtig abartig! Zieh dein Kondom über und leg los! Ich habe keine Zeit mehr!«

»Wieso? Nehmen Sie nicht die Pille? Abgesehen davon, wo soll ich das Kondom draufmachen? Etwa auf meine Nase? Ich glaube, es wird heute nichts.«

»Ich habe auch keinen Nerv mehr! Los, raus aus dem Bett!«

»Kriege ich jetzt mein Geld wieder?«

»Bist du völlig übergeschnappt? Das ist doch nicht meine Schuld, wenn du impotent bist!«

»Meinen Sie wirklich, dass ich impotent bin? Schantal, das ist doch nicht Ihr Ernst!«

»Schau doch in den Spiegel. Guckt da unter dem Bauch was raus?«

Ängstlich stelle ich mich vor den Spiegel. Sie hakt völlig unnötig nach:

»Na?«

»Nein.«

»Also!«

»Was?«

»Impotent!«

»Nein!«

»Doch! Raus!«

»Wer?«

»Du!«

»Wann?«

»Jetzt!«

»Sofort?«

»Ja!«

Das mit der Impotenz ist mir jetzt aber peinlich! Vielleicht bin ich ja schon länger kein Mann mehr und hatte nicht die Gelegenheit, es zu testen!

»Gnädige Frau, ich möchte mich bei Ihnen in aller Form für mein Versagen entschuldigen. Ich bin untröstlich, dass ich Sie nicht glücklich machen kann.«

»Alles klar, zieh dich wieder an. Du kannst es ja morgen wieder versuchen.«

»Morgen schon? Ist es so schnell heilbar? Das ist doch kein Schnupfen.«

Während ich mich anziehe, höre ich Hans von draußen rufen:

»Osman, wo bleibst du denn? Willst du dort etwa übernachten?«

»Schantal, bitte erzählen Sie meinem Kumpel nichts von meinem schrecklichen Versagen! Mein guter Ruf steht auf dem Spiel!«

»Du brauchst dich nicht zu fürchten. Dein Kumpel Hans war ein noch größerer Versager als du.«

Sie macht die Tür auf und schubst mich raus.

»Na, Osman, wie war's?«, fragt mich Hans mit glänzenden Augen.

»Dein Kumpel ist für jede Frau eine Offenbarung im Bett!«, antwortet die gute Fee im schwarzen Minirock, die mich total ausgeraubt hat, an meiner Stelle. »Du kannst wirklich stolz auf deinen Freund sein! Bring ihn morgen wieder.« Ich kann sie so gut verstehen! Bei ihrem Sekundenlohn.

»Osman, hat die Alte dir etwa was Schlechtes über mich erzählt?«, stottert Hans mit grünem Gesicht.

»Nein, nur was Gutes. Sie sagte, das muss wohl an der Luft von Halle 4 liegen. Hans ist auch eine Granate im Bett.«

»Wirklich? Das hat sie gesagt?«

»Ja. Sie ist ein richtiger Fan von dir. Sie will sogar mit den anderen Frauen im Haus einen Fanclub gründen: ›Hans-der-Stecher-Fanclub‹!«

Mittwoch, 23. März, 0:23 Uhr

Frustriert komme ich wieder nach Hause. Das war aber ein übler Reinfall! Für nichts und wieder nichts habe ich ein kleines Vermögen bezahlt. Das einzig Positive an der Geschichte ist, dass ich endlich nach all den Jahren wieder eine völlig nackte Frau zu sehen bekommen habe. Auf den Rest dieser peinlichen Erfahrung hätte ich liebend gerne verzichtet. Ob ich wirklich ganz und gar impotent bin, wie diese Frau es behauptet hat? Sie muss es ja wissen, schließlich ist sie doch die Expertin auf diesem Gebiet. Wäre meine Frau nicht abgehauen, hätte ich mit meiner Impotenz glücklich und zufrieden weitergelebt, ohne jemals was davon zu erfahren.

Wie sagt man doch so schön: Was ich nicht weiß, kann ich auch nicht weitererzählen!

Oh Gott, wie sieht's denn hier aus? Seit wann hält denn die NATO ihre Truppenübungen in meinem Wohnzimmer ab?

Als Mehmet in Unterhose aus seinem Zimmer kommt, wird mir klar, dass es die Rote Armee ist, die für dieses entsetzliche Chaos verantwortlich ist. Das Rote Pack hat sein Herrschaftsgebiet von seinem Zimmer aus über die ganze Wohnung ausgebreitet. Und es ist ja bekannt, wo die Militärs erstmal ihren Fuß draufhatten, da wächst kein Gras mehr.

Wo steht denn eigentlich im Kommunistischen Manifest, dass man die Eierschalen auf den Fernseher legen muss, wenn man in der Küche Spiegeleier braten will? Ob Karl Marx das wirklich so gewollt hat? Will mein Sohn damit gegen die Käfighaltung der Hühner protestieren? Und warum schmeißt er denn eine Tiefkühlpizza in den Backofen, wenn er Spiegeleier brät? Und warum hat er dann die Pizzapackung auf den Fußboden geschmissen? Protestiert er dadurch gegen diesen ekelhaften Fertigfraß, so wie er es immer nennt, oder will er andeuten, dass ich Geizhalz nach 20 Jahren endlich einen neuen Teppichboden kaufen soll? Wieso hat er die Glasscherben aus dem Badezimmer in der ganzen Wohnung verstreut? Will er damit die feindlichen NATO-Bataillone aufhalten, oder möchte er, dass ich wie ein indischer Fakir auf Glasscherben rumspringe, nur so zur Selbsterfahrung? Wieso liegen in allen Ecken Sofakissen, nur auf dem Sofa keins? Sollen es die russischen Soldaten im Schützengraben damit etwas bequemer haben, oder protestiert er damit gegen den Verlust seiner Mutter? Warum läuft der Fernseher auf Brülllautstärke, wenn durch den unerträglichen Höllenlärm aus seiner Stereoanlage alles Leben im Karnickelweg 7b ausgelöscht wird? Warum hat er die Tomaten und die Maiskolben neben den Mülleimer geschmissen? Will er damit seine Verachtung gegen genmanipulierte Lebensmittel zum Ausdruck bringen? Warum stehen überall Untertassen rum, voll mit stinkenden Zigarettenkippen? Warum hat er denn quer durch das Wohnzimmer eine ganze Klopapierrolle ausgelegt? Soll das vielleicht ein stiller Protest gegen die Abholzung brasilianischer Regenwälder sein?

Fragen über Fragen, die die Welt bewegen, aber mein Wohnzimmer nicht unbedingt wohnlicher machen. Wenn ich ihn jetzt direkt fragen würde, was der Quatsch soll, würde der »Kommunismus auf Beinen« zuerst mit politischen Argumenten so durch die Gegend wirbeln, wie er es mit den ganzen Sachen in der Wohnung praktiziert hat. Aber der wahre Grund ist, dass er ein Penner durch und durch ist! Selbst die Schlampen im Puff sind zehnmal ordentlicher als er; nur nicht so sexgeil!

Nach dem Auszug seiner Mutter kann er mit der plötzlich über ihn hereingebrochenen Freiheit nichts anfangen. Halt so wie alle im ehemaligen Ostblock. Ich tue einfach so, als hätte ich mich nicht zu Tode erschreckt. Und frage ihn völlig locker und normal, so als hätte die Atombombenexplosion in unserem Wohnzimmer nie stattgefunden:

»Na, Mehmet, wie geht's dir, mein Sohn?«

»Wie soll's mir denn schon gehen? Du siehst doch, wie immer eben!«

»Alles klar? Alles in Ordnung?«

»Alles klar! Alles in Ordnung!«

»Wirklich?«

»Ja, alles paletti. Alles im grünen Bereich.«

Ich Idiot! Natürlich ist für ihn alles in Ordnung. Um ihn brauche ich mir doch keine Sorgen zu machen. Nachdem der Rest der Familie die Wohnung in einer Nacht-und-Nebel-Aktion verlassen hat, haust er jetzt in allen Zimmern. Er hat die ganze Wohnung für sich alleine, und dementsprechend sieht es hier auch aus.

»Dass Mutter jetzt weg ist, tut mir echt Leid, Vater.«

»Und mir erst!«

»Aber irgendwie fühle ich mich jetzt viel wohler in der Wohnung.«

»Man sieht's, du Ferkel!«

»Es sieht doch jetzt alles so nett aus, so vertraut!«

»Jetzt mal im Ernst, Mehmet, für all das Chaos hier kann ich irgendwie eine Erklärung finden, wenn ich mich anstrenge. Aber ich kapiere beim besten Willen nicht, warum dieses Klopapier quer durch die Wohnung ausgerollt werden musste?«

»Oh toll, wo hast du es denn entdeckt?«

»Na hier drüben, ist doch nicht zu übersehen.«

»Prima, da ist sie ja. Die Rolle hätte ich gerade auf dem Klo gut gebrauchen können.«

»Wenn du nicht wie ein Irrer alles auf den Boden schmeißen würdest, dann hättest du das Klopapier sofort gefunden.«

»Ja. Aber dann wär es längst nicht so gemütlich hier.«

Na, logisch. Für 'ne Pottsau ist so ein Saustall natürlich gemütlicher als der Buckingham Palast. Ich stecke brutal in der Klemme. Entweder muss ich die ganze Wohnung aufräumen oder mitmachen.

Deshalb ziehe ich meine Jacke aus und lasse sie da auf den

Boden fallen, wo ich gerade stehe. Nach dem Motto: Hier stehe ich, ich kann nicht anders! Genauso muss es Mehmet mit seinen unzähligen Klamotten gemacht haben. Im Prinzip haben Mehmet und Luther ja Recht: Es ist wirklich praktischer. Den rechten Schuh donnere ich in die rechte Ecke und den linken natürlich in die linke. Mehmet, mein Vorbild, hat es vorhin andersrum gemacht. Aber egal. Das kriege ich irgendwann, irgendwie auch noch hin. Mit meinen 48 Jahren bin ich ja noch jung und lernfähig. Und für den Anfang war es doch gar nicht mal so schlecht.

Ich lasse mein Hemd in der Küche auf den Boden fallen und ziehe mir ein altes, durchgeschwitztes Che-Guevara-T-Shirt von Mehmet an, das ich im Kühlschrank finde. Statt wie jeder junge Mann sein Zimmer mit nackten Frauen zu tapezieren, plakatiert er seins mit hässlichen Männerbildern. Und ab heute auch noch das Wohnzimmer. Wie jeder Kommunist versucht auch Mehmet mit seiner Expansionspolitik andere Menschen ins Unglück zu stürzen.

Ich schnappe mir die eine Hälfte von der Fertigpizza. Ich beiße genüsslich in die duftende Pizza rein, während ich meine stinkende linke Socke ausziehe. Ich genehmige mir noch einen Bissen und schmeiße dann die Socke irgendwohin. Ich ziehe mir dann die rechte Socke aus, beiße gierig rein und werfe die Pizza weg. Böööh!! Das muss ich noch üben: Pizza essen, während ich die Socken ausziehe.

»Das schaffst du auch noch«, macht mir Mehmet Mut, »wenn du wüsstest, wie lange ich das geübt habe.«

Ich habe nicht gewusst, dass man sogar für's Schwein sein üben muss. Ich hatte immer geglaubt, man ist es, oder man ist es nicht. Ich hole mir noch ein Stück Pizza aus der Küche. Um die irrtümlich weggeschmissene Pizza zu finden, bräuchte ich ein halbes Dutzend echter deutscher Polizeihunde. Aber die Polizei würde ihre Hunde hier nicht reinlassen. Aus Angst, sie würden für immer verloren gehen.

Als der Fernseher und Mehmets Musikanlage zufällig kurz

Pause machen, höre ich irgendwo das Telefon klingeln. Aber sehen kann ich es natürlich nicht. Ich schaue schnell im Backofen und in der Spülmaschine nach.

»Mehmet, wo hast du das Telefon versteckt?«

»Keine Ahnung. Da drüben ist doch der Anschluss. Und wenn du das Kabel verfolgst, findest du irgendwann das Telefon.«

»Wir haben schon lange kabelloses Telefon«, schreie ich, während ich in der Waschmaschine nachschaue.

»Oh, dann dürfte die Suche etwas schwierig werden.«

Erschöpft gebe ich auf und lasse mich aufs Sofa fallen. Das nenne ich Glück. Ich habe mich genau auf den Hörer gesetzt.

»Osman, warum gehst du nicht an den Apparat?«, höre ich die Stimme von dieser nervigen Erkek Fatma. Hätte ich das Telefon doch bloß nicht gefunden.

»Ich hab mich auf dich draufgesetzt.«

»Waaas?«

»Auf das Telefon natürlich!« Andersrum wäre es mir aber lieber.

»Osman, red nicht so einen Unsinn. Wo ist Eminanim?« Wenn ich das bloß wüsste!

»Sie ist zu ihrer Mutter gefahren«, du neugieriges Etwas.

»Bei ihrer Mutter habe ich schon angerufen. Da ist sie nicht.«

»Ja, genau, du hast Recht. Sie wollten zusammen einkaufen fahren«, Kommissarin Columbo!

»Das stimmt doch nicht! Ihre Mutter ist nämlich da, aber Eminanim nicht.«

»Jetzt fällt's mir wieder ein. Sie wollte zu ihrem Vater.«

»Du weißt nicht, dass dein Schwiegervater seit fünf Jahren tot ist?«

»Das meine ich doch. Zum Friedhof, wo ihr Vater liegt, wollte sie gehen.«

»Ich habe keine Lust mehr auf diese Albernheiten. Ich rufe Eminanim morgen wieder an.«

»Bloß nicht!« Mach das!

»Waaas?«

»Ich meine doch umgekehrt. Mach das.« Bloß nicht!

Erschöpft von diesem anstrengenden Gespräch lasse ich mich in den Sessel fallen. Mit dem Hinsetzen habe ich heute aber wirklich Dusel. Diesmal habe ich mich nämlich auf mein altes, weggeworfenes Stück Pizza gesetzt. Das nennt man wohl Glück im Unglück. Ich kratze die Zwiebelringe und die Artischocken von meinem Hintern und klatsche sie auf den kalten Teig. An dem Klopapier, das überall im Zimmer rumliegt, wische ich mir die Finger ab. Sehr praktisch, das Ganze. Würde ich jedem empfehlen. Man hat immer und überall eine Serviette zur Hand. Das nennt man wohl Ordnung in der Unordnung. Wenn man intelligent genug ist, findet man immer eine Lösung, wie man mit der augenblicklichen Situation klarkommt. Ich kann mich nicht genau erinnern, aber in einem der vier wichtigsten Bücher der Welt – also im Alten Testament, in der Bibel, im Koran oder in Hans' Weisheitenbuch – steht: Wer aufräumt, ist nur zu faul zum Suchen! Jahrelang habe ich versucht, dass Mehmet so wird wie sein Vater. Also so wie ich. Aber in wenigen Minuten hat mein Sohn, also Mehmet, es geschafft, dass ich zur Pottsau werde, so wie er! Vielleicht war ich im Grunde meines Herzens immer schon so und wusste es nur nicht. Der Apfel fällt nicht vom Stamm, wenn die ungezogenen Bengels keine Steine dagegen werfen.

Ich suche verzweifelt nach der Fernbedienung. Bei dem Durcheinander hier sollte ich doch eigentlich froh sein, dass ich den Fernseher finde. Ich springe ein paarmal in die Luft und lasse mich auf den Boden fallen. Vielleicht finde ich ja so auch noch den Lottoschein. Diesmal habe ich mit dem Sitzen kein Glück. Ich erwische weder den Lottoschein noch die Fernbedienung und falle auf Mehmets Hanteln. Aber Mehmet selbst ist bei diesem Durcheinander verschwunden. Sein eigener Sumpf hat ihn verschluckt.

»Mehmeeet, wo steckst duu?«

»Was ist deeenn?«, höre ich ihn aus irgendeiner Ecke.

»Wo steckt die Fernbedienung? Ich will umschalten.« Als Antwort fliegt mein rechter Schuh an meiner Nase vorbei und trifft den Fernseher links oben an der Seite. Prompt fängt die Glotze von alleine an, durch alle Programme zu zappen.

»Super! Unglaublich! Mehmet, wie hast du diesen Trick herausgekriegt? Das stand doch nicht in der Gebrauchsanleitung.«

»Grad eben. Per Zufall.«

»Nicht schlecht, mein Sohn. Alle Achtung. Hol mir mal den Schuhschrank aus dem Flur als Fernbedienung.«

»Den brauchst du nicht. Das geht bestimmt auch mit Tassen oder Äpfeln.«

Ich versuche mein Glück mit einem vollen Aschenbecher, den ich auf dem Boden finde.

»Fantastisch, toll! Das ist ja wie auf dem Freimarkt. So macht Fernsehen endlich wieder Spaß.« Der hat verdammtes Glück, dass ich mir bald den größten Fernseher der Welt leisten kann. So groß wie ein ganzes Fußballstadion. Sonst hätte ich garantiert ihn eher vom Balkon geworfen als irgendwelche Gegenstände gegen meinen geliebten Fernseher.

Der Blumentopf auf dem Fernseher fällt mit lautem Krach auf den Boden. Das war seit Jahren ein unausgesprochener Wunsch von mir. Man könnte sagen, ein Freud'scher Fehlwurf! Diese Stiefmütterchen habe ich noch nie gemocht. Genau wie meine Schwiegermutter, die das Gestrüpp als Geschenk mitgebracht hat. Hoffentlich hat Mehmet davon nichts mitgekriegt!

»Für den Anfang war das bombig, Alter. Im Namen der Familie danke ich dir, dass du wenigstens den Fernseher verschont hast.« Wann immer mir was Peinliches widerfährt, merkt er es sofort.

»Mann, du bist aber blöd«, lache ich verlegen, »das merkt doch jedes Kind, dass das Absicht war! Wer hätte denn die Blume gießen sollen, jetzt, wo deine Mutter weg ist? Du doch wohl als Letzter? Du hast doch Panik vor Wasser. Und ich habe

Wichtigeres zu tun, als mich um blöde Stiefmütterchen zu kümmern.«

Ich habe den Satz noch nicht beendet, da fliegt erneut ein Löffel an meinem Kopf vorbei, und prompt zappt der Fernseher durch alle Kanäle. Seine Treffsicherheit ist völlig normal, wenn man bedenkt, dass er schon seit Jahren mit seiner Stereoanlage, allen Lichtschaltern und jüngeren Geschwistern auf diese Art und Weise kommuniziert.

Unter dem Tisch erwische ich zufällig die Fernsehzeitung. Gleich die erste Anzeige, die mir ins Auge springt, lautet:

»Haben Sie Probleme mit Ihrer Potenz?«

Ich wusste es doch! Diese Zeitung liegt nicht zufällig da! Die hat Mehmet absichtlich für mich dort platziert. Woher weiß der Hundesohn das alles? Ich fresse meinen Kummer in mich hinein und blättere in der Fernsehzeitung weiter. Eine noch bescheuertere Werbung springt mir ins Auge:

»Sind Sie alleine? Hat Ihre Frau Sie sitzen gelassen? Kommen Sie sich wie der letzte Dreck vor?«

Das kann doch überhaupt nicht wahr sein! Mit einem halben Auge schiele ich rüber zu Mehmet, ob er sich über meine Situation amüsiert? Nein, er kümmert sich überhaupt nicht um mich. Er tut so, als wenn ich gar nicht da wäre, und starrt weiterhin auf den Fernseher. Unübersehbar fühlt er sich pudelwohl, weil er sich auf dem Boden im eigenen Dreck rumsuhlen kann. Wütend blättere ich in dem unverschämten Heft weiter.

»Machen Ihnen Ihre Hämorrhoiden zu schaffen?«

Das gibt's doch gar nicht! Woher wissen die das?

»Haben Sie Probleme mit Übergewicht?«

Ich bin sicher, dass Mehmet diese Beilage extra für mich drucken lassen hat. Völlig entnervt schmeiße ich das Schundblatt zu ihm auf den Müll zurück. Nicht mal die unverschämte Erkek Fatma hat mir derart peinliche Sachen ins Gesicht gesagt, wenn sie mir aus dem Kaffeesatz ungefragt die Zukunft gelesen hat. In den letzten Jahren konnte ich deswegen keinen Kaffee mehr trinken. Jedes Mal stürzten sich Eminanim und

Erkek Fatma wie die Geier auf meine Kaffeetasse. Unter dem Vorwand, aus dem Kaffeesatz zu lesen, machten sie mir einen Vorwurf nach dem anderen. Deswegen trinke ich schon seit langem nur noch Tee. Aber das hat auch nichts genützt! Seitdem lesen sie die Zukunft aus dem Teebeutel! Ständig hat mir Erkek Fatma prophezeit, dass Eminanim mich irgendwann mal verlässt und einen gewissen Brad Pitt heiraten wird, dass sie mindestens zehn Kinder haben werden, die im Gegensatz zu meinen Kindern bildhübsch sind.

In dieser Wohnung halte ich es nicht mehr aus! Ich sollte lieber auf den Balkon gehen. Mit einigen herumliegenden Wurfgegenständen versuche ich den Fernseher auszuschalten. Welch ein Glück, dass ich die Wohnzimmerfenster schon vor ein paar Tagen selbst eingeschmissen habe. Der Aschenbecher prallt von der Pappe im Fensterrahmen wieder ab. Wenn mein Sohn auf keinem einzigen Gebiet auch nur einen Funken Talent besitzt, das hier wiederum kann er! Mit einem eleganten Wurf aus acht Meter Entfernung bringt er die Glotze für heute Abend endgültig zum Schweigen.

Der Balkon war immer Eminanims Lieblingsplatz. Wenn die Fußballsendungen länger als drei Stunden gedauert haben, hat sie sich immer auf den Balkon zurückgezogen. Bei ihr hieß es nicht Kinder, Küche, Kirche, sondern Blagen, Backen, Balkon!

Aber es ist ja auch wirklich schön hier draußen. Frische Luft, der Mond, die Sterne. Das ist kein Schwindel. Wenn es jetzt nicht regnen würde, könnte man bestimmt den einen oder anderen Stern wirklich sehen. Dafür wirft die Straßenbeleuchtung heute ihr Licht so schön auf die Regentropfen, dass ich das Gefühl habe, es regnet mir Sterne vom Himmel.

»Oh, mein Gott, was habe ich getan, warum hat sie mich verlassen?«, frage ich den Blumentopf neben mir, weil ich sonst niemanden um mich habe, mit dem ich reden kann. Ein Glück, dass der Blumentopf nicht antwortet, denn dann hätte ich wirklich ein Problem.

Gleich morgen werde ich mir einen neuen, tiefer gelegten

Ford Transit kaufen, um Eminanim zu beeindrucken. Und dazu meinen Zahnarzt anrufen. Damit ich wenigstens eine Verabredung habe, weil mein Friseur mittlerweile von mir die Nase voll hat.

Eigentlich trifft sich das doch recht gut, dass Eminanim ganz von selbst abgehauen ist. Niemand wird mir später vorwerfen können, ich hätte wegen ein paar lächerlichen Millionen meine alte Ehefrau abserviert.

Und jetzt zu dir, mein geliebtes Tagebuch.

Ich muss unbedingt den Mann erwähnen, ohne den es dich gar nicht geben würde.

»Beim Barte des Proleten! Sie sehen ja völlig daneben aus. Sind Sie ständig so depressiv?«, fragte mich dieser dicke Psychotherapeut vom Hauptgesundheitsamt mit seiner runden Nickelbrille, den übermüdeten Augen, dem langen, grauen Lenin-Bart, mit langen, grauen Haarflusen, die in lockerem Halbrund um eine prächtige Glatze wucherten, dem selbstgestrickten, schlabberigen, knatschblauen Pullover und ausgelatschten Gesundheitssandalen. Kurz gesagt, er ist genau wie mein grasgrüner Ford Transit einer der letzten 68er.

»Ach, wissen Sie, Herr Doktor …«

»Ich heiße Johannes Sorgenfrei.«

»Ich wäre gerne an Ihrer Stelle.«

»Machen Sie sich keine Illusionen, so einfach, wie es aussieht, ist meine Arbeit auch nicht.«

»Ich meinte eigentlich, ich wäre gerne auch sorgenfrei. Aber ganz im Gegenteil, ich schwanke zur Zeit schneller zwischen Ernüchterung und Depression hin und her als das Pendel an der großen Wanduhr da hinter Ihnen«, sagte ich.

»Was fehlt Ihnen denn?«

»Meine Frau!«

»Möglicherweise haben Sie Ihre Ehefrau früher nicht mal mit dem Hintern angeguckt, aber jetzt wollen Sie die Frau mit aller Macht zurück haben. Habe ich Recht?«

»Woher wissen Sie das? Sieht man mir das mittlerweile an? Aber Sie haben schon Recht, dafür würde ich sogar meinen Ford Transit und Werders letzten Pokalsieg opfern.«

»Tun Sie sich selbst einen Gefallen und kommen Sie Ihrer Frau bloß nicht zu nahe. Das würde Sie in Ihrem Trennungsprozess enorm zurückwerfen. Lassen Sie die Hände von Ihrer Frau und legen Sie lieber Hand an sich.«

»Sie wissen ja gar nicht, wie oft ich daran denke. Plötzlich das Küchenmesser schnappen und ratzfatz ist das aufmüpfige Ding ab! Dann bräuchte ich mich nie wieder im Leben mit einer Frau rumärgern. Die wären mir mit einem Schlag alle gleichgültig. Ach, wie wäre das Leben doch so schön. Die Eunuchen wissen doch gar nicht, wie gut sie es haben.«

»Ganz ruhig bleiben, Herr Engin, gaaanz ruhig. Niemand hat Ihnen gesagt, dass Sie sich selbst kastrieren sollen. Halten Sie's lieber mit Woody Allen: Masturbation ist Sex mit jemandem, den man wirklich liebt.«

»In letzter Zeit liebe ich mich selbst nicht mal.«

»Obwohl unser großer Lehrer Friedrich Engels schon seinerzeit meinte, dass die Ehe eine legalisierte Form der Prostitution sei, sollten Sie nicht den Fehler begehen, die käufliche Liebe im Bordell zu suchen. Das würde Sie weder trösten noch erleichtern.«

»Getröstet hat's mich wirklich nicht, aber ich bin schon um einige hundert Euro erleichtert worden.«

Während unserer Unterhaltung wurden wir fast nach jedem zweiten Satz vom unverschämt klingelnden Telefon unterbrochen. Dann entschuldigte er sich immer mit dem gleichen stereotypen Satz:

»Es gibt wieder eine akute Krise, ich muss gleich nach unserem Gespräch dorthin!«

Das tröstet einen doch ungemein, dass man nicht der einzige Bekloppte in dieser Stadt ist.

»Wenn Sie eine hübsche Patientin haben, die das gleiche Leiden wie ich hat, bin ich gerne zu einer Gruppentherapie bereit.«

»Beim Barte Freuds! Sie sind doch nicht der einzige Mensch, der alleine auf diesem Planeten ist. Ich bekomme doch nicht grundlos diese ganzen Anrufe von irgendwelchen armen Schweinen. Was glauben Sie wohl, warum sich Tag für Tag Millionen von vereinsamten Menschen in ihr kleines Schneckenhaus zurückziehen und nur noch vor ihren Computern hocken? Die hauen sich in irgendwelchen virtuellen Chatrooms mit saublöden, unglaublich platten Dialogen die Nächte um die Ohren. Immer in der Hoffnung, auf die Art und Weise ihrer Isolation zu entkommen und möglicherweise so einen Partner oder eine Partnerin zu finden.«

»Vielen Dank für den Tipp, Herr Doktor Sorglos, aber ich habe von Computern genauso viel Ahnung wie von Frauen.« Jetzt weiß ich, warum Mehmet so viel Erfolg bei Frauen hat; der Kerl hat doch gleich zwei Computer.

»Guter Mann, reißen Sie sich zusammen. Gehen Sie raus in die Welt, mischen Sie sich unter die anderen Versager. Geben Sie sich voll Ihrer Arbeit hin, das lenkt schön ab.«

»Sie sind mir vielleicht einer, Herr Doktor. Ich bin hier kurz vor dem Krepieren, ja, ich weiß nicht mal mehr meinen eigenen Namen, und Sie sagen, ich soll arbeiten gehen. Ich bin sogar schon so weit gegangen, meiner Frau zu drohen. Ich habe ihr gesagt, ich bringe mich um, wenn sie nicht zurückkommt.«

»Und?«

»Sie hat gesagt, das wäre immer ihr Mädchentraum gewesen, dass sich die Männer gleich scharenweise ihretwegen umbringen.«

»Hören Sie auf, an die schönen Zeiten von früher zu denken. Machen Sie sich bewusst, was Ihnen an Ihrer Frau gegen den Strich gegangen ist. Erklären Sie Ihre Frau jetzt bloß nicht zu einer Göttin. Dazu neigen nämlich alle verzweifelten Männer nach einer Trennung. Sie müssen sich irgendwie ablenken, um auf andere Gedanken zu kommen.«

»Ja, aber wie denn, Herr Sorgenbrei? Tagsüber sitze ich – wie früher meine Töchter – ständig neben dem Telefon, und nachts werde ich alle fünf Minuten wach – wenn ich überhaupt mal einschlafen kann –, weil ich mir einbilde, Eminanims Schlüssel in der Tür zu hören. Ich weiß nicht, was ich machen soll! Ich glaube, das überlebe ich nicht.«

»Unsinn! Selbstmord ist keine Lösung. Stellen Sie sich vor, irgendein Ahnungsloser rettet Sie, und Sie bleiben für den Rest Ihres Lebens ein Krüppel.«

»Keine Angst, Herr Doktor, nicht mal das kann ich. Einmal, als ich den Kopf bereits in der Bratröhre hatte und mir alle restlichen Haare abgekokelt hatte, merkte ich, dass wir einen elektrischen Herd haben. Bitte helfen Sie mir, Herr Doktor, irgendwie muss ich darüber hinwegkommen.«

»Was soll ich sagen, kaufen Sie sich einen Gasherd!«

»Das meine ich nicht! Bitte helfen Sie mir, über meine Frau hinwegzukommen.«

»Da müssen Sie leider ganz alleine durch. Diese Arbeit kann Ihnen niemand auf der Welt abnehmen.«

»Danke, Sie sind mir wirklich eine außerordentlich große Hilfe.«

»Sie müssen sich entlieben!«

»Ist das so was Ähnliches wie ›entbinden‹? Ich bin nicht schwanger, auch wenn ich so aussehe.«

»Sie müssen endlich anfangen, Ihre Frau aus Ihrem Herzen zu vertreiben. Sie müssen lernen, loszulassen. Wenn Sie es nicht allein schaffen, sollten Sie eine Klagemauer benutzen.«

»Das hilft auch nicht. Wenn Sie wüssten, wie oft ich schon meinen Kopf gegen alle möglichen Mauern gehauen habe!«

»So habe ich das doch nicht gemeint. Ich rate Ihnen lediglich, dass Sie mal versuchen sollten, Ihre Gedanken und Gefühle in Worte zu fassen. Schreiben Sie auf, wie Sie diese Trennungsphase subjektiv erleben. Schauen Sie in Ihr Innerstes. Benutzen Sie ein Tagebuch als Klagemauer. Das kann unter Umständen helfen, Ihre Schmerzen etwas zu lindern.«

Gleich dort, im Flur vom Hauptgesundheitsamt, habe ich sofort damit angefangen, den ganzen Schlamassel von Anfang an aufzuschreiben. Aber eigentlich wusste ich schon in dem Moment, als ich sein Sprechzimmer betrat, dass dieser Psycho-Onkel mir niemals helfen kann: Der Anfänger hatte ja nicht mal eine Couch im Büro! Selbst mein Kumpel Hans kann bessere Sprüche klopfen als der!

Warum bist du denn weggegangen, Eminanim? Wenn du jetzt wie immer in der Küche stehen würdest, dann könnte ich meine Beine gemütlich auf dem Couchtisch ausstrecken und mehrere spannende Fußballspiele hintereinander im Fernsehen anschauen. Stattdessen hocke ich im Regen auf dem Balkon. Glotze kaputte Straßenlaternen an und werde dabei nass wie ein Hund. Und ich spüre, wie du weinst! Und du schickst deine Tränen über die Wolken direkt zu mir. Alles vermischt sich: deine Tränen und meine Tränen!

Oder kacken mir vielleicht die Tauben auf den Kopf?

Mittwoch, 23. März, 6:12 Uhr

»Vater, was machst du denn um diese Zeit hier auf dem Balkon? Willst du etwa durch Ertrinken Selbstmord begehen?«, weckt mich Mehmet in der Morgendämmerung. Ich bin vor Kälte fast erstarrt, und es regnet immer noch. Schlaftrunken versuche ich mich aufzuraffen und herauszufinden, auf was dieser Berufszyniker denn schon wieder anspielt. Weshalb sollte ich denn Selbstmord begehen? Wegen Eminanim? Wegen Schantal? Wegen Übergewicht? Wegen der Hämorrhoiden?

»Vater, das mit dem Wasserbett musst du irgendwie ganz falsch verstanden haben!«

Er hebt die Wolldecke hoch, die durch den Regen schwer wie Blei geworden ist, und wringt sie aus. Eimerweise Wasser kommt aus der Decke und überschwemmt den Balkon aufs Neue.

Auf dem Weg zum Schlafzimmer lasse ich alle zwei Meter ein klitschnasses Kleidungsstück auf den Boden fallen und werfe mich auf das Bett. Ich zittere am ganzen Körper und muss ständig niesen. Aber dafür kann Mehmet nun wirklich nichts. Erkälten kann ich mich ganz hervorragend immer noch alleine. Aber wenn ich's mir so richtig überlege, hätte er mich ein bisschen früher wecken können. Ja, sogar müssen! Wahrscheinlich ist er gerade erst nach Hause gekommen.

»Ich bin wieder da, Osman, mein Schatz!«, stürmt Eminanim plötzlich ins Schlafzimmer hinein. Natürlich tue ich so, als würde ich ganz fest schlafen und hätte nichts gehört.

»Osman, kannst du mir noch mal verzeihen, mein Liebling?«

Ich mach die Augen nicht auf, aber ich niese ein paarmal

ganz kräftig, damit sie merkt, dass ich ihretwegen ganz schwer erkrankt bin.

»Oh Gott, du hast dich ja ganz schwer erkältet! Ich weiß, es ist alles meine Schuld! Es tut mir so Leid! Aber mach dir keine Sorgen, ich werde mich jetzt ganz doll um dich kümmern, und du wirst sehr schnell wieder gesund!«

Ich huste, krächze und röchele wie ein absaufender Motor.

»Mein Tiger, wie konnte ich dich nur so lange alleine lassen?!«

Das reicht mir noch nicht! Ich will sie auf den Knien sehen! Das soll ihr eine Lehre sein, dass sie hinterher nicht mal alleine aufs Klo geht, ohne mich vorher schriftlich um Erlaubnis zu bitten.

»Ööh ... grgr ... hr ... horhor ... krkrkr ...«, mein Motor säuft endgültig ab.

»Neeeeiiin!! Du sollst nicht sterben«, heult sie wie ein getretener Hund auf. Nun ja, Selbstmord soll sie auch nicht begehen. Ich habe die Worte meines weisen Arbeitskollegen Hans noch im Ohr:

»Es ist besser, dass sie abhauen, als dass sie abkratzen! Der ganze Stress mit der Beerdigung ist doch total nervig.«

»Wie konnte ich nur einen so wahnsinnig tollen Mann verlassen?«, kreischt Eminanim neben meinem Bett. »Selbst todkrank siehst du unglaublich gut aus! Als Mensch bist du von untadeligem Charakter! Deine berufliche Karriere in Halle 4 ist beispiellos! Als Vater bist du der Größte! Und als Ehemann bist du einsame Klasse!« Damit sie sich ihrer Sache nicht zu sicher ist und auch mal Angst bekommt mich zu verlieren, führe ich im Fieberwahn Selbstgespräche:

»Heidi, ah, Heidi!«

Oh, verdammt! Das war nun wirklich total blöd! Als wenn es keine anderen Frauennamen auf der Welt geben würde. Eminanim denkt jetzt bestimmt, ich träume von Zeichentrickfilmen. Jetzt fehlt nur noch, dass ich stöhne: »Deine Welt sind die Berge!«

»Annette«, hauche ich schnell hinterher, »Brigitte, Claudia, Doris, Elfriede!«

»Erkek Fatma, Erkek Fatma«, ruft Eminanim dazwischen.

»Nein«, stöhne ich ganz leise, »mit der will ich nichts zu tun haben! Selbst wenn sie die letzte Frau auf der Welt ist!«

»Vater, jetzt wach endlich auf! Bist du tot oder was?!«, brüllt Mehmet mir ins Ohr und rüttelt wie wild an meinen Schultern.

»Wo ist denn deine Mutter plötzlich hin?«, fahre ich erschrocken hoch.

»Hast du denn immer noch nicht kapiert, dass ich es nicht weiß?«

»Ja, aber eben war sie doch noch hier! Sie sagte irgendwas von Erkek Fatma.«

»Mensch, das war ich! Erkek Fatma ist am Telefon. Sie will dich sprechen.«

»Oh, nein, nicht die schon wieder! Sag ihr, dass ich krank bin. Oder besser sag ihr, dass ich bereits tot bin. Oder sag ihr, dass ich auf die Fidschi-Inseln gefahren bin und in acht Jahren wiederkomme.«

Erleichtert höre ich, wie Mehmet im Wohnzimmer den Hörer auflegt. Die alte Hexe muss stundenlang geklingelt haben, bis Mehmet das Telefon in dem Müllhaufen gefunden hat.

Mir ist schlecht vor Hunger, und ich fühle mich hundeelend. Äußerst übel gelaunt quäle ich mich aus dem Bett. Alle meine Gelenke schmerzen fürchterlich und geben unanständige Geräusche von sich, so wie eine ungeölte Ritterrüstung aus dem Mittelalter. Fluchend und quietschend torkele ich in die Küche. Dort stelle ich überrascht fest, dass ich mit Mehmet nicht mehr alleine wohne. Wir haben mindestens drei Dutzend neue Mitbewohner. Überall in der Küche schwirren sie rum! Die Tomatenreste, die Eierschalen, der geschmolzene Pizzakäse, die drei verfaulten Bananen und die stinkenden Zwiebelreste müssen für sie ausgesprochen anziehend sein. Nach diesen Vorlieben zu urteilen, müssen sie wohl irgendwelche Verwandten von Mehmet sein. Dazu entdecke ich noch eine schwer beladene

Karawane, die in aller Ruhe vor meinen Füßen vorbeizieht. Tausende von Ameisen! Als ich entdecke, dass die verfaulten Bananen anfangen von selbst zu laufen, hört der Spaß für mich auf. Im Gegensatz zu den Fliegen kümmern sich die Ameisen fast nur um die umgekippte Zuckerdose und die Bananen.

»Mehmet, hast du das ganze Viehzeug in der Küche gesehen?«, brülle ich.

»Ja, voll krass, nicht wahr? Einfach toll!«

»Bist du wahnsinnig! Was ist denn daran toll?!«

»Na hör mal, du bist doch derjenige, der immer gepredigt hat, dass Gott irgendwie dafür sorgt, dass alle Lebewesen was zu essen haben.«

»Ja, aber doch nicht in meiner Küche!«

»Jetzt sei doch nicht so egoistisch! Freu dich doch, dass die Tierchen sich hier bei uns so wohl fühlen.«

»Das ist doch ekelhaft! Selbst auf dem Brot sind lauter Ameisen!«

»Stell dich doch nicht so an! Du bist doch kein Vegetarier. Ach, übrigens, ich soll dir von Erkek Fatma ausrichten, dass sie heute Abend noch mal anruft. Du sollst nicht so lange auf den Fidschi-Inseln rumlungern.«

In der ganzen Wohnung gibt es kein sauberes Geschirr mehr. Das dreckige Geschirr ist bereits völlig verschimmelt. Und das Spülbecken stinkt wie eine Kloake. Angewidert schnappe ich mir das ganze eklige Zeug und schmeiße es in die Spülmaschine. Ich greife nach einer Packung Knäckebrot und renne so schnell wie möglich aus der Küche. Ein paar von meinen neuen Kumpels heften sich an meine Fersen.

Kaum bin ich im Schlafzimmer, erschrecke ich mich durch einen Knall zu Tode! Mehmet, der Idiot, hat den Fernseher jetzt wohl endgültig zertrümmert.

»Bist du denn völlig bekloppt? Was hast du denn jetzt schon wieder angestellt?« Ich schleppe mich wütend ins Wohnzimmer. Aber da ist kein Mehmet. Und der Fernseher steht heil an seinem Platz.

»Ich hol das Geschirr schon raus«, höre ich Mehmet aus der Küche rufen.

»Wieso das denn? So schnell kann es nicht sauber sein! Was hast du denn gerade kaputtgemacht?«

»Vater, pack in Zukunft das Geschirr in die Spülmaschine und nicht in die Waschmaschine! Oder am besten du lässt es ganz sein. Das ist entschieden besser für alle Beteiligten. Für das Geschirr, für die Waschmaschine und für meine Nerven.«

»Sag bloß nicht, du hättest gewusst, welche die Spülmaschine ist«, schimpfe ich.

»Sag ich ja gar nicht. Aber ich fasse auch gar nichts an!«

»Und wer soll dann den ganzen Dreck hier wegmachen? Jetzt, wo deine Mutter weg ist, bleiben doch nur noch wir beide übrig.«

»Ich habe keine Zeit dafür. Ich muss studieren.«

»Und ich muss in Halle 4 arbeiten.«

»Dann musst du halt eine Haushälterin besorgen.«

»Hast du eigentlich eine Ahnung, was so was kostet?«, schimpfe ich und hole aus dem Schlafzimmer Papier und Bleistift. »Mehmet, dir ist doch klar, dass du die Hälfte der Kosten für die Haushälterin übernehmen musst, oder?«

»Das sehe ich überhaupt nicht ein! Du bist doch derjenige, der Mutter weggejagt hat.«

»Jetzt stochere nicht in alten Wunden rum! Sie ist weg, ich kann es nicht ändern. Wir müssen das Beste daraus machen. Oder willst du etwa weiterhin in diesem Dreckloch wohnen?«

»Warum nicht, es gefällt mir. Mein bisschen Geld, das ich als Türsteher in der Disko verdiene, gebe ich doch nicht für eine Putzfrau aus! Das ist schwer verdientes Geld!«

»Junge, wir wohnen hier zu zweit. Da ist es selbstverständlich, dass du dich an den Kosten für die Haushälterin beteiligst.«

»Mann, wenn ich für so einen Kram Kohle übrig hätte, würde ich sofort ausziehen und alleine wohnen.«

»Du gehst also das 50. Semester in die Uni, nur um immer noch freie Verpflegung bei mir zu bekommen.«

»Das nennst du Verpflegung, wenn ich mich von den Resten der Ameisen, Fliegen und Kakerlaken ernähren muss?«

»Was studierst du denn zur Zeit, wenn ich fragen darf? Immer noch Vogelkunde?«

»Damit habe ich doch schon vor fünf Jahren aufgehört.«

»Die ersten drei Studienfächer konnte ich mir ja noch merken. Aber dann habe ich aufgegeben. Hat deine Mutter eigentlich immer gewusst, was du gerade studierst?«

»Na logo! Sie hat mich sogar mehrmals in der Uni besucht.«

»Ich hab's mir fast schon gedacht. Sie ist sicherlich mit einem langhaarigen Studenten durchgebrannt!«

»Nein!«

»Oder mit einem von deinen glatzköpfigen Professoren!«

»Nein!«

»Oder mit einem fetten Koch aus der Unimensa!«

»Vater, sie ist mit niemandem durchgebrannt! Du brauchst keinen Schuldigen zu suchen, außer dir selbst!«

»Ich glaube, die Frau war nicht mehr zurechnungsfähig, weil sie so schreckliche Kinder wie dich großziehen musste! In den wenigen Tagen, die wir alleine sind, hast du selbst mich versaut. Du hast mich dazu gebracht, dass ich mit festen Gegenständen auf meinen heiß geliebten Fernseher geworfen habe.«

»Du wolltest wenigstens einmal im Leben ein so cooler Typ wie ich sein!«

»Unsinn! Ich konnte nur die blöde Fernbedienung nicht finden.«

»Von wegen, das Chaotische und Anarchistische liegt in deinen Genen. Was glaubst du, von wem ich das habe?!«

»Na, da musst du deine Mutter fragen.«

»Das habe ich schon. Sie sagt, wenn du nicht der Vater bist, dann bin ich so eine Art Jesus! Wie auch immer, jetzt mach ich mich aus dem Staub und versuche irgendwo zu frühstücken.«

»Nein, du gehst nirgendwohin. Du wirst den Staub hier genauso ertragen wie ich. Wir setzen uns jetzt zusammen hin und rechnen aus, was es uns kostet, den Dreck loszuwerden.«

»Gestern habe ich in einer meiner Zeitschriften einen Artikel über Hausfrauenarbeit gelesen. Den hole ich dir.«

»Das ist doch nicht zu fassen! Steht in deinen weltbewegend wichtigen kommunistischen Büchern auch etwas über normale Hausarbeit?«

»Hier, in dieser Anzeigenzeitung sind die Telefonnummern von Putzfrauen. Ruf du doch mal da an. Und in der Zwischenzeit suche ich in meinem Zimmer diese Zeitschrift mit der Tabelle über den Wert von Hausfrauenarbeit.«

»Endlich mal eine gute Idee von dir. Das mache ich sofort. Deine Mutter denkt wohl, sie wäre unersetzlich. Nur ein Anruf, und die Putzfrauen stehen Schlange bei mir.«

Und prompt meldet sich auch schon eine nette Frauenstimme:

»Hallo, womit kann ich Ihnen helfen?«

»Ja, schönen guten Tag. Ich heiße Osman Engin. Ich rufe wegen Ihrer Anzeige an.«

»Das ist ja schön. Wie alt ist denn Ihr Kleines?«

»Wer?«

»Na, Ihr Kind!«

»Meinen Sie Mehmet?«

»Ja, von mir aus. Wie alt ist denn der Knabe?«

»24.«

»Oh, das tut mir Leid! Ist er schwerbehindert?«

»Ja! Woher wissen Sie das? Sie sind der erste Mensch, der das auf Anhieb merkt, ohne ihn jemals gesehen zu haben. Und das auch noch am Telefon. Ferndiagnose sozusagen.«

»Also, Ihr Sohn ist behindert!«

»Ja!«

»Das tut mir Leid. Aber ich bin nur Babysitter. Und keine ausgebildete Krankenpflegerin. Da müssen Sie leider woanders anrufen. Tschüs!«

Oh, peinlich! Ich habe die Telefonnummer eine Zeile drüber angerufen. Warum drucken sie die Zeitung auch nur mit so winzigen Buchstaben? Die sollten eine Lupe dazulegen. Aber eigentlich war die Frau Babysitterin gar nicht mal so schlecht. Sie sollte stattdessen lieber als Hellseherin arbeiten. Ich sollte sie vielleicht nochmal anrufen und fragen, wann Eminanim zurückkommt. Oder wo mein Lottoschein sich versteckt. Das verschiebe ich auf später und rufe die Telefonnummer eine Zeile drunter an.

»Ja, guten Tag.«

»Ja, ebenfalls guten Tag, ich heiße Osman Engin. Wegen der Anzeige in der Zeitung rufe ich an. Hier in der Zeitung steht Raumpflegerin, aber in Wirklichkeit sind Sie doch Putzfrau, nicht wahr? Und nicht etwa Hellseherin oder Babysitterin?«

»Was ist das denn für eine blöde Frage? Ich hätte Hellseherin geschrieben, wenn ich eine wäre. Aber was habe ich geschrieben?«

»Raumpflegerin!«

»Also was bin ich?«

»So was Ähnliches wie Putzfrau.«

»Im Prinzip haben Sie Recht. Der Kandidat hat zwölf Punkte.«

»Und Sie putzen auch richtig? So mit Putzlappen und allem?«

»Wie soll ich's denn sonst machen?«

»Ich befürchtete, dass Sie das so machen wie alle anderen Frauen auch: Fernsehen, Kaffee trinken und Tratschen!«

»Nein, nein, nein, ich bin nicht wie die anderen. Wenn es sein muss, dann tue ich was für mein Geld.«

»Na, dann bin ich ja erleichtert. Dann kommen Sie bitte morgen um acht, damit ich Ihnen alles zeigen kann.«

»Um acht Uhr? Um acht Uhr morgens? Sind Sie nicht ganz dicht? Ich bin Raumpflegerin. Kein Nachtwächter! Hören Sie mal zu, ich stehe bestenfalls um zehn Uhr morgens auf. Wie jeder zivilisierte Mensch frühstücke ich dann in aller Ruhe bis halb zwölf oder zwölf. Anschließend schaue ich mir meine beiden Lieblings-Talkshows an. Und damit Sie Bescheid wissen, ich schaue sie mir bei mir zu Hause an. Und nicht wie die anderen Raumpflegerinnen bei der Arbeit. Ich bin eine anständige Frau. Ich will kein unehrliches Geld! Frühestens morgen Nachmittag um sechzehn Uhr könnte ich bei Ihnen sein. Und dann können wir ja mal se…«

Plötzlich ist die Verbindung unterbrochen. Danach hebe ich den Hörer erneut auf und rufe eine andere Putzfrau an.

»Hallo?«

»Ja, hallo«, rufe ich erwartungsvoll in den Apparat. »Ich suche dringend eine Putzfrau! Sie können doch so was oder nicht?«

»Kommt ganz drauf an.«

»Worauf denn?«

»Es kommt drauf an, ob Sie eine Frau im Haus haben oder nicht.«

»Wenn ich eine Frau im Haus hätte, bräuchte ich doch keine Putzfrau!«

»Ich putze keine Wohnungen von allein stehenden, notgeilen Typen!«

»Ich bin nicht notgeil. Meine Stimme klingt nur so.«

»Ich habe da inzwischen meine Prinzipien. Ich bin Raumpflegerin und kein Callgirl! Und alle Männer, die alleine leben, stehen ständig unter Strom. Ich habe nichts als schlechte Erfahrungen mit allein stehenden alten Männern gemacht.«

»Von mir haben Sie nichts zu befürchten.«

»Ja, ja. Das sagen sie alle. Und anschließend kneifen sie einen überall.«

»Wohin?«

»Na überall! Ich bekomme einen blauen Fleck nach dem anderen. Dazu habe ich keine Lust mehr.«

»Ich werde Sie bestimmt nicht kneifen! Ich bin ganz anders als die anderen Männer! Fragen Sie doch meine Exfrau. Sie hat sich von mir getrennt, weil ich sie nie belästigt habe!«

»Ja, ja. Die Sprüche kenne ich alle! Aber nach der Trennung werden selbst völlig impotente Männer zum Tiger!«

»Bitte, bitte, ich verspreche Ihnen, ich werde Sie nicht mal anschauen. Ich werde auch kein einziges Wort sagen.«

»Dann sagen Sie nichts mehr, und wir beenden das Gespräch! Tschüs!« Klack!

Ich suche mir sofort eine andere Nummer raus. Ich lass mich doch von zwei blöden Frauen, die keinerlei berufliche Ambitionen haben, nicht gleich entmutigen. Schwarze Schafe gibt es in jeder Branche.

»Birgit Grünkohl«, meldet sich unter der neuen Nummer eine nette Frauenstimme.

»Ja, guten Tag, Frau Grünkohl. Mein Name ist Osman Engin. Und ich bin seit Ewigkeiten nicht mehr geil gewesen.«

»Wie bitte?«

»Ich meine, ich suche seit Ewigkeiten eine gute Putzfrau.«

»Doch, doch, es gibt schon ungebildete Menschen, die meinen Beruf so bezeichnen. In Wirklichkeit bin ich eine Raumpflegerin.«

»Machen Sie das auch, wenn ich zu Hause bin?«

»Ich lasse mich von solchen Nebensächlichkeiten wie ungebildeten Männern nicht stören.«

»Das freut mich. Sie haben die richtige Einstellung zu Ihrem Beruf. Sie können gleich morgen Früh bei mir anfangen.«

»Ja, das könnte ich schon.«

Vor lauter Glückseligkeit schwebe ich über dem ganzen Dreck in unserem Wohnzimmer.

»Selbst morgens um acht?«

»Ja, wenn Sie mich zu einem netten Tässchen Kaffee einladen. Dagegen ist nichts zu sagen.«

»Mach ich! Aber danach gibt's hier genug zum Staubsaugen, Wischen und Aufräumen.«

»Von Wischen und Aufräumen habe ich nichts gesagt. Ich übernehme nur die Arbeit am Staubsauger. Wischen und Aufräumen müssen Sie schon selber. Schließlich bin ich gelernte Hauswirtschafts-Fachreinigerin und keine rechtlose Leibeigene!« Klack!

Kohl habe ich eigentlich nie gemocht! Und Grünkohl schon erst recht nicht! Ich bete, dass ich mit der nächsten Nummer mehr Glück habe.

»Pauline Porree«, klingt eine dünne, gelangweilte Frauenstimme aus dem Hörer. Na ja, immerhin, Porree schmeckt immer noch besser als Kohl. Klingt auch schöner. Ob das wohl Grundvoraussetzung ist, einen Gemüsenamen zu haben, um als Putzfrau arbeiten zu dürfen? Bei den Köchen müsste das eigentlich Pflicht sein.

Mit Frau Porree klappt aber auch alles! Sie ist die erste Putzfrau, die wirklich putzen will. Und ich habe schon geglaubt, die sind schon ausgestorben. Frau Porree gibt ihrem Beruf die verloren gegangenen alten Werte zurück.

»Sie putzen auch morgens?«

»Ja!«

»Auch wenn ich dabei bin?«

»Ja!«

»Auch mit einem Wischlappen?«

»Ja!«

»Auch wenn ich Sie in den Hintern kneife?«

»Ja! Dann erst recht.«

»Gut, dann sind wir uns ja einig. Kommen Sie bitte gleich morgen Früh. In den Karnickelweg 7b. Zweite Etage. Bei Engin klingeln.«

»Zweite Etage, haben Sie gesagt?«

»Ja. Karnickelweg 7b. Zweite Etage. Bei Engin.«

»Da haben wir es, Herr Engin. Das können Sie vergessen.«

»Wieso? Was habe ich getan?«

»Mit meinem Rollstuhl komme ich keine Treppen rauf. Mit meinen 85 Jahren ist es nicht so einfach, wissen Sie?«

»Was sagten Sie eben, Rollstuhl? 85 Jahre?«

»Ja. Vielleicht kann ich ja mal später für Sie arbeiten.«

»Wie soll das denn gehen? Sie werden doch nicht jünger.«

»Schon, aber es könnte ja sein, dass Sie in eine Erdgeschosswohnung umziehen.«

Ich rufe die letzte Nummer von den nicht putzenden Putzfrauen an.

»Lothar Sudelheim«, krächzt mir eine Männerstimme ins Ohr.

»Guten Tag, ich rufe wegen der Anzeige Ihrer Frau an.«

»Meine Frau hat keine Anzeige aufgegeben!«

»Doch! Wegen der Anzeige in dieser Zeitung rufe ich doch an.«

»Ich habe gar keine Frau.«

»Haben Sie vielleicht etwa auch eine 85-Jährige Mutter im Rollstuhl zu Hause, die auf ihre alten Tage bis zum letzten Röchler unbedingt putzen will?!«

»Nein. Ich bin emanzipiert. Ich habe die Anzeige selbst aufgegeben. Ich bin ausgebildeter, diplomierter Putzmann.« Klack!

Ich habe keine Lust, mich heute noch mehr verarschen zu lassen!

Ein Mann als Putzfrau, wo gibt's denn so was? Er verursacht bestimmt mehr Dreck, als er beseitigt; bei dem Namen erst!

Das waren schon alle Putzfrauen, die in dieser Zeitung inseriert haben. Alles Putzfrauen, die nicht putzen wollen.

In der Spalte darunter entdecke ich die Rubrik mit den Haushälterinnen.

»Mehmet, was ist denn eine Haushälterin? Was will sie denn halten? Unser Haus ist alt genug, es kann alleine stehen.«

»Eine Haushälterin wäre natürlich perfekt für uns. Sie kümmert sich um alles in der Wohnung.«

»Können die auch einen Putzlappen in die Hand nehmen?«

»Sie kümmert sich um Saubermachen, Einkaufen, Wäsche waschen, Kochen usw.«

»Das ist ja prima! Warum sagst du mir das jetzt erst? Haushälterin ist dann also wie eine richtige Frau ?«

»Ja. Nur mit dem kleinen Unterschied, dass sie mit dem Mann des Hauses nicht ins Bett geht.«

»Genau wie eine richtige Ehefrau also. Da rufe ich sofort an.«

Das rechne ich der Frau hoch an, dass sie sich um alles in der Wohnung kümmern will. Und nicht so ist wie die anderen Jammerlappen, die nicht mal einen Lappen anfassen wollen.

»Von Rübentropf.«

»Was für einen Topf?«

»Adelheid von Rübentropf!«

»Frau Topf, bitte kom…«

»Adelheid von Rübentropf!«

»Frau Adelheid, bitte kommen Sie! Helfen Sie mir bitte! Ich bin mit allem einverstanden, was Sie sagen.«

»Das hört sich ja nach einer peinlichen Notlage in Ihrem Hause an. Ist meine Vorgängerin Ihnen etwa abhanden gekommen?«

»Ja. Sie ist weg!«

»Ein, zwei Fragen müssen wir schon klären, was die Konditionen betrifft.«

»Frau Adelheid, ich bin mit allem einverstanden! Hauptsache, Sie können alleine laufen und sind kein Mann!«

»Gut. Als Hausdame werde ich selbstverständlich in Ihren Räumlichkeiten residieren.«

»Selbstverständlich!«

Wo will sie denn hier wohnen? In Hatices Zimmer kann sie doch wohnen. Warum nicht?

»Es ist selbstredend, dass ich eine ganze Etage natürlich nur für mich alleine brauche!«

»Natürlich, selbstredend!«

Wir haben doch nur diese eine Etage. Von mir aus kann sie unten in der Etage von Opa Prizibilsky wohnen. Wenn sie es da besser findet!

»Es versteht sich natürlich von selbst, dass ich das gesamte Personal einstelle.«

»Natürlich! Das versteht sich von selbst!«

Von welchem Personal redet die? Ich habe doch keine Fabrik! Denkt sie etwa, ich bin der Chef von Halle 4?

»Seit vielen Jahren arbeite ich mit einem fabelhaften Koch

aus Ostpreußen zusammen. Den würde ich natürlich gerne mitbringen.«

»Fabelhaft, gerne!«

Warum nicht? Ich mag polnisches Essen. Aber ob er bei dem Durcheinander überhaupt den Herd finden kann?

»Für die Außenanlagen kann ich einen ganz hervorragenden Gärtner aus Mexiko einfliegen lassen.«

»Hervorragend!«

Einen ganzen mexikanischen Gärtner für einen halben Blumentopf.

»Als Chauffeur werde ich einen Fahrer einstellen, der sein Handwerk im russischen Zarenhaus gelernt hat. Er ist sehr erfahren und fährt perfekt.«

»Perfekt!«

Bisher habe ich meinen Ford Transit eigentlich immer sehr gerne selber gefahren, wenn Mehmet mich auch mal ließ.

»Er beherrscht die verschiedenen Rolls-Royce-Typen fabelhaft. Im Notfall würde er sogar mit einem Bentley klar kommen.«

»Fabelhaft!«

Ich würde so was nicht mal erkennen, wenn ich drin sitzen würde.

»Wir müssen noch die Frage klären, einem Wie-viel-Personen-Haushalt ich vorzustehen habe!«

»Bei mir müssen die Raumpflegerinnen nicht die ganze Zeit stehen. Sie dürfen sich ab und zu auch mal setzen.«

»Endlich mal eine Herrschaft mit Humor! Aber Sie müssen mir schon sagen, aus wie vielen Personen der Haushalt besteht.«

»Also übrig geblieben sind nur noch ich und mein Sohn Mehmet. Er würde sich mit Ihren osteuropäischen Leuten sehr gut verstehen, er ist nämlich auch Kommunist.«

»Mein Herr, ich bin berühmt für meine sparsame Haushaltsführung. Bei nur zwei Männern im Haus sollten drei Zimmermädchen voll und ganz ausreichen. Die Damen, die ich mitbringe, sind allesamt sehr korrekt, diskret und höflich.«

»Sehr korrekt! Aber Mehmet hat schon genug Mädchen.«

»Das sage ich nicht nur, weil sie alle meine Cousinen sind. Sie werden mit Sicherheit von diesem Personal begeistert sein. Mein Herr, ich garantiere Ihnen einen tadellos geführten, hochherrschaftlichen Haushalt. Ich bürge mit meinem Ruf dafür, dass dieses Haus repräsentativ sein wird für alle großen gesellschaftlichen Ereignisse, bei denen sich die oberen Zehntausend dieses Landes treffen.«

»Tadellos!«

Kann man das wirklich »Ein großes gesellschaftliches Ereignis« nennen, wenn ich mich mit meinen Kumpels aus Halle 4 zum Karten spielen oder Fußball gucken treffe? Ich glaube schon. Im Prinzip hat sie auch bei den »Zehntausend« Recht. Wenn wir die ganzen Kollegen aus allen Hallen und den vier Schichten zusammenzählen, dann sind das sogar ein paar mehr.

»Aber kommen wir jetzt zum Pekuniären.«

»Wohin?«

»Zum Geldlichen. Wenn ich das mal kurz überschlagen darf? Mit Sozialversicherungsabgaben, Arbeitgeberanteil und Löhnen müssten wir mit knapp zwanzigtausend Euro hinkommen.«

»Zwanzigtausend Euro? Wofür?«

»Ich bitte Sie! Für einen tadellos geführten Haushalt!«

»Zwanzigtausend Euro für Putzfrauenarbeit?«

»Pardon, von Putzfrauen habe ich nichts gesagt. Das gehört eigentlich nicht zu meinem Aufgabengebiet. Putzfrauen müssen Sie schon selbst einstellen.«

»Waas? Ich muss zwanzigtausend Euro im Jahr blechen, und dafür wird noch nicht mal geputzt?«

»Wieso im Jahr? Wie kommen Sie jetzt darauf? Das sind die reinen Personalkosten im Monat. Da können Sie sich nun wirklich nicht beschweren.«

»Hören Sie mal zu, Frau Topf! Entweder ist Ihr Taschenrechner kaputt, oder Ihr Deckel ist nicht ganz dicht!« Klack!

Zwanzigtausend Euro im Monat! Herr im Himmel, für so viel Geld im Monat würde ich alle Wohnungen in der Stadt ganz allein putzen. Dazu noch kostenlos alle Straßen, die Parkplätze und alle öffentlichen Klos, sogar Mehmets Zimmer.

Sonntag, 27. März, 11:27 Uhr

Mein Entschluss steht unwiderruflich fest! Ich lass mich von nichts mehr beirren! Ich packe meine Badesachen zusammen.

»Mehmet, kann ich mir mal deine Badehose ausleihen?«

»Was willst du denn damit? Hast du sonst keine sauberen Unterhosen mehr? Du kannst doch gar nicht schwimmen.«

»Ich ertrinke lieber im sauberen Wasser als im Dreck hier zu Hause! Als allein stehender Mann in meinem jugendlichen Alter muss ich mir doch neue Hobbys suchen.«

»Versuch's doch mal mit Kochen in unserer Küche! Warum in die Ferne schweifen, wenn das Gute liegt so nahe?«

»Gut. Wenn ich heute Abend zurückkomme, koche ich für uns beide. Nach so einem langen, anstrengenden Tag im Schwimmbad werde ich bestimmt einen Bärenhunger haben.«

»Ach, Vater, das mit dem Kochen war nicht ernst gemeint. Lass uns lieber auf den mexikanischen Koch warten. Ich glaub, mein Magen ist sowieso schon verdorben.«

Ich schaue mir meinen Sohn Mehmet zum letzten Mal ganz genau an. Im Grunde genommen ist er eigentlich gar kein so schlechter Junge, wie sein Vater immer von ihm behauptet hat.

»Komm her, mein Sohn, lass dich noch mal umarmen.«

»Hör auf mit dem Quatsch, Vater. In dem halben Meter tiefen Kinder-Planschbecken wirst du schon nicht sterben. Und unter der Dusche erst recht nicht.«

Eigentlich habe ich doch einen richtig feinen Sohn. Wenn er nur nicht so faul, frech und respektlos wäre! Und wenn er dazu nicht auch noch linksradikal, ewiger Student, Kommunist und

Weiberheld wäre! Wenn er anstatt »Versuchs mal mit Kochen« zu sagen ausnahmsweise mal auf die Idee kommen würde, selbst was zu kochen!

»Also, Vater, wirklich, wenn du an einem Tag Schwimmen lernen solltest, dann bereite ich freiwillig für uns ein riesiges Festessen vor!«

Ich hab's gewusst! Ich wusste es immer! Der Mistkerl gönnt mir auch gar nichts! Wie soll ich es denn heute übers Herz bringen, mich kaltblütig im Schwimmbecken selbst zu ersäufen, wenn dieser faule Betonkommunist zum ersten Mal in seinem Leben freiwillig was kochen will?

»Was willst du uns denn kochen, Mehmet?«

»Da habe ich mir noch keine Gedanken gemacht. Ehrlich gesagt, glaube ich nämlich nicht, dass du es an einem Tag schaffst, schwimmen zu lernen.«

»Du wirst schon sehen. Geh lieber jetzt einkaufen und fang schon mal mit dem Kochen an!«

Wie nennt man so was eigentlich? Leichenschmaus!

Mehmet macht einem nichts einfach! Jahrelang hat er mir das Leben schwer gemacht, jetzt macht er mir sogar das Sterben schwer.

Leb wohl, mein Sohn!

Mehmets Badehose ist unmenschlich klein. Der muss mir seine allererste Badehose aus Kindertagen untergejubelt haben. Das ist keine Badehose, das ist ein Eierbecher. Der Leichenbestatter wird seine Mühe haben, mir diesen engen, winzigen Stofffetzen vom Leib zu ziehen. Aber das ist nun wirklich nicht mein Problem. Soll ich mir jetzt auch noch den Kopf zerbrechen, was nach meinem Tod passiert?

Eigentlich passt es mir überhaupt nicht in den Kram, dass ich ausgerechnet jetzt die Welt verlassen soll, wo ich gerade Lotto-Millionär geworden bin. Aber wie man sieht, Geld allein macht nicht glücklich und löst nicht alle Probleme. Und mein Selbstmord wird Eminanim bestimmt schwer zu schaffen machen. Sie wird ins Grübeln kommen, ob das mit der Trennung so richtig war.

Meinen Bauch brauche ich jetzt eigentlich nicht mehr einzuziehen. Der Herr im Himmel kennt sein Geschöpf ohnehin. Aber diese hübsche Blondine, die in ihrem knappen Bikini am Beckenrand sitzt und mit ihren zierlichen Füßchen im Wasser plätschert, mag garantiert keinen dicken Bauch. Ich hole tief Luft und ziehe meinen Bauch mit aller Wucht ein.

Man kann sagen, was man will, Hans und sein Sprüchebuch haben wirklich Recht: Andere Töchter haben auch hübsche Mütter! Als ich elegant an ihr vorbeischlendere, lächle ich sie strahlend an und blinzele mit den Augen. Ein Lächeln ihrerseits könnte mich glatt umstimmen. Ich habe schon immer für menschliches Miteinander auf diesem Planeten plädiert. Ein kleines Lächeln kann unter Umständen sogar ein Leben retten!

»Sie Mörderin«, zische ich dann die kaltschnäuzige, hochnäsige Blondine an, die ohne mit der Wimper zu zucken einen Menschen in den Tod schickt.

»Wie bitte? Reden Sie mit mir?«, starrt sie mich mit großen Augen an.

»Sie können aber toll lächeln.«

»Aber ich habe doch gar nicht gelächelt.«

»Eben! Was habe ich Ihnen eigentlich getan? Warum wollen Sie mich umbringen?«

In meiner momentanen Verfassung kann ich mir überhaupt nicht vorstellen, wie ein Mensch nur zum Schwimmen ins Hallenbad geht. Ich traue diesen Ignoranten zu, dass sie es fertig bringen, auf einer Brücke nur spazieren zu gehen. Oder dass sie auf einen Berg steigen, nur um die schöne Aussicht zu genießen. Oder sich einem Schnellzug nur nähern, wenn der schon angehalten hat. Oder dass sie ein Fenster im elften Stock öffnen, nur um dumm runterzugucken. Vielleicht bestenfalls runterzuspucken.

Ich stelle mich aber tapfer an den Beckenrand, zum finalen Todessprung bereit. Mit diesem Gefühl muss Napoleon seine

Soldaten in die Schlacht von Waterloo geführt haben. So tapfer muss sich Gandhi gegen die britischen Imperialisten gewehrt haben. Mit diesem Gefühl muss Armstrong auf den Mond geschossen worden sein. So tollkühn muss Adam gewesen sein, als er mangels Alternative Eva das Jawort gegeben hat.

Die hohe Luftfeuchtigkeit hier hat höchstwahrscheinlich meine internen Filmbänder beschädigt. Dieser Videofilm, in der jeder Sterbende sein ganzes Leben im Schnelldurchgang noch einmal erlebt, reißt bei mir ständig ab. Es ist dem Schöpfer sicher ausgesprochen peinlich, dass die Menschen viel bessere Filmproduktionsfirmen haben als Er selber. Aber schließlich muss Er sich um mehrere Hundert Milliarden von Galaxien und Sternen im Universum, mit all ihren lästigen und winzigen Bewohnern, kümmern. Hollywood kümmert sich nur um eine Handvoll arroganter Diven und zugekokster Sternchen. Aber ich will Ihm auch kein Unrecht tun. Es kann sein, dass Sein Film viel besser wird, wenn ich meinen Kopf unten habe und meine Lungen sich einigermaßen mit Chlorwasser gefüllt haben. Das ist aber ein hoher Preis für einen qualitativ einigermaßen brauchbaren Film.

Ich klettere ganz vorsichtig ins kalte Wasser. Plötzlich werde ich von einer riesigen Flutwelle vom Beckenrand weggeschwemmt. Aus dem Kinder-Planschbecken in den Drei-Meter-Bereich. Drei Hausfrauen von je drei Zentner Lebendgewicht sind gleichzeitig ins Wasser gesprungen. Ursprünglich bestand das Muster auf ihren Badeanzügen aus Gänseblümchen. Aber unter dem Druck der Fettmassen sind sie zu riesigen Sonnenblumen gewachsen. Diese drei Muttis sind das Letzte, was ich von dieser Welt zu sehen bekomme. Welch schrecklicher Abgang! Ein Strudel zieht mich gnadenlos bis auf den Beckenboden. Ich füge mich meinem Schicksal und bleibe auf dem Beckenboden hocken. Unter Wasser wirken die langen Beine der hübschen Nixen über mir – ich glaube, Nixen haben gar keine Beine oder? – noch länger als sonst. Es scheint, als müssten sie in diesem drei Meter tiefen Becken gar nicht schwimmen. Die könnten problemlos zu Fuß gehen. Das Wasser versucht mich nach oben zu treiben, aber dank meines dicken Bauches bleibe ich am Boden wie festgenagelt sitzen. Meine liebe Frau hat mir schon immer prophezeit:

»Osman, tu was gegen deinen dicken Bauch! Friss nicht so viel! Deine Wampe bringt dich noch um!« Oh Gott, ich denke an längst vergangene Szenen mit Eminanim. Geht der Abschlussfilm jetzt etwa los?

»Gib doch zu, du willst dich doch nur vorm Kochen drücken!«, habe ich ihr immer geantwortet.

»Ich muss für die Kinder sowieso kochen. Ich denke nur an deine Gesundheit.«

»Was willst du, ich bin kerngesund. Jedenfalls habe ich einen gesunden Appetit. Man sollte immer auf die Signale seines Körpers achten. Mein Körper sagt eindeutig zu mir: Iss, mein Junge! Hau rein! Es kann gar nicht zu viel sein!«

Ein paar unverschämte Drei-Käse-Hochs springen vom Zehn-Meter-Turm ins Becken und trampeln mit ihren krummen Füßen auf meinem Kopf rum.

»Ihr Gartenzwerge, hört auf damit! Kann man hier unten nicht mal in Ruhe sterben oder was?!«, schreie ich sie telepathisch an. Und jetzt pinkelt ein erwachsener Mann seelenruhig direkt vor mir ins Wasser; mir förmlich ins Gesicht! Er tut so, als würde er schwimmen. In Wirklichkeit ist er nur zu faul, um aufs Klo zu gehen.

Ich befürchte, die belassen es nicht nur beim Pinkeln. Wo ist denn bloß der Bademeister? Der Kerl soll nicht nur jungen Frauen hinterhergaffen, sondern auch ertrinkende junge Männer retten. Auch gut möglich, dass der Bademeister mich jetzt hier absichtlich so erbärmlich absaufen lässt. Ich habe in seinen Augen gesehen, dass er mich als starke Konkurrenz empfunden hat, als ich vorhin so extrem männlich sein Revier betreten habe. Vielleicht hat der sogar dafür gesorgt, dass vorhin die drei fetten Muttis alle gleichzeitig ins Wasser gesprungen sind, die diese Mörderwelle Tusinami ausgelöst haben.

Holt mich jetzt endlich raus hier! Ich habe keine Luft, und was wichtiger ist: auch keine Lust mehr! Auf einmal mache ich eine Entdeckung, die die moderne Wissenschaft auf einen Schlag revolutionieren wird! Denn ich kann in dieser Sekunde wissenschaftlich beweisen, dass der Mensch unter Wasser durch den fehlenden Sauerstoff nicht zwangsläufig bewusstlos wird. Ganz im Gegenteil! Das Bewusstsein bekommt überdimensionale Empfindungen, und die Wahrnehmung verschärft sich um ein Vielfaches. Ich sehe Dinge, die diesem Möchtegern-Frauenheld, den drei Muttis und allen anderen da oben mit ihren Scheuklappen mit absoluter Sicherheit verborgen bleiben. Fasziniert kann ich bis ins kleinste Detail beobachten, wie die sagenumwobene Titanic direkt vor meinen Augen sinkt. Durch die beleuchteten Bullaugen kann ich deutlich sehen, wie verzweifelte Passagiere um ihr Leben kämpfen. Der Einzige, der in dieser Situation relativ cool bleibt, ist Leonardo Di Caprio. Und die tapfere Bordkapelle, die immer noch spielt!

Durch den harten Tritt eines Jungen, der vom Zehn-Meter-Brett in den Ozean gesprungen ist, werde ich mehr erschüttert als durch den spektakulären Untergang der Titanic! Dadurch merke ich zu meinem größten Entsetzen, dass ich mittlerweile ständig Wasser schlucke. Und nicht nur Wasser, wie ich gerade eben gesehen habe. Ich bekomme eine schreckliche Panik. An so was will ich nicht sterben! Ich will hier weg! Halloo, holt mich hier raus! Ich hab's mir überlegt, ich will nicht sterben! Hilfee, das Wasser schmeckt eklig! Ich habe überhaupt keine Luft mehr! Hilfee!! Ich huste wie verrückt. Luft! Luft! Luft! Ich brauche Luft! Wie komme ich hier nur raus?! Ihr Mörder, holt mich hier raus, anstatt mir ins Gesicht zu pissen!

Ich ziehe die Knie bis zum Bauch und trete dann ganz fest nach unten gegen den Beckenboden. Das ist so glitschig, dass ich wegrutsche und ins Trudeln komme. Ich schlage mit allen Händen, Füßen, Armen, Beinen, Bauch und sonstigen Gliedmaßen, kurz, mit allem, was ich habe, wild um mich, um nach oben zu kommen. Wie durch ein Wunder fange ich dadurch an zu schwimmen. Dieses Herumstrampeln schwimmen zu nennen, ist zwar etwas vermessen, aber ich komme im Wasser gut voran. Danach sinke ich wieder erschöpft auf den Beckenboden. Diesmal trete ich aus nackter Angst um mein Leben noch kräftiger gegen den Beckenboden und schieße dadurch wie eine Rakete nach oben. Über der Wasseroberfläche angekommen, reiße ich meinen Mund weiter auf als jedes Krokodil und schnappe hastig nach etwas Luft. In billigen Romanen und in kitschigen Filmen kommt in solchen Momenten eine hübsche Frau dem Helden der Geschichte im letzten Augenblick mit ihrer zierlichen Hand zu Hilfe. Dann verlieben sie sich immer ineinander, machen einen Haufen Kinder und werden glücklich bis ans Ende ihrer Tage. Seltsamerweise kommt mir niemand zu Hilfe. Nicht mal eine der drei fetten Muttis, geschweige denn die hübsche Blondine von vorhin. In meiner Not würde ich sogar sehnsüchtig um die Hand des Bademeisters anhalten, wenn er einverstanden wäre und seine Eltern auch nichts dagegen hätten. In meiner Panik schlage ich wie ein Irrer wild um mich und klammere mich an einen kleinen Fetzen Stoff, den ich mit viel Glück zu fassen bekomme.

»Hiiiillfeeee!!« Endlich! Irgendeine Frau hat meine schreckliche Situation erkannt und ruft für mich um Hilfe.

»Hiiiillfeeeee!! Helfen Sie doch!« Vielleicht ist es sogar die hübsche Blondine von vorhin. Jetzt versucht sie wohl, ihren tragischen Fehler wieder gutzumachen.

»Hiiiiilllfeeeeeee!!!« Es ist schon ein gutes Gefühl, dass eine so wildfremde Person sich für ihre Mitmenschen so energisch und lautstark einsetzt.

»Aaaauuaaaaa!!!«, brülle ich dieses Mal mindestens genauso laut. Ich muss von einem ausgehungerten Hund oder tollwütigen Piranha gebissen worden sein!

»Hiiillfeeee! Triebtäteeerr!! Vergewaltigeeerr!!«, schreit die hübsche Blondine mir ins Ohr und beißt schon wieder in meine Hand. Mit aller Kraft versucht sie meine Hand von ihrem Bikini-Oberteil loszukriegen.

»Helfen Sie mir doch!«, schreit sie.

»Helfen Sie mir doch!«, schreie ich.

Mit ihrer linken Hand versucht sie irgendwie ihren entblößten Busen zu bedecken. Diese Mühe kann sie sich im Moment sparen. Ich bin nun wirklich nicht in Stimmung für so was.

»Lass mich los, du perverses Schwein!«, brüllt sie und kaut weiter an meiner Hand. Durch einen heftigen Schlag auf meinen Hinterkopf falle ich wieder fast in Ohnmacht.

»Ich habe den Mistkerl, junge Frau! Ich befreie Sie schon! Los, schwimmen Sie ganz schnell weg!«, ruft der nichtsnutzige Muskelprotz in der weißen Badehose.

»Schwimmen Sie hierher, junge Frau«, brüllt er, »ich halte den Kopf von diesem Triebtäter solange unter Wasser.«

»Hiii … glu … fee … gulp … ööggh … aauuaaöögh!«

Die Rettungsstange des als Bademeister getarnten Mörders drückt meinen Kopf unters Wasser. Plötzlich habe ich das Bikini-Oberteil der jungen Frau ganz für mich alleine, und ich sehe sie hastig wegschwimmen, als würde sie von einem unsympathischen Meerungeheuer verfolgt.

»Schnell weg!«, ruft der Westernheld in Weiß, »ich kann ihn nicht mehr lange unter Wasser halten«, und zieht mir noch mal brutal eins über den Schädel.

Das war's! Ich werde nun endgültig ohnmächtig und sinke mit dem kleinen Stofffetzen in der Hand langsam auf den Grund. Ich hätte mich über die billigen Streifen nicht beschweren sollen!

Das war wohl Gotteslästerung!

Montag, 28. März, 8:15 Uhr

Heute Nacht habe ich geschlafen wie ein Toter! Endlich bin ich wieder zu Hause.

»Hat man den René heute Nacht nicht gebracht?«, frage ich den Polizisten von der Frühschicht.

Wie gesagt, ich bin endlich wieder zu Hause. Und habe nach langer Zeit wieder in einem anständigen Bett ausschlafen können. In der letzten Zeit habe ich mehr Zeit hier im Polizeirevier 3 verbracht als auf der Müllhalde im Karnickelweg 7b. Kein Wunder, dass ich mich hier inzwischen heimischer fühle. Verglichen mit meiner Wohnung, wie sie zur Zeit aussieht, ist das hier das reinste Fünf-Sterne-Hotel. Mit persönlichen Bodyguards vor der Tür, in Uniform.

»Der war zwischenzeitlich mal wieder hier. Aber da warst du gerade nicht da. Aber nicht die Hoffnung verlieren. Vielleicht stöckelt die Süße ja im Laufe des Tages noch herein.«

»Ihr könntet ja mal zur Abwechslung auch den Hörbi einbuchten. Und nicht immer den armen René.«

»Das kann dir doch völlig egal sein. Ab sofort dürfen wir ihn nicht mehr in die gleiche Zelle mit dir stecken.«

»Wieso? Ist Schwulität etwa ansteckend?«

»Ja, das sowieso! Aber darum geht's nicht. Der Haftrichter hat es verboten, zusammen mit dem Polizeipsychologen.«

»Was habe ich denn diesem Psychologen getan? Den kenne ich noch nicht mal!«

»Den wirst du noch kennen lernen!«

»Nein, danke, kein Bedarf! Ich bin doch kein Weichei, das sofort zum Psychologen rennt, wenn seine Ehefrau sich aus dem Staub macht.«

»Das mit deiner Frau geht uns nichts an. Aber wegen der drei Vorkommnisse in den letzten Tagen hat dich der Haftrichter dazu verknackt, dass du dich jetzt jede Woche mit dem Psychologen treffen musst.«

»Nur weil ich paarmal über eine gelbe Ampel gefahren bin und beim Abbiegen nicht geblinkt hab?«

»Also, noch kann ich Akten lesen. Du bist jetzt hier schon dreimal hintereinander eingeliefert worden wegen verbaler und körperlicher Belästigung von wildfremden Frauen.«

»Aber ich wollte mich an der Dame im Schwimmbecken doch nur festhalten. Wie sagt man doch so schön: Ein Ertrinkender klammert sich sogar an einer Schlange fest!«

»So so so, jetzt ist die arme Frau also auch noch eine Schlange? Dabei hat sie dich nicht mal angezeigt. Der Bademeister hat uns gerufen.«

»Gott bewahre! Ich wollte die Frau doch nicht beleidigen. Aber es gibt doch so eine Redewendung. In meiner Not musste ich mich doch irgendwo festklammern!«

»Und schlau wie du bist, hast du dir überlegt, klammern wir uns mal an der Brust einer jungen, fremden Frau fest.«

»Ja, schon. Aber doch nur aus Versehen! Sozusagen instinktiv!«

»Instinktiv macht das der Rest der Menschheit in den ersten zwölf Monaten. Und ich könnte wetten, dass du nicht mehr im Säuglingsalter bist.«

Vor der Tür treffe ich meinen Arbeitskollegen Hans, den ich angerufen habe, weil sich Mehmet wer weiß wo rumtreibt.

»So ist das im Leben nun mal, Osman«, sagt er, als ich ihm von der heulenden Frau im Schwimmbad erzähle. »Weiber lachen, wenn sie können, und weinen, wann sie wollen!« Diesen unglaublich tollen Satz schüttelt er einfach aus dem Ärmel, ohne auch nur einmal in sein schlaues Buch zu gucken. Und fügt hinzu: »Frauen weinen nur, wenn es die Männer hören können.«

»Toller Spruch, Hans. Ein kurzer Satz, aber mit tausend langen, bitteren Erfahrungen dahinter. Komm doch mal rein und erzähl das hier den grünen Grünschnäbeln.«

»Wem?«

»Den Bullen!«

»Den Spruch kennen die bestimmt schon. Aber ich habe was viel Wichtigeres mit dir zu bereden, Osman. Weshalb kommst du nicht mehr zur Arbeit?«

»Was? Arbeit?«

»Ja, Arbeit! Schuften, Maloche. Halle 4! Hast du uns schon alle vergessen?«

»Halle 4?«

»Genau! Du bist schon seit einer Woche nicht mehr zur Arbeit gekommen.«

»Mein Gott! Halle 4! Mein Job! Der Meister bringt mich um! Wie konnte mir das nur passieren? Die schmeißen mich bestimmt raus!« Na ja, ich kaufe doch ohnehin bald die ganze Fabrik.

»Du musst sofort zum Arzt! Die Personalabteilung dreht durch. Du musst dich rückwirkend krankschreiben lassen. Und zwar sofort!«

»Wie soll ich das denn hinkriegen? Das macht doch kein Arzt.«

»Osman, du hast dich richtig in die Scheiße geritten. Aber mach dir keine Sorgen. Hans kennt für jedes Problem einen Ausweg.«

»Danke, Hans. Hast du etwa jeden Morgen für mich mitgestempelt?«

»Das konnte ich nur die ersten zwei Tage. Aber dann hat der Meister gemerkt, dass du nicht mehr da bist. Du kennst ihn ja, er hat noch mal zwei Tage die Augen zugedrückt. Das ist die höchste Toleranzgrenze für Kumpels, deren Frauen plötzlich abgehauen sind.«

»Na ja, so plötzlich und überraschend war das ja auch wieder nicht. Aber das braucht er ja nicht zu wissen.«

»Pass mal auf, du gehst jetzt zu Gutdünken.«

»Ich gehe nicht nach Gutdünken! Ich habe die Arbeit einfach vergessen! Versteh mich doch! Mein Leben hat sich schlagartig komplett verändert!«

»Weiß ich doch, Osman, weiß ich doch! Ich kenne doch deine Situation. Aber trotzdem musst du jetzt erst mal zu Doktor Gutdünken. Der heißt wirklich so! Den kennt jeder. Er ist weltbekannt. Er ist der einzige Arzt, den ich kenne, der nach Gutdünken rückwirkend krankschreibt. Ich kenne Leute, die kommen sogar aus Bayern, um sich ein Attest zu holen.«

»Hans, du bist ein wahrer Freund. Ich danke dir. Schreib mir mal die Adresse von dem Mann auf.«

»Gar nicht nötig. Wir sind schon da. Ich liefere dich hier persönlich ab, sonst landest du doch wieder vorher im Knast.«

Im Wartezimmer des Doktor Gutdünken fühle ich mich auf Anhieb pudelwohl. Ich bin sozusagen von meinesgleichen umzingelt: Verlierer noch und noch! Ich kann zwar nicht mit Sicherheit behaupten, dass allen Typen hier die Frauen abgehauen sind, aber sie scheinen alle durchweg nicht auf der Sonnenseite des Lebens zu verweilen.

Die als Arzthelferin getarnte Catcherin kommt ins Wartezimmer gestürmt und brüllt die Patientin neben mir unvermittelt an:

»Du blöde Kuh, was machst du hier? Ich habe dir gesagt, du brauchst überhaupt nicht ins Wartezimmer zu gehen! Solange du deine Versicherungskarte nicht mitbringst, wirst du hier nicht bedient!«

»Kann ich denn nicht wie letztes Mal die Versicherungskarte von jemand anderem benutzen?«, fragt die ältere Hausfrau schüchtern und schaut mich flehend an.

»Belästige hier nicht schon wieder die anderen Kunden«, schimpft die ungeschlachte Arzthelferin. »Seine Karte ist für dich sowieso ungeeignet!«

»Wieso denn?«, fragt sie mit verheulten Augen.

»Kannst du mir denn erklären, wie ich der Krankenkasse

weismachen soll, dass der hässliche Kerl neben dir Probleme mit seinem Fruchtwasser hat?«

Die arme Patientin schaut mich hilfesuchend wie ein Schlachtvieh an. Um ihr beizustehen, sage ich ganz leise:

»Ja, wieso eigentlich nicht? Ich habe schon seit längerem fürchterliche Probleme beim Wasserlassen.«

»Halt du die Klappe! Mit dir hat keiner geredet!«

Ich fürchte, Hans wird schon wieder Recht behalten! Ich kann nur hoffen, dass ich den Arzt zu sehen bekomme, bevor ich schon wieder im Knast lande.

Aber ist der Doktor überhaupt noch da? Seit einer Stunde, so lange sitze ich hier schon, hat er niemanden hereingerufen. Dabei ist die Praxis schon seit zwei Stunden auf. Wenn man von der Helferin auf den Arzt schließt, scheint der Gutdünken nicht viel zu taugen. Aber wenn man sich die Menschenmassen ansieht, die mittlerweile auf dem Fußboden Platz nehmen, dann muss der Mann ein Genie sein.

Kurz darauf geht mit viel Gekrächze und Geplärre die Lautsprecheranlage an. Und eine verschlafene, lustlose und gelangweilte Alte-Männer-Stimme murmelt:

»Entschuldigen Sie bitte, dass ich mich heute um zwei Stunden verspätet habe. Aber ich hatte noch sehr dringende Hausbesuche zu erledigen.«

Alle Patienten brüllen vor Lachen, als hätte er einen guten Witz erzählt. Ich habe den Eindruck, dass sie diese Ausrede schon tausendmal gehört haben, aber trotzdem sehnsüchtig darauf warteten.

»So, der Erste kann jetzt reinkommen.«

Drei oder vier Versager springen gleichzeitig auf, um sich durch die Tür zu drängeln. Die rempeln und schubsen wie wilde Tiere, um der Erste zu sein.

»Geprügelt wird wie immer draußen«, tönt die Stimme von Gutdünken über die Sprechanlage. »Brecht euch aber nicht wieder die Knochen: Ihr wisst genau, ich bin kein Arzt.., ich meine, ich bin kein Chirurg!«

»Das ist aber ein freudiger Versprecher«, hört man die Arzthelferin ohne Lautsprecher genauso brüllen.

»Das heißt Freud'scher Versprecher, du dumme Kuh!«, wird sie sogleich von ihrem Chef über die Sprechanlage fachmännisch zusammengeschissen.

Hier muss arbeiten ja Spaß machen. Schönes Arbeitsklima haben die hier!

»Der Nächste bitte!«

Um kein Risiko einzugehen, lasse ich alle Patienten vor. Sogar die, die eine Stunde nach mir gekommen sind. Selbst alte Frauen und torkelnde, besoffene Kerle. Ich verlasse das Wartezimmer erst, als dieses Ungeheuer von Arzthelferin vor mir steht:

»Was suchst du denn hier noch, du Idiot? Weißt du denn nicht, dass ich endlich Feierabend machen will? Bist du taub? Der Chef ruft schon die ganze Zeit nach dir!«

Mein Vater hatte mir seinerzeit beigebracht, Drei-Zentner-Frauen aus Prinzip nicht zu widersprechen.

»Nur weil du zu faul zum Arbeiten bist, muss ich hier Überstunden schieben. Hoffentlich schreibt er dich nicht mehr als vier Wochen krank!«

»Wieso vier? Mir würde schon eine Woche voll und ganz ausreichen!«

»Was, wegen einer einzigen lächerlichen Woche nervst du mich hier ab? Ich gebe dir einen Rat, sag das bloß nicht dem Doktor! Bei so einer Unverschämtheit schmeißt er dich sofort hochkantig raus! Mit so einem Quatsch belästigt man doch nicht den großen Meister! Rein mit dir, du Schlafmütze«, weist sie mir den Weg zum Arztzimmer, mit einem gezielten Tritt in den Hintern.

Aber statt in einer Arztpraxis lande ich schon wieder in einer Schwimmhalle. Mein ramponiertes Unterbewusstsein spielt mir, ausgelöst durch die Schelte der Arzthelferin, offensichtlich einen Streich.

Am Fenster steht ein Mann in einem uralten Taucheranzug,

Schwimmflossen, Sauerstoffflasche auf dem Rücken, Taucherglocke auf dem Kopf und mit einer Harpune in der Hand. Auf Zehenspitzen entferne ich mich wieder, nachdem ich mich für mein Stören höflichst entschuldigt habe.

»Halt, bleiben Sie hier! Machen Sie die Tür richtig hinter sich zu!«, höre ich seine Stimme über einen Lautsprecher im Raum. »Ich bin Doktor Gutdünken. Sie sind offenbar zum ersten Mal hier. Setzen Sie sich auf Ihren Stuhl!« Mit der Harpune zeigt er auf einen Hocker, der mindestens sieben Meter von ihm entfernt mitten im Raum steht.

»Machen Sie sich wegen mir keine Sorgen, Herr Doktor. Ich habe Zeit, ich warte hier so lange, bis Sie vom Sport wieder zurück sind«, flüstere ich völlig eingeschüchtert.

»Ich kann Ihnen sagen, das ist kein Sport. Den ganzen Tag den ganzen Quatsch von den ganzen Bekloppten und Kaputten dieses Landes anzuhören, das ist verdammt harte Arbeit.«

»Herr Doktor, lassen Sie sich von mir nicht aufhalten, Ihrer Tauchleidenschaft nachzugehen. Wie gesagt, ich habe Zeit.«

»Ach so, Sie meinen meine Arbeitskleidung«, ruft er in das Mikro, das sich in seiner Taucherglocke befindet.

»Das ist eine reine Selbstschutzmaßnahme, um mich vor allen bösartigen Bakterien und Viren zu schützen, die Landstreicher wie Sie in meinen Laden einschleppen.«

»Kommen hier etwa auch Leute hin, die wirklich krank sind?«

»Ich entscheide, wer krank ist. Ich bin der Arzt!«

»Wollen Sie mich etwa aus dieser Entfernung untersuchen?«

»Na, klar doch! Meinen Sie, bei Ihnen mache ich eine Ausnahme? Sagen Sie lieber A...«

»Aaaaaa! Herr Doktor, wie lautet denn Ihre Ferndiagnose?«

»Sie können Ihre Zunge wieder einpacken. Die will ich gar nicht sehen. Sie brauchen hier auch nicht das Alphabet aufzusagen. Ich will nur eines wissen; A: Wie lange soll ich Sie rückwirkend krankschreiben? B: Wie lange wollen Sie insgesamt krankgeschrieben werden? C: Ist Ihnen Ihre Frau abgehauen oder was?«

»Sie sind doch ein Meister Ihres Faches, Herr Doktor! Jetzt weiß ich, warum Ihr Wartezimmer so voll war!«

Mit der begehrten Krankschreibung in der Hand verlasse ich die Praxis.

Ich freue mich riesig, dass das so problemlos geklappt hat. Meine Freude kennt kaum noch Grenzen, als ich direkt vor mir, als Zugabe, auch noch eine bildhübsche Frau erblicke. Genüsslich pfeifend laufe ich hinter ihr her.

Herr im Himmel, warum sind Frauen eigentlich so hübsch? Ganz besonders die hübschen! Dieses Prachtexemplar vor mir hat wirklich alles, was eine Frau haben muss. Irgendwie finde ich diese Feststellung ziemlich banal. Wenn sie nämlich alles hätte, was ein Sportwagen haben muss, dann wäre sie logischerweise ein roter Ferrari mit ihren roten Haaren. Wie dem auch sei, wie hypnotisiert stolpere ich hinter der Frau in einen Supermarkt hinein. Es trifft sich eigentlich gut, ich muss sowieso etwas einkaufen. Ein Glück, dass sie nicht in ein Nagelstudio oder in einen Hundesalon gegangen ist.

Mit einem riesigen Einkaufswagen vor meinem Bauch schlendere ich durch die Regalreihen elegant hinter ihr her.

Mein Gott, warum sind die Frauen eigentlich so hübsch? Ich meine, die hübschen? Ich glaube, das hatte ich vorhin schon mal gefragt. Bekam aber auch keine Antwort. Ich glaube, die sind nur deswegen so hübsch, damit die trotteligen Männer hinter ihnen her latschen und alles kaufen, was sie auch gekauft haben. Lauter völlig unnötiges Zeug. Als die Kassiererin meine Sachen eintippt, werde ich knallrot vor Scham und versinke fast im Erdboden. Haartönungsmittel, Haarfestiger, Haarspray, Tagescreme, Nachtcreme, Augencreme, Wimperntusche, Abdeckstift, Nagellack, Nagellackentferner, künstliche Fingernägel, Lippenstift in vier Farbtönen, Selbstbräuner, Haarentfernungswachs, Intimspray, Tampons und Damenbinden jeweils in drei verschiedenen Größen.

Mein Einkaufswagen quillt über, und ich kann die ganzen Sachen nicht mal der Dame schenken. Denn die ist längst verschwunden. Wahrscheinlich arbeitet sie als Köder für diesen Laden hier.

Alle Leute in der Schlange hinter mir begutachten argwöhnisch meinen Einkauf. Aus den Augenwinkeln sehe ich sie tuscheln und sich gegenseitig ins Ohr flüstern. Und dann anschließend hinterhältig grinsen.

»Das ist aber zu lästig, dass meine Frau nie Zeit hat, selbst einzukaufen«, murmele ich so vor mich hin. »Immer schickt sie mich los, das Zeug zu besorgen! Dabei arbeite ich genauso viel wie sie, wenn nicht mehr!«

»Ja, ja, das sagen diese Typen dann so«, höre ich einige hinter mir gehässig zurückmurmeln.

Ich verstaue den ganzen Berg peinlicher Einkäufe in drei riesengroßen, undurchsichtigen Plastiktüten und laufe so schnell ich kann nach Hause. Im Badezimmer verstecke ich all die schrecklichen Sachen, die ich gegen meinen Willen gekauft habe.

»Mehmet, gut, dass ich dich antreffe. Du hast doch garantiert wieder nichts zu tun. Tu mir mal einen Gefallen. Bring mal diesen gelben Zettel in das Büro von meiner Fabrik.«

»Wieso das denn? Warum ausgerechnet ich? Warum machst du es nicht selber?«

»Auf diesem Zettel steht, dass ich noch ein paar Wochen mit dem Tode zu kämpfen habe. Da ist es logisch, dass ich den nicht selber abgeben kann.«

»Na gut, gib die Krankmeldung her, ich mach es. Ich will ja auch nicht, dass sie dir kündigen.«

Bald werde ich sowieso von selbst kündigen, wenn die Millionen erst einmal auf meinem Konto sind.

»Gut, dass du das einsiehst, Mehmet. Einer in der Familie muss ja schließlich das Geld verdienen.«

»Mutter hat auch seit Jahren geschuftet und einiges geleistet.«

»Was? Sie ist arbeiten gegangen? Davon weiß ich doch gar nichts! Was habt ihr mit dem Geld gemacht?«

»Sie hat doch hier zu Hause gearbeitet. Sie hat doch den ganzen Haushalt gemacht!«

»Weißt du, wie man das nennt: brotlose Kunst!«

»Brotlos, weil du sie nicht bezahlt hast. Weißt du, was ich hier in der Hand habe? Das ist der Artikel über den Wert von Hausfrauenarbeit.«

»Ich soll meiner Ehefrau ein Gehalt zahlen? Hör mal, warum habe ich sie dann überhaupt geheiratet?«

»Vater, was eine normale Hausfrau leistet, kannst du mit deinem Einkommen gar nicht bezahlen.«

»Ach, was leisten sie denn schon? Sitzen die ganze Zeit auf der Couch rum, gucken Fernsehen und tratschen mit den Nachbarn.«

»Hier in dem Artikel haben sie Hausfrauenarbeit in zwölf Bereiche aufgeteilt: Ernährung und Nahrungszubereitung, Spülen und Aufräumen, Reinigung der Wohn-, Schlaf- und Wirtschaftsräume, Reinigung und Pflege der Wäsche, Reinigung und Pflege der Bekleidung, Instandhaltung von Wäsche und Bekleidung, Anfertigung von Wäsche und Bekleidung, Betreuung der Kinder, Pflege der Kranken und Alten, Einkaufen, Haushaltsführung und sonstige Arbeiten.«

»Hör auf, hör auf! Das ist doch Blödsinn! In deiner Liste fehlt nur noch Nasebohren als schwere Hausarbeit! Was du gerade aufgezählt hast, sind doch alles Selbstverständlichkeiten. Das machen Frauen rein instinktiv. Das ist von der Natur so angelegt worden!«

»Das ist hier alles ganz genau aufgeführt und beschrieben. Bei Reinigung heißt es zum Beispiel: Aufräumen, Lüften, Betten machen, Putzen, Küche feucht wischen, Bad gründlich säubern, Treppenhaus und Fenster putzen, Betten beziehen, Gardinen waschen und aufhängen, Lampen, Decken, Schränke gründlich säubern, Gefrierschrank abtauen, staubsaugen …«

»Kloputzen hast du vergessen! Da hat sich deine Mutter am

meisten aufgeregt. Ich musste dafür büßen, weil du nicht zielen konntest.«

»Das ist wahrscheinlich in ›Bad gründlich säubern‹ schon mit drin.«

»Mehmet, du Idiot, das war ironisch gemeint. Das ist doch bescheuert, dass du jede kleine Handbewegung von Hausfrauen wie ein weltbewegendes Ereignis aufzählst.«

»Das ist doch nicht von mir. Die Wissenschaftler haben ausgerechnet, was das alles kostet. Und Mutter hat diese unglaublich viele Arbeit ganz alleine erledigt.«

»Es gibt auch eine Kehrseite; deine Mutter denkt, ich finde das Geld auf der Straße. Jeden Tag denkt sie sich was Neues aus, was ich ihr kaufen soll. Hier auf den Küchenregalen stehen mehr elektrische Geräte als in Halle 4. Sie glaubt, das Geld kommt von der Sparkasse. Aber wie das Geld zur Sparkasse kommt, das interessiert sie nicht!«

»Vater, weißt du eigentlich, was Hausfrauenarbeit kostet, wenn man vier Kinder hat?«

»Vier Kinder? Ich glaube, du hast dich etwas verrechnet. Das wäre zu schön, um wahr zu sein. Inklusive deiner Wenigkeit haben wir leider fünf!«

»In diesem Artikel hört die Tabelle aber bei vier Kindern auf. Anscheinend hat in Deutschland niemand außer dir fünf Kinder. Und bei nur vier Kindern kostet diese Arbeitskraft im Monat 3.875,49 Euro plus Arbeitgeberanteil.«

»Also ich finde diese Aufstellung komisch. Ich traue der ganzen Rechnerei nicht. Das beste Beispiel haben wir doch vor Augen. Muss man denn täglich Staub wischen? Oder muss man täglich Fenster putzen? Oder muss das Geschirr immer abgetrocknet werden? Wenn man ihm genügend Zeit und Ruhe lässt, trocknet es sich doch von selbst.«

»Dass sie für ihre Ehemänner jeden Tag den Affen machen müssen, daran denkst du wohl gar nicht?«

»Jetzt hör mal zu! Deine Mutter war glücklich und zufrieden bei mir! Hast du das endlich verstanden?«

»Zufriedene und glückliche Menschen hauen nicht ab!«

»Davon verstehst du nichts! Deine Mutter ist eine Frau, sie kommt schon wieder! Sie macht nur Zicken! Ich kenne mich lange genug mit den Weibern aus. Da warst du noch nicht mal geboren.«

Genau in dem Moment klingelt es an der Tür.

»Was habe ich dir gesagt? Mach deiner Mutter die Tür auf.«

»Mach doch selber auf. Schließlich ist sie doch deine Frau!«

»Sie hat mir die Tür vor der Nase zugeknallt. Also soll sie zusehen, wie sie selber reinkommt.«

Während Mehmet zur Haustür geht, mache ich mich demonstrativ auf den Weg in die Küche.

»Vater, hier will dich jemand sprechen«, ruft mein Sohn durch den Flur.

»Sag deiner Mutter, dass ich in der Küche bin.«

»Das hättest du wohl gerne. Das ist, glaube ich, nicht meine Mutter.«

»Was soll das heißen, erkennst du deine Mutter nicht?«

»Das ist sie nicht!«

»Wer ist denn sonst da? Mann oder Frau?«

»Das ist eine schwierige Frage. Komm lieber zu Tür und entscheide selbst.«

»Solch einen Sohn wünsche ich nicht mal meinen Feinden! Erkennt seine eigene Mutter nach ein paar Tagen nicht mehr«, schimpfe ich, während ich zur Tür gehe.

»Hallöchen, Osman!«

»Um Himmels willen, René, was machst du denn hier?«

»Ach, weißt du, Osman, das ist mir irgendwie schrecklich peinlich! Aber du hast doch gesagt, wenn mich dieses Ekelpaket von Herbert noch einmal schlecht behandelt, dann kann ich sofort bei dir wohnen, solange wie ich will.«

»Was hat Hörbi denn schon wieder angestellt?« René glaubt doch wohl nicht, dass ich das mit der Einladung ernst gemeint hab?

»Osman, darüber will ich überhaupt nicht reden! Ich bin mit den Nerven fix und fertig! Ich will den Mistkerl auch nie wieder sehen! Ich will nur ein warmes Bad und dann husch husch ins Bett!«

»Was?! Willst du hier auch noch schlafen? In wessen Bett?«

Montag, 28. März, 17:48 Uhr

Trotz der riesigen Sonnenbrille sind Renés verheulte Augen nicht zu übersehen. Wie ein Häufchen Elend drückt er sich an mir vorbei in die Wohnung. Er war wohl wirklich nicht darauf vorbereitet, das Haus zu verlassen, denn er hat so gut wie nichts an. Ein durchsichtiges, bauchfreies T-Shirt, einen Mini-Minirock, ein paar hochhackige Schuhe und eine kaputte Strumpfhose. Als er dann auf dem Sofa sitzt, will er als Erstes von mir wissen:

»Osman, sag mal, hast du eine Ersatzstrumpfhose für mich? Bin ich etwa verschmiert?«

»Was deine Schminke angeht, musst du diesen jungen Mann fragen. Mehmet ist Experte auf dem Gebiet, was Frauen mit Kriegsbemalung angeht.«

»Ja, mach' mich doch mal mit dem knackigen Burschen bekannt. Hat dieser junge Gott auch einen Namen? Ist das etwa dein neuer Freund? Was sagt denn deine Frau dazu?«

»Nein, das ist Mehmet, mein Sohn. Leider konnte ich bis jetzt nicht hundertprozentig das Gegenteil beweisen!«

»Ach, das trifft sich ja wunderbar! Bleibt der Kerl noch länger hier?«

»Ich befürchte, ja! Das da drüben ist sein Stall. Leider sieht inzwischen die ganze Wohnung so aus. Er wohnt hier nämlich. Ich meine, der haust hier!«

»O la la, das kann ja spannend werden! Das ist ja richtig aufregend hier. Herbert wird platzen vor Eifersucht.«

»Das gefällt mir aber gar nicht! Mach mir Hörbi nicht zum Feind! Ich habe schon genug Schulden bei ihm. Ich will kein Hausverbot riskieren.«

»Ich werde es nie verstehen, wie Männer sich in dieser verqualmten und stinkenden Bude wohl fühlen können.«

»Wir fühlen uns überall wohl, wo es Fernseher, Fußball, Bier und Salzstangen gibt. Abgesehen davon sieht's hier inzwischen viel schlimmer aus. Im ›Zum Wohl‹ wird wenigstens ab und zu mal geputzt. Aber du siehst, dieses Dreckloch kann ich dir unmöglich als Bleibe anbieten.«

»Osman, wir wollen mal ehrlich sein. In letzter Zeit bin ich hart geprüft worden. Ich habe sogar die Zelle im Knast überlebt, also werde ich auch das hier schaffen!«

»Du, René, das willst du dir doch nicht allen Ernstes antun?« Und mir auch?

»Ich lass mich nicht mehr von ihm schikanieren! Ich werde für immer hier bleiben. Das soll ihm eine Lehre sein!«

Oh, Herr im Himmel, das kann doch nicht wahr sein! Was mache ich jetzt bloß?

»Du hast Recht, René. Wir müssen es dem Kerl zeigen. Wir müssen diesem Schläger zeigen, was eine Harke ist. Wir bringen dich ins Männerhaus!«

»Ach, was soll ich denn da? Da kenne ich doch niemanden. Ich bleib doch lieber hier.«

Oh Gott, wie werde ich bloß diese Transe los? Warum kann ich nicht mein Maul halten? Wie bin ich bloß auf die Idee gekommen zu sagen, dass er bei mir wohnen kann?

»Na gut, so kann ich dich natürlich nicht auf der Straße schlafen lassen. Aber morgen suchen wir dir einen Platz im Männerhaus.«

»Wo ist denn mein Bettchen? Schlafe ich heute bei dir oder bei ihm im Bett? Mir ist es egal, ihr müsst es unter euch ausmachen.«

»Das Bett von meiner Tochter Hatice ist frei. Du kannst dort schlafen. Diesen einen Tag werden wir schon alle überleben.«

Zum ersten Mal in meinem Leben verriegele ich die Schlafzimmertür von innen. Ich kenne mich mit diesem schwulen Volk nicht aus. Was weiß ich, was in deren Kopf vorgeht. Sein

Freund Herbert wollte schon immer bei mir landen, wenn er besoffen genug war.

Gut, im Knast haben wir eine gemeinsame Zelle geteilt. Aber da gab's auch massenweise Sittenwächter. Wie sagt man doch so schön: Binde deinen Esel fest an, und vertraue erst dann auf Gott! Wie sich Mehmet heute Nacht vor Renés Bedürfnissen schützt, ist seine Sache. Er ist schließlich alt genug. Bei den Hunderten von Frauen, die sonst immer sein Zimmer belagern, bittet er mich ja auch nie um Hilfe.

Sicherheitshalber schiebe ich auch noch die Kommode vor die Tür. Eine Nacht mit einem Schwulen unter dem gleichen Dach, das wird ja wohl noch zu schaffen sein!

Seit Eminanim weg ist, schlafe ich sehr unruhig. Wenn ich überhaupt schlafen kann. Aber heute Nacht, das war die reinste Hölle! Als Traum hat sich mein Unterbewusstsein aus der Videothek einen schrecklichen Horrorfilm ausgeliehen. Ich muss in einer dunklen Nacht durch einen riesengroßen Park laufen, und überall lauern mir brutale Männer in Lederkleidung auf. So fiese Kerle mit Lederjeans, Lederweste auf der nackten, behaarten Brust, mit Eisenketten um den Hals, buschigen Schnurrbärten und mit Ledermützen. Dazu mit Leder überzogene Gummiknüppel.

Ich weiß nicht, warum mein Unterbewusstsein gerade mit mir derart alberne Spielchen treibt? Ich jedenfalls habe mich ihm gegenüber immer korrekt verhalten.

Mitten in der Nacht werde ich durch unmenschlich lauten Staubsaugerlärm aus dem Schlaf gerissen. Was ist das? Ich traue meinen Ohren nicht! Besser gesagt dem linken, denn auf dem rechten liege ich. Fassungslos starre ich auf den Wecker: Es ist fünf Uhr morgens! Eminanim ist da!! Kaum habe ich annähernd was Weibliches im Haus, sofort kommt sie angedackelt.

Überglücklich torkele ich aus dem Schlafzimmer und stoße im Flur mit Mehmet zusammen, der vor lauter Ärger kaum atmen kann.

»Eminanim, bist du völlig bescheuert geworden, mitten in der Nacht?«, strahle ich.

Aber es ist weit und breit keine Eminanim zu sehen. Stattdessen entdecken wir beide, Vater und Sohn, völlig verdutzt, wie René im rosa Nachthemd von Eminanim und in ihren rosa Pantöffelchen seelenruhig das Wohnzimmer saugt.

»Was habt ihr gesagt?«, schreit René, um den Staubsauger zu übertönen, »ihr müsst lauter reden, der Staubsauger macht so einen Lärm!«

Völlig entnervt reiße ich den Stecker aus der Wand.

»Osman, ich konnte nicht schlafen wegen Herbert. Da musste ich einfach was tun, um mich etwas abzulenken. Habt ihr wenigstens gut geschlafen?«

Unser Wohnzimmer habe ich noch nie so aufgeräumt gesehen. Nicht mal meine Frau mit ihren drei Töchtern und einer Schwiegertochter hat es ein einziges Mal so hingekriegt. Die Küche und das Bad glänzen, als wären wir im Werbefernsehen. Fassungslos, mit offenem Mund, inspizieren Mehmet und ich unsere gesamte Wohnung wie mit fremden Augen, so als wollten wir sie kaufen. Mehmets komplette Kleidung, die er überall in der Wohnung hingeschmissen hatte, ist jetzt gewaschen, getrocknet und gebügelt. Selbst die Löcher in seinen Socken sind fachmännisch gestopft worden. Sogar der Frühstückstisch ist bereits gedeckt. Ich frage mich, wo er die Kerzen und den Blumenstrauß her hat? Das richtig Schöne dabei ist, René hat die Wohnung völlig auf den Kopf gestellt und alles so umgestaltet, dass nichts mehr so ist, wie Eminanim es verlassen hat.

»Ich habe gestern Abend vergessen zu fragen«, zwitschert René im Morgengrauen, »wollt ihr Kaffee oder Tee zum Frühstück? Oder vielleicht beides? Den Orangensaft habe ich schon gepresst. Und ihr müsst mir sagen, wie ihr eure Eier haben wollt.«

Mehmet reibt sich ungläubig die verschlafenen Augen, und sein Stottern hat einen flehenden Unterton:

»Vater, hast du dir das auch wirklich ganz genau überlegt? Willst du ihn tatsächlich wieder wegbringen?!«

»Mehmet, sei ruhig und genieße diesen Anblick. Du musst jetzt ganz stark sein. So was wirst du nie wieder in deinem Leben sehen.«

So schwer es mir auch fällt, aber ich muss mein Bild über Schwule erneut korrigieren: Schwule sind nun mal die besseren Modemacher, Schwule sind einfach die besseren Sänger, Schwule sind die besseren Friseure, und Schwule sind auch die besseren Ehefrauen.

»René, hast du bei deiner Aufräumerei vielleicht rein zufällig irgendeinen unwichtigen Lottoschein gefunden?«, frage ich hoffnungsvoll.

»Nee, bis jetzt noch nicht. Aber das hat nichts zu sagen, ich brauche noch mindestens ein halbes Jahr, um diesen Saustall endlich picobello zu kriegen.«

Es schmeckt phantastisch! So lecker habe ich schon lange nicht mehr gefrühstückt. Ehrlich gesagt, eigentlich noch nie.

»Ich würde den Kerl nicht mal gegen drei meiner Freundinnen eintauschen«, schwärmt Mehmet, während er sich mit glänzenden Augen über sein Frühstück hermacht.

»Aber gepinkelt wird ab heute nur noch im Sitzen«, ruft René.

»Für so ein Frühstück pinkele ich sogar im Liegen«, schmatze ich.

»Für mich auch kein Problem«, kaut Mehmet genüsslich, »aber von meinen Kumpels darf keiner erfahren, dass ich ein Sitzpinkler bin.«

Erst als ich das letzte Brötchen verputzt habe, fällt mir auf, dass René nicht mit am Frühstückstisch sitzt, sondern den Kühlschrank leer geräumt hat, um ihn von innen sauber zu machen.

»René, du hast dir so viel Mühe gegeben, willst du denn rein gar nichts essen?«

»Was soll er denn noch essen? Es ist doch nichts mehr da! Du hast doch alles weggeputzt wie ein ausgehungerter Schiffbrüchiger«, schmatzt Mehmet, wobei er diesmal den Orangensaft direkt aus der Kanne säuft.

»Osman, ich bekomme kein Stückchen runter. Wie soll ich armes Ding wohl auch? Du weißt ja gar nicht, wie schlecht es mir geht. Dich hat bestimmt noch nie ein Mann verlassen!«

»Leider nicht! Kannst du es mir beibringen? Ich wünsche mir seit Jahren nichts sehnlicher, als dass dieser Schmarotzer endlich hier abhaut.«

»René, das war, hhmmm, ein super Frühstück! Vielen Dank noch mal dafür. Ich haue mich jetzt wieder in die Kiste«, gähnt Mehmet.

»Schlaf gut und träum was Süßes. Also am besten träumst du was von mir«, ruft unser arbeitswütiger Gast aus dem Kühlschrank.

»Was habe ich dir gesagt, René? Den Faulpelz werde ich nie los! Wenn der Kerl jeden Tag hier auch noch Frühstück serviert bekommt, dann habe ich den lebenslänglich am Hals.«

»Da kenne ich aber schrecklichere Strafen. Also, ich würde deinen Mehmet nicht vom Frühstückstisch schubsen. Osman, was muss man anstellen, um so einen Kerl lebenslang am Hals zu haben?«

»Mit seiner Mutter schlafen!«

»Ach, du Ärmster! Die Mutti ist doch bestimmt grässlich alt!«

»Damals war sie noch etwas jünger.«

»Aber trotzdem, mit einer Frau!«

»Na ja, man gewöhnt sich an alles.«

»Also für mich ist der Preis zu hoch! Steht in keinem Verhältnis. So weit würde ich nun auch wieder nicht gehen.«

»René, es ist erst sechs Uhr morgens, noch können wir nirgendwohin. Ich gehe jetzt erst mal eine Runde schlafen. Von mir aus können wir so gegen acht rausgehen.«

»Um acht? Osman, bist du wahnsinnig geworden?! Konntest du das mir nicht früher sagen? Wie um alles in der Welt soll ich mich in zwei Stunden fertig machen?! Oh Gott, oh Gott, das gibt eine Katastrophe.«

»René, machst du jetzt Witze? Selbst meine Frau Eminanim hat nicht mehr als zwei Stunden gebraucht, um sich fertig zu machen. Das kannst du doch nicht ernst meinen. Also um acht gehen wir, bis dahin bist du bestimmt fertig. Ich will hier unbedingt weg, bevor alle Klatschtanten in unserer Straße an den Fenstern ihren Platz eingenommen haben.«

»Osman, du brauchst dich doch wegen mir nicht zu schämen. Glaub mir, wenn ich mich richtig zurechtmache, dann werden alle deine Klatschtanten platzen vor Neid. Aber in nur zwei Stunden ist es nicht zu schaffen. Mich damit zu überfallen, finde ich total gemein von dir. Also gut, ich werde sehen, was sich machen lässt. Aber du darfst dich hinterher nicht beschweren, wenn du keinen perfekt gestylten René an deiner Seite hast.«

»Nein, das werde ich schon nicht. Ich habe ohnehin keine Ahnung, wie diese perfekten Renés aussehen sollen.«

»Da hast du aber was verpasst in deinem Leben, das kann ich dir sagen.«

Mit prall gefülltem Bauch wälze ich mich wieder ins Bett. Jetzt muss ich mich auch noch um die Verflossenen von anderen Männern kümmern, wo ich es doch nicht mal mit meiner eigenen auf die Reihe gekriegt habe.

Kurz nach acht Uhr rappelt der Wecker, und ich wache schweißgebadet auf.

»Los, René, lass uns gehen«, gähne ich in Richtung Badezimmer.

»Moment noch, Osman, ich bin noch nicht so weit.«

Ich koche mir einen Tee und schalte den Fernseher an. Irgendeine dämliche Serie läuft da, die ich seit dem Weggang meiner Frau nie wieder gesehen habe. Nach drei Minuten bin ich sofort wieder im Bilde. Bei diesen täglichen Seifenopern kann man ruhig 165 Folgen verpassen. Bei der 166. weiß man nach ein paar Sekunden wieder, worum es geht. Der Frauenschwarm, der letztes Mal noch verkrüppelt war, kann wieder laufen und ist Fitnesstrainer geworden. Dafür ist sein Freund jetzt erblindet. Er überlegt sich, seine Internetfirma zu verkaufen und stattdessen in ein philippinisches Kloster zu gehen. Die sich ewig Liebenden haben sich endgültig getrennt und bilden jetzt mit den beiden anderen ein Liebespaar, die sie zuvor abgrundtief gehasst haben. Nach einer halben Stunde ist alles zu Ende, und es ist ein mysteriöses Kleinkind aufgetaucht, von dem niemand weiß, zu wem es gehört. So, jetzt kann ich mit dieser Serie wieder ein halbes Jahr Pause machen.

»René, können wir jetzt los?«

»Ich bin gleich fertig, jetzt hetz mich nicht so!«

Ich gehe ins Treppenhaus und leihe mir die Tageszeitung von unserem Nachbarn Prizibilsky, die herrenlos auf der Treppe liegt. Arme Zeitung, es ist schon nach acht, und niemand kümmert sich um sie. Den Sportteil, die Autoanzeigen und den Teil mit den entflohenen Ehefrauen habe ich gleich zweimal gelesen.

»René, jetzt mach schon!«

»Nerv mich nicht, Osman! Du siehst doch, dass ich nicht fertig bin! Diese Haare machen mich wahnsinnig. So kann ich unmöglich auf die Straße gehen, oder willst du, dass die Leute mit dem Finger auf mich zeigen?« Das tun sie sowieso!

Nachdem ich auch die Sterbeanzeigen auswendig gelernt habe, lege ich die Zeitung wieder sorgfältig gefaltet auf die Treppe. Und gehe danach ein bisschen in der Stadt spazieren. Unterwegs rufe ich zu Hause an, um zu erfahren, wie weit René endlich ist.

»Renéééé!!«

»Osman, stör mich nicht! Ich habe keine Zeit dafür. Mit dem Telefon hast du mich übrigens total erschreckt. Ich dachte, es wäre was passiert.«

»Es passiert auch gleich was, wenn du nicht sofort fertig bist!«

»Osman, reg dich nicht so auf. Geh lieber in ein Café und lass dich mit Hagebuttentee verwöhnen. Gönn' dir doch mal was Schönes.«

»René, wann bist du endlich fertig?«

»Wie soll ich fertig werden, wenn du mich andauernd störst?!«

Im Café treffe ich viele alte Bekannte, die ich schon seit Lichtjahren nicht mehr gesehen habe. So gegen zwölf bekomme ich Hunger und gehe wieder nach Hause. Insgeheim hoffe ich, dass René ungeduldig auf mich wartet oder was gekocht hat.

»René, bist du jetzt endlich so weit?«

»Osman, jetzt schrei doch nicht alle zwei Minuten! Du bringst einen ja völlig durcheinander.«

»Alle zwei Minuten? Es sind schon wieder über zwei Stunden vergangen.«

»Du siehst doch, was ich mir für eine Mühe gebe. Aber wie soll ich jemals fertig werden, wenn du mich andauernd unterbrichst?«

Frustriert wecke ich Mehmet.

»Das finde ich lieb von dir, Vater, dass du den armen René nicht ins Männerhaus gesteckt hast. Das war eine kluge Entscheidung. Ein so gutes Frühstück kriegen wir sonst nie wieder.«

»Mehmet, wir waren noch nicht aus dem Haus raus. Ob du es glaubst oder nicht, seit sechs Stunden macht sich der Kerl im Badezimmer fertig.«

»Seit sechs Stunden sagst du?«

»Ja! Das haben mir die Leute im Café auch nicht geglaubt.«

»Eigentlich muss ich ja sofort los zu meinen Kumpels. Aber jetzt bin ich doch gespannt auf das Ergebnis. Das gönn ich mir.«

»Wie kann man denn auf so was gespannt sein? Wirst du jetzt so langsam auch schwul? Wie konnte das denn nur passieren? Dein Vater ist doch so männlich!«

»Meinst du etwa dich? Aber du behauptest doch ständig, ich sei nicht von dir, wenn es dir passt.«

»Das kann schon sein. Aber solange du deine Füße unter meinen Tisch steckst, bist du nicht schwul!«

»Red keinen Quatsch, Vater. Ich will sehen, wie René sich zurechtgemacht hat. Du kennst dich doch in der Szene überhaupt nicht aus. Transen sind die interessantesten Menschen, die es überhaupt gibt.«

»Ach, hör doch auf! Was soll denn schon an denen interessant sein?«

Da geht die Badezimmertür auf, und ich komme aus dem Staunen nicht heraus. So was Spannendes und Interessantes habe ich noch nie gesehen! Noch nicht mal im Fernsehen. Was da in der Tür steht, ist kein Schwuler mehr! Andererseits aber auch kein Mensch! Diese glitzernde Augenweide, die sich meinen Blicken präsentiert, ist ein atemberaubendes Gesamtkunstwerk!

Diese Haare, dieses Kleid, diese Schuhe, dieses Make-up, dieser Busen – halt, wo kommt der eigentlich her? René ist aufgedonnerter als die beiden Karnevalsköniginnen von Rio de Janeiro und Düsseldorf zusammen.

»Herr im Himmel, in dem Aufzug willst du doch nicht auf die Straße gehen?«

»Aber selbstverständlich, ich gehe nur so auf die Straße. Anders kennt mich die Welt nicht.«

»René, tu mir das nicht an! So kann ich mich mit dir in der Öffentlichkeit nicht sehen lassen!«

»Das wollte ich gerade auch sagen, Osman. Ich will dir nicht wehtun, aber ich habe auch Schwierigkeiten damit, mich mit dir in der Öffentlichkeit zu zeigen. Mach dich wenigstens ein bisschen zurecht. Zieh dir ein frisches Hemd an. Mit diesem Hemd habe ich dich vor Wochen im Knast kennen gelernt.«

»Ja und? Passt mir immer noch.«

»Ja, aber man sollte es ab und zu mal waschen.«

»Ein Hemd muss schon aushalten können, dass man es vier Wochen hintereinander trägt.«

»Das Hemd hält es vielleicht vier Wochen aus, aber die Menschheit nicht! Ich habe die ganze Nacht die Fenster offen gehabt, aber es stinkt immer noch fürchterlich.«

»René, du hast es nicht richtig kapiert. Es geht nicht darum, was ich anhabe, sondern was du anhast.«

»Tja, dann möchte ich sagen, das kommt ganz auf den Standpunkt an. Aus meiner Sicht bist du das Problem. Um es höflich zu sagen, neben mir wirkst du etwas farblos. Aber nicht geruchlos.«

»Das ist aber auch nicht mein Fehler. Neben dir würden Madonna, Elvis und Elton John zusammen in ihrer besten Zeit reichlich farblos aussehen.«

Mehmet, der die Wirkungen seines Schocks scheinbar überwunden hat, mischt sich für seine Verhältnisse mit einem relativ guten Vorschlag ein:

»Wenn ihr mit dem Ford Transit fahrt, kann René ja hinten sitzen. Dann sieht ihn keiner.«

»Aber ich will gesehen werden! Ihr müsst wissen, mein Sternzeichen ist Zwilling«, protestiert René.

»Ich kann es nicht fassen. Ich dachte, du wärst einmalig auf der Welt! Gibt es noch einen Zweiten, der so durchgeknallt ist wie du?«

»Nein, es gibt niemanden, der sich mit mir vergleichen kann. Wir reden von meinem Sternzeichen. Du bist ja noch ungebildeter als Herbert!«

»René, du kannst ja gleich im Männerheim allen Leuten den Kopf verdrehen, wie du willst. Aber jetzt zieh diesen Regenmantel an und lass uns einer nach dem anderen zum Auto laufen. Ich will nicht, dass die Nachbarn sich noch mehr das Maul zerreißen.«

Gerade als ich rausgehen will, klingelt das Telefon. So schnell ich kann, laufe ich voller Hoffnung zum Hörer. Ich weiß, dass mich da eine Frau anruft. Und mit Sicherheit meine eigene.

»Hallo, hallo, hier ist Osman Engin!«

»Schönen guten Tag!«

Ich wusste es! Es ist eine Frau!

»Bin ich dort bei Doktor Hoffmann?«

Aber leider ist es nicht meine Frau!

»Nein, tut mir Leid, hier ist nicht Hoffmann, sondern nur Osman.«

»Ach, Doktor Osman heißen Sie?«

»Nein, nur Osman! Ohne Doktor, ohne Frau!«

»Oh, pardon, ich glaube, ich habe mich verwählt«, ruft sie und legt auf.

»Sagen Sie meiner Frau, sie soll gefälligst selber anrufen«, schreie ich ihr hinterher. Ich könnte schwören, das war meine Frau! Nicht persönlich natürlich. Sie hat irgendjemand anders anrufen lassen, um mich zu kontrollieren. Sie hat mit Sicherheit schreckliche Angst, dass ich mich inzwischen mit anderen Frauen vergnüge. Ich kenne sie doch. Sie sitzt jetzt bestimmt wie auf heißen Kohlen. Ich bin mir absolut sicher, in Kürze meldet sie sich persönlich.

»Mehmet, das tut mir Leid, aber du musst mit René alleine fahren. Ich muss unbedingt zu Hause bleiben. Ich erwarte Besuch. Deine Mutter kommt zurück.«

»Was? Das war Mutter gerade am Telefon?«

»Ja! Und sie ruft gleich wieder an!«

»Und wieso hat sie aufgelegt?«

»Was denn, wieso?«

»Ja, wieso hat Mutter aufgelegt? Wenn man was zu reden hat, dann legt man doch nicht gleich wieder auf.«

»Ihr Geld war alle. Das war ein Münztelefon. Die Arme hat noch nicht mal mehr genug Geld, um anzurufen.«

»Bist du dir auch ganz sicher, dass das Mutter war? Ich hab nicht richtig zuhören können, aber du hast irgendwas von einem Doktor gesagt.«

»Ja, genau, sie war bei einem Arzt. Bei Doktor Hoffmann.«

»Ja ja, hoff, Mann! Du kannst ruhig weiterhoffen, aber sie wird niemals kommen. Komm, René, wir gehen. Von mir aus kannst du den Regenmantel jetzt wieder ausziehen. Wir wollen den Nachbarn mal was bieten. So was kriegen die auch nicht jeden Tag zu sehen.«

Vorsichtig verabschiedet sich René von mir, Küsschen links, Küsschen rechts, ohne ihre Verkleidung zu ruinieren.

»Mach's gut, René. Du weißt ja, ich hab's dir gesagt, du kannst hier bei mir wohnen, bis Eminanim wiederkommt. Aber wie du gerade gehört hast, kommt sie schon heute Abend. Einen so tollen Menschen wie dich nehmen sie doch überall mit Kusshand.«

Als die beiden weg sind, mache ich alle Fenster auf, um den ganzen Gestank von Haarsprays, Parfüms und Deos wegzubekommen. Und das Telefon stelle ich ganz weit weg in die hinterste Ecke. Bis ich rangehe, soll etwas Zeit vergehen. Damit es nicht so aussieht, als säße ich auf diesem Ding. Falls ich überhaupt rangehe! Wo sie jetzt mit solchen miesen Tricks arbeitet und andere Leute für sich anrufen lässt, kann ich jetzt auch bedenkenlos so tun, als würde ich mich irgendwo amüsieren.

Jetzt sitze ich schon seit einer Stunde neben dem Apparat, und sie ruft immer noch nicht an. Wie hat der verfluchte Kommunist gespottet: Hoff nur weiter, Mann!

So ganz alleine in der Wohnung kommt man auf komische Gedanken. Um nicht allzu melancholisch zu werden, schalte ich wieder den Fernseher an. Ich zappe mich durch alle Kanäle, natürlich nirgendwo Fußball. Kann mir auch egal sein, schließlich interessiert mich diese unsinnige Balltreterei schon seit 7 Tagen, 18 Stunden und 45 Sekunden überhaupt nicht mehr.

Einen ausführlichen Beitrag über die baldigen Bundestagswahlen gibt es stattdessen. Heute will ich darüber nichts hören. Früher war mir sogar der Ausgang von irgendwelcher Ortsvorsteherwahl im hinterletzten bayerischen Kuhdorf wichtig. Über jede noch so belanglose Politiker-Phrase habe ich mich tagelang aufgeregt. Jetzt interessiert mich so was nicht die Bohne. Heute langweilt mich alles. Keine einzige Nachricht der Welt ist mehr für mich wichtig genug.

Ich schmeiße lieber einen der vielen Spielfilme, die Eminanim ständig aufgenommen hat, in den Videorecorder. Kurz nach dem Vorspann kommt dem Hauptdarsteller die Ehefrau abhanden. Aber im Gegensatz zu meiner Frau geht sie nicht freiwillig, sondern wird von einem Dutzend mieser Typen brutal und hinterlistig entführt. Natürlich hoffe ich auf ein Happy End und schaue weiter. Am Tag nach der Entführung hängt sich die Mutter des Helden auf dem Speicher auf. Aber dadurch lasse ich mir meine Laune auch nicht verderben. Einige Minuten später wird der Vater von einem Sattelschlepper platt gefahren. Dass einem die Frau brutal entführt wird, die Mutter sich aufhängt und der Vater von einem riesigen Sattelschlepper platt gewalzt wird, ist nicht gerade alltäglich. Aber deswegen lassen wir, der Held und ich, unsere Köpfe nicht hängen und hoffen weiter auf bessere Zeiten. Eigentlich kann's nur noch besser werden.

Während wir uns weiterhin durch die dünne Handlung quälen, kommt weder seine Frau zurück noch meine! Stattdessen erreicht uns die böse Nachricht, dass man unseren Sohn mit drei Kilo Heroin erwischt hat. Mit reinstem Heroin, in bester Qualität! Glück im Unglück; es ist nur sein Sohn. Mein Sohn ist ja Gott sei Dank mit einer Transe unterwegs.

Plötzlich werden wir durch lautes Telefonklingeln aufgeschreckt. Es sind nicht die Entführer. Es ist auch nicht Eminanim. Es ist nicht mal eine Patientin von Doktor Hoffmann. Ein Kommissar ist am Apparat und sagt, dass die Tochter von rücksichtslosen Zuhältern in ein Bordell in Saudi-Arabien verschleppt worden ist. Ich ertrage das Elend nicht weiter und schalte das Mistding aus, bevor es uns Helden auch noch an den Kragen geht! Eine tolle Erfindung, dieser Videorecorder. Das Ding macht einem richtig Mut.

Plötzlich geht mir ein Licht auf! Ich weiß endlich, wo Eminanim steckt! Um diese Zeit besucht sie bestimmt Recep, unseren ältesten Sohn.

»Hallo Vater, wie kommen wir denn zu der Ehre?«, fragt Recep am Telefon.

»Ach, ich wollte nur mal gucken, wie es euch geht.«

»Vater, mir geht es heute ziemlich beschissen«, sagt er, »du weißt ja, meine Rückenschmerzen. Das wird und wird nicht besser!«

Wen interessiert's? Aber das ist eine gute Gelegenheit, um auf mein Thema zu kommen.

»Mein Sohn, Rückenprobleme sind erblich. Aber von mir hast du es nicht. Dreimal darfst du raten, wer dir das eingebrockt hat.«

»Wieso, hat Opa auch Bandscheibenprobleme gehabt?«

Warum fragt er nach seinem Opa? Ist seine Mutter nicht nahe liegender?

»Nein, dein Opa hatte so was auch nicht.«

»Na siehst du, dann ist es ja doch nicht erblich!«

»Herr im Himmel, und was ist mit deiner Mutter? Frag sie doch jetzt mal selber, wo sie schon mal bei dir ist!«

»Was? Mutter ist nicht hier. Ich denke, ihr beide fahrt gleich nach Österreich.«

»Wirklich? Wie kommst du darauf?«

Anscheinend weiß er doch nichts von unserer Trennung.

»Mutter hat heute Morgen angerufen und gesagt, dass ihr Zug heute Abend um halb acht losfährt.«

»Was will sie denn – ich meine, was sollen wir denn in Österreich?«

»Was weiß ich? Ich dachte, jemanden besuchen oder so.«

»Um halb acht am Bahnhof hast du gesagt?«

»Ja. Und ich hab ihr da noch …« Klack!

Ich habe noch genau dreißig Minuten Zeit! Alles, was ich finden kann, schmeiße ich in den großen Koffer.

Was will sie in Österreich? Dort kennen wir doch niemanden. Sie fährt garantiert nicht alleine. Mit wem fährt sie?

Mein Herz macht mehr Umdrehungen als die Turbine einer Boeing 757 kurz vor dem Abheben. Eminanim hat sicherlich inzwischen schon einen Neuen. Was will sie sonst in Österreich? Was hat sie dort verloren? Ihr Herz wahrscheinlich. Sie hat garantiert einen Neuen! Sonst wäre sie auch schon längst wieder zu Hause. Das ist mal wieder typisch. Sie angelt sich einen Heini aus Österreich. Warum nicht einen aus Monaco oder Paris? Ich hab nicht genug Zeit darüber nachzudenken, ob die

Heinis aus Frankreich wirklich besser sind. Ich muss mich wie ein Irrer beeilen, um den Zug noch zu kriegen.

Fährt sie alleine und trifft ihn erst in Österreich, oder fährt sie mit dem Heini zusammen? Wenn sie alleine fährt, dann habe ich mehr als genug Zeit, sie wieder rumzukriegen, damit sie wieder zu mir zurückkommt. Wenn sie nicht alleine ist, dann werde ich die Gelegenheit nutzen, um diesem verdammten Heini ein paar aufs Maul zu hauen.

»Schnell, schnell, geben Sie Gas! Ich hab's eilig! Fahren Sie so schnell Sie können zum Bahnhof!«, rufe ich dem Taxifahrer zu. »Wenn ich meinen Zug kriege, dann bekommen Sie so ein Trinkgeld, das haben Sie noch nie gesehen.«

Was soll ich denn meiner Frau sagen, wenn ich gleich zufällig neben ihr im Zug sitze?

»Ich muss dringend nach Frankfurt!«

Und was antworte ich ihr, wenn sie fragt, was ich dort will?

Wegen des Bundesligaspiels Werder gegen Eintracht Frankfurt? Natürlich nicht! Sie hasst ja Fußball wie die Pest. Dadurch würde ich alles noch mehr ruinieren.

Ich soll Zweigstellenleiter der dortigen Halle 4 werden! Was für eine klasse Antwort. Das würde ihr mächtig imponieren. Aber sie würde sofort merken, dass ich lüge.

Die Mitleidstour ist bestimmt besser. Bei mir wurde plötzlich eine unglaublich komplizierte Krankheit diagnostiziert. Ich muss sofort zum Spezialisten, es geht um Leben und Tod!

Aber wenn der Heini dabei ist, werde ich ihr auf die blöde Frage überhaupt keine Antwort geben. Ich werde ihn fragen, ob er keine Gewissensbisse hat, so viele kleine, süße Kinder zu Waisen zu machen? Und das alles nur, weil er seine ekelhaften Triebe nicht im Griff hat! Dann werde ich ihn ein bisschen würgen und aus dem Fenster schmeißen.

Plötzlich steigt der Taxifahrer wie ein Irrer in die Eisen. Ich fliege über den Beifahrersitz und klatsche an die Windschutzscheibe.

»Wir sind am Hauptbahnhof«, ruft er nach dieser Vollbremsung triumphierend. »Fünf Minuten, 48 Sekunden! Das ist ein neuer Rekord!« Auf allen Vieren klettere ich aus dem Wagen.

»Sie fahren ja wie ein Irrer! Wo haben Sie denn Ihren Taxischein gewonnen? Sie haben mir den Schädel gebrochen, bremsen Sie eigentlich immer so?!« Ich schmeiße ihm sein Geld auf den Beifahrersitz und schnappe mir meinen Koffer.

»Heey, was ist mit dem Trinkgeld?«

»Was für ein Trinkgeld?«

»Sie haben gesagt, ich bekomme ein Trinkgeld, so wie ich es noch nie gesehen habe!«

»Sie sagen es. Oder haben Sie schon mal ein Trinkgeld gesehen, das es gar nicht gibt? Sie können froh sein, dass ich Sie nicht wegen Körperverletzung anzeige.«

Schnell kaufe ich mir einen Fahrschein zweiter Klasse und laufe zum Gleis 6, wo der Intercity hält. Kaum bin ich im Zug, schon fährt er los. Jetzt muss ich erst mal eine junge, hübsche, allein reisende Frau finden, um mich zu ihr ins Abteil zu setzen. Eminanim soll vor Eifersucht platzen, wenn sie mich zusammen mit der Frau entdeckt. Es ist wichtig, dass sie mich zuerst findet. Es darf auf gar keinen Fall so aussehen, als würde ich ihr hinterherrennen. In diesem Abteil gibt es keine einzige Frau. Jedenfalls keine, die Eminanim vor Eifersucht platzen lassen würde. Wenn hier gleich einer platzt, dann bin ich es! Wer hat bloß diesen ganzen Mist in meinen Koffer geschmissen? Fluchend und schwitzend schleppe ich den Riesenkoffer durch den nächsten Waggon. Schon wieder nichts! Ich bin völlig kaputt. Ich setze mich zu einer uralten Oma hin. Das alte Mädchen schaut mich enttäuscht an. Sie hatte wohl auch auf einen jüngeren, hübscheren Reisebegleiter gehofft. Mit meiner neuen Errungenschaft werde ich Eminanim garantiert zum Platzen bringen; aber nur vor Lachen!

Egal, ich ruhe mich hier etwas aus. Ich muss etwas zu Atem kommen, bevor ich wieder auf die Jagd gehe.

Nach ein paar Minuten schnappe ich mir meinen Riesenkoffer erneut und quäle mich durch die nächsten Waggons.

Während ich mit dem einen Auge nach ansehnlichen Sitznachbarinnen Ausschau halte, versuche ich mit dem anderen Auge irgendwie Eminanim mit ihrem Heini zu entdecken. Heinis gibt es genug, aber keine Eminanim weit und breit.

Schwitzend schleppe ich mich und meinen Koffer durch den wackelnden Zug. Warum habe ich ausgerechnet den längsten Intercity aller Zeiten erwischt, und den engsten dazu! Warum müssen alle Leute ausgerechnet heute Zug fahren?

Von Eminanim ist weit und breit nichts zu sehen. Ich muss eine groß angelegte Suchaktion starten. Mit meinem Überseekoffer auf dem Rücken zwänge ich mich durch enge Gänge, Berge von Taschen und stinkende Menschenmassen.

Nach 45 Minuten stinke ich mehr als alle Millionen Fahrgäste im Zug zusammen. Ich schwitze wie ein Schwein, stinke wie ein Otter und kann mich kaum noch auf den Beinen halten. Diese verdammte Eminanim ist einfach nicht zu finden. Vielleicht hat die Trennung sie äußerlich so verändert, dass ich sie nicht mehr erkennen kann. In mir keimt der Verdacht, dass ihr österreichischer Heini Tickets der ersten Klasse gekauft hat, nur um meiner angetrauten Ehefrau zu imponieren. Dadurch hat er sich finanziell garantiert ruiniert, aber welcher Mann veranstaltet in den ersten Wochen nicht die unmöglichsten Schabernacks, um vor seiner neuen Eroberung anzugeben?

Nach zwei Stunden bin ich auch die erste Klasse durch und ganz vorne an der Lokomotive angekommen.

Die Toiletten! Warum bin ich nicht sofort darauf gekommen?

Sie war garantiert auf dem Klo, als ich in ihrem Abteil nachgeguckt habe. Ich schleppe den Koffer erneut durch den gesamten Zug, inklusive der Toiletten.

»Was für ein Zufall, Eminanim, du auch hier in diesem Zug? Die Welt ist ja so klein«, werde ich sagen, wenn ich sie treffe.

»Eminanim, ich liebe dich!« Das schreibe ich auf alle Klobrillen mit Filzstift. Und meinen Namen füge ich auch noch hinzu. Damit der österreichische Heini später nicht erzählt, er hätte so eine tolle, romantische Idee gehabt.

Wir sind bereits in Köln. Die ganze Zeit bin ich durch den Zug gerannt und habe Eminanim gesucht. Ich bin quasi hinter ihr her bis nach Köln zu Fuß gelaufen. Hier muss man umsteigen. Ich springe gleich als Erster raus, um meine Frau beim Umsteigen zu erwischen. Nach ein paar Sekunden aber gebe ich die Hoffnung auf. Tausende stürmen nämlich aus dem Zug, und gleichzeitig stürmen auch Tausende wieder in den Zug rein.

Ich laufe noch schnell in die Bahnhofshalle. Dort werde ich sie bestimmt finden. Ich klappere alle Imbissstände ab. Pizza, Döner, Hamburger. Wieder nichts!

Ich schleppe meinen Koffer zum Informationsstand. Ich frage die Beamten, ob sie Eminanim gesehen haben. Sie gucken mich nur blöde an.

»Möchten Sie, dass wir Ihre Ehefrau ausrufen?«

»Na gut, bitte sagen Sie ihr, dass sie sofort hierher kommen soll. Aber ohne den österreichischen Heini.«

»Frau Eminanim Engin, bitte zur Information. Frau Eminanim Engin, bitte zur Information.«

Alle möglichen Frauen kommen zum Informationsschalter, aber nicht meine Frau.

Nach fünf Minuten verliere ich die Geduld, schnappe meinen Koffer und gehe wieder zu den Gleisen. Vielleicht erwische ich Eminanim ja noch beim Umsteigen. Stattdessen erwische ich in letzter Sekunde gerade noch den Zug nach Frankfurt.

Oh Gott, jetzt fängt alles wieder von vorne an! Keuchend unter der Last dieses Riesenkoffers schleppe ich mich von Abteil zu Abteil. Von Waggon zu Waggon. Von Gestankwolke zu Gestankwolke. Das Problem ist, dass ich in allen Frauen irgendwie Eminanim sehe. Bei der einen sind die Haare ähnlich, bei der anderen könnte die Handtasche stimmen. Selbst ein Dutzend Männer sehen ihr täuschend ähnlich. Es gibt also viele Männer, die ihre Beine auch nicht rasieren.

Ich komme wie gefoltert in Frankfurt an; wieder zu Fuß natürlich! Der Schweiß läuft mir in Strömen den Rücken runter. Kurz bevor der Zug stoppt, hält mich der Schaffner fest.

»Das ist ja interessant, was suchen Sie denn hier?«, sagt er.

»Ach, wissen Sie, ich suche meine Frau. Haben Sie sie vielleicht gesehen? Sie geht mir ungefähr bis zur Nase und hat schwarze Haare.«

»Sehr interessant, sagen Sie mir lieber, was Sie in diesem Zug machen?«

»Ich sage doch, ich bin auf der Suche nach meiner Frau.«

»Also, wenn Ihre Frau genauso einen ungültigen Fahrschein hat wie Sie, dann wäre sie mir bestimmt aufgefallen. Sie müssen noch 60 Euro nachzahlen, und dazu kommt noch der IC-Aufschlag.«

»Wieso das denn? Muss ich auch noch Kilometergeld für meine eigene Lauferei bezahlen?«

»Guter Mann, das hier ist ein Schnellzug. Der fährt schneller als andere Züge.«

»Habe ich dem Fahrer gesagt, dass er schneller fahren soll? Der kann ruhig langsamer fahren, das wäre mir viel lieber. Vielleicht hätte ich dann meine Frau gefunden.«

Unter den verdutzten Blicken des Schaffners springe ich mit meinem Koffer auf den Bahnsteig.

Der Anschlusszug nach München fährt erst in 37 Minuten. Bis dahin kommt noch ein Intercity aus Norddeutschland. Vielleicht steckt Eminanim ja da drin. Sie ist bestimmt wieder nicht in die Gänge gekommen und hat den Zug verpasst. Aber während der Fahrt nach München, da kriege ich sie garantiert. Ich muss nur diesen verdammten Koffer loswerden. Das Mistvieh hat mich fast zum Krüppel gemacht. Ich sperre ihn in ein Schließfach. In Wien werde ich mir ganz neue Klamotten kaufen. Das wird meiner Frau imponieren. Und die ganze Rennerei und die Schufterei hat meiner Figur sicherlich auch gut getan. Mein Bauch ist garantiert um 20 Kilo geschrumpft. Alles Dinge, die sich Eminanim all die Jahre sehnlichst gewünscht hat.

Der Zug aus Norddeutschland kommt, Eminanim steigt aber nicht aus. Eminanim könnte in dem Zug auch ermordet worden sein! Zumindest ausgeraubt, entführt oder kaltblütig überfahren.

Das ist eine Spezialität von mir: Wenn sich die Leute, die mir am Herzen liegen, etwas verspäten oder nichts von sich hören lassen, dann denke ich instinktiv immer an das Schlimmste. Gut, kann ja sein, dass ich mir unnötig Sorgen mache. Aber nicht grundlos gibt es so viele Bücher und Filme über Entführungen und Morde in Zügen. Dieser Zug fährt ja nicht nur bis nach München und Wien, sondern bis nach Budapest und bis nach Istanbul. Mit anderen Worten, ich stecke mitten im Orient Express! Seit Agatha Christie weiß auch der Letzte, was in diesen Orient-Expressen so alles passiert.

Ich habe über eine Stunde gebraucht, um alle Abteile, Waggons und Toiletten gründlich abzuklappern. Aber ich stehe immer noch mit leeren Händen da. Langsam gewinnen diese Mord- und Entführungstheorien immer mehr an Gewicht. Ich kann nur hoffen und beten, dass meine Frau nicht allzu sehr leiden musste, als sie aus dem Zug geschubst wurde.

Ohne weitere Morde komme ich in München an. Von der ersten Telefonzelle rufe ich sofort meinen Sohn Recep an. Er ist mein Ältester. Ihn muss ich als Ersten über das tragische Schicksal seiner Mutter so schonend wie möglich informieren.

»Recep, mein Sohn, du musst jetzt ganz tapfer sein«, rufe ich mit tröstender, zugleich kräftiger väterlicher Stimme, »solange wir ihre Leiche nicht identifiziert haben, müssen wir nicht das Schlimmste denken!«

»Vater, was erzählst du denn da? Ich kann kein Wort verstehen. Es ist schrecklich laut bei dir im Hintergrund. Bist du im Fußballstadion, oder was?«

Ich hole tief Luft und brülle wie ein Irrer ins Telefon:

»Ich sage, mach dir keine Sorgen wegen Mutter!!«

»Ja, ja, ich weiß. Sie sitzt gerade bei uns in der Küche. Sie hatte doch keine Lust, nach Österreich zu fahren. Vielleicht erst nächsten Monat, meint sie. Soll ich sie dir ans Telefon holen?«

»Nein, nein, bloß nicht! Erzähl ihr nichts davon, dass ich angerufen habe!«

Entkräftet klatsche ich auf den Boden wie ein Sack genmanipulierte Kartoffeln.

Dienstag, 29. März, 9:21 Uhr

Früher, ganz früher, da wollte meine Frau immer, dass ich ihr Briefe schreibe.

»Warum soll ich dir denn schreiben, bist du etwa taub?«, habe ich immer gesagt. Natürlich nicht wortwörtlich. Ich meine, ganz am Anfang sagt man so was nicht. In den ersten Tagen einer jungen Ehe geht man noch sehr diplomatisch miteinander um. Es muss wie ein Kompliment klingen, selbst wenn man schimpft.

»Warum soll ich dir schreiben? Willst du meine Liebesschwüre schwarz auf weiß haben?«

»Ihr Männer versteht so was nicht!«, zwitscherte sie. Damals hat sie noch gezwitschert. Jetzt kräht sie nur noch!

Deswegen schreibe ich ihr auf der Rückfahrt nach Norddeutschland einen langen, romantischen Liebesbrief. Was soll ich auch sonst acht Stunden lang machen?

Ich erzähle ihr von der wundervollen Urlaubsreise, die ich in den Süden gemacht habe. Von dem fantastischen Hotel, in dem ich eine Woche übernachtet habe. Sie braucht ja nicht zu wissen, dass ich nur drei Stunden bei den Pennern vor dem Bahnhof eingenickt bin, bevor ich wieder zurückfuhr. Ich schreibe ihr natürlich, ich habe mich total verändert. Ich habe gehört, dass die Frauen das hören wollen. Deshalb behaupten alle Männer nach einer Trennung, sie hätten sich total verändert.

Ich kläre sie darüber auf, dass sie bei einer Scheidung die einzige Verliererin sein wird. Es gibt mehr als zwei Dutzend Frauen, die nur auf ein Zeichen von mir warten.

Ich schreibe alles doppelt und dreifach. Ein Exemplar bekommt meine Frau, der andere Brief ist für mein Tagebuch und der dritte ist für meinen Kumpel Hans. Damit ich ihm meinen Brief an Eminanim wortwörtlich vorlesen kann. Der Frauenexperte Hans ist so neugierig, der will alles ganz genau wissen.

»Also, Eminanim, wenn du glaubst, ich würde wie ein geschlagener Hund reumütig gekrochen kommen, dann hast du dich aber gewaltig getäuscht. Das wollen wir ja mal sehen! Wenn überhaupt, dann bist du diejenige, die mich auf Knien bitten darf, zu mir zurückkommen zu dürfen! Du Schlampe, was bildest du dir eigentlich ein, einfach wegzulaufen? Ist das der Dank dafür, dass ich jahrelang geduldig die Zähne zusammengebissen habe, um dich Nervensäge zu ertragen? Du weißt gar nicht, was für Freude du mir gemacht hast, als du endlich abgehauen bist! Mir geht's so gut wie noch nie!«

Mir ist klar, dass dieser Brief Eminanim total aufwühlen wird. Frauen mögen halt klare Worte von starken Männern. Während ich so ganz alleine seelenruhig in meinem Abteil an dem Brief schreibe, stürzen plötzlich fünf lebenslustige Omas herein.

»Guten Tag, junger Mann«, ruft eine Oma nach der anderen.

»Ja, schönen Tag auch«, sage ich kurz und bündig. Ich will meinen Brief weiterschreiben. Die Tanten sollen mich in Ruhe lassen.

»Was schreiben Sie denn da Schönes?«, fragt mich auch schon Omi Nummer 1, noch bevor sie sich hingesetzt hat.

»Schreiben Sie auch einen Reisebericht?«, fragt Omi 2.

»Reisen Sie etwa alleine? Wo ist denn Ihre Frau?«, meldet sich Oma 3 zur Wort.

»Wo wollen Sie denn hin? Wollen Sie auch nach Köln?«, will Omi 4 wissen.

Ich bin leicht irritiert, weil von Omi 5 nichts kommt. Sie schaut mit hochrotem Kopf gelangweilt nach draußen.

Der Wert einer Sache wird einem immer erst dann wieder bewusst, wenn man ihn unwiederbringlich verloren hat. Ausnahmsweise meine ich diesmal nicht Eminanim, sondern die herrliche Ruhe in meinem Abteil, die ich noch bis vor ein paar Minuten genießen durfte.

Omi 2 fragt mich plötzlich:

»Kann ich mal Ihr polizeiliches Führungszeugnis sehen?«

Diese Frage ist mir wirklich noch nie gestellt worden. Noch nicht mal von der Polizei.

Ob die Damen wohl Spezialagentinnen sind? Die ganzen Bond-Mädels aus den 60er Jahren müssten jetzt langsam in ihrem Alter sein.

»Ein polizeiliches Führungszeugnis sollten Sie aber schon haben!«, gibt die Nummer 4 der anderen Recht.

»Wären Sie unter Umständen auch mit einem Personalausweis zufrieden?«, frage ich.

»Na, den würde ich mir aber ganz genau angucken«, ruft Oma 1 und klatscht vor Freude in die Hände. Um wenigstens für einen Moment meine Ruhe zu haben, händige ich der alten Dame meinen Personalausweis aus.

»Stimmt das, Osman heißen Sie? Warum denn nicht Os-Frau?«

Außer mir und der Nummer 5 lachen sich alle im Zugabteil schenkelklopfend halb tot.

Ich antworte durch eisiges Schweigen.

»Haben Sie denn einen gültigen Impfausweis?«, gibt die Omi 2 erneut keine Ruhe.

»Ich habe keine Tollwut«, beruhige ich den in die Jahre gekommenen Agentenring. »Ich habe nur ein bisschen Gicht, Grauen Star und Alzheimer!«

»Wie alt sind Sie eigentlich auf diesem Foto hier?«, will Nummer 3 wissen.

»Geben Sie mal her, von hier aus kann ich es nicht sagen«, rufe ich, um meinen Ausweis endlich wieder zurückzubekommen. Aber auf den Trick fallen die nicht rein. Die Rentnerinnen sind viel raffinierter, als ich dachte.

Jetzt wird mir endgültig klar, warum Männer viel früher sterben als Frauen. Das hält doch kein Mann auf Dauer aus, ohne im Knast, im Irrenhaus oder auf dem Friedhof zu landen!

»Der ist doch nur ein paar Tage jünger als mein seliger Helmut!«

Na, hab ich es nicht gesagt? Ihr armer Helmut ist in meinem Alter abgekratzt.

»Er soll in Frieden ruhen«, rufen vier Omas im Chor.

»Glauben Sie mir, der weiß seine Ruhe garantiert zu schätzen«, tröste ich sie.

»So, meine Damen, es wird Zeit, hopp, hopp!«, ruft Nummer 5, die Schweigsame, in die Runde und klatscht in die Hände. »Wir sind gleich da. Denken Sie bitte an den Reisebericht, den Sie über Ihren Besuch des Kölner Doms schreiben sollen. Alle Ihre bettlägerigen Bekannten im Heim warten sehnsüchtigst darauf. Und geben Sie dem Mann endlich seinen Ausweis zurück!«

»Wollen Sie nicht mit aussteigen und sich auch den alten Kölner Dom anschauen?«, fragt mich Nummer 1, 2, 3 oder 4, noch in der Tür stehend.

»Nein, besten Dank!«, sage ich ohne aufzuschauen. Mein Bedarf an Altertümern ist gedeckt!

Und sobald die alten Weiber raus sind, ziehe ich alle Vorhänge zu und stemme mich mit beiden Füßen gegen die Tür, damit keiner mehr reinkommt.

Sollte das Erlebnis mir eigentlich nicht eine Lehre sein? Müsste ich jetzt nicht sofort meinen Kampf um Eminanim aufgeben? In ein paar Jahren wird sie genauso alt sein, genauso nervig ist sie ja jetzt schon.

Ohne weitere Zwischenfälle komme ich wieder in der Heimat an.

Sofort nach dem Aussteigen, so gegen 17 Uhr, laufe ich rüber zur Hauptpost, um Briefmarken zu kaufen. Mit drei hübschen Sondermarken frankiert, werfe ich Eminanims Brief, adressiert an meinen ältesten Sohn Recep, in den gelben Kasten mitten in der Schalterhalle.

Nachdem ich die Sache mit dem Brief erledigt habe, klettere ich in die Straßenbahn, um gemütlich ins »Zum Wohl« zu fahren. Ich wette um fünf Bier, dass ich Hans dort antreffe. Die Kopie des Briefes werde ich ihm persönlich überreichen.

Aber als ich an einer Fußgängerzone vorbeikomme, traue ich meinen Augen nicht!

Ich sehe meine eigene Ehefrau, wie sie an der Kreuzung die Straße überquert. Aber so, wie ich es bei ihr noch nie gesehen habe. Mit einem wildfremden Mann Arm in Arm.

Ich werde verrückt!!

Das ist garantiert dieser österreichische Heini. Wäre sie doch bloß mit dem Penner nach Österreich gefahren. Da in den gottverlassenen Bergen hätte sie mit so vielen fremden Männern eng umschlungen spazieren gehen können, wie sie will!

Aber doch nicht hier! Bei mir zu Hause!

Morgen weiß es die ganze Stadt, was meine Frau so alles in der Fußgängerzone treibt. Meine Ehe und meine Ehre sind am Boden zerstört!

Ich war mir schon immer sicher, die Frau hat einen Geschmack wie ein Pferd. An mir hat sie ständig rumgemeckert, aber der Heini bei ihr sieht dermaßen potthässlich aus, das glaubt kein Schwein. Mit dunkler Sonnenbrille, öligen Haaren und riesigem Kampfhund an der Hand. Meine Frau ist mit einem Zuhälter und Mafioso zusammen. Wie tief will diese Schlampe noch sinken?!

Das Traurigste dabei ist, sie reißt auch noch mich mit in den Abgrund! Bevor die Bahn um die Ecke biegt, sehe ich noch, dass sie ihm freudestrahlend was ins Ohr flüstert. Beide lachen! Selbst der dreckige Köter lacht mit!

Herr im Himmel, das kann doch alles gar nicht wahr sein! Sie denkt wohl, mit der Mafia im Rücken und im Bett mir meine Millionen vorenthalten zu können.

Bei der nächsten Haltestelle springe ich raus und renne so schnell wie ich kann wieder zurück zum Postamt. Eigentlich müsste ich jetzt die beiden suchen, um sie wenigstens vor ein

Auto zu schubsen. Und für den österreichischen Heini suche ich mir extra einen Zehn-Tonnen-Laster.

Aber richtig abrechnen tue ich mit den beiden später. Jetzt habe ich überhaupt keine Zeit dafür. Ich muss unbedingt den Brief wiederhaben. Das Ding darf auf keinen Fall meiner Frau in die Hände fallen! Wo sie nicht mal im Traum an mich denkt, sondern sich mit wildfremden Männern vergnügt, da schreibe ich Idiot seitenlange Briefe an sie!

Wutschnaubend und völlig außer Atem stürze ich in die Hauptpost.

»Halt, stop! Ich will sofort meinen Brief!«, brülle ich in die Halle.

»Ein Überfall!«, kreischt eine Hausfrau, und alle werfen sich auf den Boden.

»So ein Schwachsinn«, rufe ich, »ich will doch nur meinen Brief zurückhaben, den ich erst vor ein paar Minuten abgegeben habe! Ich will kein Geld! Ich will nur den Brief! Aber sofort!«

Der Schalterbeamte kommt mit irgendwelchen Papieren aus seinem Versteck hervor und tut so, als hätte er diese wichtigen Papiere dort gesucht. Und merkt sehr spät, dass er nur ein paar Servietten in der Hand hat.

»Sie sind noch nicht dran. Aber wo Sie schon mal hier vorne stehen: Welchen Brief wollen Sie haben? Haben Sie Ihren Abholzettel dabei?«, fragt er.

»Natürlich habe ich keinen Zettel. Ich will meinen eigenen Brief wiederhaben, den ich in den Kasten da vorne reingeschmissen habe.«

»Ach so, da machen Sie sich mal keine Sorgen. Bereits morgen Früh haben Sie Ihren Brief im Kasten liegen. Das ist nur eine Sache von Stunden heutzutage. Sie werden sehen, wir von der Post sind schnell geworden«, sagt er und wischt sich mit den Servietten demonstrativ die Hände ab.

»Aber der Brief ist doch nicht an mich adressiert, sondern an meine Frau!«

»Dann wird Ihre Frau eben morgen den Brief bekommen.«

»Aber das ist doch gerade das Problem. Ich will nicht, dass meine Frau den Brief bekommt! Geben Sie mir endlich meinen Brief zurück! Sofort!«

»So geht das nicht! Das dürfen wir nicht! Holen Sie den Brief bei Ihrer Frau ab. Wir geben ihn jedenfalls dort ab, wohin er adressiert ist.«

»Aber ich spreche doch überhaupt nicht mit meiner Frau! Deswegen habe ich ihr doch zum allerersten Mal in meinem Leben einen Brief geschrieben.«

»Ist doch schön! Da wird sie sich sicherlich riesig darüber freuen.«

»Sie vielleicht! Aber ich nicht! Die Schlampe hat bereits einen anderen! Ich will meinen Brief zurück!«

»Kapieren Sie das nicht? Wir dürfen keine Briefe aus Briefkästen zurückgeben! Bitte geben Sie jetzt endlich Ruhe! Schauen Sie sich mal die Schlange hinter Ihnen an. Die Leute wollen auch noch alle bedient werden.«

»Das ist mir egal! Ich gehe hier nicht weg ohne meinen Brief!«

»Mann, Sie sind vielleicht anstrengend! Wie wollen Sie denn beweisen, dass das Ihr Brief ist?!«

»Ich kann Ihnen meinen Ausweis zeigen. Es geht um Leben und Tod!«

»Ja, das sagen sie alle. Zeigen Sie mal Ihren Ausweis. Ich tue das wirklich nicht gerne. Wir können ja mal in den Briefkasten gucken, ob wir ein Schreiben mit Ihrem Absender drauf finden.«

»Ich habe keinen Absender draufgeschrieben!«

»Wollen Sie mich wahnsinnig machen? Woher soll ich denn wissen, dass das Ihr Brief ist?«

»Ich kenne meinen Brief in- und auswendig! Ich kann Ihnen genau sagen, was da drin steht.«

»Wenn Sie keinen Absender draufgeschrieben haben, geht das nicht.«

»Ich bringe mich hier in der Schalterhalle um! Vor aller Augen!«

»Wollen Sie sich vom Briefkasten runterstürzen?«

»Keine Angst! Ich finde schon was! Ich habe mich schon oft umgebracht.«

»Kann ich mir denken. Aber Sie sind nicht ganz so erfolgreich gewesen.«

»Ja, aber ich habe meine Erfahrungen gemacht. Diesmal schaffe ich es bestimmt!«

»Na gut, ich bin einfach zu gut für diese Welt. Schauen wir mal nach, wenn die Herrschaften in der Schlange hinter Ihnen nichts dagegen haben.«

Na, endlich kommt er hinter seinem Schalter hervor und schließt den Briefkasten auf.

»Da, da, das da ganz oben! Das ist mein Brief!«

»Der Empfängername stimmt überein: Engin.«

»Klar doch! Wenn ich's schon sage! Das ist mein Brief an meine Frau«, freue ich mich, »geben Sie ihn schon her!«

»Halt, halt, halt! So schnell geht das nicht! Ich mache den Brief erst mal auf. Wir wollen mal sehen, was da drin ist. Oh, da haben Sie aber viel geschrieben. Und Sie behaupten, Sie kennen den ganzen Inhalt?!«

»Ja, natürlich! Wort für Wort! Ich habe den ganzen Tag dran geschrieben.«

»Dann legen Sie mal los. Ich höre zu.«

»Aber doch nicht vor allen Leuten hier!«

»Wo denn sonst? Ich habe keine Zeit mehr für so einen Quatsch! Entweder Sie kennen den Inhalt, oder wir kleben den Brief wieder zu.«

Mittlerweile haben mindestens 50 Leute einen Kreis um uns herum gebildet und lauschen aufmerksam und vergnügt.

»Wenn diese Spanner sich nicht die Ohren zuhalten, sage ich kein Wort!«

»Sie sind doch bestimmt kein Geheimagent, oder?! Ich vermute, das ist ein langweiliger Brief an Ihre Ehefrau.«

»Ja, schon. Aber irgendwie doch ein bisschen intim.«

Das Wort »intim« wirkt wie ein Startschuss. Der Kreis um mich wird immer enger. Die Spanner hängen nun im wahrsten Sinne des Wortes an meinen Lippen. Und eine sechsköpfige japanische Reisegruppe baut ihre Stative auf, um meinen Vortrag auf Video zu verewigen.

»Meine liebe Flau, ich meine, meine liebe Frau Eminanim«, zitiere ich aus dem Gedächtnis.

»Ja, bis hierhin stimmt es schon mal«, sagt der Beamte.

»Blavo! Blavo!«, rufen die Japaner.

Die Menge jubelt: »Zugabe! Zugabe!«

»Oh Gott, del Kleis wild immel glößel und glößel«, schimpfe ich schweißgebadet.

»Es tut mir Leid, so was steht hier nicht. Das kann ich hier nicht finden.«

»Ich meine ja auch nicht den Brief, sondern die ganzen Leute hier.«

»Oh je, es ist ja schon längst 18 Uhr. Ich schließe mal eben die Tür ab. Sonst denken die Leute draußen, hier gibt's was umsonst.«

»Nicht untelblechen! Bitte weitelmachen«, protestieren die Japaner höflich.

»Nur einen Moment. Ich bin gleich wieder da«, entschuldigt sich der Beamte. »In der Zwischenzeit können Sie doch das Publikum aufnehmen oder Herrn Engin eine persönliche Frage stellen.«

Ich frage mich schon seit langem, ob es in Japan überhaupt Japaner gibt?

Mit ihren kleinen Kameras turnen sie überall in der Weltgeschichte rum. Da können sie doch nicht gleichzeitig auch in Japan sein. Oder ist das Land so klein, dass sich die gesamte Bevölkerung niemals gleichzeitig dort aufhalten kann?

»Walum Sie wollen Blief zulück?«, flagt mich einel aus del Gluppe. »Wil schicken jeden Tag Kalte nach Japan, wollen abel nicht zulückhaben!«

»Es gibt also doch Japanel in Japan?«, frage ich.

»Wil schicken uns selbel Kalten. Damit wil Kalten haben von übelall.«

»Also doch kein Japanel in Japan?«

»Walum wollen Sie Blief zulück?«

»Meine Flau sollen nicht kliegen.«

»Walum dann schleiben?«

»Gute Flage!«

»So, ich bin wieder zurück«, meldet sich der Schalterbeamte, »wir können weitermachen.«

»Frau, ohne mich bist du verloren! Ohne mich bist du ein Nichts! Ohne mich wirst du verhungern! Es dauert nicht lange, dann wirst du dich tausendfach entschuldigen. Aber es wird nichts nützen. Du hast es so gewollt ...«

»Toller Mann! Gib's der Schlampe«, johlt ein älterer Herr mit Hut.

»Sie Ekel, Sie!«, schimpft eine junge Mutter und spuckt neben mir auf den Boden.

»Kleinen Moment mal, Herr Engin, das stimmt so nicht! Diese Zitate kann ich hier in dem Brief nicht finden. Auf welcher Seite sind Sie denn?«, bemerkt der Beamte verwirrt und stöbert in meinen Blättern rum.

»Also gut, das Ganze noch mal von vorne«, sage ich schweren Herzens. »Geliebte Frau, ohne dich bin ich verloren! Ohne dich bin ich ein Nichts! Ohne dich werde ich verhungern! Ich will mich hiermit tausendfach entschuldigen!«

Liebes Tagebuch, ich möchte nicht, dass du denkst, ich hätte dir was verschwiegen. Im Zug habe ich natürlich nur aus dem Brief an meinen Kumpel Hans zitiert. Die Briefe an meine Frau und meinen Kumpel Hans sind natürlich nicht identisch. Aber mit solchen Nebensächlichkeiten wollte ich dich nicht belästigen. Ich konnte doch nun wirklich nicht wissen, dass ich diesen intimen Brief später in aller Öffentlichkeit vortragen muss.

»Weitel! Weitel!«

»Eminanim, o du mein heißgeliebtes Eheweib, du bist die schönste Rose, die in meinem Herzen jemals Wurzeln geschlagen hat. Deine lieblich süße Stimme, ähnlich dem Zwitschern eines kleinen Kanarienvogels, sie geht mir nicht mehr aus dem Sinn.«

»Aufhören! Aufhören«, brüllen die Männer. »Die Schleimerei hält doch kein Schwein aus!«

»Ist doch toll! Endlich mal ein gefühlvoller Mann«, rufen die Frauen und die Schwulen.

»Schleimel! Schleimel!«, blüllen die Japanel.

»Sie haben ein hervorragendes Gedächtnis, Herr Engin. Das steht hier alles so, Wort für Wort.«

»Sag ich doch! Geben Sie mir schon endlich meinen Brief wieder zurück!«

»Halt, halt, halt! Ich brauche noch ein paar Absätze mehr, um ganz sicher zu sein. So leichtfertig gehen wir bei der Post nicht mit wichtigen Dokumenten um, die uns von der Bevölkerung mit gutem Gewissen anvertraut worden sind.«

»Richtig! Zugabe! Zugabe!«, brüllt der sensationsgeile Mob.

Mit hochrotem Kopf fahre ich verschämt fort:

»Eminanim, du bist die schönste Frau unter Gottes Himmel! Das aufregendste und erotischste Geschöpf, das meine unwürdigen Augen je zu sehen bekommen haben. Keine andere Frau werde ich jemals auch nur von weitem anschauen, selbst wenn ich noch tausend weitere Jahre leben sollte. Außerdem, du, mein süßester Schatz, du lieblichstes aller Lebewesen, ein Dasein ohne dich will ich nicht als Leben bezeichnen. Bestenfalls als Qual, als Elend, als Last, als Schicksalsschlag, als Fluch, als Tragödie ...«

»Pfuii! Pfuii! Ich halte es nicht aus! Lasst mich hier raus«, brüllen die Männer und versuchen die Tür einzutreten, um flüchten zu können.

»Oh, ist das schön! Dass ich so was erleben darf. Lass ihn doch weitermachen«, jauchzen die Mädels.

»Weitel, du Schleimel!«

»Ja, Herr Engin, um einen weiteren Absatz muss ich Sie schon bitten«, lechzt mein Folterknecht gierig.

»Eminanim, seitdem du weg bist, bin ich deprimiert, schmerzerfüllt und verzweifelt…«

»Hilfe, ich muss gleich kotzen!«, würgt ein Mann und hält den Kopf in den Mülleimer rein.

»Halt's Maul, du Armleuchter! Das reicht, das reicht, hör auf!«, brüllen alle Männer im Chor.

»Ja, Herr Engin, ich würde sagen, das ist ausreichend«, hat mein Peiniger endlich ein Einsehen. »Diesen Brief sollten Sie wirklich an sich nehmen. So viel rührseligen Schund kann man weder Ihrer Frau noch den Postkunden hier zumuten!«

Unter lautstarker Anteilnahme des johlenden Publikums stürme ich aus dem Postamt.

Wie in meiner Kindheit schwenke ich den Brief in der Luft, so wie damals, als ich mit dem Versetzungszeugnis in der Hand nach Hause gelaufen bin, was wirklich sehr, sehr selten vorkam.

Nicht auszudenken, wenn meine untreue Ehefrau diesen grässlichen Brief in die Hände bekommen hätte. Sie würde sich mit ihrem schmierigen Liebhaber samt dem dreckigen Köter über meine intimen, ehrlichen Gefühle kaputtlachen.

Mit dem Feuerzeug zünde ich den Brief an. Während ich stolz wie ein olympischer Fackelträger auf der Zielgeraden mit meinem brennenden Brief in der Hand durch die Straße laufe, puste ich die verkohlten Seiten in alle Himmelsrichtungen. Der darf keinem Menschen in die Hände fallen! Erst recht nicht meiner untreuen Ehefrau.

Stattdessen stecke ich das Exemplar, das ich für meinen Kumpel Hans geschrieben hatte, in den Briefumschlag für meine Frau und schmeiße ihn in den Briefkasten.

Dem Hans kann ich ja den Brief aus dem Kopf erzählen. Aber diesen peinlichen Schand-Brief, den streiche ich ein für alle Mal aus meinem Gedächtnis. Noch viel lieber würde ich ein anderes grauenhaftes Bild aus meinem Gedächtnis löschen:

meine untreue Ehefrau Arm in Arm mit ihrem ekelhaften, schmierigen Liebhaber mit seinem dreckigen Köter. Ich habe keine Lust durchzudrehen und diesen Typen auf offener Straße platt zu machen. Das erledigen hoffentlich bald seine Feinde für mich. Das ist bei der Mafia und der Cosa Nostra so üblich. Ich kenne mich mit der ehrenwerten Gesellschaft aus. Ich habe alle Folgen von ›Der Pate‹ mehrmals gesehen. Hoffentlich hat Eminanim Glück und kommt bei dem Feuergefecht mit ein paar Streifschüssen davon. Dann wird sie aber meinen Wert erst richtig schätzen lernen. Sie hat als meine Ehefrau keinen einzigen Cent bekommen, den ich nicht ehrlich mit schweißtreibender Arbeit verdient hätte. Außer dem Geld vielleicht, das ich aus dem Daddelautomaten (oder hieß es Dattelautomat?) in Hörbis Kneipe herausgeholt habe.

»Wenn du weiterhin dein ganzes Geld am Spielautomaten verplemperst, dann siehst du mich bald nie wieder!«

Frauen sind alle gleich. Immer versuchen sie einem das zu verbieten, was gerade am meisten Spaß macht.

Ich find's fabelhaft und schmelze regelrecht vor Schadenfreude, dass sie sich einen Mafioso angelacht hat. Der Kerl kontrolliert wahrscheinlich die Glücksspielszene in ganz Deutschland und Österreich. Sicherlich wird er auch noch polizeilich gesucht. Wenn ich das nächste Mal wieder bei der Polizei bin, dann werde ich alle Steckbriefe durchforsten. Auf die Art und Weise kann ich gleich zwei Fliegen mit einer Klappe schlagen: erstens Eminanims Glück – das auf meinem Unglück basiert – ein Ende setzen, und zweitens das gigantische Kopfgeld kassieren! Ich würde sogar auf das Kopfgeld verzichten, wenn sie mir den Gefallen täten, ihn lebenslänglich bei Wasser und Brot einzulochen.

Dienstag, 29. März, 19:58 Uhr

Am besten gehe ich jetzt sofort nach Hause und lege mich ins Bett. So früh am Abend ist mein linksradikaler Sohn Mehmet bestimmt bei irgendeinem seiner wöchentlichen Gruppentreffen, um für irgendein armes Land die nächste kommunistische Revolution vorzubereiten. Sein Hobby finde ich inzwischen sehr lustig. Denn je mehr er sich für kommunistische Umstürze einsetzt, umso mehr stürzen sich kommunistische Länder in kapitalistische Abenteuer. Von mir aus kann sich die gesamte Welt in ein schwarzes Loch stürzen und ein für alle Mal aus dem Universum verschwinden. Wenn ich die Möglichkeit hätte, würde ich sogar was dafür tun. Leider sitze ich nicht an den richtigen Knöpfen.

Nun ja, was ist also die Moral von der Geschichte? Man soll nie frustrierte Männer, denen die Frauen abgehauen sind, an die Atomraketen ranlassen!

Wie gesagt, unser Aushilfsrevolutionär ist nicht da. Ich weiß sofort, dass er zur Zeit schwer beschäftigt ist, die Gesellschaftsordnung in irgendeinem armen Land grundlegend zu verändern. Die ganze Wohnung wieder nur für mich alleine. Nur Eminanim, die würde ich jetzt bestimmt nicht von der Bettkante schubsen. Verflucht, schon wieder denke ich an sie. Selbst hier im Dunkeln auf dem Flur. Alles in der Wohnung erinnert mich an sie. Ich bilde mir sogar ein, ihr Parfüm zu riechen. Dieser schwere Duft erschlägt einen fast. Die ganze Wohnung ist voll damit. Und genau deshalb tränen meine Augen.

Oh Gott, ich kann's kaum glauben! Vom Flur aus sehe ich, wie sie in unserem Ehebett liegt. Ich hab's gewusst! Die Frau ist nicht völlig verrückt geworden. Sie hat schnell kapiert, dass der schmierige Verbrecher nichts für sie ist. Trotz der Dunkelheit erkenne ich, dass sie ihr hübsches Nachthemd, das mir so gut gefällt, für mich angezogen hat. Und wie ein gefallener Engel in unserem Ehebett schlummert. Ich bin mir sicher, dass sie mit diesem Mafioso nichts Ernsthaftes hatte. Sie waren vielleicht einmal Kaffee trinken, aber bestimmt auch nicht mehr! Wenn da mehr vorgefallen wäre, dann würde sie sich nicht trauen, wieder in mein Ehebett zu klettern. Ich gehe erst mal duschen. So, wie ich stinke, kann ich unmöglich zu einer Dame ins Bett steigen. Deswegen hat sie ja früher auch immer an mir rumgemeckert. Aber damals war mir das egal.

Heute bin ich aufgeregter als in der Hochzeitsnacht. Ich hätte noch vor ein paar Wochen nicht für möglich gehalten, dass mich meine eigene Ehefrau so aufregt. Also aufgeregt hat sie mich schon mein ganzes Leben lang. Aber nicht auf diesem speziellen Gebiet.

Völlig nackt, nur mit Socken, steige ich ganz behutsam und zärtlich zu meiner Frau ins Bett. Oh Gott, wie habe ich sie vermisst! Ihre Haare duften, ihr ganzer Körper verströmt ein schweres, sinnliches Parfüm. Unter der Decke spüre ich ihre Strapse und Strümpfe, die sie angezogen hat, um mir eine riesige Freude zu bereiten.

Das Versöhnen ist das einzig Gute bei so einem Streit!

Die sanfte Tour kann ich nicht lange durchhalten und falle wie ein wildes Tier über sie her. Aber so schmale Hüften hat Eminanim bestimmt nicht mal als Baby gehabt!

»Wow, Osman, du gehst aber ran! Du bist ja ein richtiger Tiger!«

»Verdammt, René! Was machst du hier in meinem Bett? Wieso bist du überhaupt hier? Wollten sie dich im Obdachlosenheim nicht haben?«, bombardiere ich ihn mit Fragen. »Ich habe gedacht, du wärst Eminanim! René, du hast echt Glück gehabt! Um ein Haar hätte ich dich vergewaltigt!«

»Das nennst du Glück? Das eine kann ich dir sagen, mein Glück sieht anders aus.«

»Mach Licht an. Warum bist du denn nicht bei Hörbi?«

»Osman, ich habe dir schon tausendmal gesagt, zu diesem gemeinen Herbert gehe ich nie wieder! Nie! Nie!«

»Und was ist mit dem Heim? Schließlich hast du dich doch dafür stundenlang hübsch gemacht!«

»Die wollen mich nicht!«

»Was heißt, die wollen dich nicht? Die nehmen keine Männer im Männerheim, oder was?!«

»Die Spießer sagen, sie wollen keine Männer, bei denen man nicht eindeutig sagen kann, ob sie Männlein oder Weiblein sind!«

»Du hättest doch darauf bestehen können, dass sie nachgucken sollen! Warum hast du ihnen nicht gezeigt, dass du ein Mann bist?«

»So was tun anständige Mädchen nicht!«

»Was hat Mehmet denn dazu gesagt?«

»Er hat gesagt, dass er jetzt keine Zeit mehr hat, weil er zu einer Eritrea- oder Sudan-Veranstaltung gehen will. Ich soll mir ein Taxi nehmen und wieder nach Hause fahren. Das fand ich so lieb von Mehmet. Er ist immer so solidarisch.«

»Ja, das kenn ich schon. In jedem Entwicklungsland will er einen Umsturz erzwingen. Aber einen Mann im Männerheim unterzubringen, dazu ist er zu blöd.«

Ich springe wutschnaubend aus dem Bett und wickele mir die Decke um den Bauch.

»Tut mir Leid, René, dass ich dich geweckt habe. Aber warum legst du dich gerade in mein Ehebett? Du weißt doch, ich habe seit Wochen keine Frau mehr gehabt.« Besser gesagt, seit Jahren!

»Ehrlich, Osman, das war keine Absicht. Ich hab mir nichts dabei gedacht. Mehmet hat mir erzählt, du wärst nach Österreich gefahren.«

»Und warum verkleidest du dich dann wie meine Frau?«

»Du weißt doch, dass alle meine Klamotten noch bei Herbert sind. Mir war kalt, und ich hab mir was zum Anziehen gesucht.«

»Und deswegen ziehst du dir Eminanims Schlafklamotten an?«

»Woher soll ich denn wissen, dass diese Sachen von deiner Frau sind? Sie hätten auch von dir sein können. Jetzt sei doch nicht so zickig. Komm doch wieder ins Bettchen. Ich hab doch nicht vor, dich aus deinem Schlafzimmer zu vertreiben.«

»Das tust du auch nicht. Du gehst jetzt rüber ins Wohnzimmer und schläfst da auf der Couch.«

»Auf gar keinen Fall! Ich bin doch nicht verrückt! Ich hab das Bettchen hier so schön angewärmt. Und außerdem ist hier Platz für zwei. Stell dich doch nicht so doof an«, sagt er und schnappt sich plötzlich meine Hand, »komm, fühl doch mal. Ist das nicht kuschelig warm?«

»René, für heute gehe ich auf die Couch. Schlaf gut.«

Wie ein Fremder stehe ich nackt in meiner eigenen Küche.

Am besten koche ich mir jetzt wieder Nudeln. Das kann ich nämlich. Was für Nudeln soll ich heute machen? Lange, kurze oder spiralförmige? Und mit was für einer Soße? Haben wir denn überhaupt noch Soße? Ich schaue in allen Schränken nach. Es gibt nichts mehr, was man als Soße benutzen könnte. Ich kann nicht mal, wie vorige Woche, Reis als Beilage zu den Nudeln kochen. Ich muss sehen, was da ist.

Na gut, dann probiere ich heute mal was ganz Neues: Nudeln mit Nudeln!

Lange, dicke Nudeln mit dünnen, kleinen Nudeln, sozusagen als Soße obendrauf. Ich habe noch Glück im Unglück: Die von mir als Soße gedachten Nudeln sind rot.

Bei Nudeln muss man höllisch aufpassen, sagt mein Sohn Mehmet immer. Das Verhältnis muss exakt zwei zu eins sein. Also eine Tasse Nudeln, zwei Tassen Wasser. Fünf Tassen Nudeln, zehn Tassen Wasser. Das ist Mehmets Theorie. Dabei bedenkt der Idiot natürlich nicht, dass mindestens die Hälfte des Wassers verdampft. Und die andere Hälfte immer überkocht. Deshalb nehme ich drei zu eins. Also eine Tasse Nudeln, drei

Tassen Wasser. Beziehungsweise fünf Tassen Nudeln, fünfzehn Tassen Wasser.

Ich koche selbstverständlich immer auf Vorrat. Ich mache das bereits zum zweiten Mal. Wenn ich mir schon die Mühe mache selber zu kochen, dann muss es auch für ein paar Tage reichen. Eine Woche mindestens. Ich nehme den größten Topf aus dem Schrank. So ein Topf für zehn Tassen Nudeln und dreißig Tassen Wasser. Diese langen Nudeln sind unheimlich schwer zu berechnen. Ich zerbreche sie in viel Kleinarbeit sorgfältig in Tassengröße, um bei der Messung nichts falsch zu machen. Also zehn Tassen Nudeln passen in den Topf rein. Nur mit den dreißig Tassen Wasser wird's schwierig. Na ja, die überzähligen sechs Tassen Wasser werde ich dann während des Kochens dazugeben. Der Topf ist bis zum Rand voll. Aber vom letzten Mal weiß ich noch, dass gleich genug verdampfen und überlaufen wird. Das gehört einfach zum richtigen Nudelkochen dazu! Genau wie die Soße! Dafür nehme ich den nächstgrößten Topf. Ich mag Nudeln mit viel Soße. In den Topf kommen sieben Tassen kleine, rote Nudeln und 21 Tassen Wasser.

Ein paar Minuten später ist die Wohnung voller Dampf. Ich kann die Hand vor den Augen nicht sehen. Beide Töpfe laufen wie um die Wette über. Es spritzt, zischt, blubbert und brodelt unablässig.

Ich reiße alle Fenster und Türen auf und stelle sehr viele kleine Schüsselchen rings um die Töpfe, um das überlaufende Wasser aufzufangen. Wenn man kreativ genug ist, dann gibt's für jedes Problem eine Lösung. Jeder andere hätte das Wasser einfach überlaufen lassen. Nicht ich!

Durch den Dampf in der Küche ist das Salz in der Packung zu einem einzigen Klumpen zusammengepappt. Für einen Topf ist der Klumpen natürlich zu viel. Ich schlage ihn in zwei Hälften und schmeiße sie in beide Töpfe. Das ist das Geheimnis meiner schmackhaften Nudeln: das Salz, nicht die Klumpen!

Ich sehe, dass die kleinen Schälchen ringsherum randvoll sind. Verflucht, sind die heiß! Ich hole mir ein Handtuch, um sie hochzuheben. Aber die kleinen Schüsselchen wehren sich hartnäckig. Sie lassen sich einfach nicht mehr aufheben.

»Igittt, Osman, ich kotz gleich! Was stinkt denn hier so fürchterlich? Pööööh!«, kommt Eminanims Nachthemd in die Küche geflattert. »Röstest du tote Stinktiere oder was? Das hält ja kein Schwein aus, beeeeh!«, sagt er und hält sich dabei das zierliche Näschen zu.

»René, stör mich nicht. Wie du siehst, muss ich Nudeln kochen. Aber jetzt habe ich ein zusätzliches Problem. Diese verdammten Wasserabfang-Schüsseln bewegen sich nicht mehr. So, als wären sie angeklebt.«

»Klar kleben die! Man darf doch keine Plastikschalen auf den heißen Herd stellen! Das weiß doch jedes Kind!«

»Wieso, ich koche doch gar nicht mit denen! Die sollen doch nur das überlaufende Wasser auffangen.«

»Diesen schrecklichen Plastikgestank kriegen wir nie wieder raus!«

René macht den Herd aus und stellt die großen Töpfe auf die Fliesen.

»Ich sag's doch immer wieder: Kochen ist einfach keine Männerangelegenheit!«

»Das sage ich auch immer«, pflichte ich ihm bei.

Inzwischen versucht René mit Topflappen in der Hand die Plastikschalen vom Herd zu nehmen. Die werden wie Kaugummi lang und länger, aber der Boden bleibt hartnäckig kleben.

»Das ist mal wieder typisch für meine Frau!«, schimpfe ich. »Sie kauft nur unnütze Sachen ein, mit denen kein Mensch kochen kann und die auf dem Herd schlimmer stinken als gebrauchte Schuhsohlen!«

»Die Plastikschüsselchen braucht man, um Essensreste in den Kühlschrank zu stellen. Weißt du das nicht?«

Warum müssen diese Weiber immer zusammenhalten?

»Osman, was willst du mit zwei so riesengroßen Töpfen voller Nudeln? Du hast doch nicht mal Soße!«

»Doch! Der Topf hier mit den kleinen Nudeln ist die Soße. Das ist doch klar!«

»Gottchen! Gottchen! Ihr Kerle würdet ohne uns wirklich jämmerlich krepieren!«

Ich schnappe mir einen Teller und stelle ihn auf den Boden neben die Töpfe. Die Nudeln wollen aber nicht rauskommen. Meine Nudeln sind halt solidarisch, keiner will einzeln und allein rauskommen. Aber ich habe kein Verständnis für einen ungerechtfertigten Streik. Kurz entschlossen drehe ich den Topf um und schüttele kräftig, um einzelnen Streikbrechern die Gelegenheit zu geben, rauszuspringen. Trotzdem weigern sie sich immer noch hartnäckig, den Topf zu verlassen. Jetzt hilft nur noch nackte Gewalt! Ich hole einen Hammer und schlage dreimal kräftig auf den Topfboden. Der Topf ist völlig ramponiert, aber die Moral der Nudeln ist immer noch nicht gebrochen. Die halten eisern zusammen. So einen Zusammenhalt unter Kollegen hätte ich mir in Halle 4 gewünscht.

»Wieso kommen die nicht raus? Wovor haben die Angst? Irgendjemand muss denen verraten haben, dass wir sie aufessen wollen.«

»Die Nudeln sind genauso verbrannt wie die Plastikschalen. Wir müssen das alles in den Mülleimer schmeißen, samt Topf.«

Ich schlage die Tür hinter mir zu und gehe raus. Ich weiß, wo ich was zu essen kriege: Bei meinem alten Kumpel Ottokar. Vielleicht verrät er mir heute auch den Sinn des Lebens.

»Schön, dich zu sehen, Osman, komm rein. Ich habe gerade Besuch.«

Ich habe noch nie gehört oder gesehen, dass Ottokar jemals Besuch hatte außer mir natürlich.

»Ist meine Bestellung etwa da?«

Neugierig laufe ich vor ihm her in die UFO-Kantine. Ottokar hat den Tisch sehr schön dekoriert und für zwei Leute gedeckt. Und natürlich gibt's Nudeln.

»Wo steckt denn dein Besuch?«, frage ich ungeduldig. »Ist sie vielleicht auf dem Klo, um sich die Nase zu pudern?«

»Osman, benimm dich. Ich habe auswärtigen Besuch. Er sitzt direkt vor dir auf dem Stuhl.«

»Mann oder Frau, Ottokar?«

»Die haben kein Geschlecht. Du kannst ihn nicht sehen. Er versteht auch nicht unsere Sprache, ich muss ihm alles telepathisch übersetzen.«

»In der Zeit kann ich ja essen.«

»Setz dich neben seine Exzellenz a31br. Er ist der Botschafter für den hiesigen Quadranten. Er ist sozusagen unser Nachbar.«

»Ich habe ihn noch nie hier in der Gegend gesehen.«

»Du ungebildeter Erdling! Der Herr Botschafter a31br ist nur mal auf einen Sprung aus der Nachbargalaxis rübergekommen.«

»Das ist ja nett von ihm, wie ist denn das Wetter bei ihm zu Hause?«

»Er sagt, die haben kein Wetter.«

»Das ist doch besser als ständig mieses wie bei uns. Und die täglichen Höflichkeitsfloskeln übers Wetter kann man sich auch sparen.«

»Er hat den dienstlichen Auftrag, die Nachbargalaxien im Umkreis von zehn Millionen Lichtjahren zu inspizieren.«

»Wie lange bleibt seine Exzellenz?«

»Ich glaube, in zwei Stunden muss er schon wieder weg.«

»Lohnt sich das denn, so lange unterwegs nur für ein paar Stunden?«

»Nach unserer Zeit ist er nur ein paar Stunden auf unserem Planeten. Sein Volk, die Ürüxjs, sind in der Lage, die Zeit zu manipulieren. Wenn die wollen, können die aus zwei Minuten zwei Jahre machen.«

»Hey, das ist ja praktisch. Kann er es auch umgekehrt? Zum Beispiel, dass Eminanim erst seit zwei Minuten weg ist, frag ihn doch mal.«

»Osman, er wird sich niemals in das Geschehen auf diesem Planeten einmischen. Das ist die oberste Direktive.«

Zwischenzeitlich habe ich auch den Teller unseres unsichtbaren Gastes weggeputzt.

»Schau, Ottokar, dem Botschafter muss dein Essen aber schmecken. Wie er alles aufgegessen hat. Könnte ja sein, dass er, gemessen an seiner Zeitrechnung, jahrelang nichts zu essen bekommen hat.«

Ottokar packt noch eine zweite Portion Nudeln auf den Teller seines Gastes.

»Wenn du schon mal dabei bist, Ottokar, hast du auch noch eine Portion für mich?«

»Aber gerne, Osman.«

»Ottokar, ich habe auch eine lange Reise hinter mir. Vermutlich nicht so lange wie mein Nachbar hier, aber ich bin bis nach München und zurück gefahren. Ich hätte sie auch gerne komprimiert, aber leider hat sie stundenlang gedauert.«

»Osman, der Botschafter hat mir gerade verraten, dass er die Entstehung der Erde mit eigenen Augen beobachten konnte.«

»Wow, hat er sieben Tage nicht geschlafen?«

»Wie kommst du denn da drauf?«

»In der Bibel steht doch, dass Gott die Erde in sieben Tagen schuf!«

»Ist ja peinlich mit dir. Gut, dass der Botschafter dich nicht verstehen kann. Du würdest uns zum Gespött des gesamten Quadranten machen. Herr a31br weiß, wie das Universum damals erschaffen wurde und warum.«

»Und ich Idiot kann noch nicht mal Nudeln kochen! Frag ihn doch mal nach dem Sinn des Universums. Aber wenn er als Antwort ›Heiraten und Kinderkriegen‹ sagt, dann trete ich ihm den Stuhl unter dem Hintern weg!«

»Er weiß auch, was nach dem Ende kommt.«

»Ottokar, du hast ihm so viel Nudeln draufgehauen, die schafft der arme Kerl nicht mal in zwei Jahrhunderten«, rufe ich und schnappe mir den Teller neben mir.

»Osman, der Herr Botschafter meint, dieses läppische Universum ist nur eine primitive Vorstufe für das komplexe nächste Universum.«

»Und wann geht's denn mit uns zu Ende? Wie groß ist das Universum wirklich? Und was ist außerhalb des Universums? Ist da eine Wand? Wenn ja, was ist dahinter? Und warum ist meine Frau abgehauen?«

»Der Herr Botschafter möchte bei Tisch nicht über Geschäftliches reden. Aber die meisten deiner Fragen kann ich dir später beantworten.«

»Ottokar, ich will nur eines wissen: Wer war der bescheuerte Kerl, den ich mit meiner Frau erwischt habe?«

»Osman, wie hast du sie denn erwischt? In flagranti im Bett?«

»Viel schlimmer! Arm im Arm auf der Straße!«

»Doch nicht nackt, oder?«

»Ich sagte doch, mitten auf der Straße. Ottokar, wenn der Botschafter mir meine Frau nicht beschaffen kann, dann soll er mir wenigstens ein intergalaktisches Fernrohr besorgen, mit dem ich bequem vom Sofa aus meine Frau beobachten kann, wann immer ich möchte.«

»Das sage ich ihm. Es wird für ihn wohl kein großes Problem sein.«

»Danke für das Essen, Ottokar, ich muss jetzt gehen. Es war mir eine Ehre, Herr Botschafter, Sie kennen gelernt zu haben. Sie würden mir eine große Freude machen, wenn Sie mich auch mal besuchen.«

Ich habe keine Lust, wieder nach Hause zu gehen. Stattdessen laufe ich zu der Kreuzung, wo ich meine Frau mit dem hässlichen Typ gesehen habe. Ich verlasse mich einfach instinktiv auf die Volksweisheit, dass es jeden Verbrecher wieder zum Ort des Vergehens zurücktreibt.

Und das Volk hat wie immer recht: Es befinden sich gleich mehrere Mafiosi und Dutzende von Ehebrecherinnen am Tatort. Aber leider sieht keiner der Verbrecher dem österreichischen Heini und keine der Ehebrecherinnen meiner Frau ähnlich.

Ich hasse sie trotzdem! Und die Pärchen, die Arm in Arm laufen, hasse ich am meisten!

Plötzlich kriege ich mitten in der Fußgängerzone einen Schock! Da läuft sie! Sie ist doch da!

Eminanim spaziert mutterseelenallein durch die Nacht. Mich packt die kalte Wut! Ich stürze mich von hinten auf sie und packe sie an den Haaren. Um nicht erkannt zu werden, hat sie sich eine hässliche Perücke aufgesetzt. Als wenn man mich damit täuschen könnte. Die Perücke ist so festgeklebt, dass ich sie kaum abreißen kann.

»Hilfeee, Hilfeee, Überfall«, keift sie.

Büschelweise habe ich blondes Haar in den Händen, aber die Perücke bleibt auf ihrem Kopf festgeklebt. Das hässliche Ding ist noch sturer als sie.

»Sie perverses Schwein, was haben Sie mit meinen Haaren gemacht? Hilfeee, Polizei, Hilfeeee!!«, kreischt die Ehebrecherin. Aber nach längerem Betrachten muss ich leider zugeben, dass diese Ehebrecherin mit der mir angetrauten Ehebrecherin keinerlei Ähnlichkeit hat. Außer dass sie beide ihre armen, unschuldigen Männer kalt lächelnd ins Unglück stürzen.

»Entschuldigung, da habe ich mich wohl vergriffen. Ich habe Sie mit meiner Frau verwechselt«, stottere ich und gebe ihre abgerissenen Haare zurück.

Eine weitere Volksweisheit besagt, ein Unglück kommt selten allein. Nur ein paar Meter weiter treffe ich nämlich auf den nächsten Männerschreck, die Freundin von Eminanim, unsere Nachbarin Erkek Fatma. Ihr Exmann hat sich schon vor Jahren aus dem Staub gemacht.

»Na, Osman, du Flasche, weißt du jetzt endlich, wo deine Frau steckt?«, fragt sie mich mit unendlich viel Häme in der Stimme.

»Lass mich in Ruhe, ich habe wichtigere Dinge im Kopf!«

»Schön für dich, aber ich weiß, wo sie ist!«, sagt sie noch hämischer.

»Was? Woher willst du wissen, wo Eminanim steckt?«

»Das war doch nicht so schwierig. Das kann man sich doch denken, wenn man denken kann!«

»Liebste Erkek Fatma, sag mir bitte, wo sie ist!«

»Sie hat es mir ausdrücklich verboten.«

»Bitte, bitte, mach mich nicht wahnsinnig! Wie kannst du nur meine Frau vor mir verstecken?«

»Sie versteckt sich, nicht ich! Das war's jetzt, Osman, ich muss gehen.«

Ich halte mich an ihrem Rockzipfel fest und krieche hinter ihr her.

»Bitte, bitte, liebste Fatma, bitte sag es mir doch endlich!«

»Steh auf, es ist ja peinlich mit dir auf der Straße. Ich kann dir nicht sagen, wo Eminanim wohnt. Aber ich kann sie fragen.«

»Was?«

»Ob sie sich mit dir treffen will.« Begeistert springe ich auf.

»Toll, Erkek Fatma, du hast die besten Ideen! Wir treffen uns jetzt sofort zu Hause.«

»Sachte, sachte.«

»Na gut, in einer halben Stunde.«

»Nein!«

»Na gut, in einer Stunde.«

»Nein, aber ich kann ihr vorschlagen, dass ihr euch morgen in einem Café trefft.«

»Schön, morgen früh um zehn im Café Engel.«

»Gut, ich werde es ihr ausrichten. Aber ich kann dir nicht versprechen, dass sie auch kommt. Ich werde dich anrufen und Bescheid sagen.«

»Erkek Fatma, kannst du ihr nicht sagen, dass sie jetzt kommt?«

»Osman, geh nach Hause und versuch ein bisschen zu schlafen. Du siehst aus wie ein Zombie. Aber sieh zu, dass du den Termin morgen nicht verpennst!«

Oh Gott, wie soll ich denn so einen Termin verpennen? Es

sind noch fast zehn Stunden bis dahin. Ich weiß, dass die Zeit nicht vergehen wird. Ich brauche jetzt dringend einen Tipp von Botschafter a31br, um die Zeit bis morgen früh zu komprimieren.

Mittwoch, 30. März, 0:39 Uhr

Völlig aufgekratzt und freudestrahlend komme ich nach Hause. René begrüßt mich genauso freudestrahlend schon in der Tür. Oh Gott, den habe ich ja ganz vergessen. Er ist immer noch da.

»Wow, Osman, deine Laune hat sich aber verbessert. Hast du einen Imbiss gefunden?«

»Deswegen doch nicht! Ich bin so aufgeregt, weil ich mich morgen mit meiner Ehefrau treffe.«

»Ach, ist das romantisch! Schon seit Jahren zusammen, und der Kerl ist immer noch so aufgeregt wie am ersten Tag. Warum lerne ich nicht solche Männer kennen?«

»René, so aufgeregt kann ich unmöglich schlafen. In nur 9 Stunden und 21 Minuten treffe ich mich schon mit ihr. Was soll ich machen? Wollen wir ins ›Zum Wohl‹ gehen?« Vielleicht kann ich ihn ja gleich dalassen!

»Ich gehe nicht zu Herbert! Dieser Mensch ist für mich gestorben. Komm lieber mit ins Schlafzimmer.«

»Nein, René, hör auf damit.«

»Bilde dir bloß nichts ein! Du sollst dich vor den Schlafzimmerspiegel stellen. Wenn du vorhin nicht so viel gefressen hättest, dann hättest du jetzt nicht so einen Ballon von Bauch. Jedes Kind weiß doch, dass die im Imbiss nur altes, vergammeltes Fett benutzen. Ist doch ekelhaft! Igitt! Wie kann man sich nur so einen Fraß reinschieben?«

»Ich habe außerirdisch gut gegessen.«

»Ich merk schon, du bist außerordentlich witzig heute Abend. Dass deine Frau dich sehen will, hat dir offenbar gut getan.«

»Sie will mich doch gar nicht sehen. Ich bin derjenige, der hinter ihr herläuft.«

»Osman, das Beste, was du jetzt machen kannst, ist, ins Bett zu gehen. Ein paar Stunden Schlaf, und du siehst wieder aus wie ein junger Gott. Und morgen machen wir aus dir was Hübsches.«

»Keine Chance, René, ich bin so aufgedreht, ich kann überhaupt nicht schlafen. Ich krieg bestimmt kein Auge zu.«

»Na gut, na gut, dann stell dich mal hier vor den Spiegel. Das Wichtigste ist, dass du dir endlich ein sauberes Hemd anziehst. Warte mal, ich besorge dir ein schickes Hemd von Mehmet. Ich habe gestern alle seine Hemden gewaschen und gebügelt.«

»Mit meinem Bauch passe ich da doch gar nicht rein.«

»Ja, den Bauch musst du morgen sowieso den ganzen Tag einziehen. Da führt kein Weg vorbei. Du kannst doch nicht bei deinem ersten Date deine Riesenwampe auf den Tisch knallen.«

»Vorhin wusste ich ja noch nicht, dass ich mich mit Eminanim treffe. Außerdem erkennt sie mich ohne Bauch doch gar nicht. Sie hat Jahrzehnte in der Küche verbracht, um den so groß zu kriegen.«

»Wenn ich ab und zu mal gezwungen werde, abends was zu essen, dann gehe ich schnell aufs Klo und kotz mich bisschen aus.«

»Wie? Ohne dass du dich vorher besoffen hast?«

»Ja, das ist ganz einfach. Guck, du nimmst dir so den Mittelfinger oder einen kleinen Löffel und steckst ihn dir – schwupps – in den Mund.«

»Ögh, nimm deinen Finger aus meinem Mund!«

»Wohin führst du sie denn aus nach eurer Aussprache? Hast du dir überlegt, in welches Nobelrestaurant ihr gehen wollt?«

»Was? Ich will die Frau nicht völlig durcheinander bringen. Man darf die Weiber nicht so sehr verwöhnen. Dann kommen sie nur auf blöde Gedanken.«

»Oh Gott, oh Gott! Ich flippe gleich aus! Ihr Heterokerle seid ja noch viel ekelhafter als die Schwulenmacker. Bestimmt redet Herbert auch so abfällig über mich, wenn ich nicht da bin.«

René zerrt die ganze Zeit an mir rum, um mich in ein Hemd von Mehmet zu zwängen.

»Siehst du das denn nicht, der Fetzen geht gleich kaputt.«

»Wir müssen doch deinen Bauch verstecken, oder nicht?«

»Gib's auf, das hat keinen Sinn. Meine Frau hat bisher alles gefunden, egal, was ich verstecken wollte. Außerdem würde sie bestimmt denken, ich hätte aus Liebeskummer abgenommen.«

»Ja, das wäre doch perfekt! Der sichere Beweis, dass du sie immer noch liebst. Ich hätte vor Freude geheult, wenn Herbert für mich ein paar Gramm abgespeckt hätte.«

»Bist du verrückt? Eminanim soll mir ihre Liebe beweisen und hinter mir her dackeln, und nicht umgekehrt! Schließlich hat sie sich aus dem Staub gemacht.«

»Oooo, ich krieg gleich 'nen Kreislaufkollaps! Bei dieser bescheuerten Einstellung ist die arme Frau garantiert bis wer weiß wohin geflüchtet.«

Plötzlich klingelt das Telefon im Wohnzimmer.

»Von wegen, von wegen, sie kommt! Schon am Läuten des Apparats hört man ihr Jammern und Flehen heraus.«

Aber statt Eminanim oder Erkek Fatma höre ich eine viel nervigere Stimme:

»Ist Rebecca bei Ihnen?«

»Nein, ich kenne keine Rebecca. Ich weiß auch nicht, wo mein Sohn seine Tussis gebunkert hat, jedenfalls nicht hier!« Klack!

»Und, wer war das, Osman? Red schon, ich kipp vor Neugier gleich um!«, steht René mit großen, glänzenden Augen in der Tür.

»Keine Ahnung, irgend so ein Heini. Er hat nach Rebecca gefragt. Kenne ich alle Tussis von Mehmet, oder was?«

»Rebecca, sagst du?«

»Ja, kennst du die etwa?«

»Osman, bist du wahnsinnig sofort aufzulegen? Ich bin doch Rebecca!«

»Was bist du? Rebecca? Ich denke, du bist René?«

»Meine Freunde nennen mich bei meinem Mädchennamen: Rebecca! Ruft er denn wieder an?«

»Ich weiß es nicht. Ich habe nur Rebecca gehört, und da habe ich sofort den Hörer aufgeknallt.«

»Eigentlich könntest du inzwischen auch mal Rebecca zu mir sagen. Ich sag ja auch nicht ›Osram‹ zu dir.«

»So viel ich weiß, ist ›Osram‹ auch nicht mein Mädchenname gewesen!«

»Lassen wir das. Trink doch mal bisschen von dem Tee, den ich für dich gemacht habe. Osman, gehen wir doch mal die Situation durch und üben ein paar Minütchen. Du stellst dich da drüben hin, und ich bin hier. Was sagst du als Erstes, wenn du mich morgen früh im Café siehst?«

»Ich würde dir meine mittlerweile klassische Frage stellen: Was ist los mit dir, René? Hat Hörbi dich schon wieder rausgeschmissen?«

»Ich beiß gleich in den Schrank! Jetzt denk mal fünf Sekündchen nach, was willst du ihr morgen sagen?«

»Ich sag zu ihr, Frau, komm jetzt sofort nach Hause, bevor ich meine Geduld verliere und dir beide Beine breche!«

»Tolle Idee! Sehr überzeugend, sehr! Und höllisch interessant! Du meinst also wirklich, Frauen mögen es, wenn man ihnen im Café die Beine bricht?«

»Ich bin mir nicht sicher, aber Hans sagt, man muss die Frauen von Zeit zu Zeit prügeln. Wenn du nicht weißt, warum, sie wissen es garantiert.«

»Hat das Ekelpaket schon mal mit irgendeiner Frau gesprochen, außer im Puff?«

»Was denkst du denn? Hans ist seit 20 Jahren glücklich verheiratet.«

»Hast du mal gefragt, ob seine Frau glücklich ist?«

»Er ist der absolute König zu Hause. Seine Frau darf nicht mal alleine Luft holen, ohne dass Hans es genehmigt hat.«

»Die arme Frau! An ihrer Stelle wäre ich genau wie Eminanim schon längst abgehauen.«

»Hörst du nicht zu? Ich sag, sie darf nicht mal alleine atmen, du redest von abhauen. Ach, wäre ich doch bloß mit Eminanim auch so streng umgegangen.«

»Osman, so kriegst du deine Frau nie wieder. Jetzt zum letzten Mal, also, ich bin deine Frau, was sagst du zu mir morgen?«

»Ich würde sagen: Hallo, Eminanim, machst du jetzt auf Transe, oder was?«

»Sehr witzig, sehr witzig! Jetzt pass mal auf. Zuerst sagst du: Hallöchen, Mäuschen.«

»In dem Fall wird sie mir das Gleiche sagen: Hallo, Osman, machst du jetzt auf Transe, oder was?«

»Ich glaub, das hat überhaupt keinen Sinn mit dir! Wenn die Frau auch nur ein Fünkchen Verstand hat, wird sie morgen nicht ins Café kommen.«

Da klingelt schon wieder das Telefon. Ich renne ins Wohnzimmer und torkele überglücklich wieder zurück.

»Diese Frau hat kein Fünkchen Verstand, René! Sie kommt, sie kommt!«

Erleichtert stürze ich wie besoffen ins Bett und falle zum ersten Mal nach vielen Tagen in einen tiefen, friedlichen Schlaf.

Er ist so tief, dass ich erst morgens zehn Uhr wieder wach werde.

Oh Gott! Ich müsste jetzt bereits im Café sein! Warum hat der verfluchte Wecker nicht geklingelt? Wieso hat mich der verdammte René nicht aufgeweckt?

Eminanim kommt sich bestimmt wie bestellt und nicht abgeholt vor. Ich kenne sie. Sie wartet garantiert nicht lange. Dabei wollte ich doch unbedingt etwas früher da sein, um mir einen guten Platz auszusuchen. Mit dem Rücken an der Wand, wo ich mich sicher fühle. Und wo wir nicht von so vielen neugierigen Gaffern beobachtet werden können.

Ich kann jetzt schon fast hören, wie Erkek Fatma mich mit Schadenfreude fertig macht:

»Na, Osman, habe ich es nicht gleich gesagt? Du verpennst diesen Termin! Ich kenne solche Typen wie dich. Du bist auch nur ein jämmerlicher Penner! Ich weiß nicht, was Eminanim jemals in dir gesehen hat? Aber sie verdient was viel Besseres!«

Ich springe so hastig in meine Hose, dass ich mit beiden Füßen in einem Hosenbein stecke und umkippe wie ein gefällter Baum. Ich habe nicht mal die Zeit, um meine Zähne zu putzen. Warum musste ich Idiot auch einen so frühen Termin ausmachen!

Oh Gott, ich habe auch noch mit René im gleichen Bett geschlafen. Der perverse Kerl hat mich heute Nacht bestimmt missbraucht. Er darf nicht seelenruhig weiterschlummern wie ein Baby, wenn ich aufstehen muss.

»Hey, René, aufwachen!«

»Was ist los?«

»Steh auf, dein Typ wird verlangt! Am Telefon will jemand Rebecca sprechen.«

Während René wie ein Irrer in Eminanims Nachthemd durch das Schlafzimmer stolpert, schnappe ich mir meine Schuhe, meine Jacke und renne auf die Straße. Es ist schon Viertel nach zehn. Ich stell mich auf die Straße und halte das erste Taxi an. Der Fahrer dreht die Scheibe runter und brüllt mich an:

»Bei mir haben Sie für immer Fahrverbot! Ziehen Sie Leine, Mann!«

Mist, das ist der Kerl, der mich vorgestern zum Bahnhof gefahren hat. Da kommt auch schon das nächste Taxi. Schließlich habe ich mir ja nicht alle Taxifahrer der Stadt zum Feind gemacht. Es sei denn, der andere Kerl hat einen Steckbrief mit meinem Foto verteilt.

»Moin, moin«, ruft der Fahrer freundlich.

»Ich muss so schnell wie möglich zum Café Himmel.«

Der macht auf der Stelle kehrt und tritt mächtig aufs Gaspedal. Wie im Film sausen wir zickzack durch die Straßen. Ob das noch was bringt? Es ist bereits drei Minuten nach halb elf.

»Können Sie bitte meine Hand halten und ganz feste drücken«, sage ich dem Taxifahrer, »sonst drehe ich vor lauter Aufregung durch!«

»Hä? Lass stecken, Alter, die Nummer zieht bei mir nicht. In Naturalien dürfen bei mir nur Weiber bezahlen.«

Nach einer Weile tritt der Fahrer abrupt auf die Bremse.

»In welches Café wollen Sie, mein Herr?«

»Café Himmel!«

»In dieser Stadt gibt's kein Café Himmel, und auch nicht in der Umgebung.«

»Das fällt Ihnen aber schnell ein!«

»Kurz überlegen darf man ja.«

»Herr im Himmel!«

»Café ›Herr im Himmel‹, sagen Sie?«

»Es hat sowieso keinen Sinn mehr. Ich habe den Termin mit meiner Frau garantiert verpasst.«

»Warum sagen Sie denn nicht gleich, dass Sie zu Ihrer Frau wollen? Ihre Frau wartet doch im Café Engel, Herr Engin!«

»Was? Wie? Was sagen Sie da? Woher kennen Sie meinen Namen? Woher kennen Sie meine Frau?«

Mein Gott, wie ist das möglich? Bin ich wirklich zum Gespött der ganzen Stadt geworden?

Um kurz nach elf hält er mit quietschenden Reifen vor dem Café Engel. Ich bin genau eine Stunde zu spät. Ich knalle dem Spion nicht ganz höflich sein Geld an den Kopf und springe aus dem Wagen. Und falle prompt mit der Nase auf den Bürgersteig. Vor lauter Ärger habe ich mir im Taxi die Schnürsenkel zusammengeknotet. Mit blutender Nase, verdreckten Klamotten und den Schuhen in der Hand stolpere ich hektisch in das Café rein.

Der Laden ist voll besetzt und alle Köpfe drehen sich ruckartig zu mir. Aber keine Spur von Eminanim. Sie ist bestimmt schon längst weg. Ach, was soll's? Vielleicht ist es besser so. Das wäre für mich bestimmt nicht besonders vorteilhaft, wenn sie mich nach all den Tagen der Trennung in diesem jämmerlichen Zustand sähe.

»Komm mal hierher rüber, du Zwerg!«, brüllt jemand durch das ganze Café von einem der hinteren Tische und zeigt mit dem Finger auf mich.

»Meinen Sie etwa mich?«, winke ich mit meinen Schuhen zurück.

»Ja, wen denn sonst! Los, komm hierher! Siehst du hier etwa irgendwo einen anderen Zwerg?!«

Oh Mama! Jetzt erkenne ich ihn. Das ist dieser Schmieren-Mafioso mit seinen Kumpels. Das ganze Café ist voll mit Gangstern in Nadelstreifen-Anzügen.

»Pass mal auf, du Kerl! Du lässt jetzt endlich meine Frau in Ruhe!«, sagt er und zeigt mir seine goldenen Zähne.

»Sie meinen vermutlich meine Frau!«

»Hör mal zu, Junge, Eminanim ist jetzt meine Frau!«, und als Zugabe zu seinen goldenen Zähnen zeigt er mir diesmal die große Maschinenpistole, die auf seinem Schoß liegt. Ich überlege einen kurzen Moment, ob ich den Helden spielen und mir das Gewehr schnappen soll? Ich entscheide mich dann für den folgenden Satz:

»Eminanim können Sie für sich behalten! Sie soll mich endlich in Ruhe lassen und endgültig aus meinem Leben verschwinden. Ich will von der Frau nichts mehr hören.«

»Na also, so geht's doch auch. Wir haben uns klar verstanden, nicht war, du Zwerg?«, grinst er. »Schade, dass du mich nicht zwingst, deine Beine zu brechen. Ich hatte mich schon so drauf gefreut«, ruft er im Rausgehen.

Völlig erschöpft lasse ich mich auf einen Stuhl fallen.

»Guten Morgen, Osman.« Eminanim ist doch gekommen.

»Was ist los? Wo steckst du?«

»Du bist aber durcheinander, Osman. Ich bin's, hallöchen, aufstehen!«

»René, was machst du denn hier? Hast du dem Heini etwa alles verraten?«

»Osman, jetzt werd endlich wach! Du hast doch um zehn Uhr einen Termin mit deiner Frau.«

»Ich bin schon zu spät! Aber was machst du denn hier?«

»Du träumst ja immer noch. Es ist nicht mal halb acht. Wir haben noch jede Menge Zeit, dich flott zu machen. Los, hopp hopp, ab unter die Dusche.«

»Mein Gott, ich bin wirklich nicht zu spät! Und die Mafiosi sind auch nicht da!«

»Ich hoffe, du hast gut geschlafen! Ich hatte dir ein ganz kleines bisschen Schlafmittel in den Tee getan, sonst hättest du nie schlafen können. Komm, wir haben viel zu tun, packen wir's an. Erst mal müssen wir dein Bäuchlein verstecken!«

Mittwoch, 30. März, 9:44 Uhr

René hat mich so toll zurechtgemacht, dass ich besser aussehe als Antonio Banderas, Leonardo Di Caprio, Richard Gere und Woody Allen zusammen. Voller Bewunderung betrachte ich mich selbst in den großen Fenstern des Cafés, bevor ich elegant hineinschreite. Also besser als Dieter Hallervorden sehe ich auf jeden Fall aus. Für dieses schicksalhafte Treffen hat sich René besonders viel Mühe gegeben. Lässig und arrogant stehe ich in der Tür und lasse meine Blicke über die Tische gleiten. Schön, Eminanim ist noch nicht da. Ich bin sowieso etwas früher gekommen, um mir einen vorteilhaften Platz suchen zu können, um mich nur von meiner Schokoladenseite zu präsentieren. Da wäre erstmal mein armer Bauch, den René mit dem Korsett so fest verschnürt hat, dass er an meinem Rücken klebt und mich kaum atmen lässt. Meine Frisur sieht nach Renés Sonderbehandlung so aus, als hätte ich tatsächlich noch Haare auf dem Kopf. Meine Wangen und mein Hals sind so glatt rasiert und eingecremt worden, dass sämtliche Fliegen, die sich dort niederlassen wollen, wie auf einer Eisfläche ausrutschen. René ist wirklich der absolute Wunderkosmetiker! Er hat einfach mir nichts dir nichts seine eigenen Wimpern abgerissen und mir angeklebt. Um mich zu beruhigen, meinte er, das seien falsche Wimpern. Jetzt habe ich erotischere und sinnlichere Augen als Cleopatra zu ihrer besten Zeit. Meine Hände haben so lange im Kamillentee gelegen, dass sie sich anfühlen wie Babypfoten. Auf meine abgekauten Fingernägel hat er neue, wunderschöne aus Plastik geklebt. Mein herb männlicher und erotischer Herrenduft hat das nach Tabak und Alkohol stinkende Café in eine einzige herrlich duftende Blumenoase verwandelt.

Selbst meine Unterhose musste ich wechseln. Meinen Einwand, dass Eminanim die sowieso nicht zu sehen bekommt, hat René nicht gelten lassen.

»Aber riechen, das kann sie doch, oder?«, sagte er, »möglicherweise bekommt sie sie doch zu sehen, wer weiß schon, was ihr anschließend noch alles treibt!«

Irgendwelche Leute von einem der Privatsender bauen gerade mitten im Saal Kameras, Mikrofone und Scheinwerfer auf, um hier etwas zu drehen. Ich suche mir einen Tisch möglichst weit hinten in der Ecke. Weit weg von allen unerwünschten, neugierigen Blicken und dem Treiben der Fernsehleute.

In dem kleinen Spiegel, den René mir zur Sicherheit in die Jacke gesteckt hat, kontrolliere ich noch mal mein imposantes Erscheinungsbild.

»In solchen Dingen darf man nichts dem Zufall überlassen, Osman«, hat mich René ermahnt. »An Eroberungstechniken muss man genauso lange feilen und arbeiten wie an Beziehungen! Vorsicht ist die Mutter der Beziehungskiste.«

Ich bestelle mir bei der Kellnerin schnell einen Tee.

»Sieh zu, dass du im Café sofort ein elegantes Getränk vor dir stehen hast. An leeren Tischen sitzen nur Leute ohne Geld und die, die nicht wissen, was sie tun sollen!«

Ob schwarzer Tee wirklich elegant genug ist? Wie zu Hause mehrmals geübt, schlage ich die Beine lässig übereinander und blättere in meiner Zeitschrift. Natürlich nicht in irgendeiner Zeitschrift!

»So was darf man niemals dem Zufall überlassen! Vielleicht gibt es ja in dem Lokal nur blöde Fußballzeitungen.«

»Hoffentlich. Das wäre doch prima!«, habe ich gestrahlt.

»Sag mal, willst du nun deine Frau zurückhaben oder nicht, du kleines Dummerchen? Hier, nimm eine von meinen Zeitschriften mit. Du kannst ihr ganz lässig sagen, dass du seit eurer Trennung nur noch ›Psychologie Heute‹ liest.«

Mein Tee kommt in einem billigen Glas mit einem läppischen Teebeutelchen drin.

»Entschuldigen Sie, gute Frau, haben Sie keine schöneren Gläser da? Das sieht nicht besonders elegant aus.«

»Wollen Sie den Tee trinken oder heiraten?«

»Schauen Sie bitte hinten nach, ob sie nicht was Schickeres finden?«

Völlig genervt schnappt sie sich mein Teeglas und verschwindet in der Küche. Und kommt gleich danach mit einem Sektkübel wieder zurück. Mein Tee befindet sich jetzt in einem Champagnerglas in dem mit Eiswürfeln gefüllten Sektkübel.

»Elegant sieht's ja aus, gnädige Frau. Aber wird mein Tee jetzt nicht ein bisschen kalt?«

»Ja, mein Herr, Schönheit hat seinen Preis!«, dreht sie sich um und verschwindet.

Eigentlich mag ich keinen Eistee, aber elegant sieht's aus, das muss man der Kellnerin nun wirklich lassen. Mit meinem Taschentuch wische ich die rote Farbe vom Champagnerglas, denn trotz meines massiven Protestes hat mir René einen Hauch von seinem besten Lippenstift aufgetragen. Als er mir dann auch die Augenbrauen und alle anderen möglichen Haare aus den verschiedensten Löchern in meinem Kopf gezupft hat, war mein Protest energischer. Genützt hat es aber gar nichts!

»Hey, Osman, komm hierher an unseren Tisch!«

Oh Gott, wer ist das? Ist das der österreichische Mafioso? Wird mein schrecklicher Alptraum Wirklichkeit?

»Hier drüben sitze ich, du Blindfisch! Nun komm schon rüber, beweg deinen Hintern!«, brüllt Erkek Fatma durch den ganzen Saal und winkt rüber zu mir. Wieso ist die blöde Kuh denn mitgekommen? Warum ist Eminanim immer noch nicht da? Warum musste sich Erkek Fatma gerade an diesen Tisch setzen, wo Fernsehaufnahmen gemacht werden?

Fragen über Fragen, die mir kein Mensch beantworten kann, außer dieser Zicke Erkek Fatma. Deswegen trotte ich mit meinem eleganten Sektkübel unter dem Arm und ›Psychologie Heute‹ in der Hand zu ihr rüber.

»Komm, Osman, setz dich hier zu mir. Wir müssen noch einen Mikro-Test mit dir machen«, sagt sie schwer beschäftigt.

»Was? Was für einen Test? Was soll das?«

»Na, wegen der Aufnahmen selbstverständlich. Das muss vorher alles gecheckt werden.«

»Was faselst du denn da schon wieder?! Von welchen Aufnahmen redest du?«

»Unsere Frauengruppe nimmt eure Aussprache live auf, um das später alles genau zu analysieren. Das wird dann für Schulungszwecke ausgewertet.«

»Ich werde gleich wahnsinnig! Hast du die ganzen Fernsehleute etwa bestellt? Kann ich denn mit meiner eigenen Frau nicht unter vier Augen reden?«

»Doch, kannst du. Die Kamerafrau, die Beleuchterin, die Tonmeisterin, die Kabelträgerin, die Aufnahmeleiterin, die Psychologin und ich, wir hören nur zu.«

»Ich drehe gleich durch! Du glaubst doch nicht, dass ich so einen Schwachsinn mitmache? Unter solchen bescheuerten Umständen verzichte ich freiwillig auf die Aussprache!«

»Na gut, wie du meinst. Dann können wir ja wieder alles einpacken. Ich ruf sofort Eminanim an, dass sie gar nicht erst zu kommen braucht.«

»Nein, nein, nicht doch. Sie soll schon kommen. Ich habe mich stundenlang darauf vorbereitet, um heute hier mit ihr zu reden. Aber ich will mit ihr allein unter vier Augen sprechen.«

»Ja, das eine ist dein Wunsch, das andere ist die Realität! Genau wie deine Ehe! Aber beides gleichzeitig geht nicht. Ohne uns würde Eminanim zu diesem Treffen mit dir doch gar nicht erscheinen. Also solltest du dich auf Knien bei mir bedanken.«

In dem Moment entdecke ich die vielen Bücher mit eigenartigen Titeln auf dem Tisch: ›Lass los!‹, ›Löse dich!‹, ›Männer sind Schweine!‹, ›Kastriert alle Männer!‹. Jahrelang hat Mehmet versucht, mich mit seinen kommunistischen Büchern zu vergiften, jetzt wird meine Frau von diesen Emanzen vergiftet!

Plötzlich verwandelt sich das Café in einen einzigen paradiesisch schönen Rosengarten. Die Frau meiner schlaflosen Nächte, der Pfeil in meinem geschundenen Herzen und mit Sicherheit die schönste Frau, die dieses Café heute Morgen gesehen hat, schwebt majestätisch elegant durch die Pforte des Ladens. Das Café wird seinem Namen gerecht: Ein Engel ist erschienen! Eminanim ist da! Wenn Erkek Fatma nicht »Hallo, Eminanim, hierher« gebrüllt hätte, würde ich doch Zweifel haben, ob sie es wirklich ist. Wie kann sich eine Frau in so kurzer Zeit so verändern? Sie ist ja seit unserer Trennung so was von hübsch geworden. Bei ihr müssen mindestens hundert Renés am Werk gewesen sein.

Das ist kein Gehen, es ist ein Schweben. Es ist ein Tanz, so wie sie durch den Saal gleitet.

»Hallo, Osman, schön, dich zu sehen. Wie geht's dir?«, zwitschert sie.

Das sind keine Worte, das ist Gesang! Schöner als das schönste Lied!

Mein Hals und mein Mund sind plötzlich so trocken, dass ich kein einziges Wort herausbekomme. Ich schnappe nur noch nach Luft. Das Korsett ist so eng geschnürt. Ich bin noch stummer als der Marmortisch vor mir. Der gibt ja noch quietschende Geräusche von sich.

Eminanim setzt sich neben mich und mustert mich mit freundlichen, warmen Blicken. Verkrampft versuche ich unter den Tisch zu schauen, weil ich nicht weiß, wo ich meine Blicke lassen soll. Ich kann ihr doch beim besten Willen nicht direkt in die Augen schauen. Das hat nichts damit zu tun, dass ich heute Nacht mit René in unserem Ehebett geschlafen habe. Eminanim erscheint wie ausgewechselt. Das hätte ich nicht für möglich gehalten! Die Frau neben mir hat neue Kleider, neue Schuhe, eine neue Handtasche, eine neue Frisur und knallrote Haare. Umwerfend!

Unter den verblüfften Augen der Frauen ringsrum kriege ich nur ein paar unverständliche Laute heraus:

»Tschwo, ghrr, gubi, krttt …«

»Das musst du nochmal sagen, Osman, ich habe es nicht genau verstanden«, höre ich Eminanim wie durch einen rosa Nebel zwitschern.

»Du musst schon wie ein Mensch reden, sonst können wir die Anlage nicht einstellen!«, blamiert mich Erkek Fatma zusätzlich, und ich versinke endgültig vor lauter Scham im Erdboden.

»Osman, kannst du mir das bitte noch einmal wiederholen«, haucht Eminanim mit sinnlich glänzenden Mandelaugen. Eminanim hat mittlerweile bestimmt entdeckt, dass meine braunen Augen grün geworden sind. René ist der Ansicht, dass mir seine grünen Kontaktlinsen hervorragend stehen.

»Eminanim, soll ich dir mal was sagen«, brüllt Erkek Fatma über den ganzen Tisch und gibt mir endgültig den Gnadenschuss. »Du hast dich doch immer beklagt, dass dein Mann nie mit dir redet. Ich muss dir ehrlich sagen, ich finde es wesentlich besser, wenn er überhaupt nichts sagt, als wenn er wie ein Orang Utan röchelt.«

Mein Gott, ich weiß nicht, was mit mir los ist. Dabei habe ich doch den ganzen Morgen mit René geübt, was ich Eminanim sagen will. Aber ich kann mich an nichts mehr erinnern, geschweige denn es aussprechen! Ich könnte wahrscheinlich nicht mal mehr meinen eigenen Namen nennen, wenn mich jetzt jemand danach fragen sollte.

»Ich wusste schon immer, dass sich die Ehemänner nach der Trennung blitzschnell in Neandertaler zurückverwandeln«, brüllt Erkek Fatma durch das ganze Café, »aber dass es so schnell geht, das hätte selbst ich nicht für möglich gehalten!«

»Fatma, jetzt tust du ihm aber wirklich Unrecht. Früher hat er eine ganze Menge erzählt. Frau, stör mich nicht, ich gucke Fußball, zum Beispiel. Aber in letzter Zeit sahen wir uns ohnehin höchstens eine halbe Stunde am Tag.«

»Ach, was für eine traurige Ehe«, schüttelt Erkek Fatma ihren Kopf.

»Was soll's, so schlimm war's nun auch wieder nicht. Mit Rücksicht auf die Kinder haben wir die halbe Stunde meistens doch heil überstanden.«

Um den Furien Einhalt zu gebieten, versuche ich eine betont lässige Pose einzunehmen, die ich mit René genau einstudiert habe. Und falle bei diesem ungewöhnlichen Balanceakt prompt vom Stuhl.

»Was ist denn mit dir los, Osman? Ist dir was passiert?«, ruft Eminanim besorgt. »Was suchst du da auf dem Boden?«

»Da trifft er sich höchstwahrscheinlich mit seinem IQ«, antwortet die Kamerafrau. Unter dem Tisch beobachte ich fasziniert die tadellosen Beine meiner Frau, so als hätte ich sie noch nie gesehen. Wie ist das denn nur möglich? Selbst die Beine sind wie neu! Eminanim ist doch keine Plastikpuppe! In ihrem Alter bekommt man höchstens neue Hüften, aber doch nicht so hübsche Beine. Ich wusste nicht mal, dass sie überhaupt Beine hat! Meine Frau kam mir niemals verführerischer vor als in diesem Augenblick. Im Grunde genommen kam sie mir vorher noch nie verführerisch vor.

Dass Eminanim jetzt plötzlich so wahnsinnig gut aussieht, macht meine Situation auch nicht einfacher. Erstens wird sie mich garantiert nicht nochmal haben wollen, zweitens werden sich in Zukunft fremde Männer in Massen um sie scharen und nicht nur dieser österreichische Heini. Was diesen schmierigen Mafioso angeht, werde ich so tun, als wüsste ich von nichts. Ich will mal sehen, ob sie selbst mit der Wahrheit rausrückt.

Beim Aufstehen knalle ich mit der Stirn brutal gegen die Unterkante des Marmortisches. Und sehe schlagartig sämtliche Sterne, die Ottokars Universum zu bieten hat. Sogar einige, die der Wissenschaft noch nicht bekannt sind.

Ich glaube, meine Selbsttherapie hat Wunder gewirkt. Ich habe meine Sprache wiedergewonnen.

»Meine Zeitschrift ›Psychologie Heute‹ ist mir runtergefallen. Aber da fällt mir ein, Eminanim, sag doch mal, wie geht's dir eigentlich?«, tue ich lässig und locker, trotz der riesigen

Beule an meinem Kopf, die auf dem Gesamtkunstwerk von René doch wohl etwas störend wirkt.

Ich versuche, mit Eminanim so vertraut und normal wie möglich zu sprechen. Aber irgendwie kommt sie mir unglaublich fremd vor. Jetzt wird mir schlagartig klar, wo meine Lotto-Millionen gelandet sind. Auf dem Konto von Schönheitschirurgen.

»Eminanim, dein neues Outfit hat dich wohl ein kleines Vermögen gekostet, nicht wahr?«

»Findest du? So ein Kompliment bin ich ja gar nicht gewöhnt von dir. Aber es hat mich in Wirklichkeit so gut wie nichts gekostet. Fatma hat mir die Haare geschnitten, und gefärbt habe ich sie alleine.«

»Es könnte sein, dass der Patient eine schwere Gehirnerschütterung davongetragen hat«, ruft die Psychologin nachdenklich.

»Oder dass er einfach nur unglaublich blöd ist«, meint die Kamerafrau. »Mein Gesamteindruck ist negativer, als ihn Frau Fatma beschrieben hat.«

»Bei jemandem, der sich Tee in einem mit Eiswürfeln gefüllten Sektkübel bestellt, kann doch nicht alles stimmen!«, pflichtet Erkek Fatma ihr bei.

»Weißt du was, Erkek Fatma, noch ein Wort von dir und du kriegst diesen Sektkübel auf den Kopf geknallt«, brülle ich.

»Herrlich! Karin, hast du diese Morddrohung auch im Kasten?«, kreischt sie begeistert. »Osman, wenn mir in den nächsten Tagen irgendwas passiert, ob durch einen Sektkübel oder durch etwas anderes, dann sieh zu, dass du ein gutes Alibi und einen noch besseren Anwalt hast«, triumphiert Erkek Fatma.

Ich muss versuchen, der außer Kontrolle geratenen Diskussion eine neue Wendung zu geben, so wie René es mir empfohlen hat, falls die Situation mir aus den Händen gleiten sollte.

»Eminanim, du solltest dir Folgendes klar machen! Ich bin der perfekte Ehemann! Ich rauche nicht, ich trinke nicht, ich spiele nicht, und ich treibe mich nicht im Nachtleben rum, um mich zu amüsieren!«, rufe ich laut und deutlich in die Runde.

»Er versucht jetzt seine Vorteile herauszustreichen«, analysiert die Psychologin. »Das machen Männer bei extremen Problemsituationen in der Beziehung immer, um zu imponieren.«

»Eminanim, jetzt sag mal ehrlich, er raucht nicht, er trinkt nicht, er spielt nicht, er geht sich nicht amüsieren. Mit Sex spielt sich auch nichts ab! Wie hast du es mit diesem Langweiler so lange ausgehalten?«, fragt Erkek Fatma hinterhältig.

»Wir hatten doch kein sexuelles Problem?«, tue ich weltoffen.

»Osman, wir hatten ja gar keinen Sex.«

»Und warum hast du dich nicht früher getrennt, er ist ja nicht mal reich«, giftet ihre Freundin erneut.

»Frau, ich habe keine Lust mehr! Unter diesen Umständen macht es doch keinen Sinn, mit dir reden zu wollen«, gebe ich auf. »Wir sollten uns woanders treffen, aber ohne diese Plagen hier.«

»Ach, Osman, in den letzten Monaten habe ich so oft versucht, mit dir alleine zu sprechen. Das hat aber auch nie geklappt. Wir wollen doch mal ehrlich sein, mit diesem Sektkübel kann man sich vernünftiger unterhalten als mit dir.«

»Aber das stimmt doch gar nicht, Eminanim! Ich habe mich auch verändert in den letzten Tagen. Ich bin nicht mehr der alte Osman. Ich bin wie neu, genau wie du!«

»Für Männer in dem Alter ist das Aussehen bei einer Frau das Wichtigste überhaupt«, meint die als Psychologin getarnte Giftschlange.

»Als wenn das Aussehen für mich wichtig wäre! Schauen Sie sich doch meine Frau mal genauer an. Überall nichts als Falten und weiße Haare. Ich meine, sie hätte überall weiße Haare, wenn sie nicht plötzlich knallrot gefärbt wären.«

»Das ist jetzt wieder so eine Masche von Verlustangst geplagter armseliger Männer, deren Selbstwertgefühl am Boden liegt. Sie versuchen ihren Frauen Angst einzujagen, dass sie bereits so alt und hässlich seien, dass garantiert niemand anders sie haben will. Und sie sind dann so nett und gutmütig, diese armen Frauen aufzunehmen, weil sie nicht wollen, dass sie auf der Straße landen. Diesen peinlichen Trick versuchen 20-Jährige genauso wie 80-Jährige. Anstatt die Frau neu für sich zu erobern, merken sie in ihrer Beschränktheit nicht mal, wie abstoßend und beleidigend sie sind!«, doziert Sigmunde Freudlos-Nietzschekenner. Ich fühle mich wie bei einem Bankraub mit Geiselnahme auf frischer Tat ertappt.

»Sie kennen mich doch überhaupt gar nicht! Sie haben keinen einzigen Beweis! Eminanim, hör nicht auf diese Frauen. Sie vergiften nur dein kleines, unschuldiges Herz.«

»Eminanim, er wird weiterhin schamlos versuchen, Sie zu erpressen. Erst mit Ihrem Aussehen, dann mit Ihrem Alter, und dann mit dem Schicksal Ihrer gemeinsamen Kinder.«

»Ja, ja, es ist immer das Gleiche mit diesen Kerlen«, schimpft die Kamerafrau, »kennst du einen, kennst du alle!«

Die Psychologin flüstert meiner Frau irgendwas ins Ohr.

»Was tuschelt ihr denn da?«, frage ich. »Wie soll die Tontechnikerin denn das aufnehmen?«

Eminanim flüstert zurück. Dann sagt die Psychologin:

»Herr Engin, ich werde Sie in den nächsten Tagen anrufen. Dann können Sie sich beide bei mir im Büro treffen.«

»Ich hoffe, nicht schon wieder mit diesem ganzen Zirkus, mit Kameras, Mikrofonen und den ganzen Frauen hier«, sage ich.

»Da muss ich Sie enttäuschen, Herr Engin. Bei uns werden prinzipiell alle Krisengespräche dokumentiert.«

»Na, prima! Da freue ich mich ja. Aber tun Sie mir einen Gefallen und organisieren Sie doch lieber eine Talkshow im Fernsehen. So richtig mit johlendem Publikum und so! Eine einzige Erkek Fatma ist doch viel zu wenig.«

Eminanim hält mich am Arm fest:

»Ach, bevor du gehst, will ich noch wissen, Mehmet geht's doch hoffentlich gut, oder?«

»Ja, ja, deinem Mehmet geht's bestens. Er bereitet ständig irgendwelche Umstürze vor. So wie immer. Du kennst ihn doch, ein arbeitsscheuer Revolutionär mit eigenem Harem!«

»Du brauchst dich wegen seiner vielen Freundinnen doch

nicht zu ärgern. Er praktiziert nur das, wovon du dein ganzes Leben lang geträumt hast.«

»Ist es nicht so, dass die Eltern immer das verbieten, was sie sich nicht getraut haben zu verwirklichen? Das hätten Sie doch in der Zeitschrift, die Sie da gerade in der Hand halten, eigentlich gelesen haben müssen«, sagt wieder ungefragt die lästige Frau Dr. Dr. Freudlos.

»Das ist doch Unsinn! Mich hat so was nie interessiert«, protestiere ich energisch, »bei mir ist das so, wie ich vorhin schon erklärt habe. Von zu Hause zur Arbeit, von der Arbeit wieder nach Hause.«

»Wie oft habe ich in all den Jahren ernsthaft daran gedacht, unsere eigene Wohnung abzufackeln, damit er endlich einmal mit mir ausgeht«, steht mir meine Ehefrau zu meiner großen Freude zur Seite.

»Na gut, ich weiß, ich bin ein Langweiler. Was soll ich im Kino? Dafür habe ich einen Videorecorder. Und ich hasse all diese künstlichen, gezwungenen Gute-Laune-Partys. Wo sie sich wie auf Befehl, auf Teufel-komm-raus, amüsieren müssen. Und ich vertrage keinen Alkohol. Schon ein Glas Tee, der länger als drei Minuten gezogen hat, haut mich vom Hocker!«

»Osman, du bist nicht mal zu der Hochzeit deines eigenen Sohnes gegangen.«

»Frau, sei nicht so ungerecht. Du weißt, wie oft ich ihm gesagt habe, dass er an dem Tag nicht heiraten soll. Am Abend gab's doch das Pokalendspiel. Und nach dem Spiel bin ich doch sofort gekommen.«

»Weiß ich, erst zum Schluss.«

»Ja, aber nur, weil das Spiel verlängert wurde, und danach gab's Elfmeterschießen.«

»Fußball, Fußball, Fußball!«

»Frau, das habe ich in Wirklichkeit nur für dich gemacht. Ich wollte dir doch nur genügend Gelegenheit geben zu meckern. Ich habe nämlich sofort gemerkt, dass dich nichts mehr erfüllt, als auf mir rumzuhacken.«

»Osman, ist doch schön, dass wenigstens dein Humor dich nie verlässt.«

»Entschuldigung, Eminanim. Aber ich habe doch immer versucht, mich zu verbessern. Obwohl ich nicht weiß, was an mir noch verbesserbar sein könnte.«

»Osman, als ich dich geheiratet habe, hatte ich die Hoffnung, nicht alleine alt zu werden. Aber in all den Jahren nach der Hochzeit war ich erst recht allein! Meine besten Jahre sind dabei draufgegangen, in der Küche zu stehen und in dieser Öde Kinder großzuziehen.«

»Alle unsere Bekannten haben doch in den höchsten Tönen von dir gesprochen, wie tüchtig und bescheiden du bist. Und wie sehr du in deinem perfekt organisierten Haushalt aufgehst.«

»Toll! Mich hat keiner gefragt, wie ich mich dabei fühle! Du hast dafür gesorgt, dass ich vorzeitig gealtert bin!«

»Eminanim, ist das etwa meine Schuld? Frauen altern nun mal schneller als Männer. Das ist wissenschaftlich nachgewiesen.«

Ich muss sie jetzt sofort an romantische Zeiten erinnern, damit bessere Stimmung aufkommt:

»Frau, weißt du noch, wie wir früher zum Picknick gefahren sind?«

»Osman, ich hasse diese Vertraulichkeiten im falschen Moment. Dazu hast du genug Gelegenheit gehabt. Aber damals hast du deinen Mund nicht aufgekriegt.«

Ich ignoriere sie einfach und lasse nicht locker:

»Eminanim, hast du das alles vergessen, oder was?«

»Natürlich nicht! So oft haben wir das ja auch nicht gemacht.«

»Erinnerst du dich noch, an einem ganz tollen Sommertag fing es plötzlich an zu regnen.«

»Ich weiß, ich weiß, wir wurden beide klitschnass.«

»Wir sind dann zu dieser kleinen, verlassenen Hütte hingelaufen. Darin gab es nur ein einziges kleines Bett.«

»Hütte? Bett? Daran erinnere ich mich nicht. Da war ich nicht dabei.«

»Ja, gut, dann muss das wohl jemand anderes gewesen sein.« Oh, ist das peinlich!

»Herr Engin, Sie hätten mehr Interesse für die Hobbys Ihrer Frau zeigen müssen. So was fördert die Beziehung«, mischt sich unsere diplomierte Schiedsrichterin schon wieder ein.

»Osman, du Idiot!«, schimpfe ich.

»Jetzt ist es zu spät, Herr Engin. Sie brauchen sich keine Vorwürfe mehr zu machen.«

»Das war das Lieblings-Hobby meiner Frau: Mich beschimpfen! Aber im Ernst, meinen Sie, meine Frau hätte etwa Interesse an meinen Hobbys gezeigt? Ich war jede Woche, ob Heim- oder Auswärtsspiel, immer im Fußballstadion. Denken Sie vielleicht sie wäre auch nur ein einziges Mal mitgekommen?«

»Herr Engin, die meisten Ehen scheitern letzten Endes an sogenannten unbedeutenden Kleinigkeiten. Wenn der Mann ständig Überstunden schiebt und in seiner Freizeit vor dem Fernseher sitzt, und vor dem Fernseher sitzt, und vor dem Fernseher sitzt ... Neuerdings sitzen Sie ja nicht mal mehr vor dem Fernseher. Jetzt hocken Sie vor dem Computer, hocken vor dem Computer, hocken vor dem Computer ...«

»Ach, hören Sie doch endlich auf damit, Sie klingen wie eine kaputte Schallplatte! Ich und Computer? Ich weiß ja nicht mal, wie man die Kiste anmacht.«

»Männer sind wie kleine Kinder. Sie sind immer unzufrieden mit dem Spielzeug, das sie haben, und wollen immer das haben, was den anderen gehört.«

»Das sind doch nichts als Verleumdungen! Das stimmt nicht! Ich bin mit meinem Fernseher vollkommen glücklich. Ich hasse diese dämlichen Computerspiele.«

»Davon rede ich doch überhaupt nicht. Diese egoistischen Ehemänner interessieren sich erst dann wieder für ihre Frauen, wenn sie das Gefühl haben, dass sie ihnen verloren gehen. Erst dann gewinnen sie wieder an Wert. Bis dahin können sie in der Ecke vergammeln und verrotten!«

»Genau. Wenn Sie wüssten, was Osman mir alles versprochen hat. Am Anfang versprach er, die Sterne vom Himmel zu holen!«, beklagt sich meine Frau.

»Und vierzehn Tage später holen Sie nicht mal mehr ihre eigene Bierflasche«, sagt die Giftschlange Nummer 1.

Und Nummer 2, 3, 4, 5 und 6 wackeln zustimmend mit ihren Köpfen wie die Plastikdackel hinten im Autofenster. Diese ganze Frauenbande hat sich vorgenommen, mich fertig zu machen. Das sind Frauen, die von ihren Ehemännern vor dem Frauenhaus abgesetzt worden sind und sich deswegen an mir rächen und abreagieren wollen. Aber warum bitte schön solidarisiert sich auch noch die Kellnerin mit ihnen? Sollte sie nicht lieber die Gäste im Café bedienen?! Wird sie schließlich nicht deswegen von ihrem bedauernswerten Chef bezahlt?

»Was gucken Sie mich so böse an?«, giftet mich die Kellnerin plötzlich an. »Meine Chefin hat mir freie Hand gegeben, solche Machos wie Sie überhaupt nicht zu bedienen.«

»Das reicht jetzt! Ich gehe«, rufe ich und stehe auf. »Eminanim, ich sehe das nicht ein. Das ist ja wie ein Hexenprozess hier! Nur mit dem Unterschied, dass man aus den Hexen Richter gemacht hat!«

»Also historisch gesehen gibt's da schon ein paar kleine Unterschiede«, ruft Frau Sigmunde Freudlos-Nietzschekenner laut in die Runde. »Die als Hexen angeklagten Frauen waren immer völlig unschuldig. Nur durften die ihr Schafott nicht einfach nach Lust und Laune verlassen.«

Ich kann nicht mehr! Ich verlasse auf der Stelle dieses ekelhafte Café Engel, in dem sich alles andere befindet als Engel! Kurz vor der Tür drehe ich mich noch mal um – obwohl mir ein schleimiger Schlagersänger aus dem Radio genau in dem Moment den Tipp gibt: Schau nie zurück! Schau nie zurück, wenn du gehst – und rufe: »Ich warte auf deinen Anruf, Eminanim. Pass gut auf dich auf!«

»Geh jetzt mit dem Zoom ganz nah an ihn ran. Versuch ihn ganz groß reinzubekommen. Schnell, schnell hinter ihm her, fasst ihn!«, brüllt die Aufnahmeleiterin hektische Befehle, als würde sie ein Rudel Kampfhunde auf mich hetzen. »Das ist eine tolle Szene. Wir sehen, wie diese feigen Ehemänner beim leisesten Gegenwind sofort den Schwanz einziehen und sich blitzschnell aus dem Staub machen.«

Während ich die Straße entlangrenne, sehe ich, wie die gleißenden Scheinwerfer und die Kameras mich erbarmungslos verfolgen. Um dieser Hetzjagd ein Ende zu setzen, springe ich sofort in die Straßenbahn.

Aber die brennendste Frage der Nachkriegsgeschichte ist immer noch nicht geklärt worden: Was hat Eminanim mit diesem öligen Mafioso? So billig werde ich mich nicht abservieren lassen. Ich sehe es überhaupt nicht ein, der Verlassene zu sein. Wenn es denn sein muss, werde ich mit aller Macht dafür sorgen, dass wir wieder zusammenkommen, damit ich sie verlassen kann!

In Wirklichkeit brauche ich doch gar keine Ehefrau. Keine neue und erst recht keine alte!

Ich werde es allen beweisen, dass man ganz hervorragend ohne Ehefrau leben kann. Ich brauche weder Liebe noch Verständnis! Nach ein paar Tagen ist es mit der Liebe ohnehin vorbei. Übrigens, was heißt hier schon Liebe? Das ist doch alles nur Betrug! Das ist das Gleiche wie Autoglanzpolitur. Da wird nur draufgeschmiert, gewienert und gebohnert, um dem armen Käufer was vorzugaukeln, was gar nicht da ist. Ich habe aus meinen Fehlern gelernt. Ich habe überhaupt keine Lust mehr auf eine neue Frau. Da muss man sich alles merken, was sie mag, was sie hasst. Mit Sicherheit ist es das Gegenteil von dem, was man selber mag oder hasst. Bestes Beispiel: Fußball. Die Ehefrauen versuchen doch sogar noch einen Mann zu ändern, wenn er 99 Jahre alt ist.

Das Ende einer Beziehung ist so was Ähnliches wie ein abgelaufenes Jahr. Man blickt zurück, rechnet ab, erstellt Statistiken. Und es gibt nichts Erfreuliches zu vermelden, eigentlich nur Negatives. Und trotzdem ist das größte Problem, die erste Zeit nach der Trennung mit Würde und Anstand zu bewältigen. Wie schaffen das bloß all die anderen Männer, die verlassen werden? Ich glaube, die Antwort ist ganz einfach:

Sie schaffen es auch nicht!

Wie dem auch sei, werde ich jetzt nie wieder eine Frau haben?! Nicht mal eine wie Eminanim? Werde ich jetzt für immer alleine sein? Aber was rede ich denn da? Ich wollte doch beweisen, dass ich völlig problemlos alleine klarkomme. Früher hat mein Herz immer geflattert wie verrückt, wenn ich eine hübsche Frau gesehen habe. Ich musste es immer fest an mich drücken, damit es nicht wie ein Schmetterling für immer davonfliegt. Aber in letzter Zeit liegt mein Herz da wie ein Felsbrocken. Mehrmals am Tag muss ich nachprüfen, ob es überhaupt noch da ist. Also gut, als ich vorhin Eminanim sah, bin ich schon etwas durcheinander geraten. Aber das hat weniger mit meinem Herzen zu tun als mit meinen konfusen Gedanken. Davon habe ich leider in letzter Zeit wirklich zu viele. Diese unkontrollierbaren Gedanken schwirren durch meinen Kopf wie die hetzenden Fahrgäste durch diese Straßenbahn. Durch das Fenster sehe ich, wie die alten Häuser an mir vorbeihuschen. Apropos alt: Ich kann mich nicht mal von meinen alten Socken trennen, wie soll ich mich da um Himmels willen von einem Menschen trennen können, mit dem ich fast 25 Jahre in ein und derselben Wohnung zusammengepfercht war? Die Frau ist ja fast so was wie meine rechte Hand geworden. Ich komme mir gewissermaßen amputiert vor. Eminanim hat mich heute erschreckt. Sie scheint es ja wirklich ernst zu meinen mit dieser Trennung.

Nüchtern betrachtet könnte ich ihr ja bei unserem nächsten Treffen sagen: »Nun gut, Eminanim, du willst dich von mir trennen. Okay, dein Wille soll geschehen. Trennen wir uns wie zivilisierte Menschen. Aber das heißt ja nicht, dass wir nicht trotzdem ab und zu miteinander schlafen können. Ich sehe das ganz praktisch. Dabei geht es mir gar nicht um meine Bedürfnisse, sondern um deine. Damit du dich nicht mit irgendwelchen Mafiosi abgeben musst. Und ich spare viel Geld.«

Ich will ja hier in der Straßenbahn keine Gotteslästerung betreiben, aber entgegen der allgemeinen Ansicht bin ich der Meinung, dass er uns Menschen doch nicht vollkommen erschaffen hat. Wir brauchen ständig etwas zu essen und zu trinken, wir vergeuden unser halbes Leben mit schlafen, werden ständig krank, ja müssen sogar sterben und brauchen Fußball. Und wenn wir René heißen, brauchen wir Haarshampoo, schicke Fummel und Schminkzeug. Aber das Schlimmste ist diese unstillbare Gier nach Frauen. Ich habe in letzter Zeit öfter ernsthaft darüber nachgedacht, eine radikale Beschneidung machen zu lassen, damit ich dieses Problem ein für allemal los bin. Ich hasse es, auf Frauen angewiesen zu sein. Aber dieser Wichtigtuer von Arzt meinte: »Tut mir Leid, das darf ich nicht. Und die Kosten werden auch nicht von der Krankenkasse übernommen. Aber Sie haben drei Möglichkeiten: Entweder Sie legen die Dinger gut platziert auf ein Bahngleis. Zweitens, Sie machen es nach guter alter deutscher Bauernsitte mit zwei großen Backsteinen. Oder drittens die neumodische Variante: Sie reizen auf der Straße einen Kampfhund so lange, bis er alles gratis für Sie erledigt.«

Diese drei Vorschläge sind in der Konsequenz vielleicht nicht ganz so tragisch, wie lebenslang eine Ehefrau am Hals zu haben. Aber es fehlt mir doch der Mut.

Ich gehöre einfach nicht zu den Leuten, die einmal etwas wagen und dann für immer von den Früchten ihres Mutes zehren können. Obwohl ich auch weiß, dass ein Ende mit Schrecken viel besser ist als ein Schrecken ohne Ende. Trotzdem lasse ich mir vom Zahnarzt den verfaulten Zahn nicht ziehen und lebe ewig mit diesen grässlichen Schmerzen. Insgeheim hoffe ich, dass der faule Zahn irgendwann von allein rausfällt. Vermutlich könnte ich mich nicht mal von meinem entzündeten Blinddarm trennen. Könnte sein, dass ich ein bisschen anhänglich bin. Mit Frauen will ich nie wieder zu tun haben! Lieber lasse ich mich von dem ekligen Kampfhund des Penners da vorne auf der Stelle kastrieren, so wie von Ärzten und Apothekern empfohlen.

Plötzlich geht ein Ruck durch die Straßenbahn. Oh Gott, das kann doch nicht wahr sein! Wer hätte gedacht, dass etwas so Schönes auf dieser Welt existiert?

»Pardon, darf isch mich ier insetzen?«, flüstert das schönste Geschöpf auf diesem Planeten und setzt sich direkt mir gegenüber. Ich kriege kein Wort heraus, nicht mal »grth gubi krrh!« Mit ihren sanften, blauen Augen wirft sie mir einen derart unglaublichen Blick zu, dass er mein versteinertes Herz in Sekundenschnelle zum Schmelzen bringt. In ihrem schlichten, hautengen Kleid befinden sich mehr Kurven als auf dem gesamten Nürburgring. Direkt vor meinen Augen schlägt sie ihre endlos langen Beine so elegant übereinander, dass das schwarze Kleid weit ihren zarten Schenkel hinaufrutscht. Bei diesem unerträglichen Anblick spüre ich, wie mir die Schamesröte ins Gesicht schießt. Ein erfahrener Mann wie ich hat ja schon vieles im Leben gesehen. Aber nicht im Entferntesten etwas, das diesem atemberaubenden Anblick auch nur ansatzweise gleichkommt. Der Ausschnitt des kleinen Schwarzen ist den Massen nicht gewachsen, und ihr herrlicher Busen springt mich förmlich an. Ich fange an zu träumen. Ich träume von ihr in Dessous. Damit keine Missverständnisse aufkommen: sie hat die Reizwäsche an, nicht ich!

»Würden Sie meine Busenfreundin werden? Darf ich Sie hier auf der Stelle heiraten?!«, stottere ich wie von Sinnen.

»Pardon, was abben Sie gesagt?«

»Ich sagte, Sie dürfen sich hier in der Straßenbahn insetzen, wo Sie wollen! Der ganze Waggon gehört Ihnen! Sie abben freie Wahl!«, wiederhole ich meine Frage.

Diese kleine Notlüge wird wohl erlaubt sein! Natürlich darf sie sich nur genau mir gegenüber hinsetzen.

Das Wesen ist ein Kunstwerk sondergleichen. Hinge sie so

als Gemälde vor mir an der Wand, ich würde diesen Sitzplatz bis zu meinem letzten Atemzug nicht mehr verlassen.

Wie das Wesen wohl heißt? Sie kann doch nicht einen einfachen Namen haben, so wie Normal Sterbliche. Aber möglicherweise wird sie von den Behörden gezwungen, einen Namen zu tragen. So ein Wesen kann eigentlich nur Tanja, Lena, Chantal, Antoinette oder Helga heißen. Ein anderer Name kommt für diese Schönheit nicht in Frage.

Wie hypnotisiert verlasse ich hinter ihr die Straßenbahn. Wie ferngesteuert laufe ich über die Straße. Die rhythmischen Schwingungen ihrer Hüften lotsen mich direkt zu einem großen Gebäude. Ich würde diesem Wesen ohne mit der Wimper zu zucken bis in die Hölle folgen. Es stellt sich nur die Frage, was hätte ein so zauberhafter Engel in der Hölle zu suchen? Andererseits werde ich mit Sicherheit nicht ins Paradies gelassen. Deswegen muss ich unbedingt versuchen, mein irdisches Glück mit dieser Dame so lange wie möglich zu genießen.

Kaum in das hohe, alte Gebäude eingetreten, springt sie – mit mir im Schlepptau – in den Fahrstuhl, ohne auch nur eine Tür öffnen zu müssen. Das hat aber nun nichts damit zu tun, dass sie so unglaublich toll aussieht und sich alle Türen von selbst öffnen. Es ist ein Paternoster, eine von diesen alten Kisten ohne Türen, die ständig im Kreis rauf- und runterfahren ohne anzuhalten. Dieser klapprige Fahrstuhl ist mit Sicherheit so alt wie Eminanim. Und diese Einschätzung hat nun wirklich nichts damit zu tun, dass ich über meine alte Frau herziehen will, nur weil ich jetzt eine neue, wunderschöne Freundin habe.

Vor vielen Jahren bin ich schon einmal mit so einem Kasten gefahren und wurde durch einen schnell herbeigerufenen Notarzt zum Glück wiederbelebt. Eins weiß ich seitdem, man darf auf gar keinen Fall bis zum Maschinenraum oben mitfahren. Der Anblick von diesen grauenerregenden Zahnrädern, Ketten und ölverschmierten Schrauben lässt einem das Blut in den Adern gefrieren. Aber vermutlich wird mir das heute nicht passieren. Wie gesagt, mein Blut kocht förmlich beim Anblick dieser Augenweide. Insgeheim hoffe ich sogar, dass wir in diesem Gruselapparat stecken bleiben. Entgegen dem Ehegott scheint mir der Fahrstuhlgott freundlich gesinnt zu sein; prompt hält die Klapperkiste mit großem Gequietsche an. Und zwar genau zwischen zwei Stockwerken. War ja klar, dass die altersschwache Maschine irgendwann ihren Geist aufgeben wird.

Und was mache ich jetzt? Ich wollte mit ihr bis zu unserem Tod glücklich zusammenleben, aber dass der so schnell kommen sollte, davon war eigentlich nie die Rede. Und das Schlimmste ist, ich darf nicht mal jammern oder heulen, wie es jeder vernünftige Mann in meiner Situation tun würde. Plötzlich fasst sie mich am Arm und sagt:

»Bitte abben Sie keine Angst!«

Mein Engel tröstet mich. Sie hat hoffentlich nicht gemerkt, was für ein Angsthase in mir steckt!

»Irgendeine ältere Person at wo'l auf den Alteknopf gedrückt«, singt sie förmlich.

»Altenknopf, sagen Sie? Gibt's denn extra Knöpfe für die Alten?«

»Nein, nein, Alteknopf sage isch, Alteknopf! Werden Sie nischt ektisch. Wir kommen bald inaus«, lächelt sie mich aufmunternd an. Ihre aufreizend zarten Schultern zittern unmerklich. Eigentlich müsste sie auch um die Schultern Körbchen tragen, um sie vor den stierenden Männerblicken zu schützen. Sogenannte SHs! So samtig, so rund, so weich, so hübsch, so anschmiegsam, so kuschelig sehen sie aus. Aber wahrscheinlich kann sie nur S tragen. Mit dem H hat sie hörbare Schwierigkeiten. Aber im Grunde macht sie das noch erotischer. Diese märchenhafte Fee zieht am Alarmhebel und löst eine unglaubliche Kettenreaktion aus: Plötzlich ... bin ich in sie verliebt!

»Wie ge't es I'nen denn eute?«, fragt sie aus heiterem Himmel. »Was macht I're Eeee?«

»Was meinen Sie denn mit Eeee? Wofür steht diese Abkürzung?«

»Eeee halt! Bezi'ung, Eirat! Libe!«

»Genau, das wollte ich eigentlich Sie fragen. Wollen Sie mich heiraten?«

»Sie Witzbold! Isch will wissen, wie es I'rer Eeee ge't?«

»Ach so, Sie meinen meine Ehefrau. Mein Gott, sind Sie putzig.«

»Sag isch doch! I'rer Eeee, Err Engin.«

Oh Gott, woher weiß sie, wer ich bin? Sie kennt sogar meinen Namen. Ist die Café-Engel-Debatte etwa vorhin live im Fernsehen übertragen worden? Oder ist sie vielleicht doch meine Bestellung bei Ottokar?

»Err Engin, isch weiß, wer Sie sind, weil isch im Aus gegenüber wo'ne. Sie abben letzte Woche vor meinem Aus kampiert.«

»Waren Sie damals auch so hübsch? Warum abbe isch das nischt gemerkt?«

»Pardon, was abben Sie gesagt?«

»Wir abben uns, ich meine, meine Frau und ich, wir haben uns endgültig getrennt. Mit der Dame habe ich nichts mehr am Ut, ich meine am Hut. Und mir geht's super. Richtig super!« Stattdessen würde ich gerne mit dir hier im Fahrstuhl was machen!

Es ist wie verhext! Gerade die Sätze, die ich unbedingt sagen will, bleiben immer außerhalb der Anführungszeichen.

»Pardon, aber so rischtig süper se'en Sie nischt aus, Err Engin. Sind Sie etwa krank?«

Ist die Trennung so was wie Masern oder Windpocken, dass jeder sie sehen kann?

»Allooo, allooo«, ruft sie mit ihrer betörenden Stimme, »isch rufe, damit die Leute unten in der Alle uns ören können. Alloooo! Alloooo!!«

»Gute Idee, wäre ich gar nicht draufgekommen. Hallo, hallo«, rufe ich so leise, dass ich mich nicht mal selber hören kann. »Entschuldigen Sie, gnädige Frau, wenn ich frage, aber ich weiß nicht mal Ihren Namen.«

»Isch eiße Antoinette-Annkat'rin!«

Isch abbe es gewusst! Ich habe gewusst, dass sie garantiert

Antoinette heißen würde. Sie hat sogar einen ganz, ganz wundervollen Zusatznamen. Ich kann kaum an mich halten. Ich bin zu allem bereit.

»Gehören diese beiden wunderschönen Vornamen Ihnen allein? Andere Frauen haben nicht mal einen, Sie haben gleich zwei.«

»Ja, das ist ganz normal. Mein Vater ist Franzose, meine Mutter ist Schwedin. Sie abben es nischt geschafft, sisch auf einen Namen zu einigen.«

»Antoinette-Annkathrin! Zauberhaft!«

»Von wegen, es ischt eindeutig zu lang. Alle meine Freunde nennen misch nur ›Ann‹.«

»Aber das ist doch ein Verbrechen! Das kann man doch nicht machen! Bei einem so wunderschönen Namen darf man keinen einzigen Buchstaben unterschlagen. Nicht mal den Bindestrich!«

»Isch glaube, uns ört keiner.«

»Das stimmt. Uns ört nimand. Keiner merkt, was wir hier drin machen. Wir können also alles tun, was Spaß macht.«

»Alloooo, Allooooo!! Ilfeeeee, Ilfeeeee!!«

»Das hat doch keinen Sinn, Antoinette-Annkathrin. Setzen wir uns. Es hört uns sowieso keiner.«

»Isch abbe eilig!«

»Was? Heilig?«

»Eilig, eilig! Und isch abbe Unger!«

»Hunger?«

»Ja, sag isch doch: Unger! Isch könnte ein Albesunier verdrücken.«

»Albesunier? Ist das eine französische oder schwedische Spezialität?«

»Nein, Albesun ist Albesun! Es ist international.«

»Ach, halbes Brathähnchen meinen Sie.«

»Ja, sag isch doch! Albes un ier könnte isch verdrücken.«

»Und ich könnte die andere Hälfte verdrücken.«

»Die andere Älfte von was?«

»Die andere Älfte von Ihrem Un! Die Dinger kommen doch nicht als albes Un auf die Welt.«

»Err Engin, können Sie mir einen Gefallen tun und misch ganz fest in den Arm ne'men?«

»Ja, ja, ich will! Ich will auf der Stelle!«, brülle ich wie ein Tier. »Ich will es bereits, seitdem Sie in der Straßenbahn mir gegenüber Platz genommen haben. Ich kann mich kaum noch bremsen!«

»Pardon, Sie spreschen zu schnell, isch abbe nischts verstanden. Können Sie mir bitte elfen, damit isch da oben rausklettern kann?«

»Aber wieso das denn? Hier ist es doch sehr gemütlich. Total romantisch. Was wollen Sie mehr?«

»Isch abbe eilig! Isch abbe Termine. Bitte fassen Sie misch an den Beinen und eben Sie mich rauf.«

Dass sie mir erlaubt, ihre wunderschönen Beine anzufassen, hätte ich nie für möglich gehalten.

»Gerne, Antoinette-Annkathrin! Nichts lieber als das!«

Blitzschnell umklammere ich ihre Hüften.

»Stop, stop, Err Engin! Nischt die Üften! So können Sie misch nischt raufeben!«

Na so was, das hatte ich auch gar nicht vor. Ich rutsche an Antoinette-Annkathrins Oberschenkeln langsam runter.

»Ja, etwas tiefer, bitte.«

Mit einer Hand umklammere ich ihr zierliches Knie, und mit der anderen stütze ich von hinten ihren knackigen Po. Kurz vor dem Ziel stürzen wir beide hin. Aber natürlich nicht, weil die Frau so schwer ist, sondern weil ich sie auf gar keinen Fall hier raushaben will. Hastig versucht sie, ihr kurzes Kleidchen, das ihr über die Hüften gerutscht ist, zurechtzuzupfen und ihre Haare zu ordnen. Wie gesagt, das Kleid passt ihr perfekt. Sie muss es gekauft haben, als sie mit 15 Magersucht hatte. Das bisschen Unterhose hätte sie auch zu Hause lassen können. Aus einer von Eminanims Unterhosen hätte man für sie gleich hundert basteln können.

»Oh, Entschuldigung, das tut mir wirklich Leid. Das nächste Mal schaffen wir es aber bestimmt. Darf ich Ihnen helfen, Ihr Kleid sauber zu machen?«, biete ich höflich meine Hilfe an. Ganz der Gentleman alter Schule, der ich nun mal bin.

»Pardon, es ist mir so peinlich! Isch bin zu schwer, nischt war?«

»Kein Problem, das schaffen wir schon. Am besten, ich hock mich hin, und Sie setzen sich diesmal direkt auf meine Schultern.« Ich gehe auf die Knie und stecke meinen Kopf zwischen ihre endlosen Beine. Und sie nimmt auf meinen Schultern Platz. In ihre Oberschenkel festgekrallt versuche ich aufzustehen. Oh Gott, ist die Frau leicht. Dabei ist doch bei ihr alles dran. Manches sogar doppelt.

»Oh, oh, passen Sie auf, Err Engin, wir fallen schon wieder!«

Ich pack sie noch fester am Po und tue so, als würde ich versuchen, sie hoch zu stemmen.

»Keine Angst, Antoinette-Annkathrin, das schaffen wir schon.«

Mit einem Auge passe ich immer auf, dass sie nicht das rettende Ufer erreicht. Kurz vor dem Ziel muss ich wieder umkippen. Ja, genau jetzt! Und schon lasse ich mich wie ein nasser Sack auf den Boden fallen.

In dem Moment ruckelt der klapprige Paternoster und fährt leider wieder los. Die Frau benutzt mich als Treppe und bohrt mir ihre Absätze in den Rücken. Und springt leichtfüßig wie eine Katze aus dem Fahrstuhl.

»Merci, merci beaucoup, Err Engin, wir abben es geschafft!«

Während ich völlig benommen auf dem Boden liege, fährt die Klapperkiste immer weiter nach oben.

»Tschüs, Err Engin, abben Sie vielen Dank!«

Ich breche mir fast den Hals, um einen letzten Blick auf sie zu erhaschen.

»Tschüs, Antoinette-Annkathrin, isch warte ier auf disch!«

Ich fahre oben ganz alleine an den angsteinflößenden Maschinen vorbei und kaue mir dabei meine Fingernägel ab. Ich fahre unten an den angsteinflößenden Maschinen vorbei und kaue mir dabei die Fußnägel ab. Ich fahre stundenlang immer im Kreis rum und hoffe, dass Antoinette-Annkathrin endlich zu mir in die Klapperkiste zurückkommt.

Weil ich mich mit Händen und Füßen an meinem Paternoster festkralle, obwohl ich gar keine Nägel mehr habe, packt mich schließlich der Pförtner erbarmungslos am Kragen und wirft mich hochkant auf die Straße.

Mittwoch, 30. März, 17:32 Uhr

Es ist zum Verrücktwerden! Warum läuft es im Leben nie so, wie man es sich wünscht? Warum rumpelt die Klapperkiste genau in dem Moment wieder los? Wieso kommt die hübsche Französin nicht wieder zu mir zurück? Warum wächst einem der Bauch und nicht die Haare? Wieso sterben überall auf der Welt die Kommunisten aus, nur der Allerschlimmste vor meiner Nase nicht? Warum werden alle Nichtstuer, Parasiten und Aktionäre jeden Tag reicher, nur ich nicht, obwohl ich seit Jahren wie ein Tier in Halle 4 maloche? Wichtige Gedanken gehen mir auf dem Weg von der Straßenbahn nach Hause durch den Kopf.

»Hallöchen, Osman!«

»Hallo, René.«

»Na, wie war's denn? Erzähl mal, ich bin vor Neugier fast gestorben!«, fragt er grauenhaft gut gelaunt mit unmenschlich freundlicher Stimme. »Nanu, sag schon, was ist passiert? Hat alles geklappt?«

Wie soll denn eine Aussprache klappen, wenn man von einem bekloppten Schwulen darauf vorbereitet wird, dass verbissene Lesben sie vergiften, streitsüchtige Emanzen das Gespräch überwachen und die beiden gottverdammten Heteros, die sich eigentlich nichts mehr zu sagen haben, sich quälen, um sich was Belangloses aus den Fingern zu saugen, aber nicht mal dazu in der Lage sind?

»Ach, René, jetzt stell mir bitte keine dummen Fragen! Mit Weibern kann man doch beim besten Willen nicht reden!«

»Jetzt sei aber nicht so ungerecht, Osman! Ich kann mit den meisten Frauen viel besser schwätzen als mit euch Männern. Aber jetzt sag schon, was habt ihr besprochen?«

»Was soll ich sagen, gar nichts, absolut gar nichts!«

»Du bist doch schon seit Ewigkeiten weg. Ihr müsst doch über irgendetwas geredet haben!«

»Ach so, genau, ich habe ganz lange mit Antoinette-Annkathrin gesprochen. Das war ganz nett. Mit wildfremden Frauen kann ich mich irgendwie viel besser und vernünftiger unterhalten als mit meiner eigenen Ehefrau!«

»Wer zum Teufel ist Antoinette-Annkathrin schon wieder? Ist das eine Freundin deiner Frau?«

»Um Gottes willen, nein! Antoinette-Annkathrin ist der zauberhafteste Engel, den ich je im Leben gesehen habe! Sie ist das krasse Gegenteil von Eminanims Freundinnen. Meine Frau hat eindeutig schlechten Umgang zur Zeit. Sie wird von einem Dutzend völlig durchgedrehten Hexen massiv negativ beeinflusst! Ich überlege mir ernsthaft, ihr endgültig zu verbieten, mit denen zu spielen, ich meine, mit denen zu sprechen! Aber zur Zeit hört sie mehr auf die als auf mich.«

»Du meinst, zur Zeit würde sie lieber mit denen spielen als mit dir?«

»Du perverse Sau! Ich meine doch gar nicht dieses Spiel, woran du doch wieder denkst!«

»Meine ich doch auch nicht! Da schließt du von dir auf andere. Du bist doch derjenige, der nichts anderes im Kopf hat als seinen Pimmel. Los, wir gehen draußen ein bisschen laufen. Da kannst du mir unterwegs auch die ganze Geschichte erzählen.«

»Wieso laufen? Ich habe doch ein Auto! Und ich komme ohnehin gerade von draußen.«

»Beim Joggen werden im Körper Endorphine freigesetzt. Diese Glückshormone sorgen für gute Stimmung. Dabei baut man Frust und Stress ab. Du wirst dich besser fühlen als nach einer tollen Liebesnacht.«

»Ooh, René, lass mich in Ruhe, ich habe andere Sorgen.«

»Osman, wenn ich Beziehungsprobleme habe, gehe ich immer laufen. Gleichzeitig verschwinden auch die Kalorien. Das kann gerade bei dir auch nicht schaden. Ich kann mich bemühen, wie ich will, deinen Bauch kann nicht mal David Copperfield verschwinden lassen.«

»Ach, meine Frau hat meinen Bauch nicht mal angeguckt.«

»Von wegen, Frauen sehen alles. Die sind von Natur aus sensibel. Komm, wir gehen joggen. Ich habe gestern so eine Fressattacke bekommen und alles Mögliche in mich reingestopft. Ich habe mindestens 75 Gramm zugenommen.«

»Aber ich habe keine Lust zu laufen! Ich habe das noch nie gemacht. Außerdem habe ich dafür nichts Passendes anzuziehen!«

»Das habe ich schon alles vorbereitet. Hier, zieh dir diese Sportsachen von Mehmet an. Der Junge hat ja wirklich alles in seinem Kleiderschrank. Der muss wirklich ein guter Läufer sein.«

»Ja, der läuft ganz hervorragend hinter Frauen her. Sonst schafft er es nicht mal bis zum Bäcker um die Ecke ohne Auto. Das faule Ding!«

Meinen dicken Bauch in Mehmets enges T-Shirt gezwängt, sehe ich aus wie ein schwangeres Nilpferd.

»Hat der Idiot denn kein Sporthemd, das etwas breiter ist?«

»Nein, das ist schon das größte, das ich finden konnte. Osman, du hast richtig Grund, auf deinen knackigen Sohn stolz zu sein.«

»Bist du nicht ganz dicht? Wieso soll ich denn stolz auf den Kerl sein?«

»Du glaubst gar nicht, wie ihm die Frauen hinterherglotzen. Die ziehen ihn mit ihren Augen regelrecht aus.«

»Ja, das muss ich schon zugeben, das hat er von seinem Vater. Ich werde auch ständig von kreischenden Frauen in Fahrstühlen vergewaltigt.«

Mit einem engen T-Shirt und mit einer noch wesentlich knapperen Sporthose trete ich wie ein Clown auf die Straße. Zum ersten Mal wird mir bewusst, dass seit einiger Zeit mein Hintern sogar noch dicker geworden ist als mein Bauch.

»Mein Gott, René, ich habe ja nie gemerkt, dass ich so einen dicken Arsch habe! Der hat sich wohl immer irgendwie dahinten versteckt!«

»Das ist auch kein Wunder! Du hast keinen einzigen Spiegel in deiner Wohnung, der breit genug ist, um alles, was du hast, draufzukriegen!«

Oh Gott, ist mir das peinlich! Ich sehe so bescheuert aus in diesen Klamotten. Nicht auszudenken, was passiert, wenn die Nachbarn mich so sehen. Und wie René erst aussieht! Noch bescheuerter als ich. Neben ihm wirke ich regelrecht dezent: mit rosa Strumpfhose, Silber-Pailletten-Hot-Pants, bauchnabelfreiem, lachsfarbenem Oberteil, lila Stirnband und die Haare zu einem Pferdeschwanz oben zusammengebunden.

Freiwillig renne ich auf der Stelle los, um von hier schnell zu verschwinden.

»Halt, Osman! Was machst du denn da? Wo rennst du denn hin?«

»Ich laufe, was denn sonst? Deswegen haben wir uns doch wie die Hampelmänner verkleidet.«

»Aber du darfst doch nicht auf der Straße rennen. Erst im Stadtpark auf dem Trimmpfad werden wir laufen.«

»Ich will nicht wie ein Litfaßsäule rumstehen, die vor Übergewicht warnt. Lass uns schnell hier weg!«

»Keine Angst, wir werden schon laufen, aber nicht hier auf dem harten Asphalt. Auf so einem Untergrund ruinierst du dir nur sämtliche Knochen und Gelenke. Erst recht bei deinem Übergewicht!«

»Aber wenn mich meine Nachbarn in dem Outfit sehen, dann ist mein ganzes Leben ruiniert.«

»Igitt, Osman, du siehst ja ekelhaft aus, wie läufst du denn rum?«

Ich hab's gewusst! Wenn man vom Teufel spricht. Die liegt wohl den ganzen Tag hinter ihrer Gardine auf der Lauer, diese grauenhafte Erkek Fatma!

»Sag mal, Osman, schämst du dich nicht, so auf die Straße

zu gehen? Hast du nichts Vernünftiges zum Anziehen mehr? Ha ha ha, hr hr hr, krkrkr, hiiiiii!«

»Lach nicht so dreckig, Erkek Fatma. Ich bin Sportler, ich tue was für meinen Körper!«

»Ja, das sehe ich. So viel Fett wie du haben nicht mal Mastschweine auf ihren Rippen. Ha ha ha, hr hr, krh, krh, krhhh!«

»Guck dich doch selbst an! Bei uns Männern gehört sich das so. Ein Mann ohne Bauch ist wie ein Haus ohne Balkon!«

»Ja, ja, rede du nur. Aber was für eine Kreatur schleppst du hier durch die Gegend? Soll das ein Mann oder eine Frau sein?«

Ein Glück, dass René, höflich wie er ist, weitergelaufen ist, um unserem Gespräch nicht zu lauschen.

»Das ist ein René! Davon verstehst du nichts.«

»Das ist doch keine Antwort auf meine Frage. Was ist das denn jetzt, Mann oder Frau?«

»Erstens geht dich das nichts an! Und zweitens ist er so was Ähnliches wie du. Bei dir sind sich die Fachleute bezüglich deines Geschlechts ja auch nicht ganz einig.«

»So, so, so redest du jetzt also über mich? Du kannst jetzt lange warten, bis du die Eminanim noch mal zu Gesicht bekommst!«

»Du Angeberin! Du hast doch gar nicht zu bestimmen. Das entscheidet Frau Dr. Dr. Sigmunde Freudlos-Nietzschekenner«, rufe ich hochnäsig und laufe schnell hinter René her, der sich schon ziemlich weit entfernt hat.

»Lauf, du Fettsack«, brüllt Erkek Fatma gehässig hinter mir her, »du musst schon ein paarmal um die Erde kriechen, um einigermaßen normal auszusehen.«

»Was war denn das für eine komische Tante?«, fragt René mich mit großen Augen. »Die Dame quoll ja förmlich über vor lauter negativer Energie.«

»Ich sag dir doch, dass meine Frau schlechten Umgang hat.«

In unserer lächerlichen Kleidung überqueren wir noch mehrere Straßen, bis wir zum Stadtpark kommen. Zum Glück treffe ich unterwegs keine weiteren Bekannten. Ich erblicke schon einige vertraute Gesichter, aber ich sehe nicht nur aus wie ein Schwein, sondern ich habe auch Schwein, dass mich diese Leute nicht erkennen. Es ist aber auch möglich, dass sie nur so tun.

Dann endlich, nach einer Viertelstunde, kommen wir zum Stadtpark, wo alle Leute so bescheuert verkleidet sind wie wir. Hier brauche ich mich nicht mehr zu schämen. Hier sieht sogar René normal aus. Alle Leute atmen tief ein und aus, als wären sie beim Lungenarzt. Sie recken und strecken sich, um ihre Wampe loszuwerden. Das gilt natürlich nicht für die drei hübschen Frauen in superkurzen Höschen vor mir. Die haben das doch bei ihrer Figur gar nicht nötig. Warum strecken denn eigentlich alle drei ihre knackigen Pos in meine Richtung? Ganz klar, die wollen was von mir.

»Du, Osman, du musst dich auch bisschen aufwärmen.«

»Dass ich die ganze Zeit mit aller Kraft versuche, den Bauch einzuziehen, reicht mir als Aufwärmübung vollkommen.«

»Du musst dich mehr bücken und dehnen, sonst kriegst du prompt eine Zerrung«, ruft René. In dem Augenblick sehe ich zu meinem Entsetzen, dass sich hinter meinem knackigen Po auch drei Renés und fünf Omas postiert haben.

»Das kann ich nicht machen, René. Wenn ich mich mehr bücke, dann kriegen alle diese geilen Gaffer hinter mir glatt einen Orgasmus.«

»Mensch, bilde dir doch nichts ein! Komm, wir fangen an zu laufen.«

Ich warte natürlich, bis die drei Frauen endlich loslaufen. Irgendwie muss diese blöde Rumrennerei ja auch Spaß machen und Sinn haben.

»Los, René, jetzt geht's los! Hinter den Mädels her!«

Das rhythmische Schwingen ihrer Pobacken gibt mir den Takt vor. Rechts, links, rechts, links! Schwapp, schwupp, schwipp, schwapp!

»Osman, wir werden immer hier laufen. Das ist eine Finnbahn. Eine Runde ist 1670 Meter lang. Drei Runden zusammen machen also genau fünf Kilometer. Du fühlst es bestimmt, das ist eine besonders weiche Erde, die die Gelenke nicht strapaziert.«

Ich verstehe kein Wort, ich versuche nur, die drei Frauen nicht aus den Augen zu verlieren. Die haben den Abstand aber reichlich vergrößert, die nehmen wohl auf meinen Trainingsrückstand keine Rücksicht. Ich kann die rhythmischen Schwingungen nicht mehr so richtig wahrnehmen.

»Osman, laufen bringt den Kreislauf in Schwung, baut Stress ab und verbrennt unheimlich viele Kalorien.« Ich kann die drei Frauen in den kurzen Höschen kaum noch sehen. Die sind so weit weg, dass meine Augen von ihrer Parfumwolke nicht mehr tränen. Ich bin völlig kaputt und habe überhaupt keine Puste mehr, aber ich laufe trotzdem so schnell wie ein Hürdenläufer. Ich muss nämlich ständig über riesige Hundehaufen springen und dem großen Köter hinter mir ausweichen. Ich weiß auswendig, was die Besitzer kurz vor dem Zuschnappen sagen:

»Ach, da brauchen Sie doch keine Angst zu haben. Meiner ist ein ganz Lieber. Der tut nichts.«

Und nach dem Biss, wenn meine Hosen zerfetzt sind und meine Beine fürchterlich bluten, dann kommt immer die gleiche stereotype Leier:

»Oh, Entschuldigung! Das verstehe ich gar nicht, so was hat er noch nie gemacht. Tut es weh? Na ja, aber Sie brauchen sich keine Sorgen zu machen, der Rambo ist geimpft. Also, nichts für ungut, der Rambo hat es nicht böse gemeint, tschüs!«

Deswegen wechsle ich schon seit Jahren instinktiv die Straßenseite, wenn ich so einen Killer sehe. Mit Killer meine ich natürlich die verantwortungslosen Besitzer. Die dämlichen Köter sind doch nur einfache Handlanger. Oder Beinlanger, ganz wie man's nimmt!

Diesmal läuft die Begegnung mit dem Köter nahezu glimpflich ab. Ohne irgendeins meiner Körperteile mitzunehmen läuft er an mir vorbei, nachdem er mich ganz kurz angepinkelt hat.

»Darauf können Sie sich wirklich was einbilden. Das macht er nicht bei jedem. Das zeigt doch nur, dass er Sie wirklich lieb hat«, brüllt sein Herrchen im Vorbeilaufen.

»Sie sind mir auch sehr sympathisch. Darf ich Sie auch bisschen anpinkeln?«, brülle ich mit nassen Beinen zurück.

In der Zwischenzeit sind die drei Frauen endgültig hinter einer Kurve verschwunden. Und René hat sich auch schon längst hinter einem muskulösen und haarigen Gorilla aus dem Staub gemacht. Nachdem sich alle meine Motivationsschübe verflüchtigt haben, wird mir bewusst, wie kaputt ich bin. Nach dreihundert Metern rennen hat man mehr Herzklopfen als beim Anblick von zehn schönen Frauen. Selbst ein Dutzend 70-Jährige Omas und Opas rennen mittlerweile ohne Mühe an mir vorbei. Und natürlich gibt jeder von denen beim Vorbeilaufen einen Kommentar ab:

»Nicht schlapp machen, junger Mann!«

»Sollen wir den Arzt rufen?«

»Gestern viel gesoffen, wa?«

»Gibt's eigentlich keine Deos für Dicke?«

Ich habe keine Lust mehr! Ich komme freiwillig vom rechten Weg ab! Ich verlasse den Trimmpfad und laufe einfach quer durch den Wald. Somit kürze ich die Runde um mehr als die Hälfte und überhole ohne jede Gefahr nicht nur die Sprüche klopfenden Köter, sondern auch die pinkelnden Omas. Wenn ich Glück habe, schaffe ich es sogar, mich noch an die Fersen der drei hübschen Frauen zu heften.

»Als Mann muss man sich nur zu helfen wissen! Aus jeder noch so beschissenen Situation gibt es einen Ausweg!«, sagt mein Kumpel Hans immer wieder. Aber warum sagt er das eigentlich? Dieser Spruch ist überhaupt nicht gegen Frauen! Wahrscheinlich meint er die Scheidung. Oder, wie es auf Neudeutsch heißt: Zigaretten holen gehen!

Ich schlage mich durch Hecken und Bäume und verletze

mich am ganzen Körper. Meine Arme und Beine sind völlig zerkratzt, und überall blutet es. Dabei soll laufen gesund sein! Dass ich nicht lache! Na ja, immerhin kann ich mich an den Stacheln nicht mit Tollwut anstecken. Aber in einigen Jahren wird die Wissenschaft garantiert herausbekommen, dass man sich im Wald mit tödlichen Erregern wie Pflanzenpest, Baumwahnsinn und Heckenwut infizieren kann. Vermutlich werde ich der Erste sein, der sich damit angesteckt hat, und mein jämmerliches Sterben wird auf allen Fernsehkanälen in der ganzen Welt präsentiert.

»Und ich habe ihm damals gesagt, dass er bloß nicht in den Wald soll!«, wird Erkek Fatma rechthaberisch allen Reportern aus der ganzen Welt ins Mikrofon brüllen. »Das konnte damals einfach nicht gut gehen, bei der dicken Wampe, die er hatte. Das kommt dabei heraus, wenn ein alter Mann sich wie ein junger Spund benehmen will!«

Mit der Abkürzung durch den Wald erreiche ich doch einigermaßen lebendig die ersehnte Zielgerade. Mit viel Spucke wische ich mir die blutenden Beine und Arme ab. Alles ist voll mit Spinnennetzen, Dornen und Disteln. Völlig kaputt lasse ich mich auf eine Parkbank fallen, um endlich wieder normal atmen zu können. Ich bin von oben bis unten nass geschwitzt. Genau in dem Moment, als ich langsam wieder zu mir komme, entdecke ich erneut die drei Frauen, die im Aufwärmbereich ihre Pos schon wieder in alle Himmelsrichtungen strecken, insbesondere in meine. Ich schlendere lässig zu den Damen hinüber. Ich ziehe mein verschwitztes Unterhemd aus und mache einen sportlich absolut fairen Vorschlag:

»Meine Damen, was halten Sie von einem kleinen Trikottausch? So machen wir Fußballer das nach jedem Spiel. Sie kriegen mein T-Shirt, und ich bekomme die T-Shirts von euch allen dreien.«

»Hau ab, du Spinner!«

»Ha ha ha, sehr toller Witz, ich bin schwer beeindruckt!«

»Du siehst aus wie eine vollgeschissene Vogelscheuche.«

Als die letzte der drei netten Damen in ihrer höflichen Art mich auf mein Aussehen aufmerksam gemacht hat, merke ich mit Entsetzen, dass sie leider Recht hat! Ich bin von oben bis unten voller Vogelkacke!

»Na, Osman, wie war's, hat es Spaß gemacht? War doch gar nicht so schwer oder?«, ruft René von weitem.

»Ach, das ist doch ein Kinderspiel für mich. So eine Runde ist doch für echte Männer nicht der Rede wert!«

»Ich habe schon zwei Runden, läufst du noch eine mit?«

»Nein, keine Lust mehr«, sage ich und setze mich auf eine Parkbank.

»Igitt, igitt, wie siehst du denn aus? Bist du in den Graben gefallen, oder was?«

»Nein, die Vögel halten mich für ein öffentliches Klo. Ist ja auch kein Wunder bei dem hässlichen Hemd, das du extra für mich ausgesucht hast!«

»Ach, stell dich doch nicht so an, Osman. Mach nicht so ein Gesicht, freu dich doch. Das bringt Glück.«

»Von wegen! Das bringt nur dreckige Köter, die mich anpinkeln wollen.«

»Herrgott, schau dir mal diesen tollen Typ da drüben mit diesem Wahnsinnsbody an. Ist das nicht eine richtige Sahneschnitte? Na, sieht er nicht zum Anbeißen aus?«, sagt er und zeigt mir einen von diesen behaarten Gorillas, die ihr gesamtes Leben im Bodybuilding-Center verbringen. Diese armen Kerle können vor Kraft kaum noch gehen und bewegen sich so, als hätten sie Wassermelonen unter den Achseln. Und dazu mit einem Gesichtsausdruck, der verrät, dass ihr IQ bestenfalls knapp über dem Rasen liegt.

»René, ich kapiere das einfach nicht. Du bist doch so ein zarter, feiner, sensibler Mensch. Wie kannst du bloß auf solche Halbaffen stehen?«

»Ich weiß, ich weiß, die schreien regelrecht in die Welt, was für saudumme Prols und brutale Tiere sie sind. Aber ich will trotzdem gerade die.«

»René, sag mal, bist du freiwillig schwul?«

»Davor kann man doch nicht weglaufen«, sagt René und setzt sich neben mich. »Am Anfang habe ich es natürlich versucht.«

»Und wann hast du mit diesem Schweinkram angefangen?«

»Sehr früh, aber nur rein theoretisch. Ich war nämlich sehr schüchtern. Aber in meiner Fantasie war ich mutig und aufgeschlossen. Ich hatte meine Tagträume, die waren ganz anders als die von anderen Jungen in meiner Klasse.«

»Wieso, hast du von zwei Jungs beim Sex geträumt?«

»Nein, Junge mit Mädchen.«

»Das ist doch ganz normal. Das träume ich auch schon mein Leben lang.«

»Aber ich war das Mädchen. Wenn die Jungs im Schulhof dämliche Schwulenwitze erzählten, lachten sie sich kaputt, ich aber wurde rot.«

»Du hast also nie eine Freundin gehabt?«

»Doch, in der Schule schon. Mehrere sogar, nur zur Tarnung. Aber die Geschichten dauerten immer nur ein paar Tage.«

»Und wann hast du zum ersten Mal mit einem Mann was gehabt?«

»Ich war 16 Jahre alt damals. Wir wohnten noch auf dem Lande. Es war ein schöner, warmer Sommertag. Ich fuhr mit dem Fahrrad, und irgendein Mann kam mir entgegen. Dann hat er mich überholt und fuhr plötzlich neben mir her. ›Wo kommst du her?‹, wollte er wissen. ›Aus dem Schwimmbad‹, sagte ich. ›Da wollte ich eigentlich auch hin, aber ich muss meine Brille suchen. Ich muss sie auf dem Weg verloren haben‹, sagte er. Dabei hat er überhaupt nie nach unten auf den Boden geguckt. Dann fuhren wir eine Weile nebeneinander her, ohne was zu sagen. Dann fragte er plötzlich: ›Hast du Lust?‹ Diese Frage war die beste Antwort auf alle meine unausgesprochenen Fragen. Danach sind wir direkt zu ihm nach Hause gefahren.«

»Einfach so?«

»Ja. Ein paar Tage später hat er mir seine Sonnenbrille

geschenkt. Und er war in der Folgezeit ständig bei uns zu Hause.«

»Haben deine Eltern nichts gemerkt?«

»Nein, für die war er nur ein Arbeitskollege.«

»Niemand wusste also was davon? Hattest du nicht das Bedürfnis, mit jemandem darüber zu reden?«

»Doch! Mit meinem Opa hatte ich mich immer gut verstanden. Mit ihm wollte ich über das Schwulsein reden. Aber als auch der nur Sprüche abließ wie ›Die ganzen schwulen Säcke müsste man vergasen‹, habe ich damit natürlich etwas gewartet.«

»Der fand das also auch pervers?«

»Ja, leider. Aber daran ist doch gar nichts pervers. Die ganze Diskriminierung ist pervers! Unterdrückung ist pervers!«

»René, nimm's nicht so tragisch. Ich glaube, die tollsten und berühmtesten Schauspieler sind genauso schwul wie du.«

»Das stimmt, Osman. Weißt du auch, warum?«

»Vielleicht, weil sie als Filmstars Frauen im Überfluss haben?« Wird Mehmet mit der Zeit etwa auch schwul?

»Nein, weil die schon ihr ganzes Leben lang der Gesellschaft was vorspielen müssen. Das fördert schauspielerisches Talent.«

»Und wie lange hast du deinen Eltern was vorgespielt?«

»Bis zu dem Tag, als ich starb.«

»Für einen Toten kannst du aber sehr gut laufen und bist sehr gesprächig.«

»Ich hatte meinen Eltern einen Brief geschrieben, Unmengen von Schlaftabletten geschluckt und mich dann hingelegt. Als ich im Krankenhaus wieder zu mir kam, weinten meine Eltern. Mutter weinte vor Glück, aber mein Vater weinte, glaube ich, weil der schwule Sohn überlebt hat. Als es endlich raus war mit der Wahrheit, fühlte ich mich so frei, erleichtert, großartig und selbstbewusst, als hätte ich tonnenweise Kokain geschnupft. Ich war total happy!«

»Dein Vater war also nicht so begeistert?«

»Nein. Er meinte: ›Wie kannst du mir so was antun?‹ Ich sagte: ›Aber ich will doch nicht mit dir schlafen.‹«

»Und was sagte deine Mutter?«

»Sie sagte: ›Hoffentlich geht es wieder weg. Und wenn nicht, dann kriege ich vielleicht ja so den Schwiegersohn, den ich sonst nie bekommen würde.‹ Ich habe nämlich nur einen Bruder, musst du wissen. Danach habe ich mich zu Hause sehr unwohl gefühlt. Zu der Zeit hatte ich mit dem Holzmechaniker allerdings schon längst Schluss gemacht.«

»Wer war denn der?«

»Der mit der Sonnenbrille, vor der Badeanstalt. Deshalb habe ich auf die erste Kontaktanzeige geantwortet, die ich finden konnte. Und nach einer Woche bin ich bei dem Kerl eingezogen, nur um von zu Hause wegzukommen. Die ganze Zeit habe ich dann im Bett gelegen und geheult.«

»War die Kontaktanzeige von Hörbi?«

»Ach nein, Herbert habe ich vor 13 Monaten und 17 Tagen hier im Stadtpark kennen gelernt. Damals wollte ich nicht, dass er diese blöde Kneipe ›Zum Wohl‹ übernimmt. Aber was sollte er sonst machen? Wegen seiner Homosexualität haben sie ihn als Sportlehrer rausgeschmissen.«

»Ich bin mir sicher, dass er die ganzen Jungs angemacht hat.«

»Ach, Quatsch! Er hat alles getan, um sich in der Schule nicht zu outen.«

»Hier in der Stadt hast du es aber trotzdem sicherlich einfacher als auf dem Land, nicht wahr?«

»Klar doch! Auf dem Land ist man automatisch eine Klemmschwester.«

»Was ist denn das? Ist das so was Ähnliches wie ein schwuler Klammeraffe?«

»Nein, so nennt man die Homosexuellen, die sich nicht trauen sich zu outen. Aber in der Stadt ist das kein großes Problem. Einmal sagte irgendjemand hinter uns: ›Hey, die sind ja schwul.‹ Wir drehten uns um und sagten: ›Ja.‹ Hier würden wir wohl höchstens dann auffallen, wenn wir Sex auf dem Grabbeltisch machen würden. Osman, sag mal, wollen wir nicht endlich weiterlaufen, mir wird schon ganz kalt.«

»Nein. Ich glaube, für den Anfang reicht mir das. Ich bin schon kaputt.«

»Wie du meinst. Als Anfänger soll man es auch nicht sofort übertreiben. Aber wo ich schon mal da bin, mache ich meine fünf Kilometer voll. Bis gleich, tschau Bello!«

Warum laufen eigentlich diese ganzen Menschen, einer nach dem anderen, wie ferngesteuerte Marionetten die ganze Zeit im Kreis rum? Was haben die Leute davon, sich wie Hamster im Laufrad zu benehmen? Hier quälen sie sich zuerst, um den Bauch flachzukriegen. Dann versuchen sie alles, um irgendeine Tussi flachzulegen. Danach wird ihr gesamtes Leben so öde und unerträglich, weil alles in ihrem Leben flachliegt. Danach wird wahrscheinlich irgend so ein untalentierter Schwachkopf darüber ein Tagebuch schreiben: Das flache Leben des Ernst Flach!

Aber alle diese Ernst Flachs werden es sich nie eingestehen, dass sie ein hoffnungslos flaches Leben haben!

»Wieso, was willst du?«, wird er sagen, »Ich habe ein tolles Auto, eine beschissene Arbeit, zwei hässliche Kinder und eine bekloppte Frau, die ich einmal im Monat flachlege. Mir geht's prima!«

Und plötzlich macht es doch wieder Sinn, dass der Mensch sterblich ist. Stellen Sie sich mal diesen Zustand fünftausend Jahre lang vor! Und wenn man unsterblich ist, kann man sich nicht mal erschießen! Andererseits, wenn man nicht mehr sterben würde, dann bräuchte man keine Frauen mehr, um neue Menschen zu produzieren. Und ohne Frauen, die ja der Grund allen Übels sind, könnte man doch fünftausend Jahre, oder sogar sechs, glücklich und zufrieden leben. Vielleicht sterben die Frauen ja bald aus, wie die Dinosaurier. Aber dafür bräuchte man einen größeren Kometeneinschlag als damals.

»Jetzt bin ich aber kaputt, Osman. Lass uns nach Hause gehen«, ruft René von weitem und reißt mich aus meinen tiefsinnigen Gedanken.

»Ich habe mir gerade vorgestellt, wie schön diese Welt doch ohne die lästigen Frauen wäre.«

»Das kannst du laut sagen, Osman«, gibt mir René mit funkelnden Augen Recht. »Das wäre das reinste Paradies! Und stell dir doch mal vor, überall nur schwule Männer, die nur hinter mir her sind! Keine Anzeigen mehr wegen Erregung öffentlichen Ärgernisses, und kein Ärger mehr mit den spießigen Normalos!«

»Öh, eh, halt mal! So war das aber nicht gemeint! Ich sehe ein, mein Weltverbesserungs-Plan ist noch etwas überarbeitungsbedürftig! Ich muss daran noch ein bisschen feilen, bis ich dem lieben Gott meinen endgültigen Entwurf vorstelle.«

»Von mir aus kannst du ihn schon heute einreichen. Da kannst du mal sehen, das kommt nur davon, dass dein Gehirn hier plötzlich so viel Sauerstoff bekam und bis ins kleinste Äderchen unheimlich gut durchblutet wurde.«

»Aber ich muss mindestens zehn Runden zurücklegen, um die ganze Welt neu zu erschaffen. Ich habe schon gemerkt, der Teufel steckt im Detail. Ich will nicht schluren und alles noch schlimmer machen, als es ohnehin schon ist.«

»Egal, Osman, komm, lass uns nach Hause gehen. So verschwitzt darf man nicht rumstehen. Wir kommen morgen wieder.«

»Wie? Gleich morgen? Ist so viel auf einmal nicht ungesund?«

»Osman, wie ich dich kenne, hast du vorhin garantiert die Abkürzung durch den Wald genommen. Glaubst du, ich hätte das nicht gemerkt, bei den ganzen Kratzern?«

»Abkürzung durch den Wald, sagst du? Öhm, eh, ich musste pinkeln.«

»Mach dir doch nichts vor, das ist doch kein Eisberg, den du da vorne mit dir rumschleppst. Von alleine schmilzt das nicht weg. Du wirst dich auch bisschen mit dem Essen einschränken müssen.«

»Das habe ich mir auch überlegt. Ich habe beschlossen, dass ich ab heute Abend keinen zusätzlichen Salat mehr esse.«

»Tolle Idee. Aber ich würde sagen, umgekehrt ist besser. Ab sofort isst du abends nur Salat und nichts anderes.«

»Was? Nur Salat? Bist du nicht bei Trost? Bin ich eine Kuh? Wie soll denn ein richtiger Mann wie ich von Salat satt werden?«

»Reg dich wieder ab, Osman. Wenn du abnehmen willst, dann musst du dich halt ein bisschen zusammenreißen.«

»Können wir das nicht einfach absaugen lassen? Das zeigen sie doch die ganze Zeit im Fernsehen.«

»Am Bauch vielleicht. Aber was machen wir mit deinem dicken Hintern, den Hüften, der Brust, den Armen, dem Doppelkinn?! Willst du dich überall am Körper durchbohren lassen? Du siehst dann aus wie ein fetttriefendes Schaschlik!«

»Was soll's, angezogen sieht sowieso keiner, dass ich triefe.«

»Außerdem: Der Mensch ist, was er isst!«

»Stimmt das wirklich? Werde ich von deinem Salat etwa auch schwul?«

Kaum zu Hause, springe ich sofort auf die Waage im Badezimmer.

»Mein Gott, René, du glaubst es nicht! Ich habe mindestens 120 Gramm abgenommen!«

»Mach dir keine falschen Hoffnungen. Das ist doch nur das bisschen Schweiß, das du auf dem Weg zum Trimmpfad verloren hast. Ein Glas Wasser, und du hast es wieder drauf.«

»Was, jetzt darf ich auch kein Wasser mehr trinken?«

»Doch, doch! Gerade jetzt musst du viel trinken.«

In dem Moment klingelt das Telefon, und ich laufe in Unterhosen vom Bad ins Wohnzimmer.

»Ich sag dir, das ist ganz bestimmt diese Frau Dr. Dr. Sigmunde Freudlos-Nietzschekenner.«

»Da wäre ich an deiner Stelle nicht so sicher, nach dem, was du mir so alles erzählt hast.«

Ich hebe den Hörer ab und flüstere dann außer Atem zu René:

»Siehst du, Frau Doktor ist am Telefon. Was habe ich dir gesagt?«

»Herr Doktor, ich kann Sie so schlecht verstehen«, ruft die Dame.

»Ich bin nicht der Doktor, Sie sind Doktor«, sage ich.

»Wovon reden Sie, Herr Doktor Hoffmann? Ich bin Frau Hannelore Rostlaube. Sie wollten mir doch heute das Ergebnis meiner Untersuchung mitteilen.«

»Ich schlage vor, wir treffen uns morgen früh im Café Engel.«

»Ja gut, Herr Doktor, wenn Sie meinen. Ist es denn so schlimm? Ich bin doch noch so jung!«

»Also dann bis morgen«, rufe ich und drücke auf den Knopf, ohne dass René es merkt.

»Aber eins will ich klarstellen«, brülle ich, »die ganzen Männerhasserinnen aus dem Frauenhaus will ich diesmal nicht dabeihaben! Und diese Zicke Erkek Fatma soll gefälligst auch zu Hause bleiben! Oder von mir aus auch in der Hölle!«

Ich höre auf rumzubrüllen, um wieder Luft zu holen, und beobachte das verdatterte Gesicht von René.

»Das können Sie mir doch nicht erzählen«, brülle ich weiter, »und auf Ihre beiden Diplome pfeife ich erst recht! Ich lasse mich doch von Ihnen nicht zum Affen machen! Und Eminanim soll sich auch in Acht nehmen.«

»Mensch, Osman, hör auf«, flüstert René mir ins Ohr. »Du darfst dir doch diese Frau nicht zum Feind machen. Sie hat dich jetzt bestimmt auf dem Kieker!«

»Also gut, ich gebe euch noch eine Chance. Morgen Früh um zehn im Café Engel«, rufe ich und knalle den Hörer auf. René schaut mich so bewundernd an, als wäre ich der liebe Gott persönlich. Das habe ich doch toll hingekriegt! Morgen treffe ich mich mit einer gut aussehenden fremden Frau, und René hat gleichzeitig einen Riesenrespekt vor mir.

»Osman, nur weil deine Frau so nett ist, dich mal anrufen zu lassen, drehst du gleich durch und wirst größenwahnsinnig, als wärst du der liebe Gott persönlich!«, mault René.

»Vielleicht war ich bisschen zu hart am Telefon, aber das war nichts im Vergleich zu dem, was sie heute Morgen mit mir gemacht haben.«

»Glaubst du allen Ernstes, deine Frau kommt zu dir zurück, wenn du weiterhin so ätzend bist?«

»Natürlich! Und sie soll auch kapieren, wer weiterhin der Herr im Haus ist!«

»Osman, das reicht! Geh ins Badezimmer und dusch dich. Du stinkst, als wärst du hundert Kilometer gelaufen. Dabei hast du bestenfalls hundert Meter geschafft! Danach dusche ich und anschließend mache ich uns ein leckeres Salätchen.«

»Endlich gibt's was zu essen.«

»Trink erst mal dieses Mineralgetränk hier. Wenn man schwitzt, verliert man Mineralien. Also Stößchen.«

Fröhlich pfeifend stelle ich mich danach sofort unter die herrlich warme Dusche. Ob die Frau Hannelore Rostlaube so attraktiv ist wie ihre Stimme? Sie hat ja auch gesagt, dass sie jung ist; jedenfalls zu jung, um zu sterben. Ich fühle mich richtig in meine Jugend zurückversetzt. Fühlte ich mich durch den langweiligen Ehealltag mit Eminanim so alt? Oder haben mir Antoinette-Annkathrin und Hannelore Rostlaube meine Jugend wiedergegeben? Morgen Mittag nach dem Rendezvous mit Frau Rostlaube steige ich wieder in den Paternoster zu Antoinette-Annkathrin. Oh Gott, was für ein Leben, von einer hübschen Frau zu der nächsten. Und wenn ich dazu noch erst die vielen Millionen auf dem Küchentisch liegen habe!

Ich habe plötzlich eine geniale Eingebung und renne, ohne mich abzutrocknen, sofort in Mehmets Zimmer und durchwühle sein Portemonnaie. Warum bin ich nicht schon viel früher auf diese grandiose Idee gekommen? Oh Gott, was ist das? Ich traue meinen Augen nicht. Da ist es! Was ich schon immer haben wollte! Ein Foto von Antoinette-Annkathrin. Mein übsches Albesunchen! Wie kommt das Bild ins Mehmets Portemonnaie? Mit Sicherheit hat die verliebte Antoinette-Annkathrin ihr Foto in meinen Briefkasten geworfen, und dieser

Hundesohn hat es mir weggeschnappt. Ich wusste, dass sie auf mich genauso scharf ist wie ich auf sie. Ihr Foto ist in meiner Brieftasche viel besser aufgehoben. Mehmet mag jünger sein, aber ich habe die Millionen. Und jeder weiß, was für Frauen im Endeffekt mehr zählt. Jugend ist vergänglich, aber meine Millionen nicht. Das Problem ist nur, der Lottoschein ist immer noch nicht aufgetaucht. Andererseits, wenn sich Mehmet meine Millionen unter den Nagel gerissen hätte, dann wären er und sein Portemonnaie auch längst nicht mehr hier. Dann läge er inzwischen mit einer blonden Tussi am Strand auf irgendeinem grünen Inselparadies in der Karibik. Oder auf den Malediven, den Seychellen oder den Azoren. Womöglich gar auf Key West in Florida. Er wäre nicht der erste kommunistische Kapitalist! Die Erfahrung zeigt doch, wenn ehemalige Kommunisten plötzlich zu Geld kommen, dann werden sie zu ganz gewöhnlichen Kapitalisten und schmeißen mit Geld um sich, so wie jeder andere ekelhafte Neureiche auch. Aber ich werde dafür sorgen, dass der Charakter meines Sohnes nicht verdorben wird und er immer ein anständiger, armer Linker bleiben kann. Ich werde ihn an den Geldscheinen nicht mal riechen lassen!

»Ich möchte mich wieder verlieben!«, schreie ich so laut wie ich kann.

»Verkaufen wir nicht!«, brüllt René zurück.

Danach entdecke ich im Badezimmer, in einer der Schubladen, Eminanims verfilzte Lockenwickler und die Always-Ultra-Familienpackung. Mir wird plötzlich ganz schlecht. Das kommt alles bestimmt nur vom Duschwasser, tröste ich mich und wische mir die Augen. Ich stöbere weiter in den Schubladen und entdecke eine alte Strumpfhose. Ich presse sie an meine Nase und ziehe den Geruch sehnsüchtig und gierig in mich hinein, so als wäre Eminanims Fußgeruch das teuerste Parfüm der Welt.

Überall, an jeder Ecke gibt es hier Erinnerungen an sie. Jedes Möbelstück, jeder Gegenstand in dieser Wohnung ist wie ein Teil von ihr. Schlagartig hat mich meine künstliche gute Laune wieder verlassen. Wenn sich Eminanim weiterhin weigert, zu mir zurückzukommen, dann ist es nur eine Frage der Zeit, bis ich alles verlasse! Meine Wohnung, meine Freunde, meine Arbeit, meine Heimat, meine Stadt und meinen Fernseher. Ohne Eminanim werden sie mir nur zur Last. Für diese eine Strumpfhose von ihr könnte ich die ganze Welt zum Teufel schicken! Dieser Geruch! Ich liebe ihn, ich kenne ihn zu gut!

Diesen Geruch?! Aufgeschreckt werfe ich die Strumpfhose auf den Boden. Igitt!

»Sag mal, René, ist das etwa deine Strumpfhose hier im Badezimmer?«, rufe ich voller böser Vorahnungen.

»Kann schon sein, welche Farbe hat sie denn?«

»Rosa mit schwarzen Punkten.«

»Ja, das ist meine. Die suche ich schon die ganze Zeit.«

Mittwoch, 30. März, 23:11 Uhr

Nachdem ich an schwulen Socken geschnuppert und anschließend wie eine Kuh grüne Blätter gegrast habe, schnappe ich mir meine Jacke, um rauszugehen. Ich muss unbedingt was Anständiges essen, was Echtes, so was wie Hammelwurst! Und ich muss endlich mal mit einem echten Kerl reden, wie Hanswurst! Deshalb gehe ich ins »Zum Wohl«.

Heute Abend will ich ohne Frau, ohne Kinder, ohne René etwas von meiner neu gewonnenen Freiheit genießen. Aber immer dann, wenn man von der Freiheit träumt, steht mit Sicherheit bereits der Kommunismus vor der Tür: Mehmet kommt rein!

»Vater, wie war die Aussprache mit Mutter?«, fragt er sofort.

»Ach, wie soll's denn schon gewesen sein? Wie immer halt!«

»Wie immer aneinander vorbei?«

»Ja!«

»Mit anderen Worten, der Dreißigjährige Krieg geht in die nächste Runde?«

»Du hast es erfasst! Der Dreißigjährige Krieg dauert an, obwohl ich schon längst so was wie ein Kriegsinvalide bin.«

»Und ich bin ein Kriegskind!«

»Und ich bin ein Kriegsbeobachter«, mischt sich René ein, »Osman hat vorhin wegen dem morgigen Treffen telefoniert. Und ich kann sagen, dass er dafür ganz schön schwere Geschütze aufgefahren hat!«

»Was, morgen trefft ihr euch schon wieder?«, fragt Mehmet völlig überrascht.

So ist das! Wenn man einmal mit dem Lügen angefangen hat,

dann kann man nicht mehr aufhören. Es geht immer weiter, wie eine Laufmasche.

»Ja!«

»Und wo finden die Friedensverhandlungen statt, im Rathaus zu Münster?«

»Nein, Münster ist zu weit weg. Wieder im Café Engel.«

»René, wenn du willst, kannst du deinen Ex auch hierher in unsere Wohnung einladen«, ruft Mehmet.

»Bin ich verrückt? Auf gar keinen Fall! Der kommt mir nicht in die Wohnung. Das Scheusal will ich nie wiedersehen!«

»Hör mal, der arme Mann erfriert bestimmt vor der Tür.«

»Was sagst du da? Herbert steht hier vor der Tür?«, gerät René plötzlich in wilde Panik.

»Ja, er steht schon seit Stunden da. Schau doch mal durch das Fenster.«

Aber René rennt erst mal wie aufgescheucht zum Spiegel.

»Ohgottohgott, wie sehe ich denn schon wieder aus? Ich bin nicht mal richtig geschminkt! Ich sehe aus wie ein Mülleimer! Das gibt eine Katastrophe!«

»Lass gut sein, René, das kann sowieso kein Schwein sehen«, ruft Mehmet.

»Das ist doch gar nichts, sogar vor dem Joggen hat er sich geschminkt«, lache ich.

»Waas? Ich fass es nicht! Du warst mit René joggen?«

»Natürlich! Ein Mann in meinem Alter achtet auf seinen Körper. Ich habe heute Abend auch nur Salat gegessen, sonst nichts! Nimm dir mal ein Beispiel an mir.«

»Was ist denn hier passiert? Das ist was völlig Neues.«

»Ja, die Zeiten ändern sich. Du hättest erst mal heute Morgen deine Mutter in dem Café sehen müssen. Du hättest sie garantiert nicht wiedererkannt! Deine Mutter putzt sich jetzt heraus wie ein junges Mädchen. Kurze rote Haare, neue hübsche Kleider, kiloweise abgenommen, endlos hübsche Beine bis auf den Boden, geschminkt wie ein Indianer auf dem Kriegspfad. Sie sieht zehn Jahre jünger aus als du.«

Mit seinen hochhackigen Hauspuschen, die mit dem rosa Bommel drauf, stöckelt René elegant zum Fenster.

»Wo ist er, Mehmet, wo ist er? Ich kann ihn nicht sehen!«

»Bist du blind? Da drüben auf der anderen Seite«, sagt Mehmet, »da auf dem Bürgersteig. Genau an der Stelle, wo auch mal Vater auf der Lauer lag. Und dieses Fenster hier zertrümmert hat.«

»Waas? Du hast es gewusst?«, werde ich knallrot.

»Na klar, ich habe natürlich so getan, als wäre das jemand anderes gewesen. Sonst hätte sich Mutter zu sehr aufgeregt. Der geklaute Kranz vom Friedhof war ja auch Knaller genug.«

»René, das reicht«, wechsele ich wie immer dezent das Thema, »geh jetzt endlich runter zu ihm. Oder willst du, dass Hörbi das andere Fenster auch zertrümmert?«

»Ich gehe nicht runter zu ihm! Außerdem kann ich ihn überhaupt nicht sehen.«

»Geh nach unten und guck hinter die Hecke. Da habe ich mich letzte Woche auch versteckt.«

»Mehmet, nun hilf mir doch mal, wo ist er denn?«

»Der mit der Mütze!«

»Spinnst du? Der Penner dort ist doch nicht mein Herbert! Was denkst du eigentlich, was für einen Geschmack ich habe? Das ist bestimmt einer von Herberts Spionen«, ruft René stolz, »der Mistkerl stirbt garantiert vor Neugier und will wissen, was ich so alles mache und mit wem ich es treibe!«

»Vielleicht ist es ja ein Spion, den Eminanim beauftragt hat«, rufe ich hoffnungsvoll in die Runde, »meine Frau ist auch sehr eifersüchtig, müsst ihr wissen. Und zwar auf mich!«

»Du glaubst auch an den Weihnachtsmann«, lacht Mehmet, »denkst du allen Ernstes, meine Mutter gibt dafür Geld aus? Sie ist garantiert froh, dass sie von dir ein paar Tage nichts hört und sieht!«

»Könnte ja sein, dass das ein Spion von Mehmets Ex ist«, ruft René.

»Wenn jede Verflossene von Mehmet einen Spion schicken

würde, dann hätten wir hier einen Menschenauflauf wie beim Pokalendspiel«, sage ich.

»Also, ich gehe jetzt raus«, ruft Mehmet, »ich werde den Kerl fragen, warum er vor unserer Tür rumlungert!«

»Der Kerl ist weg, ich kann ihn gar nicht mehr sehen«, ruft René.

»Das ist ja völlig logisch, wenn ihr alle vor dem Fenster rumtobt! Das wäre ja ein blöder Spion, wenn er bei so einem Massenandrang immer noch wie bestellt und nicht abgeholt dastehen würde!«, rufe ich.

»Also wer immer er auch sein mag, mich kann er nicht verfolgt haben«, sagt Mehmet, »denn als ich ging, stand er schon vor der Tür, und als ich kam, war er immer noch da!«

Plötzlich knalle ich mit dem Kopf gegen das Fenster und sehe nur noch Sterne. Völlig benommen lege ich mich aufs Sofa.

»Osman, was war das denn?«

»Ich … ich habe die Scheibe nicht gesehen. Ich dachte, das ist das Fenster ohne Glas. Ich wollte eigentlich noch bisschen nach dem Spion gucken, und dann, boooom!«

»Osman, ich bin Experte. Ich wische Fenster grundsätzlich immer mit Shampoo ab. Erstens wird es dadurch blitzblank, zweitens perlt der Regen sofort ab und drittens setzt sich der Dreck nicht so schnell wieder fest.«

»Das ist doch völlig unfair. Wie soll der arme Dreck denn jemals die Gelegenheit bekommen, sich festzusetzen, wenn du die bekloppte Scheibe jeden Tag putzt?«

»Gegenüber Schmutz bin ich schon immer etwas unfair gewesen, das gebe ich zu.«

»Was soll's, ich gehe jetzt ein bisschen raus«, rufe ich in die Runde, »wollen wir mal sehen, ob er mir hinterherläuft.«

»Na gut, und ich muss Marlene Dietrich üben«, sagt René.

»Waas? Du musst mit Marlene üben?«, rufe ich höchst überrascht. »Wenn das so ist, bleibe ich auch hier! Ist sie hübsch?«

»Sie hat sehr sehr lange Beine«, sagt Mehmet, »und einen Traumkörper; 90–60–90. Aber inzwischen sehr schlank.«

»Schön, sehr schön. Das hört man gerne«, reibe ich mir die Hände.

»Lass stecken, Osman, die Frau besteht nur noch aus Knochen«, sagt René.

»Was soll man machen, so sehen heutzutage alle jungen Dinger aus. Ich hätte sie auch gerne etwas fülliger und mit vielen Kurven. Du kannst mit ihr sowieso nichts anfangen«, freue ich mich.

»Aber die Frau ist schon seit langem tot«, betont René.

»Wie bitte?! Sie ist tot? Ist sie ein Zombie? Und wie willst du mit ihr üben? Machst du hier Geisterbeschwörung?«

Mehmet lacht: »Mutter würde sagen, Osman als Geist in der Wohnung zu haben, das reicht schon.«

»Genau! Ich dulde keine anderen Geister neben mir!«

»Osman, hör auf, rumzuzicken! Marlene Dietrich ist eine große Schauspielerin und eine begnadete Sängerin gewesen. Und ich muss bald bei einer Wohltätigkeitsparty als Marlene Dietrich auftreten. Das ist eine große Ehre und Herausforderung für mich.«

»Sag doch gleich, dass es sich um etwas Albernes und Kindisches handelt!«

»Das denkst du! Ich muss jetzt schon üben. Es muss halt genauso wirken wie bei Marlene.«

»Na gut, und ich gehe noch ein bisschen aus. Mit toten Frauen will ich nichts zu tun haben. Nicht mal, wenn sie 90–60–90 waren.«

»Warum denn?«, sagt Mehmet, »inzwischen hat sie doch bestimmt die Traummaße 9–6–9.«

»Nimm du sie doch! So was fehlt bestimmt in deiner Sammlung.«

Zum zweiten Mal schnappe ich meine Jacke.

»Ich bin von Kopf bis Fuß auf Liebe eingestellt, denn das ist meine Welt, und sonst gar nichts.«

»Ist das pervers! Schwul und treibt es mit toten Weibern! Und das in meiner Wohnung! Schlimmer geht's nimmer! Mehmet, mein Sohn, verschwinde du auch. Das ist selbst für dich zu hart«, rufe ich im Rausgehen.

Ein paar Straßen weiter bemerke ich aus den Augenwinkeln, dass unser Spion mir tatsächlich auf den Fersen ist. O Gott, ist das aufregend! Ich habe meinen eigenen persönlichen Verfolger, einen echten Spion 008.

Die arme Eminanim, wie sehr sie doch wohl unter der Trennung leiden muss?!

Gut, ich bin auch auf die Idee gekommen, sie bis nach Wien zu verfolgen. Aber ich habe es wenigstens selbst gemacht. Mir wird ganz anders, wenn ich daran denke, wie viel Geld Eminanim ausgibt. Und ich weiß, wer das im Endeffekt bezahlen darf!

»Wieso, das war doch dein Spion. Der lief doch die ganze Zeit dir hinterher«, wird sie argumentieren.

Oder ist der Spion etwa Erkek Fatma? Die Kotzkanne braucht sich nicht mal zu verkleiden, um wie ein hässlicher Mann auszusehen.

Was soll's, ich komme mir so bedeutsam und wichtig vor! Endlich habe ich meinen eigenen Detektiv. Eminanim hätte mich nicht stolzer machen können, selbst wenn sie auf den Knien nach Hause zurückgekrochen wäre.

Möglicherweise filmt mich der Spion heimlich und fotografiert alles, was ich tue. Jeden meiner Schritte mache ich jetzt erst nach längerem Überlegen und klugem Abwägen. Jede Kopfbewegung wird im Geiste präzise vorausgedacht. Dieser Film wird von einer ganzen Horde von wild gewordenen Männerhasserinnen im Frauenhaus gierig verfolgt werden. Ich muss mich zusammenreißen. Ich repräsentiere gewissermaßen die gesamte Männerwelt. Ich darf mir keine Blöße geben! Und prompt knalle ich mit dem Kopf gegen einen Laternenpfahl und lande auf dem Hintern, als ich verstohlen einer hübschen Frau nachschauen will. Ich glaube, das hat der Detektiv nicht aufgenommen. Er hat es noch nicht mal mitbekommen. Weil er nämlich haargenau derselben Frau nachgegafft hat. Das werde ich Eminanim sagen. Das Honorar von dem Kerl muss gekürzt werden!

»Osman, was machst du denn da auf dem Boden? Du brichst dir ja fast das Genick, um einer Frau nachzugaffen. Wie ich dich kenne, hast du es mal wieder sehr, sehr nötig. Alter, sollen wir wieder ins Bordell?«, brüllt mein Kumpel Hans von der anderen Straßenseite. Während er selber vor einem Sexshop steht und die nackten Tatsachen begutachtet.

»Hallo, Hans, wie geht's dir?«

»Osman, echte Kerle grüßen sich doch anders. Du musst fragen: Wie geht's, wie steht's? Und erst recht vor dem Sexshop. Wir können uns doch hier einen Pornofilm reinziehen. Sozusagen zum Aufwärmen als Vorspiel.«

»Mensch, Hans, sei endlich ruhig! Ich darf doch darüber überhaupt nicht reden!«

»Wieso? Ist deine Frau wieder zu Hause, oder was?«

»Nein, nicht deswegen.«

»Hast wohl kein Geld, um in den Puff zu gehen.«

»Das sowieso nicht. Ich kann es mir einfach nicht leisten, dreimal am Tag ins Bordell zu gehen«, flüstere ich möglichst leise.

»Bist du ein Angeber«, brüllt er, »aber für einmal in der Woche wirst du wohl noch genug Geld haben, um ins Bordell zu gehen, oder?«

»Hans, hör auf, sei leise. Sag nicht immer das Wort ›Bordell‹!«

»Wieso das denn? Ich dachte, seit dem letzten Mal sei der Puff dein zweites Zuhause.«

»Nein, heute darf ich mich nicht mal in der Nähe eines Bordells zeigen. Ich werde verfolgt! Ich habe meinen eigenen Detektiv am Hals. Ist das nicht aufregend?«

»Was, die Polizei ist hinter dir her? Hast du etwa deine Alte kaltgemacht? Wo steckt er denn?«

Ohne hinzuschauen deute ich mit dem Kopf nach hinten auf den 008.

»Der da in der Ecke mit der Mütze. Der beschattet mich schon den ganzen Tag. Aber schau nicht so auffällig hin. Der muss ja nicht merken, dass ich ihn entdeckt habe.«

»Ey, du hast Recht. Der guckt wirklich die ganze Zeit hier rüber. Ist das ein Privatdetektiv oder einer von den Bullen?«

»Keine Ahnung! Aber du weißt doch, meine Frau ist unglaublich eifersüchtig. Sie hat mir garantiert den Typ auf den Hals gehetzt.«

»Pass mal auf, Osman, ich habe eine Idee, wie wir den loswerden.«

»Wieso das denn? Ich will den überhaupt nicht loswerden! Er ist der erste Mensch, der sich seit Jahren wirklich für mich interessiert.«

»Verlass dich auf mich, Osman. Ich habe Erfahrung mit diesen Schnüfflern. Meine Alte hat mir auch ständig Detektive auf den Hals gehetzt. Aber ich kenne da einen Supertrick, wie wir den Typen auf unsere Seite ziehen.«

»Und wie?«

»Wir laden ihn ein, mit ins Bordell zu kommen. Und er darf mit dem Geld deiner Frau bezahlen. So gesehen hat meine Frau früher immer meine Bordellbesuche bezahlt.«

»Halt's Maul, Hans! Ich habe dir doch hundertmal gesagt, benutz nicht mehr das Wort ›Bordell‹!«, brülle ich ihn flüsternd an. »Bordelle gibt's nicht, hat's nie gegeben und wird's nie geben!«

»Allein in unserer Stadt gibt's zwei Bordelle. Und wenn du noch die Callgirls dazuzählst, die in der Zeitung stehen, dann sind es genau 317 Frauen, die auf uns warten. Und wenn du den Straßenstrich und die Hafenkneipen dazurechnest, dann kommen wir genau auf 468. Und dazukommen noch 163 Bardamen.«

»Hans, ich bin echt schwer beeindruckt. Du bist wirklich ein Fachmann auf dem Gebiet. Aber kannst du nicht trotzdem die Klappe halten? Ich will nicht, dass Eminanim alles mitkriegt. Verstehst du das denn nicht, ich muss mich von meiner staatsmännischen Seite zeigen.«

»Hör mal, weißt du eigentlich, wie viele Staatsmänner es gibt, die mehr bei den Nutten sind als bei ihren Ehefrauen?«

»Hans, bist du krank im Kopf? Ich habe gesagt, kein Wort übers Bordell, und du redest nur noch von Callgirls und Nutten!«

»Aber ich sag doch gar nichts mit Bordell. Ich sagte Callgirls. Oder bist du so naiv zu glauben, die Politiker würden in öffentliche Bordells gehen?«

»Hans, es hat heute keinen Sinn mit dir, ich haue ab. Ich habe Hunger, und ich will meinen Spion etwas ausführen. Der arme Mann langweilt sich schon seit Stunden da in der Ecke. Außerdem hat Eminanim mir nicht nur diesen Spion auf den Hals gehetzt, sondern auch noch eine böse, verbitterte Psychologin.«

»Herrgott noch mal, was sagst du da? Eine Psychologin?«

»Ja, zu allem Unglück ist sie auch noch Philosophin!«

»Verdammt, verdammt! Das hört sich gefährlich an. Sie ist mit Sicherheit viel schlimmer als der arme Schlucker da an der Ecke.«

»Wem sagst du das! Die Weiber haben mich auch sofort fix und fertig gemacht.«

»Wie heißt sie denn, die dämliche Psycho-Schlampe? Ich kenne genug von der Sorte.«

»Frau Dr. Dr. Sigmunde Freudlos-Nietzschekenner.«

»Kenne ich nicht. Hört sich aber unheimlich wichtigtuerisch an.«

»Komm, gehen wir hier weg, Hans. Stundenlang vor dem Sexkino zu stehen, macht bestimmt keinen guten Eindruck bei meiner Frau.«

»Also, Osman, ich kann dir jetzt schon sagen, wie es weitergehen wird. Gleich bei der ersten Sitzung wird sich diese Psycho-Schlampe mit deiner Frau gegen dich verbünden.«

»Beruhige dich, das haben die beiden schon längst hinter sich. Dieses Weiber-Pack hat sich stärker miteinander verbündet als damals das gesamte Warschauer-Pack!«

»Ich schwöre dir, bereits bei der zweiten Sitzung wird sie behaupten, dass ausschließlich der Ehemann Grund allen Übels ist.«

»Eminanim ist davon auch vollkommen überzeugt.«

»Und dann wird sie ihr sagen, dass es ihr nur dann besser gehen kann, wenn sie dir einen Tritt in den Arsch gibt!«

»Der Meinung ist meine Frau schon seit zwanzig Jahren.«

»Und anschließend werden sie alles versuchen, dich wie einen Wurm über die heiße Herdplatte kriechen zu lassen. Glaub mir, die Weiber wollen nur eins: dich leiden sehen!«

»Ich glaub dir ja, Hans. Aber in Wirklichkeit will ich mich von meiner Frau nicht so richtig trennen. Mir wird ganz schlecht vor Sehnsucht, selbst wenn ich nur eine alte, stinkende Socke von ihr wiederfinde. Ich bin so verzweifelt, was soll ich nur machen?«

»In den Mülleimer damit natürlich, was denn sonst?«

»Womit?«

»Na, mit den alten, stinkenden Socken!«

»Und was mache ich mit meinen schönen Erinnerungen?«

»Deine alten, stinkenden Erinnerungen kannst du gleich hinterherschmeißen!«

»In der Theorie magst du ja Recht haben. Aber in Wirklichkeit kann ich ohne sie gar nicht leben.«

Er bleibt stehen und holt aus seiner Innentasche schon wieder seine Bibel heraus:

»Osman, pass auf: Wenn die Ehepartner nicht zusammenlebten, wären gute Ehen häufiger!«

»Hans, du bist so pessimistisch!«

»Ja, klar! Ich bin doch kein 18-Jähriges Mädchen, das sich die Ehe rosarot vorstellt und sehnsüchtig auf ihren Prinzen wartet!«

»Ich habe den Eindruck, dass du felsenfest davon überzeugt bist, dass man in der Ehe niemals die Liebe finden kann! Ja sogar, dass man als verheirateter Mann aus Prinzip nicht glücklich sein kann!«

»Halt, halt! So habe ich das niemals gesagt. So nicht!«

»Doch! Seit Jahren erzählst du doch nichts anderes. Und jeder Spruch aus deinem Buch unterstreicht das doppelt und dreifach.«

»Nein, Osman, so stimmt das nicht! Du hast mich völlig falsch verstanden. Ich bin durchaus der Ansicht, dass es Mittel und Wege gibt, selbst in der Ehe die Liebe zu finden.«

»Sag bloß. Dann erzähl mal, wie ein Mann in der Ehe glücklich werden soll?«

»Das ist ganz einfach, Osman: Du musst dir halt eine Geliebte zulegen.«

»Was, eine Geliebte?«

»Ja, klar! Eine Geliebte. Oder zwei, oder drei. Andere Mütter haben auch schöne Töchter.«

»Hans, ist das nicht ein bisschen gemein gegenüber Ehefrauen?«

»Osman, Ehefrauen können sowieso von Natur aus ihre Männer nicht würdigen. Denn eine Frau sieht niemals, was man alles für sie tut; sie sieht nur ganz genau, was man nicht für sie tut!«

»Wohl wahr, Hans, wohl wahr. Wie Recht du doch hast.«

»Osman, ich habe meiner Frau schon vor der Hochzeit gesagt: Tussi, ich kann es mir nicht mal vorstellen, nie wieder mit einer anderen Frau ins Bett zu gehen, nur weil wir bisschen heiraten.«

»Unglaublich! Was hat sie gesagt?«

»Nichts!«

»Wieso? War es ihr egal?«

»Sie darf nur dann reden, wenn ich es ihr erlaube. Merke es dir genau, Osman: Es gibt nur ein Schwert, das niemals rostet: die Zunge einer Frau!«, gibt er mit tragender Stimme zu bedenken und klappt behutsam sein weises Buch wieder zu.

»Ich will ja nichts sagen, Hans, aber dieser Spruch mit dem Schwert ist ja mindestens tausend Jahre alt. Findest du nicht, ich meine, könnte es nicht sein, dass er nicht mehr zeitgemäß ist?«

»Aber, Osman, mein Junge, was redest du denn da für einen Unsinn? Dieser Spruch ist ewig aktuell. Denn die Frauen ändern sich nie!«

»Na, so stimmt das auch wieder nicht. Meine Frau hat sich in den letzten Tagen völlig verändert. Du glaubst es nicht, wenn du sie nicht selbst gesehen hast. Ich war völlig geschockt, als sie mir gegenüberstand. Ganz kurze rote Haare, knallroter toller Lippenstift, und was für Kleider! Und sie hat sogar ganz neue Beine gekriegt!«

»Diese Art von Veränderung meine ich doch gar nicht. Von ihrer Zunge ist die Rede. Die Zunge einer Frau, die rostet nie! Währenddessen verrostet und vergammelt alles andere in kürzester Zeit. So wie in deinem Fall versuchen sie dann mit allen möglichen Tricks, wie roten Haaren, zentnerweise Schminke und teurer Kleidung den Verfall zu kaschieren und uns zu täuschen. Und die Kosten für diesen schamlosen Betrug müssen wir Männer dann tragen. Aber das mit den Beinen ist selbst mir neu. Normalerweise bekommen die Frauen nach der Trennung immer neue, dicke Brüste und keine neuen Beine.«

Obwohl seine Worte mit Gold nicht aufzuwiegen sind, versuche ich doch mit einem Auge meinen Spion im Blick zu behalten. Da Mehmets Kommunisten sich langsam von der Weltbühne verabschieden beziehungsweise pleite sind, ist es gut möglich, dass nicht mal der Bundeskanzler momentan ausspioniert wird. Ich hingegen schon! Und das Privileg will ich eine ganze Weile genießen.

»Hör mal, Osman, was gaffst du die ganze Zeit immer nur den Typ an?«

»Ich genieße die schüchternen, verstohlenen Blicke, die er mir zuwirft.«

»Man wird wohl schwul, wenn man mit einem Schwulen zusammenwohnt!«

»Das stimmt nicht. Ich liebe nur meine Frau!«

»Osman, du bist unerträglich! Du bist ein Weichei, ein Warmduscher und dazu noch ein Pantoffelheld! Du jammerst und wimmerst wegen einer stinkenden Socke und anschließend verknallst du dich in den Schnüffler, nur weil deine Frau dir den auf den Hals gehetzt hat.«

»Oh Gott, er ist nicht mehr da! Er ist einfach weg!«

»Er ist bestimmt enttäuscht und schwer beleidigt. Dein heimlicher Verehrer denkt bestimmt, du betrügst ihn mit mir.«

»Große, leidenschaftliche Liebschaften haben nie ein Happy End«, mache ich mich anstelle von Hans zur Abwechslung mal selbst über mich lustig.

»Sag mal, wohin wolltest du eigentlich?«

»Ich bin rausgegangen, weil ich Hunger hatte. Aber eigentlich bin ich auf Diät.«

»Das trifft sich doch prima. Dann lass uns doch einen saufen gehen. Dann machst du heute mal Bierdiät.«

»Hans, du glaubst gar nicht, was für hübsche Beine meine Frau in der kurzen Zeit bekommen hat!«

»Osman, deine Frau ist möglicherweise mit zwei Holzkrücken in das Café gekommen. Aber so wie du zur Zeit drauf bist, hast du gedacht: Oh, was hat sie für hübsche, lange, gerade Beine, die bis zu den Achseln reichen.«

»Kann sein. Vielleicht hast du Recht. Die Hexen haben mich richtig fertig gemacht.«

»Osman, wenn eine Frau zu dir spricht, dann lächle sie an, aber höre ihr nicht zu! Das sagen unsere schlitzäugigen Kollegen, die Chinesen. Und unsere arabischen Kumpels meinen: Frage deine Frau immer um Rat, aber tue dann immer genau das Gegenteil.«

»Hans, ich frage mich, wie viel Leid und schreckliche Erfahrungen Männer auf dieser Welt durchgemacht haben müssen, um solche Sätze zu formulieren?«

»Osman, das sage ich nicht im Hinblick auf deine Ehefrau. Es geht ums Prinzip. Auch gleich im Bordell solltest du dich dementsprechend verhalten.«

»Wieso Bordell? Ich denke, wir gehen ein Bier trinken.«

»Natürlich gehen wir einen saufen, aber erst hinterher. Vorher ist nicht gut. Die schmeißen mich doch jedes Mal raus, wenn ich besoffen da ankomme. Also pass gut auf, du darfst nicht gleich mit jeder Nutte, die dich mal eben von der Seite anquatscht, eine Grundsatzdiskussion anfangen. Vor allem musst du dich vor denen hüten, die allzu viel labern. Es steht der Frau nicht gut an, den Mund zu öffnen, außer beim Essen. So sagen es unsere albanischen Leidensgenossen hoch oben auf ihren Bergen.«

»Sind diese Zitate immer noch nicht von der UNESCO zum Weltkulturerbe ernannt worden?«

»Nein, mein Junge, noch nicht! Deswegen müssen wir sie sorgfältig pflegen und schützen.«

»Hans, ich finde dich toll! Du bist ein Typ, mit dem man Pferde stehlen kann!«

»Osman, ich finde dich auch toll. Aber mit dir kann ich bestenfalls Ponys klauen gehen, isländische Zwergponys!«

Auf gar keinen Fall gehe ich wieder zu so einer Hübschen wie Schantal. Selbst im Bordell sind die hübschen Frauen arrogant, frech und unverschämt.

Während wir im Freudenhaus die Treppen hinaufsteigen, liest Hans wieder aus seinem UNESCO-Buch vor. Für ihn ist dieses Buch an diesem Ort so etwas wie die Bibel in der Kirche oder der Bußgeldkatalog für den Verkehrspolizisten. Er betet förmlich vor sich hin. Man kann Hans alles Mögliche vorwerfen, aber dass er seine Bordellbesuche auf die leichte Schulter nimmt, das wirklich nicht. Die Damen sitzen wieder auf ihren Barhockern vor ihren kleinen Zimmern, wie die Hühner auf der Stange, und warten auf mich. Die Männer handeln heftiger als in jedem Autohaus.

»Was kostet Tiefer- oder Höherlegen? Ist das Öl inklusive?«

Ich suche mir eine Frau ganz hinten in der Ecke, zu der sich kein Mann verirrt.

»Handeln, Osman, handeln nicht vergessen«, ruft mir Hans hinterher, während er den Bauchnabel einer hübschen Blondine aus nächster Nähe begutachtet. Sicherlich würde er auch gerne alle anderen Körperteile begutachten, aber leider reicht er ihr nur bis zum Bauchnabel.

»Na, willst du nicht zu mir reinkommen?«, fragt mich die Frau, »da lässt es sich besser unterhalten.« Sie ist wirklich nicht die Hübscheste und auch nicht mehr die Jüngste. Aber ich kann ihr wenigstens in die Augen schauen.

»Ja, wenn ich darf?«

»Na, dann komm mal rein. Wie heißt du denn, mein Kleiner?«

»Ich bin der Osman.«

Wir gehen rein, und sie schließt die Tür hinter uns dreimal ab.

»Ich heiße Martha, aber meine Freunde dürfen mich Igu nennen.«

Das ist ja schön. Sie hat ja einen ganz normalen Namen.

»Ich bin hoch erfreut, Ihre Bekanntschaft zu machen, gnädige Frau.«

»Ganz meinerseits, mein Kleiner. Setz dich hier auf's Bettchen, Osman.«

»Darf ich auch Igu zu Ihnen sagen?«

»Natürlich darfst du das.«

»Igu, was kostet es denn, ich muss doch was bezahlen, oder?«

»Fragen wir mal andersrum. Was willst du denn haben?«

»Igu, nicht dass Sie das in den falschen Hals kriegen, aber ich möchte schon was bezahlen. Schauen Sie, wenn ich eine Freundin hätte, dann wäre das ja letzten Endes auch nicht umsonst. Denn irgendwie muss man immer bezahlen, sagt mein Kumpel Hans. Und Sie sollen sich ja auch nicht den ganzen Tag umsonst die Beine in den Bauch stehen.«

»Kleiner, jetzt mach es nicht so spannend. Was willst du denn?«

»Keine Ahnung, ich weiß nicht.«

»Ja, irgendetwas musst dir doch vorstellen. Wie hast du es denn früher gemacht?«

»Keine Ahnung. Sie müssen wissen, ich bin seit 25 Jahren verheiratet.«

»Dafür habe ich doch Verständnis. Aber trotzdem musst du doch wissen, was du willst.«

»Ja, ich will!«

»Nun schau mal, Junge. Bei mir brauchst du dich nicht zu schämen. Ich weiß, wie das geht. Sex ist doch die natürlichste Sache der Welt.«

»Hier vielleicht, aber nicht bei mir zu Hause.«

»Kannst du denn mit deiner Frau nicht mehr?«

»Sie ist abgehauen! Und davor waren wir halt verheiratet.«

»Ich verstehe, das ist doch ganz normal. Aber was soll's, Singles verirren sich sowieso nie hierher. Höchstens mal zum blöd rumgaffen. In der Regel sind es die Ehemänner.«

»Was, Sie kennen verheiratete Ehemänner?«

»Junge, wenn sie nicht verheiratet wären, dann wären sie doch keine Ehemänner. Mit einigen von meinen Freiern dauern meine Beziehungen länger als ihre Ehen. Ich kenne einen, der hat während unserer Bekanntschaft bereits drei Scheidungen hinter sich. Bei seinem letzten wöchentlichen Besuch hat er mich zu seiner vierten Hochzeit eingeladen. Und hat sich für diese Woche entschuldigt und freigenommen.«

»Es sieht so aus, als wäre ich nicht der erste Mann in Ihrem Leben«, versuche ich ein bisschen Spaß zu machen, um die Spannung aufzulösen. Aber im Grunde bin ich hier ohnehin der Einzige, der angespannt ist.

»Was soll's, mein Kleiner, du hast einen dicken Bauch und Mundgeruch, ähnlich wie mein erster Mann. Also könntest du genauso gut mein Erster gewesen sein. Ha ha ha krkrkrkr!«

»Igu, darf ich Ihre Hand anfassen?«

»Du darfst mich überall anfassen, wenn du bezahlt hast.«

»Igu, ich muss Ihnen was gestehen. Ich glaube, ich habe mich gerade unsterblich in Sie verliebt!«

»Wenn das hilft! Ich habe schon perversere Vorspiele mitgemacht.«

»Würden Sie mich heiraten? Aber geben Sie mir bitte eine ehrliche Antwort!«

»Na ja, früher, so vor dreißig, vierzig Jahren kamen schon einige mit diesem Spruch: Komm, ich will dich heiraten, ich hole dich hier raus! Aber in den letzten Jahren habe ich das nicht mehr so oft gehört.«

»Jetzt hören Sie es. Ich will Sie heiraten!«

»Hör mal, Kleiner, du gehst aber ran! Wir kennen uns doch gar nicht.«

»Als ich damals meine Frau heiraten musste, kannte ich sie weniger als Sie! Ich hatte sie vorher noch nie so nackt gesehen.«

»Hör mal, Kleiner, du bist ja ganz schön durchgeknallt! Bei welchem Psychotherapeuten bist du denn in Behandlung?«

»Wer hat Ihnen das gesagt, Hans?«

»Es war nicht so schwer, von alleine draufzukommen. Von den Erzählungen meiner Freier kenne ich mittlerweile alle Psychologen in der Stadt.«

»Also, ich bin bei Frau Dr. Dr. Sigmunde Freudlos-Nietzschekenner.«

»Mein Gott, wie bist du denn an die Schnepfe geraten? An deiner Stelle würde ich sofort das Weite suchen!«

»Meine Frau hat sie irgendwie ausgesucht. Oder sie hat meine Frau ausgesucht. So genau weiß ich das nicht. Jedenfalls war es nicht meine Idee.«

»Die machen dich fertig, weißt du das?«

»Ich weiß, die haben auch schon damit angefangen. Ob Sie es glauben oder nicht, sie haben mir sogar schon einen Detektiv auf den Hals gehetzt. Es war nicht leicht, ihn abzuhängen, um zu Ihnen zu kommen. Aber das habe ich auch für Sie gerne gemacht. Wollen Sie mich nun heiraten oder nicht? Ich bin jedenfalls fest entschlossen, Sie aus diesem Leben herauszuholen.«

»Was für ein Leben hast du denn für mich auf Lager?«

»Sie heiraten mich, dann sind Sie meine Frau! Wie unglaublich schön sich das anhört: Frau Igu Engin!«

»Ja, prima. Und dann? Was mache ich dann, für dich waschen?«

»Ja, das wäre nicht schlecht!«

»Bügeln?«

»Wenn Sie unbedingt wollen.«

»Ich muss natürlich auch kochen?«

»Ja, natürlich, das muss sein!«

»Putzen, abwaschen?«

»Genau!«

»Und den ganzen Tag zu Hause sitzen und auf dich warten?«

»Stimmt!«

»Und ab und zu schlägst du mich auch?«

»Nein, nicht doch. Ich bin doch nicht Hans. Der sagt, man muss das jeden Tag machen. Wenn du nicht weißt, warum, die Frau weiß es.«

»Und jeden Tag umsonst mit dir bumsen?«

»Ja, natürlich, wir sind ja verheiratet. Das gehört sich ja so.«

»Weißt du was, mein Kleiner, tu mir einen Gefallen und hol mich hier bitte nicht raus!«

»Aber warum das denn? Hat es Ihnen bei mir zu Hause nicht gefallen? Warum möchten Sie nicht meine Frau sein?«

»Nun ja, ich weiß nicht, was mein Mann dazu sagt.«

»Waaas?! Sie haben einen Mann?!«

»Ich bin mindestens genauso verheiratet wie du.«

»Wie ist das nur möglich? Was passiert, wenn er erfährt, dass Sie hier arbeiten?«

»Er fährt mich jeden Morgen hierher.«

»Und er weiß nicht, was Sie hier machen? Fragt er denn nie? Ich fass es nicht, ich drehe gleich durch.«

»Er holt mich auch gleich ab. Meine Schicht ist fast um.«

»Unglaublich! Er holt Sie auch noch ab vom Bordell?«

»Na klar, soll ich mit der Bahn fahren? Er müsste jeden Moment kommen! Vielleicht steht er schon vor der Tür.«

»Er steht vor der Tür, und ich bin mit Ihnen hier alleine im Zimmer?«

»Ja, wir haben nicht mehr so viel Zeit. Legen wir gleich los.«

»Wo denken Sie denn hin? Ich bin doch nicht verrückt! Ich

fang doch keine Beziehung mit einer verheirateten Frau an! Was glauben Sie denn, wer ich bin?«

»Ein durchgeknallter Freier, der sich das Leben spannender macht, als es ist.«

»Und ich habe gedacht, Sie wären eine ehrbare, anständige Jungfrau. Und jetzt kommt raus, dass Sie schon längst einen Ehemann haben. Ich bin empört! Sie haben mich unglaublich enttäuscht«, schreie ich und stürme mit knallrotem Kopf an ihrem Mann vorbei hinaus auf den Flur. Und genauso schnell stürme ich wieder zurück ins Zimmer.

»Igitt, Igu, ist der Kerl da draußen etwa Ihr Mann?«

»Ja, ich sag doch, dass er mich abholen kommt.«

»Aber er ist auch mein Spion!«

»Gut möglich. Seitdem er in Frührente gegangen ist, arbeitet er bei einigen Firmen als Privatdetektiv.«

»Oh Gott, was mach ich jetzt bloß? Meister Viehtreiber wird mich bestimmt rausschmeißen, wenn er davon erfährt.«

»Du legst jetzt einen Hunderter extra auf die Kommode und kommst zu mir ins Bett.«

»Aber Ihr Mann wird mich fertig machen! Er bringt mich um, weil ich mit seiner Frau schlafen wollte!«

»Er wird böse sein, wenn du das nicht machst. Ich sorge dafür, dass mein Männe bei deinem Arbeitgeber schwört, dass du heute den ganzen Tag im Bett warst. Die brauchen ja nicht zu wissen, mit wem.«

Verzeih mir, Eminanim, ich muss es tun, wegen meinem Job!

Jetzt verstehe ich, wie elend den armen Frauen zumute ist, die wegen ihrer Karriere von Bett zu Bett hüpfen!

Donnerstag, 31. März, 3:51 Uhr

Wie es Eminanim jetzt wohl geht? Ob sie jetzt genauso wenig schlafen kann wie ich? Wenn sie nicht schlafen kann, dann höchstwahrscheinlich deswegen, weil der ölige Mafioso sie daran hindert und nicht wie mich die Eifersucht.

Selbst Mehmet und René schlafen sicherlich entschieden besser als ich, obwohl der eine Kommunist und der andere schwul ist. Möglicherweise sind das ja die besten Voraussetzungen für einen gesunden Schlaf. Als schwuler Kommunist schläft man wohl drei Tage hintereinander durch.

Meine Füße und Hände sind eiskalt und ich klappere mit den Zähnen! Warum kann ich nicht einschlafen? Was macht Eminanim jetzt bloß? Die Eifersucht bringt mich einfach um! Wenn ich die Gewissheit hätte, dass sie allein in ihrem Bett schläft, würde es mir viel, viel besser gehen. Wie schaffen das bloß all die anderen Leute, die sich ständig trennen?

Am besten gehe ich rüber, wecke Mehmet und diskutiere mit ihm über irgendwelchen Schwachsinn. Über Kommunismus zum Beispiel. Genau, das ist eine prima Idee! Ich bin jetzt viel wacher als er, da kann ich ihn fertig machen. Heute wird er umerzogen. Vom Saulus zum Paulus! Begeistert von meiner tollen Idee springe ich auf und laufe rüber zum »Reich des Bösen«.

Das war natürlich klar! Der Rumtreiber ist immer noch nicht da. Sein Vater leidet hier wahre Höllenqualen, und der Herr Sohn amüsiert sich wieder irgendwo. Kein Problem, dann wecke ich eben René auf und diskutiere mit ihm über Schwulismus. Vielleicht kann ich ihn ja umpolen. Aber wenn ich es mir recht überlege, würde mir das überhaupt nicht in den Kram passen. Denn je mehr Schwule es gibt, umso weniger Konkurrenz gibt es für mich im Kampf um die Frauen. Wie herrlich wäre doch die Welt, wenn alle Männer außer mir schwul wären. Ich könnte bis an mein Lebensende jeden Tag tausend verschiedene Frauen haben, ohne die Nachfrage jemals richtig befriedigen zu können.

»Huh, Osman, was machst du denn hier in meinem Schlafzimmer? Gibt's nichts mehr im Fernsehen?«

Ich mache die kleine Nachttischlampe an und erschrecke mich zu Tode. Ottokars Aliens sind in meinem Schlafzimmer gelandet! René ist grüner im Gesicht als der grünste Marsmensch.

»Was guckst du denn so blöd, Osman, hast du noch nie eine Gurkenmaske gesehen? Solltest du auch mal machen, ist gut für den Teint.«

»Nicht dass du mir die Gurken morgen früh zum Frühstück servierst!«

»Osman, hast du von mir geträumt, oder was? Ich finde es ganz dufte von dir, dass du nachts zu mir kommst.«

»Ich kann nicht einschlafen, das ist alles.«

»Und was willst du so spät in der Nacht in meinem Schlafzimmer?«

»In deinem Schlafzimmer? Das hättest du wohl gerne! Das ist mein Schlafzimmer, du hast es nur besetzt! Deswegen muss ich jetzt auf dem Fernsehsofa schlafen.«

»Osman, mach mir doch nichts vor, du bist doch nicht hierher gekommen, um mir was über deine Frau zu erzählen. Ohne einen Hintergedanken hat sich noch kein Mann mitten in der Nacht in mein Bett geschlichen.«

»Bist du verrückt? Mach dir keine falschen Hoffnungen. Ich will nichts von dir, jedenfalls nicht, was du denkst. Ich muss unbedingt mit irgendjemanden reden. Sonst sterbe ich!«

»Na gut, wir wollen ja nicht, dass du so früh abkratzt. Erzähl, worum geht's? Ich bin die geborene Zuhörerin.«

»Ich weiß nicht, wo ich anfangen soll. Eigentlich gibt's nichts Neues. Meine Frau lässt mich nicht in Ruhe.«

»Was macht sie denn?«

»Sie macht gar nichts, das ist ja das Problem. Warum hat sie mich bloß verlassen?«

Gedankenverloren schnappe ich mir vom Teller eine der Gurkenscheiben, die René gerade abgepellt hat, und schiebe sie mir in Mund.

»Es sind nicht immer die, die weggehen, die einen verlassen; auch die Daheimgebliebenen können einen verlassen.«

»Ich bin nicht weggegangen, und ich habe auch niemanden verlassen. Ich bin genauso zu Hause wie immer.«

»Ich meine ja auch nicht körperlich, sondern geistig.«

»Ehrlich gesagt, ich wäre schon zufrieden, wenn Eminanim nur körperlich zurückkäme. Auf ihren Geist und auf ihre dummen Sprüche kann ich glatt verzichten. Der kann ruhig bei dem öligen Mafioso bleiben. Der ist sowieso an allem schuld.«

»Osman, versuch nicht die Schuld ständig auf andere zu schieben. Wenn eine Beziehung im Eimer ist, dann sind immer beide verantwortlich und ganz selten ein Dritter.«

»Und was ist mit Frau Dr. Dr. Sigmunde Freudlos-Nietzschekenner? Was ist mit Erkek Fatma? Und was treibt dieser ölige Mafioso? Haben die gar keine Schuld?«

»Wenn sie jetzt mit diesem Mafiatypen oder was weiß ich wem zusammen ist, dann hast du mit Sicherheit auch zum Teil Schuld daran.«

»Wer sagt, dass sie mit diesem Typ zusammen ist?«

»Hey, du redest doch von nichts anderem. Willst du jetzt auch noch vor dieser Wahrheit die Augen verschließen, oder was? Also mir würde es unheimlich helfen, wenn ich wüsste, dass Herbert eine andere hat. Dann kann ich nämlich endgültig einen Schlussstrich ziehen.«

»Eminanim hat keinen anderen! Basta! Aus!«

»Osman, wach auf! Diese Einstellung hilft dir nun wirklich nicht weiter. So kannst du sie auf gar keinen Fall loslassen.«

»Will ich doch auch gar nicht!«

»Das ist aber eigentlich ziemlich untypisch für so einen

Möchtegern-Obermacho wie dich. Normalerweise tönen die doch überall großkotzig, ihre Braut auf der Stelle in den Wind zu schießen, wenn sie einen anderen auch nur anschaut.«

»Nun ja, großkotzig rumtönen, das kann ich auch. Aber ich kann sie ja nicht in den Wind schießen, selbst wenn ich's wollte. Sie ist ja schon weg. Ich will nicht mal wissen, was sie zur Zeit macht. Ich will nur, dass sie zurückkommt!«

»Na schön, aber wenn sie es dir auch noch beichtet, dass sie mit einem anderen Typ was hatte, was ist dann?«

»Das ist eine sehr, sehr hypothetische philosophische Frage. Also so was von hypothetisch, das ist kaum noch zu überbieten.«

»Und was ist jetzt mit diesem schwarzhaarigen Österreicher? Haben die beiden nur so Händchen gehalten?«

»René, nimm dein Hand weg, ich will nicht angegrabscht werden!«

»Osman, denkst du, dass Schwule mit jedem Mann rumvögeln würden?«

»Ja, wenn er nicht schnell genug wegläuft!«

»Lass dir ein für allemal gesagt sein, Schwule haben nicht nur bei Klamotten guten Geschmack.«

»Ich gebe zu, dass ich von Klamotten keine Ahnung habe. Aber wenn ich mir im Fernsehen ansehe, was bei den Modenschauen so über den Laufsteg läuft, dann wird mir schlecht. Diese Vogelscheuchen, die da eure Fummel tragen, das sollen Models sein?«

»Was ist denn mit denen, das sind doch alles tolle Frauen.«

»Frauen, sagst du? Bist du blind? Die sehen doch alle aus wie unterernährte Junkies. Keine Figur, keine Kurven, nur Haut und Knochen. Für mich sind das keine Frauen, sondern bestenfalls halb verhungerte Klappergestalten. Und inzwischen ist auch mindestens die Hälfte der normalen Frauen magersüchtig, weil sie denken, dieses kranke Aussehen sei der Hit.«

»Tatsache ist doch, dass diese schlanken Models sehr gefragt sind.«

»Ja, bei wem sind sie denn gefragt? Doch nur bei schwulen Modemachern. Nur weil sie von drahtigen, knochigen Knabenkörpern schwärmen, beschäftigen sie solche klapprigen Mädels. Oben ein hübscher Frauenkopf, unten eine hässliche unterernährte Männerfigur. Es ist zum Heulen, dass die Frauen darauf reinfallen.«

»Osman, du leidest an Geschmacksverirrungen. Und jetzt hör endlich auf mit dem Herumgerenne, du machst mich wahnsinnig.«

»Das ist wohl die Rache von euch schwulen Männern an uns anständigen, richtigen Männern. Mit euren kranken Schönheitsidealen entstellt ihr unsere Frauen, so dass sie nur noch als Kleiderständer zu gebrauchen sind. Was mich am meisten wundert, ist, dass diese jungen Frauen auf eure Schwulentricks reinfallen. Euch müsste der Beruf des Schneiders ein für allemal untersagt werden!«

Plötzlich geht die Wohnungstür auf. Nachts um halb fünf beobachten wir durch die offene Schlafzimmertür, wie Mehmet mit einer sehr, sehr attraktiven Blondine mit gigantischen Kurven hereinkommt.

»Siehst du, Osman, es gibt noch genug dicke, fette Frauen«, flüstert René. »Sie hat genug von dem Schwabbelzeug, von dem du so schwärmst.«

»Die Frau sieht doch phantastisch aus! Aber sie ist bestimmt todunglücklich, dass sie kein Klappergestell ist«, flüstere ich zurück.

»Hallo, ihr seid noch auf?«, fragt Mehmet, bevor sie in seinem Zimmer verschwinden. Ich danke dem Herrn im Himmel, dass er im richtigen Moment mit diesem wundervollen Beispiel die Richtigkeit meiner These bewiesen hat.

»Bäh, mit Weibern ins Bett gehen! Damit kannst du mich nach Sibirien jagen!«

»Wenn so eine Frau vorneweg geht, laufe ich gerne bis nach Sibirien. Aber der Mehmet lässt schon etwas nach«, tue ich besorgt.

»Wieso, was ist denn los mit dem Jungen?«

»Früher ist der Hundesohn mit mindestens drei von solchen Dingern nach Hause gekommen!«

Pünktlich komme ich zu meinem heutigen Blind Date. Hoffentlich ist die Frau nicht wirklich blind! Im Gegensatz zu meiner Ehefrau, anders ist ihre Geschmacksverirrung bezüglich dieses hässlichen Mafioso nicht zu erklären. Wie kann man denn einen Ehemann wie mich überhaupt verlassen? Dass sie abhaut, ist ehrlich gesagt nicht weiter schlimm. Das Blöde ist nur, sie kommt nicht zurück! Eigentlich hätte sie schon längst auf allen Vieren gekrochen kommen und mich winselnd um Vergebung bitten müssen. Macht sie aber nicht. Ich bin fast drauf und dran, sie auf allen Vieren um Vergebung zu bitten. Vielleicht habe ich es sogar schon getan.

»Was wollen Sie denn schon wieder hier?«

Warum habe ich mir eigentlich schon wieder dieses Café ausgesucht? Die unverschämt freche Kellnerin steht provozierend direkt vor mir und mustert mich abfällig von oben herab.

»Ich treffe mich hier mit einer vornehmen, eleganten, gebildeten Dame. Also reißen Sie sich diesmal ein bisschen zusammen.«

Ich bin todmüde. Ich kam heute Morgen kaum aus dem Bett, besser gesagt, vom Sofa. Erst haben mich die Gedanken an Eminanim nicht zur Ruhe kommen lassen und anschließend die Geräusche aus Mehmets Zimmer. Dem armen René ging's bestimmt nicht besser. Wie kann denn eine einzige Frau dabei so viel stöhnen und schreien? Die Frau machte mehr Lärm als eine ganze Horde Hühner. Wie hält Mehmet das bloß aus? Und das stundenlang! Eminanim hat solche Geräusche nie gemacht. Nur einmal hat sie sich nicht beherrschen können und laut gekreischt. Da habe ich sie dann natürlich sofort geschüttelt und aufgeweckt.

Die freche Person knallt mir wütend den Tee auf den Tisch. Welche Laus läuft dieser Kellnerin ständig über die Leber? Sie benimmt sich so, als wären wir schon seit 20 Jahren verheiratet. Nicht ganz, in dem Fall hätte sie mir die Tasse an den Kopf geknallt.

»Ihre tolle Verabredung wartet da drüben auf Sie«, ruft sie höhnisch grinsend. Mein Herz rast im Wahnsinnstempo. Ich bekomme keine Luft! Mir stockt der Atem!

»Wo? Wo? Wo ist die Frau?«

»Ihre feine Dame sitzt da drüben. Dieses besonders hübsche Topmodel da«, sagt sie und deutet mit einem gehässigen Blinzeln in den Augen auf eine Frau in der Ecke.

Oh Gott, warum immer nur ich?! Was habe ich getan, dass ich immer unter diesen Schicksalsschlägen leiden muss? Oh Herr, du gibst mir eine Frau, die mit einem öligen Mafioso durchbrennt. Du zwingst mir einen Sohn auf, der der letzte Betonkommunist dieser Welt wird! Du teilst mir eine Nachbarin zu, vor der man nicht nur aus der Wohnung, sondern aus der Stadt flüchten möchte! Du schickst mir die Liebesbeziehung von Hörbi in die Wohnung, es ist natürlich keine Frau. Du fädelst für mich ein Blind Date ein, bei dem man sich wünscht, wirklich blind zu sein, um das Elend nicht sehen zu müssen!

Ich tue so, als wäre ich blinder als mein Blind Date und könne sie nicht erblicken. Aus den Augenwinkeln sehe ich, wie die Kellnerin auf sie zugeht und ihr ungefragt laut und deutlich mitteilt, dass ich sie an meinem Tisch wünsche und dass sie zu mir rüberkommen soll. Ich schaue demonstrativ angestrengt in alle anderen Richtungen aber das rettet mich auch nicht.

»Guten Morgen, der Herr, darf ich mich zu Ihnen an den Tisch setzen?«

Mein Blind Date entpuppt sich zu allem Überfluss auch noch als Taub Date! Obwohl ich mich mit Händen und Füßen dagegen wehre und laut »Nein« brülle, setzt sie sich trotzdem neben mich.

»Darf ich?«

»Öhm … bitte, bitte, Sie sitzen ja schon.«

»Danke. Aber warum hat denn Herr Doktor Hoffmann einen Boten geschickt? Hat er selber keine Zeit? Sind Sie sein Fahrer?«

Angesichts ihres Anblicks leugne ich alles:

»Was sagen Sie da, wer ich sein soll? Ich habe keinen Fahrer. Bis jetzt kann ich immer noch sehr gut selbst fahren.«

»Oh, Verzeihung, da liegt eine Verwechslung vor! Aber die Bedienung sagte mir, dass Sie hier auf eine Dame warten würden, und da ich selbst eine Verabredung habe, da dachte ich mir ...«

»Kein Problem, gnädige Frau, Sie brauchen sich nicht zu entschuldigen. Diese Kellnerin hasst mich einfach. Aber wenn Sie zu einem Arzt wollen, dann will ich Sie nicht aufhalten.«

»Nein, nein, nicht nötig, mein Arzt müsste gleich kommen.«

»Gut, tschüs!«

»Sie haben doch sicherlich nichts dagegen, dass ich an Ihrem Tisch sitzen bleibe, oder?«

Es geschieht nie etwas, das mir recht ist! Warum sollte es jetzt plötzlich anders sein?

»Wissen Sie, es gibt keine Zufälle. Das ist alles Gottes Wille«, sagt sie mit ernstem Gesichtsausdruck.

»Wem sagen Sie das, wem sagen Sie das?«, jammere ich.

»Schauen Sie, ich will hier meinen Arzt treffen, und stattdessen lerne ich einen gut aussehenden Mann kennen. Womöglich den Mann meines Lebens«, sagt sie und ergreift meine Hand. Und ich will eine tolle Frau in dem Lokal treffen und finde die schrecklichste Schreckschraube Mitteleuropas. Oh Gott, es kommt alles noch schlimmer: Urplötzlich steht Eminanim wutentbrannt direkt vor dem Tisch und brüllt wie eine Irre:

»Osman, ich hab's immer gewusst, dass du mich betrügst! So gleichgültig wie du dich mir gegenüber verhalten hast, war das ja auch nicht schwer zu erraten. Du altes Kotzpaket!«

Zur Salzsäule erstarrt schaue ich sie an, als hätte ich eine Erscheinung. Mir rutscht das Herz in die Hose, so schnell wie eine Sternschnuppe in einer Sommernacht.

»Das ist ein Missverständnis, Eminanim, hör doch mal zu!«, stottere ich.

»Osman, mir brauchst du nichts zu erklären!«

»Frau, es ist wirklich nicht so, wie du denkst! Ich kenne die Frau doch gar nicht!«, flehe ich sie an und schnappe nach Luft wie ein zuckender Fisch an Land.

»Ach, Osman, du bist so erbärmlich. Ich hoffe nur für dich, dass deine anderen Tussis nicht so hässlich waren wie diese Schlampe hier«, schreit sie und rennt zur Tür hinaus. Ihr Gekreische kratzt sich mir so unerträglich ins Gehirn wie die quietschende Kreide der schadenfroh grinsenden Kellnerin, die seelenruhig das Tagesmenü auf die Tafel hinter dem Tresen schreibt.

Als ich nach Hause komme, habe ich eine Nachricht auf dem Anrufbeantworter. Ich wusste, dass sich Eminanim für ihr Verhalten gerade im Café entschuldigen wird. Freudig erregt drücke ich auf die blinkende Wiedergabetaste. Man hört aber leider nur noch, wie meine Frau auflegt:

»Tuut – tuut – tuut – tuut – tuut – tuut – tuut – tuuuuuuut – tuuuuuuut …«

Das kenne ich schon, das ist typisch Eminanim. Sie will sich entschuldigen und zu mir zurückkommen. Mittlerweile bin ich Experte, was die Tuuts von Eminanim angeht. Dieses vierte »Tuut« zum Beispiel zeigt eindeutig, dass sie ganz wild drauf ist, alles wieder rückgängig machen zu dürfen. Und aus diesen langen Tuuuts am Ende ist zu erkennen, wie Leid ihr alles tut, was sie mir ungerechterweise angetan hat.

Den ganzen Tag verbringe ich damit, Eminanims Gemütsverfassung aus dieser Bandaufnahme anhand der verschiedenen Tuuts zu dechiffrieren. Nach Mitternacht höre ich damit schlagartig auf, als Mehmet ins Wohnzimmer kommt und wissen will, ob seine neue Tussi heute Mittag auf dem AB eine Nachricht hinterlassen hat.

Freitag, 1. April, 22:22 Uhr

»Biiiiiiiiibb, biiiiiiiibb, biiiiiiiii …« Warum gibt es so viele Idioten, die auch noch nachts auf menschenleeren Straßen wie bekloppt hupen müssen? Darf ich nicht mal ein bisschen ungestört melancholisch durch die Stadt laufen, als ein trauriger Mann, dessen Frau weggelaufen ist? Der Therapeut Johannes vom Hauptgesundheitsamt hat es mir sogar schriftlich gegeben, dass ich hochgradig depressiv bin. Also lasst mich Arm in Arm mit meiner Depression in aller Ruhe meine Runden um den Block drehen.

»Err Engin, alloooo, Err Engin …«

Ich fass es nicht, mein albes Uhn ruft nach mir. Selbst die Hupe von ihrem kleinen Peugeot klingt niedlicher und zierlicher als die von all den hässlichen Kerlen.

»Antoinette-Annkathrin, selbst Ihre Upe ist wunderschön.«

»Err Engin, Sie se'en so traurisch aus, soll isch Sie mitne'men?«

»Natürlich, Antoinette-Annkathrin.« Ich könnte mir ihren Namen noch stundenlang auf der Zunge zergehen lassen.

»Wenn Sie nischts Besseres zu tun aben, dann kommen Sie …«

Noch bevor sie ihren Satz beenden kann, hocke ich bereits auf dem Beifahrersitz und starre sie begeistert an.

»Isch fa're zu eine Party, wollen Sie mit?«

»Isch folge Ihnen bis in die Ölle, wenn Sie wollen.«

»Sie se'en so aus, als ätten Sie eine Auf'eiterung nötig, abe isch mir überlegt«, und schon fährt sie los.

»Antoinette-Annkathrin, ich kenne da noch einen Kumpel, den wir auch auf'eitern sollten.«

»Ier, rufen Sie an«, zwitschert sie und reicht mir ihr Andy.

»Hallo, René, hier werden Verflossene aufgeheitert, willst du nicht mitkommen?«

»Wie? Was ist los?«

»Die Antoinette-Annkathrin hat mich eingeladen, mit ihr zu einer Party zu gehen, wenn du willst …« In dem Moment fällt mir siedend heiß ein, dass er mit seiner Schminkerei vermutlich wohl erst dann fertig wird, wenn wir von der Party wieder zurück sind.

»Ach, vergiss es, René, ich wünsche dir noch eine gute Nacht.«

»Zu einer Party, hast du gesagt? Mann, hast du ein Glück, ich hatte mich gerade bisschen zurechtgemacht.«

»Wieso das denn? Hast du befürchtet, dass du in deinen Träumen vielleicht ungeschminkt ausgehen musst? Na ja, ist auch egal, wir stehen gleich vor der Tür.«

Ich erkenne sogar in dieser Dunkelheit, wie schockiert Antoinette-Annkathrin René anstarrt, als der in der Haustür erscheint. Er ist aufgedonnert wie ein Zirkuspferd und trägt den kürzesten Minirock, den ich je gesehen habe. Dass ich ihn als einen Kumpel von mir angekündigt habe, macht die Sache für sie anscheinend noch unfassbarer. René nimmt elegant und majestätisch auf der winzigen Rückbank Platz.

»Darf ich vorstellen, René, Antoinette-Annkathrin. Antoinette-Annkathrin, René«, mache ich die beiden Ausnahmeerscheinungen miteinander bekannt. Trotz der Dunkelheit sehe ich Antoinette-Annkathrins schneeweiße Zähne, weil sie vor lauter Staunen ihren hübschen Mund nicht zukriegen kann. Ihre Zähne sind genauso gut gepflegt wie ihr ganzer Körper.

»Auaa, das war leider die Bremse«, sage ich, nachdem ich mit dem Kopf gegen die Windschutzscheibe geknallt bin.

Unsere hübsche Fahrerin kann sich nicht mehr richtig auf den Verkehr konzentrieren, weil sie ständig René im Rückspiegel beobachtet.

»Wo ist denn diese Party?«, frage ich, um sie von René abzulenken.

»Was, wo, wie bitte?«, stottert sie gedankenverloren.

»Wo ist diese Party? Wo fahren wir denn hin?«

»In Amburg.«

»An der Autobahnauffahrt nach Hamburg sind wir gerade vorbeigefahren.«

Qiieetsch, gaaaarrtsch!!

»Aua, das arme Getriebe!«

»Oo, Verzei'ung!«

Eine Stunde später stehen wir auf dem Partygelände irgendwo bei Hamburg.

»René, das muss isch I'nen sagen, Sie aben wundervolle Aare«, findet Antoinette-Annkathrin endlich ihre erotische Sprache wieder.

»Danke, danke, aber Ihr Armreifen ist auch nicht zu verachten«, kichert René.

Oh Gott, ist der bekloppt! Worauf achtet dieser Mensch? Der Armreifen wäre ziemlich das Letzte, was ich mir an Antoinette-Annkathrin anschauen würde.

Die Party findet in einem riesigen Flugzeughangar statt. Aus reiner Gewohnheit veranstalten die Sicherheitskräfte noch extremere Durchsuchungskontrollen, als wenn wir nach Israel fliegen würden. Ich muss die Schuhe und Socken ausziehen. Außerdem fummelt mir ein schwarzer Sheriff an der Unterhose rum.

»Osman, das ist der Idealjob für mich«, schwärmt René. Aber als er sich zu den Frauen hinstellen soll, da weigert er sich und kreischt: »Nee, nee, ich will eine richtige Leibesvisitation! Von dem kräftigen Burschen da, der mit der hübschen Tätowierung und den niedlichen Locken.«

Endlich dürfen wir durch die Einlasskontrollen. Als ich sagte, dass ich Antoinette-Annkathrin bis in die Hölle folgen würde, war das eigentlich nur bildlich gemeint. Sie hat's wörtlich genommen. Ich halte mir mit beiden Händen die Ohren zu. Es ist so, als hätte jedes meiner inneren Organe plötzlich Ohren bekommen. Alles in mir pocht, schüttelt und vibriert. Ich höre die Musik nicht; sie wird mir mit einem Vorschlaghammer eingehämmert!

»Antoinette-Annkathrin, was ist denn hier los? Das ist ja lauter als im Walzwerk in Halle 3«, schreie ich so laut, wie ich kann, aber ich bin mir trotzdem nicht sicher, ob sie mich gehört hat.

»Geile Techno-Party, Err Engin, nischt warr?«, brüllt sie zurück.

Es ist nicht nur fürchterlich laut, man kann auch gar nichts sehen. Das Flackerlicht macht einen ganz fertig. Ich habe das Gefühl, mich auf hoher See zu befinden, bei Windstärke 9. Ohne Blindenhund ist man hier verloren. Und einem armen Hund darf man das hier nicht antun. Aber was Gutes hatte der unglaubliche Lärm schon; er hat uns mehr zusammenrücken lassen. Um Antoinette-Annkathrin was zu sagen, presse ich meine Lippen an ihr Ohr und schreie wie ein Irrer. Und im Gegenzug spüre ich ihre zarte Zunge in meinem Ohr und schmelze dahin.

Oh Gott, bääh, das ist ja René, der genüsslich an meinem linken Lauscher nuckelt. Ich schubse ihn energisch weg:

»René, du Sau, hör auf damit! Such dir was Passendes, hier laufen genug stockschwule Kerle rum. Ich will dich nicht eher sehen, bevor dieser Krieg, eh, diese Party vorbei ist. Ich will nicht, dass die ganzen Mädels glauben, ich wäre auch schwul.«

In dieser riesigen Flugzeughalle sind mindestens dreitausend Leute drin, wenn nicht zehn. Und jeder von denen muss mindestens fünf Kisten Bier mit Korn auf Ex gesoffen haben, so wie die rumhampeln. Alle hopsen, springen und zappeln; keiner hat mehr Bodenhaftung. Die sehen aus, als hätten sie epileptische Anfälle. Anstatt Luft gibt's hier Zigarettenqualm zu atmen.

Die ganze Halle haben sie zur Tanzfläche erklärt. Alle Leute sind zudem auch noch fast nackt. Antoinette-Annkathrin wirkt in ihrem knappen, dünnen Kleidchen, als hätte sie ihre dickste Wintergarderobe an.

Ich fühle mich wie ein Höhlenmensch, den man im dicksten

Großstadtverkehr ausgesetzt hat. Noch deplatzierter kam ich mir selten vor. Und das nicht nur wegen meines Alters. Selbst Mehmet würde hier als Opa durchgehen. Ich verrenke und bücke mich. Ich versuche mich auch wie eine Marionette aus der Augsburger Puppenkiste zu bewegen, um nicht ganz wie ein Ausgestoßener zu wirken.

»Err Engin. Ich besorg I'nen was.«

»Oh toll, willst du es mitten auf der Piste besorgen?«

Hier treiben es die Leute überall. Und kein Mensch interessiert sich dafür.

»Err Engin, warten Sie ier, isch besorge Tablette.«

Warum kümmert die Frau sich nicht rechtzeitig um ihre Pille? Nach einer Weile kommt sie wieder und drückt mir heimlich eine Tablette in die Hand. Gibt's das schon wirklich, die Pille für den Mann?

»Nicht so auffällig! Überall wimmelt es von Polizeispitzeln. Die Bullen kennen kein Pardon bei Drogen«, flüstert sie schreiend.

»Waaas? In der Pille sind Drogen?«

»Natürlisch. Was glauben Sie, wie kommen die ganzen Raver sonst in so eine geile Stimmung ier?«

»Ich habe eine grandiose Idee«, fülle ich wieder ihr linkes Ohr mit Spucke, »jeder von uns nimmt seine Tablette in den Mund. Danach küssen wir uns und tauschen dabei heimlich die Tabletten. Die Bullen merken garantiert nichts.«

»Wozu? Isch abe zwei gleische Tabletten besorgt. Wenn wir die Pillen schon im Mund aben, dann können wir sie ja sofort runterschlucken.«

So viel Logik ist entwaffnend.

Mit sehr großer List und Tücke, als wäre mir das FBI, die CIA und das BKA gleichzeitig auf den Fersen, werfe ich mir die Pille hastig in den Mund.

Das ist die erste Droge, die ich in meinem Leben nehme. Ich bin total gespannt, wie das wirkt. Danach warten wir. Zwei Minuten, fünf, zehn, fünfzehn, nichts passiert.

Dieser Lärm ist unerträglich. Seitdem ich hier bin, läuft immer das gleiche Stück: Bum bum bum bum bum bum!! Das ist der geschmackloseste Aprilscherz, den ich je erlebt habe. Dieser Discjockey spielt die ganze Nacht das gleiche langweilige Stück und kommt sich dabei anscheinend unglaublich witzig vor! Oder hat der arme Mensch nur Geld für eine einzige Schallplatte, weil sein ganzes Honorar für die Drogen draufgeht?

Eine halbe Stunde, eine Stunde, immer noch ist nichts passiert. Außer dass ständig Leute zu mir kommen und Drogen haben wollen, weil sie mich für den Chefdealer halten. Mein sportlicher Körper hat die Droge einfach verschluckt und kommentarlos verdaut, ohne irgendein äußeres Zeichen von sich zu geben. Ich spüre nichts.

»Err Engin, die Schweine aben uns verarscht. Wir aben nur Aspirin geschluckt. Das passiert öfter, wenn man nischt aufpasst«, flucht Antoinette-Annkathrin verärgert.

»Und ich wundere mich die ganze Zeit, warum ich bei dem Höllenlärm immer noch keine Kopfschmerzen habe«, küsse ich ihr ins Ohr. »Schau dir das Mädchen da drüben an. Die sieht so durchgeknallt aus, sie hat garantiert die richtigen Drogen genommen. Ich gehe sie mal fragen.«

Das Mädchen deutet mit dem Kopf auf einen Mann neben der Toilette. Darauf hätte ich eigentlich auch selber kommen können, so wie der Kerl aussieht. Aber er weigert sich standhaft, mir was zu verkaufen, weil ich ja »ganz offensichtlich ein Bullenschwein« bin. Ich lass mich nicht provozieren. Ich bin mir nämlich sicher, dass ich ohne diese gottverdammten Drogen an Antoinette-Annkathrin nicht mehr zu knabbern bekomme als ihre Ohren. Also schnappe ich ihre Hand und schleppe sie zu ihm.

»Hör zu, du Kerl, hast du schon mal eine so hübsche Bullenfrau gesehen?«

Wie gesagt, Antoinette-Annkathrins Anblick wirkt entwaffnend. Wir hätten ihn jetzt ohne jeglichen Widerstand auf der Stelle ausrauben, festnehmen und abführen können.

»Was willst du haben, hübsche Dame?«, will er wissen. »Schwarzer Teufel? Blauer Engel? Smiley? Delphin? Mercedes?«

»Hast du auch Ford Transit?«, frage ich.

»Nein, von der Sorte habe ich noch nie was gehört. Knallt das gut?«

»Uns haben sie gerade tierisch verarscht. Wir lassen uns nicht noch mal Aspirin andrehen. Ist das vernünftiges Zeug?«, brülle ich.

»Meine Drogen machen dich zum Esel«, schreit der Kerl mit seinem Goldkettchen. »Wenn du in halber Stunde kein Esel bist, kannst du wiederkommen. Dann kriegst du die doppelte Portion. Aber ich garantiere, du bist Esel!«

»Kleinen Moment, wir müssen eben beraten«, donnere ich und mache dann den Ohrwechsel. »Antoinette-Annkathrin, er will aus mir einen Esel machen. Und aus dir – verzeih mir bitte – eine Eselin. Was sagst du dazu?«

»Err Engin, isch glaube, der Kerl verkauft anständiges Ecstasy. So scheiße wie der aussiet! Los, kaufen wir, sonst fa'ren wir na'ause, o'ne einziges Mal getanzt zu aben.«

Ich lege die Pille in mein Taschentuch und tue so, als würde ich meine Nase putzen, um mich beim Drogennehmen nicht vom KGB oder dem Mossad erwischen zu lassen.

»Mist! Antoinette-Annkathrin, kannst du mir die Tablette aus meiner Nase wieder rausnehmen bitte? Das juckt!«

»Err Engin, Ecstasy schluckt man. Das ist kein Koks, das man in die Nase ziet!«

Sie bohrt mir ihrem Zeigefinger durch die Nase.

»Aaauuaaa, das ist das falsche Loch! Du hast das falsche Loch erwischt!«

»Sonst kreischen immer die Weiber«, bemerkt unser Dealer.

»Aauuaa, Antoinette-Annkathrin, jetzt hast du es bis in meine Stirn hineingestoßen.«

»Und so würden die Weiber immer gerne kreischen!«

Ich mache spontan einen Handstand und schüttele hysterisch meinen Kopf. Der Dealer hat Recht behalten. Ich mache mich schon nach zwei Minuten zum Esel. Wie habe ich mich früher über die ganzen Idioten geärgert, die Drogen nehmen. Aber selbst das will gelernt sein.

»Hör auf mit dem Blödsinn, ich geb dir einen aus«, krächzt der Dealer und schiebt mir eine zweite Pille bis in den Hals rein. Ich habe immer gewusst, dass die unschuldigen Kinder auf diese Art und Weise von diesen Verbrechern in die Drogenabhängigkeit getrieben werden. Jetzt sitzen wir neben dem Klo und warten wieder auf die Wirkung der Drogen. Fünf Minuten, zehn Minuten, fünfzehn Minuten. Wieder nichts!

Ich fange an, diesen schrecklichen Lärm erträglich zu finden. Der Mensch gewöhnt sich an alles! Von Minute zu Minute gefällt mir die Musik immer besser. Plötzlich macht mein rechter Arm eine zappelige Bewegung, so als würde er tanzen wollen. Gleich danach fängt mein linkes Bein an, vor sich hinzuzucken. Und dann schüttelt sich mein ganzer Körper. Der Schleier über dieser schrecklichen Hölle lichtet sich und ein wahres Paradies kommt allmählich zum Vorschein. Alle Menschen um mich herum lächeln und sind glücklich. Antoinette-Annkathrin neben mir schwebt bereits im siebten Himmel. Ich habe das Tausendfache des Kribbelns und des Flatterns im Bauch, das man beim Flirt mit einer tollen Frau bekommt. Ohne mich anzustrengen, machen meine Beine und Arme Bewegungen und Zuckungen, die ich noch nicht mal im Fernsehen je gesehen habe. Ich strahle vor Glück.

»Hey, wo kommst du her? Bist du alleine da?«, fragen mich wildfremde Frauen mit völlig verdrehten Augen.

Irgendwann – ich habe schon lange kein Zeitgefühl mehr – gehe ich wieder aufs Klo. Die Toiletten sind gemischt. Die Frauen fragen die Männer, ob sie was haben. Wer »ja« sagt, mit denen gehen die Mädchen aufs Klo. Ich sage auch ja. Wir gehen rein.

»Gib her«, sagt sie und zieht sich aus.

»Was?«, frage ich. Sie schnappt ihre Kleider und haut wieder ab. Schade, anscheinend kenne ich die Parole nicht. Ich habe Durst wie nach einem 7-Tage-Ritt durch die Wüste. Aber hier in der Toilette gibt's nicht mal Wasser zum Hände waschen. Durch die offene Klotür sehe ich, dass es einigen noch schlechter geht als mir. Sie stecken kopfüber in den Kloschüsseln und versuchen, dort ein paar Tropfen Wasser abzubekommen. Was für Eltern müssen diese Jugendlichen wohl haben? Die geben denen genug Geld für die Drogen, aber für Wasser nicht.

Ich gehe wieder auf die Piste. So viele Frauen habe ich in meinem ganzen Leben noch nicht abgeknutscht. Ich sammele die Telefonnummern von den hübschesten Weibern, dass ich ein ganzes Telefonbuch damit füllen könnte.

Neben mir steht ein Junge mit aufgerissenen Augen mitten im Gewühl und starrt stundenlang wie hypnotisiert in das Laserlicht.

Zwischendurch taucht Antoinette-Annkathrin mit einer Wasserflasche auf und schüttet mir das heiß begehrte Nass in meinen trockenen Mund.

»Das Zeug entziet dem Körper un'eimlich viel Flüssigkeit! Sie müssen viel, viel trinken, Err Engin. Sonst trocknen Sie aus. Sie aben zu lange getanzt, setzen Sie sich ein bissschen. Sonst bekommen Sie Erzinfarkt!«

Ich klammere mich an sie und lasse sie nicht wieder los.

»Schauen Sie, Err Engin, das ier ist die größte Kirsche der Welt. Welsche Religion kann die Menschen schon so glücklisch ma'en?«, fragt sie. »Gegen das ier aben alle Kirschen der Welt keine Chance.«

Sie schleppt mich in eine Ecke zu solchen Typen, mit denen sie über diesen Schwachsinn diskutieren kann.

»Auf der ganzen Welt würde es keine Kriege mehr geben und keine Rassen- und Religionsunterschiede. Deswegen erlauben die Politiker die Drogen nicht«, philosophieren diese Minderjährigen mit glasigen Augen.

Ich lasse sie in Ruhe die Menschheit retten und zappele wieder wie eine Marionettenfigur zurück in die Halle.

Mit René hatte ich letztens ein paar Minuten gejoggt und bin dabei fast verreckt. Hier hopse ich seit Stunden herum und nichts passiert. Wo steckt René eigentlich? Ist egal, Hauptsache, weit weg von mir!

Als Antoinette-Annkathrin mich und René in ihren Kleinwagen schubst, ist es schon ganz hell draußen.

Zu Hause steige ich nicht eher aus dem Wagen, bevor sie mir nicht hoch und heilig verspricht, mich das nächste Mal wieder mitzunehmen. René besteht auch drauf. Die ganze Rückfahrt hat er ununterbrochen davon erzählt, was für einen tollen Frisör er kennen gelernt hat, was für einen sensationellen Körper der hat und wie gut er sich mit diesem Marcel versteht.

Ich falle todmüde ins Bett. Aber ich kann nicht schlafen. In meinem Kopf dröhnt die Musik weiter. Ich versuche Fernsehen zu gucken. Aber das hilft nicht. Stattdessen schaut mich eher der Fernseher an, wie immer in letzter Zeit. Ich habe den unwiderstehlichen Drang, der ganzen Menschheit von meinen Erlebnissen zu berichten; am besten Eminanim.

Ich schnappe mir Mehmets Gitarre und laufe zu Erkek Fatmas Wohnung, die ein paar Häuser weiter in der ersten Etage wohnt. Ich kann mir an zwei Fingern ausrechnen, dass meine Frau heute dort übernachtet hat. Ich stelle mich unter ihren Balkon und fange an, alle Liebeslieder zu singen, die ich kenne. Wer hätte gedacht, dass Gitarre spielen so einfach ist. Die Augen starr auf das Fenster meiner Angebeteten gerichtet, singe ich mit der herzzerreißendsten Stimme, die ein Mensch um acht Uhr morgens rauspressen kann. Nach einem Dutzend ergreifender Balladen bemerke ich, dass ich von den Fußgängern schon jede Menge Kleingeld bekommen habe. Wenn die bloß wüssten, dass ich Millionär bin! Aber meine Frau lässt sich immer noch nicht blicken.

Kurz bevor sich mein ganzes Repertoire zum siebtenmal dem Ende zuneigt und ich erneut von vorne anfangen will, da öffnet sich plötzlich die Balkontür, der Himmelstür gleich. Aber anstelle meiner wunderschönen Ehefrau erscheint die hässliche Erkek Fatma mit ihrem noch hässlicheren Nachthemd auf dem Balkon.

»Eminanim will dir was sagen«, gackert sie schlaftrunken.

»Das will ich auch hoffen. Aber was hast du hier eigentlich zu suchen? Bist du jetzt offiziell zu ihrer Sprecherin ernannt worden?«

Als Antwort wirft sie mir das Handy über das Balkongitter hinweg an den Kopf. Gut, dass meine Frau doch nicht bei Erkek Fatma übernachtet hat. So kriege ich nur ihre Stimme an den Kopf geschmissen.

»Osman, was machst du da die ganze Zeit, du Blödmann?«, höre ich die empörte Stimme meiner Frau. »Fatma hat sich bei mir beschwert, dass du die ganze Stadt aufweckst. Hau dort bloß sofort ab! Kein Mensch will deine Visage sehen, geschweige denn dich rumgrölen hören!«

Sonntag, 3. April, 1.22 Uhr

Seit gestern geht's mir zehnmal schlechter als die letzten vier Wochen zusammengenommen. Schon seit zwei Tagen wälze ich mich hundeelend im Bett herum. Warum gibt diesem Esel denn keiner den Gnadenschuss? Wenn ich das hier überlebe, dann werde ich in meinem Leben nie wieder Drogen nehmen! Selbst wenn mich Antoinette-Annkathrin im defekten Paternoster in ihrem erotischsten Kleid auf Knien darum bittet.

Frustriert wie ich bin, laufe ich mitten in der Nacht runter in den Keller. Dort schnappe ich mir einen von den vielen Zehn-Kilo-Eimern mit weißer Wandfarbe. Eminanim hat mich jahrelang genervt, dass ich die Wohnung renovieren soll. Mein Einwand, dass wir laut Mietvertrag nur dann renovieren müssen, wenn wir ausziehen, hat sie nicht interessiert. Ich hätte nie geglaubt, dass diese weiße Farbe jemals zum Einsatz kommt. Ich packe Farbe, Pinsel und Leiter in den Ford Transit und fahre in die Innenstadt. Weit und breit kein Auto zu sehen. Nach Mitternacht hocken die ganzen Stauverursacher entweder immer noch vor der Glotze oder sie schlafen bereits. Die sonst so belebten Einkaufsstraßen sind völlig menschenleer.

Ich parke meinen Ford Transit vor einer riesigen Plakatwand mit Bierwerbung und klettere mit dem Farbeimer auf das Wagendach. Ich streiche erst mal die ganze Wand weiß, nur die Bierflasche verschone ich. Ich lege den Quast weg und warte, bis die Untergrundfarbe getrocknet ist. Schon die ganze Zeit überlege ich mir, mit was für einer Art von Brief ich Eminanim wieder zu mir nach Hause locken kann.

Um diese Uhrzeit ist es hier menschenleer, obwohl es überall jede Menge Kneipen gibt. Nur in dem Geschäft da vorne ist noch Licht an, da müssen ein paar Leute Überstunden schieben. Ich weiß, wie frustrierend Schichtarbeit ist. Da ich nichts Besseres zu tun habe, gehe ich rüber zu den Lagerarbeitern und helfe ihnen, die schweren Kisten zu tragen. Ohne ein Wort zu sagen packe ich mit an. Was die beiden brauchen, ist kein dummes Geschwätz, sondern ein richtig starker Mann. Mit diesen dreckigen Arbeitsklamotten würden sie mich sowieso in keins der Cafés reinlassen.

Nach einer halben Stunde bin ich schweißüberströmt, aber wir haben alles in den Lastwagen reingekriegt. Und meine Plakatwand ist inzwischen sicherlich genauso trocken wie meine Kehle.

»Klasse, Kumpel, war richtig nett von dir. Ohne deine Hilfe hätten wir es bestimmt nicht so schnell geschafft«, ruft einer der beiden Arbeiter vom Beifahrersitz aus, »kannst du uns bitte noch einen letzten Gefallen tun und die Ladentür hinter dir zuziehen?«

Fröhlich pfeifend fahren die beiden mit ihrem Lastwagen davon. Mit dem ausgesprochen guten Gefühl, mal so richtig nützlich gewesen zu sein, mache ich die Tür des komplett leer geräumten Ladens zu. Eine plötzlich laut kreischende Sirene erschreckt mich fast zu Tode. Aus allen Cafés und Kneipen ringsum kommen Leute gestürmt, und ohne jeden Grund stürzen sie sich auf mich. Ich weiß gar nicht, warum die so sauer sind, die nervige Sirene habe doch nicht ich angemacht!

Ich werde von fünf Mann gleichzeitig so lange mit der Nase auf den Bürgersteig gedrückt, bis endlich mein Freund und Retter, die Polizei, eintrifft. Ich bin schon froh, dass mich der Mob nicht sofort gelyncht und an der nächsten Laterne aufgehängt hat.

Inzwischen brauche ich nicht mehr zu erzählen, wie so ein Aufenthalt auf dem Polizeirevier vonstatten geht.

»Deine Transe ist leider nicht da«, sagt der Polizist. »Du hast ihn sicherlich vermisst?«

»Das wiederum kann ich nicht behaupten.«

Was vielleicht noch erwähnenswert wäre, ist, dass ich den schmierigen österreichischen Heini als einen der Täter beschrieben habe, die den Elektroladen ausgeraubt haben.

Nachdem ich bei der Polizei raus bin, laufe ich wieder zurück in die Fußgängerzone. Meine Wandfarbe ist inzwischen ganz schön trocken. Und ich kann mit einer der Graffiti-Sprühdosen aus Mehmets Sammlung anfangen, meinen Brief zu schreiben:

»Liebe Eminanim, bitte melde dich! Du fehlst mir wirklich sehr. Glaube mir, diese Frau aus dem Café Engel kenne ich nicht mal. Ich habe Frau Hannelore Rostlaube vorher noch nie gesehen. Die Kellnerin hat sie einfach an meinen Tisch gesetzt. All diese Hexen haben es nur drauf abgesehen, uns beide brutal auseinander zu bringen. Selbst unser armer Sohn – mit einem Pfeil zeige ich dann auf die Flasche – fragt mit Tränen in den Augen seit Tagen nach seiner Mama. Gerne hätte ich dir diesen Brief zusammen mit einem riesengroßen Blumenstrauß geschickt. Natürlich nicht diese Plakatwand, sondern ein Briefchen in einem normalen rosa Briefumschlag. Aber leider weiß ich nicht mal deine Adresse. Bitte schreib mir zurück. Für dein Antwortschreiben streiche ich die Plakatwand gegenüber auch noch weiß und stelle eine Spraydose mit roter Farbe daneben. Dein dich liebender Ehemann!!«

Nachdem ich gegen Mittag wie gerädert aufwache, wird mir auf's Brutalste bewusst, wie unendlich allein ich bin! Früher kam ich mir vor, als wäre ich der Mittelpunkt der Erde. Ich hatte ständig das Gefühl, dass alle sechs Milliarden Menschen etwas von mir wollen. Jetzt will plötzlich niemand mehr etwas von mir wissen.

Früher kam ich mir vor wie ein absoluter Superstar und dabei superschlau! Nach diesem Supergau bin ich die Supersau! Ich bin der letzte Dreck und der allergrößte Depp!

Ich habe so wenig Selbstbewusstsein, ich traue mich niemandem mehr in die Augen zu schauen. Selbst den Menschen nicht, die weder wissen, dass ich eine Frau hatte noch dass sie mich wie eine Mülltüte angeekelt weggeworfen hat. Mein Selbstwertgefühl ist so tief gesunken, dass es nur eine Frage der Zeit ist, wann es auf der anderen Seite der Erde bei den Fidschi-Inseln wieder herauskommt.

Ich gehe in den Gemüseladen gegenüber, der gerade aufmacht, und kaufe mir ein Kilo frischen Knoblauch – ohne in die Augen des Verkäufers gucken zu können – und fahre nach Hause. Ich habe niemanden, den ich besuchen kann oder der mich vermisst. Aber jetzt kann ich mir wenigstens einbilden, die ganze Welt da draußen wartet auf mich, nur ich traue mich nicht raus, weil ich ja schließlich so ekelhaft nach Knoblauch stinke.

Ich esse zehn Scheiben Brot mit mindestens einen Zentimeter dicken Knoblauchschicht obendrauf. Ich habe Knoblauch immer gern gegessen. Auch damals unter lautstarkem Protest von Eminanim.

Danach schalte ich den Anrufbeantworter an. Falls wider Erwarten irgendjemand den Drang verspürt, nach mir zu fragen, und wissen will, wie schlecht es mir geht, dann soll er den Eindruck bekommen, ich wäre draußen auf der Piste und amüsiere mich köstlich mit irgendwelchen Frauen. Niemand soll erfahren, wie schlecht es mir geht!

Ich ziehe meinen Pyjama an, schmeiße mich auf die Couch und glotze superstinkig – im doppelten Sinne – in den Fernseher. Ich schaue stundenlang Fernsehen, ohne was zu sehen. Nicht, dass ich vergessen hätte, den Fernseher einzuschalten. Was mir ja in der letzten Zeit schon öfters passiert ist. Nein, ich gucke in die Glotze, genau wie die Kühe auf der Weide den vorbeifahrenden Zug anstarren, ohne zu kapieren, was da los ist. Bei keinem Programm halte ich es länger als zehn Sekunden aus. Alles ist todlangweilig! Ich zappe durch die Kanäle genauso schnell wie durch meine quälenden Erinnerungen an Eminanim. Die Glotze schaut mich inzwischen mit Sicherheit intensiver an als ich sie, obwohl ich zur Zeit garantiert unansehnlicher und unattraktiver bin als diese Seifenopern. Selbst die haben inzwischen ungemein an Wert gewonnen als wichtige Erinnerungsstücke an meine Frau. Und ich finde sie, ehrlich gesagt gar nicht mal so blöde. Mindestens die Hälfte der Möchtegern-Schauspieler leidet unter heftigstem Trennungsschmerz. Und die andere Hälfte grinst schadenfroh und reibt sich die Hände, weil ihre Intrigen gefruchtet haben.

Inzwischen weiß ich, warum sich Eminanim diese ganzen Seifenopern jeden Tag angeschaut hat. Sie wollte sich auf die kommende Trennung intensiv vorbereiten. Dadurch ist sie nicht so brutal und kalt erwischt worden wie ich.

Diese ganzen Seifenopern sind im Grunde nicht wesentlich blöder als die Sportsendungen, die ich mir seit Jahren reinziehe. Da gibt's serienweise Trennungen und die bösartigsten Intrigen. Nun gut, im Fußball trennt man sich auch andauernd vom Trainer, und es gibt Bayern München.

Als Mehmet spät am Nachmittag aufsteht, hält er ein dickes Handtuch vor die Nase und tut so, als müsse er sich vor giftigen Qualmwolken schützen wie bei einem Wohnungsbrand, rennt durch das Zimmer und reißt alle Fenster auf.

»Was ist denn hier los?«, schreit er, »findet hier ein Stinktierwettbewerb statt, oder was?«

Durch sein Gebrüll animiert, traut sich auch René aus seinem Versteck raus und hilft Mehmet die Wohnung komplett zu lüften, indem er auch die Wohnungstür aufreißt.

»Vater, bist du wahnsinnig geworden? Du stürzt uns ja alle in den Tod, nur weil du dich umbringen willst!«

»Jetzt übertreib nicht so, Junge! Ich treibe Sport und ernähre mich gesund mit Knoblauch. Was hast du daran auszusetzen?«

»Du bist lebensmüde, das war eindeutig eine Überdosis. Knapp am goldenen Schuss vorbei!«

»Osman, du sollst doch nicht eine ganze Jahresration an Knoblauch auf einmal verschlingen«, sagt René, während er sich mit zwei Fingern elegant die Nase zuhält.

»Was gut ist für das Herz, ist auch bei Herzschmerz gut.«

»Dein Vater ist wahrscheinlich immun dagegen«, jammert René und schiebt alle seine Kleiderständer auf den Balkon.

»René, willst du, dass alle unsere Nachbarn sehen, was für schreckliche Fummel du hast?«

»Osman, ich bin mir sicher, dass Marlene Dietrich niemals mit stinkenden Kleidern auf die Bühne gegangen ist!«

»Hey, der AB blinkt ja«, ruft Mehmet, rennt rüber zur Kommode und drückt auf den Knopf, in freudiger Erwartung, dass eine von seinen diversen Haremsdamen sich für heute angemeldet hat. Und tatsächlich ist eine Frauenstimme zu hören. Oh, welch Wunder, die Nachricht ist für mich:

»Herr Engin, geben wir unserer Liebe doch noch eine Chance. Es ist keine Lösung, auf großen Plakaten in der Stadt unsere Liebe zu leugnen. Belügen Sie sich nicht länger. Geben Sie sich einen Ruck und rufen Sie mich endlich an, Ihre Sie ewig liebende Hannelore!«

Mehmet und René kriegen den Mund nicht mehr zu! Sie fummeln an ihren Ohren rum, als hätte der Knoblauchduft nicht nur ihre Nasen, sondern auch noch ihre Lauscher ruiniert.

»Was war das denn? Wovon redet die Frau? Was für eine Liebe? Was für Plakate? Was für eine Hannelore?«, stottern die beiden im Duett.

»Ach, das ist die süße, kleine Maus, mit der ich vor ein paar Tagen verabredet war«, sage ich wie beiläufig, während ich wieder durch das Fernsehprogramm zappe.

»Sag mal, wolltest du dich nicht mit Mutter treffen?«

»Ja, klar, aber vorher hatte ich noch dieses kleine Date mit Hannelore.« Das mit dem »Blind« verschweige ich lieber. »Und leider ist deine Mutter in dieses Treffen hineingeplatzt!«

»Was? Wie? Skandal? Und davon erzählst du nichts?«, kreischt René.

»Ich dachte, ich kriege es wie Mehmet mit mehreren Frauen gleichzeitig geregelt. Aber seine Mutter ist einfach unberechenbar.«

»Mama ist erst zehn Tage weg, und schon betrügst du sie und brichst ihr das Herz?!«

»Das ist nicht so, wie ihr denkt!«

»Du meinst, du bist mit dieser Hannelore noch nicht in die Kiste gesprungen?«, fragt René besonders gehässig.

»Ich bin nicht so verdorben wie ihr! Selbst als die beiden wilden Weiber sich in dem Café um mich geprügelt haben, habe ich souverän versucht zu schlichten. Wie es sich für einen Gentleman gebührt.«

»Ich glaub das alles nicht«, stöhnt Mehmet, »hast du eigentlich eine Ahnung, wie elend sich Mutter jetzt fühlen muss?«

»Wieso, ich habe ihr doch geschrieben, dass ich sie niemals betrogen habe.«

»Wann hast du ihr denn einen Brief geschrieben?«

»Na, heute Nacht. Ich habe für deine Mutter eine riesige Plakatwand voll geschrieben.«

»Warum machst du alles so peinlich? Willst du meine Mutter vor allen Leuten bloßstellen? Warum schreibst du nicht einen normalen Brief wie alle anderen Menschen?«

»Du Kommunist, du hast doch hundertmal behauptet, dass deine Mutter mich nicht mehr sehen will. Aber vielleicht verrätst du mir jetzt endlich, wo deine Mutter steckt.«

»Ich will sehen, was ich tun kann. Vielleicht kann ich für dich ein neues Treffen arrangieren«, macht Mehmet eine 180-Grad-Wendung. Meine Erpressung mit Hannelore scheint bereits Früchte zu tragen.

»Tut mir Leid, ich muss für meinen Auftritt üben«, ruft René und geht in Richtung Schlafzimmer.

»Da fällt mir ein, ich muss für die Uni üben«, sagt Mehmet und verschwindet im Reich des Bösen.

»Und ich muss das Alleinsein üben«, rufe ich und hocke mich wieder vor den Fernseher.

»Und ich muss üben, mit Ihrer seltsamen Art der Liebe klar zu kommen«, ruft Hannelore mich erneut an, »warum sind Sie so grausam zu mir, Herr Engin, warum leugnen Sie unsere Beziehung auf riesigen Plakatwänden?«

»Frau Rostlaube, jetzt hören Sie mal genau zu! Verstehen Sie das nicht? Ich bin nicht Ihr Arzt! Ich bin auch nicht sein Fahrer oder sein Gärtner, auch wenn ich so aussehe. Ich habe mit Ihrem Arzt überhaupt nichts zu tun. Bitte hören Sie mit diesen Anrufen auf, belästigen Sie mich nicht mehr.«

»Herr Engin, was halten Sie davon, wenn ich Sie nach Mallorca einlade?«

»Sie wissen ja gar nicht, was für eine unglaublich große Flugangst ich habe.«

»Ach, Papperlapapp, so ein Prachtexemplar von Mann, wie Sie es sind, ist mir noch nie begegnet.«

Ist sie vielleicht von der Lottogesellschaft? Will sie sich meine Millionen unter den Nagel reißen? Blitzschnell lege ich auf. Gleich danach klingelt es an der Wohnungstür. Was für eine Überraschung! Ich sehe meinen Kumpel Ottokar im Hausflur stehen.

»Hallo, Osman, da sind wir. Ich hab's dir doch versprochen, dass wir dir einen Gegenbesuch abstatten. Du hast doch nichts dagegen, dass ich ein paar Freunde mitgebracht habe?«, sagt Ottokar freundlich.

»Das ist aber nett von dir, ich freue mich drauf, kommt rein. Du bist bestimmt br41tm«, begrüße ich den dünnen Mann mit langen Haaren und Kordhose neben Ottokar.

»Nein, er ist Werner, das siehst du doch. Seine Exzellenz a31br, der Herr Botschafter für den hiesigen Quadranten, steht hier neben mir«, ruft er stolz und zeigt zu seiner rechten Seite, wo die ausgetrocknete Hauspalme meiner Frau steht. Weder Mehmet noch ich kamen auf die Idee, sie zu gießen. Nicht mal René.

»Schön, dass ihr da seid. Und das hier sind meine beiden Mitbewohner Mehmet und René. Übrigens, damit ihr Bescheid wisst, Ottokar und Herr Botschafter a31bmw kommen vom Rande der Milchstraße. Sie sind waschechte Außerirdische. Und der Werner wahrscheinlich auch.«

»Nein, Osman, der Werner ist ein ganz gewöhnlicher Erdling, genau wie ihr. Er besucht mich ab und zu.«

»Und ich dachte, ich wäre der einzige normal Sterbliche, den du kennst.«

»Guten Tag, Herr Engin, mein Name ist Werner Liebmich. Ottokar hat mir schon viel Gutes von Ihnen erzählt.«

»Na, dann kommt mal rein in die gute Stube.«

»Osman, es ist so weit, heute Abend verlasse ich zusammen mit a31br die Erde. Ich wollte mich nur noch von dir verabschieden«, sagt Ottokar.

Mehmet und René begutachten mit großen Augen meine Gäste und können sich dann vor Lachen kaum halten.

»Vater, ich will ja nichts sagen, aber deine Kumpels sind noch durchgeknallter als meine«, flüstert Mehmet, »was haben die denn geschluckt?«

»Ja, so ist das, mein Sohn, Ottokar bekommt ständig Besuch von extraterrestrischen Raumfahrern«, gebe ich cool an, »einige sogar von außerhalb unserer Milchstraße. Nur damit du Bescheid weißt, unsere Milchstraße enthält etwa hundert Milliarden Sterne. Das Universum etwa mindestens hundert Milliarden milchstraßenähnliche Galaxien.«

»Wow, Osman, was du nicht alles weißt«, wundert sich René.

»Allein in unserer Milchstraße sind ungefähr fünf Millionen Himmelskörper mit erdähnlichen Bedingungen. Könnt ihr euch vielleicht vorstellen, wie viele Leute Ottokar kennen muss, wenn er ständig nach oben fährt?«, referiere ich stolz weiter.

»Da ich nun bald weg muss, Osman, will ich dir was beichten: Nostradamus hat Recht! Bald gibt es hier den Dritten Weltkrieg!«, bemerkt Ottokar ganz beiläufig.

»Ist das da drüben jetzt Nostradamus?«, deutet Mehmet auf den leeren Stuhl.

»Er ist doch der Botschafter a31br! Aber er hat sich schon paarmal mit Nostradamus unterhalten«, sagt Ottokar.

»Hat Nostradamus ihm auch was über den Vierten Weltkrieg

erzählt? Einstein sagte doch, er weiß nicht, mit welchen Waffen der Dritte Weltkrieg geführt wird, aber er ist sich absolut sicher, in dem Krieg danach werden wieder Pfeil und Bogen benutzt«, sagt Mehmet.

»Du kriegst gleich einen Stein auf den Kopf geknallt«, schimpfe ich mit ihm.

»Seine Exzellenz, der Botschafter a31br weiß alles«, ruft Ottokar, »er ist schon einige Male bis ans Ende der Zeit gereist und wieder zurück.«

»Das ist aber eine dolle Sache, bis ans Ende der Zeit?«, tut Mehmet verdutzt. »Könnte er denn nicht erzählen, was er da alles gesehen hat?«

»Na, da siehst du es, mein Sohn«, mische ich mich ein, »andere Leute reisen durch Galaxien und kommen dann ganz lässig wieder zurück, und du versuchst seit Jahren während deines Urlaubs in Teneriffa den Kommunismus auszurufen. Das ist doch armselig, siehst du das nicht ein?«

»Ich habe a31br gefragt, er ist einverstanden«, meldet sich Ottokar, »er will euch ein paar Informationen über die Zukunft des Universums verraten.«

»Na dann mal los, da bin ich ja neugierig«, tut mein frecher Sohn interessiert.

»Bevor es losgeht, muss ich mal kurz aufs Klo«, ruft Ottokar, »aber gleich übersetze ich alles, was er erzählt. Versprochen ist versprochen.«

»Ottokar, mein Freund, frag den b33ps danach doch mal, ob er daran gedacht hat, mir das mitzubringen, was er versprochen hat? Ich wollte doch ein intergalaktisches Fernrohr haben«, sage ich, um die gereizte Stimmung etwas aufzulockern, die durch die dämlichen und zynischen Kommentare meines Sohnes aufgekommen ist.

»Gut, dass du es sagst, fast hätte ich es vergessen«, sagt Ottokar und schlägt sich mit der Hand an die Stirn. Dann holt er aus seiner mitgebrachten Plastiktüte einen Apfel heraus. »Hier, den soll ich dir geben von ihm. Immer, wenn du ganz intensiv an Eminanim denkst, dann kannst du in diesem Apfel sehen, was sie gerade macht.«

»Das ist ja toll, ein richtiger Apfel, das freut mich aber. Sag ihm, dass ich mich herzlich bedanke für dieses phantastische Geschenk«, sage ich, um Ottokar zu erfreuen.

»O Gott, was ist das denn für ein Spinner?«, platzt kurz darauf Mehmet heraus, nachdem Ottokar das Zimmer verlassen hat.

»Ja, es ist nicht einfach mit ihm. Ottokar ist für immer in seinem Rollenspiel stecken geblieben«, meldet sich zum ersten Mal Werner zu Wort. »Ich bin sein Sozialarbeiter von der Klinik.«

»Dass er einen eigenen Sozialarbeiter hat, davon hat er mir nie was erzählt. Dabei kenne ich ihn schon seit fünf Jahren.«

»Ja, seit ungefähr sieben Jahren ist er bei uns in Behandlung. Und genauso lange ist er in seinen Wahnvorstellungen gefangen.«

»Ich verstehe überhaupt nichts!«

»Als Ottokars Frau ihn damals von einem Tag auf den anderen verlassen und dabei die gemeinsame Wohnung komplett ausgeräumt hat, ist er völlig durchgedreht. Er wurde zu uns in die Nervenklinik des Zentralen Krankenhauses eingeliefert. In solchen Fällen arbeiten wir mit therapeutischen Rollenspielen. Wir fordern die Patienten auf, uns ihr Wunschdenken zu schildern, also das Leben, das sie sich anstelle ihrer qualvollen Existenz wünschen. Ja, und das spielen wir dann jeden Tag mit diesen Patienten. In dieser Zeit können sie entspannen. Denn in diesem Spiel werden sie komplett zu einem anderen Menschen. Für kurze Zeit können sie die schrecklichen Erlebnisse vergessen, die sie traumatisiert haben. Sie vergessen all ihren Kummer und werden sogar für kurze Zeit wieder fröhlich. Bei Ottokar ist es leider ein bisschen schief gegangen. Denn er lässt seit sieben Jahren seine Rolle als Außerirdischer einfach nicht mehr los. Bei derart hartnäckig traumatisierten Patienten passiert es leider manchmal, dass sie nicht bereit sind, in ihren normalen Alltag zurückzukehren. Weil die Erlebnisse einfach zu schrecklich waren und sie den Problemen nicht gewachsen sind. Die Psyche spielt ihnen da einen gewaltigen Streich. Wenn sie für ihre Umwelt nicht weiter gefährlich sind und wir keine andere Möglichkeit für sie sehen, dann lassen wir sie oft wieder zu Hause wohnen. Um ihnen ihre Rückkehr in die Realität zu erleichtern.«

»Oh, das ist aber ein Ding! Vater, ich hoffe, du wirst nicht auch zum Alien.«

»War es denn eine so schreckliche Scheidung, dass er deswegen verrückt werden musste?«, frage ich erschrocken.

»Nun ja, wie gesagt, eines Tages kommt er nichts ahnend von der Arbeit nach Hause, und sie war nicht mehr da. Und die beiden Kinder waren auch nicht da. Sie hat alles mitgenommen. Die ganze Wohnung war komplett leer.«

»Das kann man ja auch positiv sehen, um den Haushalt brauchte er sich wenigstens nicht mehr zu kümmern«, ruft Mehmet.

»Sie hat doch die Kinder mitgenommen«, antworte ich, »und keinen Mehmet dagelassen, der immer dafür sorgt, dass die frisch aufgeräumte Wohnung bereits nach zwei Minuten wie nach einem Bombenangriff aussieht!«

»Ottokars Ehefrau hat reinen Tisch gemacht. Nicht mal einen Nagel hat sie dort zurückgelassen. Inklusive der Nägel an der Wand. Was Ottokar damals aber richtig fertig gemacht hat, war, dass sie auch noch seine Silikons mitgenommen hat.«

»Was, Ottokar hatte Silikonbusen?«

»Nicht er, seine Frau natürlich! Er hat eine Woche vorher für sie viele Tausende Euro bezahlt und ihr die Dinger einbauen lassen.«

»Die kann sie nun aber wirklich schlecht da liegen lassen!«

»Er war stinksauer darüber, dass sie gleich nach der Operation abgehauen ist und er die neuen Dinger nicht mal anfassen durfte.«

In dem Moment kommt Ottokar wieder von der Toilette.

»Na endlich, wir sind schon gespannt, wie das Ende der Welt aussieht und was der Sinn des Lebens ist«, ruft Mehmet. »Ist der Sinn des Lebens etwa wirklich ›42‹ oder womöglich doch ›43‹, das wollte ich schon immer wissen?«

»Nicht die Erde«, verbessert ihn Ottokar, »es geht um das Ende des gesamten Universums! Mit dieser Erde hier ist ja sowieso bald Schluss. Spätestens, wenn eure Sonne ihren Geist aufgibt!«

»Bis dahin sind ja noch ein paar Tage, Ottokar, aber ich befürchte, ich werde es nicht mehr erleben.«

Kurz darauf schreie ich wie ein Irrer am Spieß, bevor ich völlig schockiert ohnmächtig auf den Boden falle:

»Mein Gott! Mein Gott, wie ist das nur möglich?! Ich kann sie wirklich sehen! Da ist sie! Da ist sie!! Sie kauft gerade zusammen mit meiner Tochter Hatice bei Aldi ein. Ich glaub's einfach nicht! Ich kann sie sehen! Ich fasse es nicht!!!«

Sonntag, 3. April, 23:20 Uhr

»Knoblauch senkt wirklich den Blutdruck. Von dem einen Kilo ist er umgekippt wie ein gefällter Baum. Bei zwei Kilo wäre er uns abgekratzt«, höre ich meinen Sohn Mehmet hinter meinem Rücken lästern, nachdem ich wieder unter die Lebenden zurückgekehrt bin.

»Du bist echt ein harter Typ, Osman«, sagt René, »wenn ich so viel Knoblauch gefressen hätte wie du, dann müsste ich mir jetzt die Knollen von unten angucken.«

»Was ist los? Wo bin ich? Wie lange war ich weg?«, frage ich noch immer benommen.

»Fast zwei Stunden hast du hier auf der Couch gelegen. Wir haben dich einfach schlafen lassen.«

»Dieser durchgeknallte Ottokar und der Werner, die sind gleich abgehauen. Was ich gut verstehen kann, bei dem Gestank. Das Doofe ist, ich weiß jetzt immer noch nicht, was der Sinn des Lebens ist«, meint Mehmet.

»Sinn des Lebens? Ottokar, Werner? Ja! Genau! Jetzt fällt's mir wieder ein! Ich habe Eminanim gesehen!«

»Kein Wunder, Vater, du hast ja jetzt auch lange genug geschlafen.«

»Nicht im Traum, du Idiot! Wo ist der Apfel?! Wo ist der Apfel? Da ist Eminanim drin! Das ist unheimlich, so was habe ich noch nie gesehen«, erinnere ich mich fassungslos, »haben die ihn etwa wieder mitgenommen?«

»Osman, was redest du denn da wieder für einen Quatsch? Bleib ganz ruhig, Junge, bleib ganz ruhig. Den Apfel habe ich natürlich in den Obstkorb getan. Reg dich nicht so auf«, versucht mich René zu beruhigen.

»Vater, langsam weiß ich echt nicht mehr, wer von euch beiden wirklich bekloppter ist. Dein Kumpel Ottokar oder du?«, spottet der Sponti Mehmet spontan.

Mit wackeligen Beinen stürze ich mich auf den Obstkorb und drehe fast durch.

»Das gibt's doch nicht! Wollt ihr mich fertig machen? Wo kommen diese ganzen Äpfel her? Woher soll ich denn jetzt wissen, welcher der Zauberapfel ist, in dem ich Eminanim gesehen habe?!«

»Vater, so wie du drauf bist, siehst du Mutter doch überall. Also stell dich nicht so an, Apfel ist Apfel. Der eine ist grün, der andere ist rot, einige sind gespritzt, einige sind angefault und in einigen wiederum ist ein Wurm drin. Aber glaub mir, meine Mutter steckt da nicht drin.«

Gerade noch, in letzter Sekunde, verhindere ich, dass er genüsslich in einen der Äpfel, womöglich in meinen Zauberapfel, beißt. Ich reiße ihm den Apfel aus der Hand:

»Finger weg, du Kannibale! Du Mutterfresser! Gib sofort den Apfel her! Wehe, du fasst den nochmal an!«

Blitzschnell schnappe ich mir den gesamten Obstkorb und flüchte ins Badezimmer. Die Tür schließe ich hinter mir ab, um in aller Ruhe das göttliche Geschenk seiner galaktischen Exzellenz, des Herrn Botschafters mb23kl, zu suchen. Ich bin mir absolut sicher: Was ich gesehen habe war keine Täuschung! Ich habe Eminanim und meine kleine Tochter Hatice deutlich und haargenau gesehen. Und zwar deutlicher als diesen Klodeckel hier. In dem Apfel waren sie wahrhaftig, echt und voller Leben zu sehen. Sie schoben einen riesigen Einkaufswagen durch die Regale des Aldi-Marktes. Eminanim war noch hübscher als vor ein paar Tagen, und Hatice schien mir gewaltig gewachsen zu sein. Es ist aber auch durchaus möglich, dass durch die rundliche Perspektive des Apfels das Bild etwas verzerrt worden ist. Aber dass Eminanim um so vieles hübscher aussieht als früher, das liegt mit Sicherheit nicht am Apfel. Ich habe zwar schon gehört, dass Äpfel gut für die Haut sind, aber dass sie Falten völlig ausradieren können? Das schaffen nicht mal diese viel gepriesenen Faltencremes, die so teuer sind wie ein Kleinwagen.

Ich nehme ganz vorsichtig den ersten Apfel aus dem Obstkorb in die Hand und denke ganz, ganz fest und intensiv an meine Frau. Ich nehme natürlich den Apfel, der am außerirdischsten aussieht. Also den, der ungefähr die Form von einer Tasse hat. Einen Apfel in Untertassenform gibt es leider nicht.

Ich denke so intensiv an Eminanim, dass ich sie förmlich vor mir hier im Badezimmer stehen sehe, aber nicht in dem Apfel!

Ich drehe den Apfel in allen Positionen vor meiner Nase hin und her, denke dabei in allen Positionen an Eminanim. Meine Frau ist natürlich in allen Positionen, nicht ich! Ich hocke immer noch auf dem Klodeckel. Ich kann mich nicht daran erinnern, jemals zuvor so lange auf dem Klo gesessen zu haben. Nicht mal bei der schlimmsten Verstopfung.

Nach der gründlichen Durchsuchung des neunten Apfels kommen mir so langsam klitzekleine Zweifel, ob der Hundesohn Mehmet unter Umständen vielleicht doch nicht Unrecht hat? Werde ich etwa wirklich verrückt? Der Mistkerl hat so oft Recht – was ich ihm gegenüber natürlich nie zugebe –, dass er in diesem Fall ohne weiteres darauf verzichten könnte.

Mehmet und René trommeln wie die Irren gegen die Badezimmertür. Mehmet droht damit, das Wohnzimmer zu versauen. René jammert, dass er mal dringend für kleine Mädchen müsse.

»Keiner von euch beiden darf diese Äpfel anfassen«, sage ich, »vielleicht habe ich ja nicht intensiv genug an Eminanim gedacht! Ich werde es später wieder versuchen!«

»Du hast also nicht mit Mutter sprechen können?«

»Nein!«

»Das habe ich mir schon gedacht. Es gibt nämlich noch kein Bildschirmtelefon in Apfelform. Nicht mal von Apple.«

»Heb dir deine dämlichen Sprüche für die nächsten Revolutionen auf. Ich werde noch mit ihr sprechen!«

»Brauchst du nicht, habe ich schon«, sagt er, »ich habe sie

vorhin angerufen. Aber nicht mit Äpfeln, Birnen oder Tomaten. Ich habe dafür ein Handy. Stell dir mal vor, das geht auch. Dafür braucht man sich nicht mit dem Obstkorb im Klo einzuschließen.«

»Und, und, was hat sie gesagt?«

»Ich habe ihr gesagt, dass du bald wie dein Kumpel Ottokar in der Klapsmühle landen wirst. Und dann habe ich ihr alles erzählt, die gesamte Geschichte.«

»Was hast du erzählt, du Petzer? Und was hat sie gesagt? Kommt sie jetzt zurück?«

»Sie wollte eigentlich nur wissen, welches Rollenspiel du dir im Irrenhaus aussuchen willst. Hoffentlich was Originelleres als Napoleon oder Außerirdischer.«

»Was erwarte ich eigentlich? Wie der Sohn, so die Mutter!«

Ich werde mich gleich morgen beim Jugendamt als Rabenvater anzeigen. Vielleicht entziehen sie mir das Sorgerecht für Mehmet; man darf die Hoffnung nie aufgeben.

»Ach, Quatsch, ich habe doch nur einen Witz gemacht. So was hat sie nicht gesagt. Wahrscheinlich hat sie es gedacht.«

»Ja, ja, mach du dich nur lustig über mich. Eins weiß ich, der Tag wird kommen, wo auch du von all deinen tausend Frauen verlassen wirst. Dann werde ich auch einen Witz nach dem anderen über dich loslassen. Und zwar für jedes der tausend Mädchen extra. Meine Schadenfreude wird keine Grenzen kennen.«

»Vater, du verstehst mich falsch. Ich habe doch keine Schadenfreude. Ich weiß, wie schmerzhaft Trennungen sind.«

»Du weißt es, dass ich nicht lache? Du meinst, sich nach fünf gemeinsamen Discobesuchen zu trennen ist das Gleiche, wie nach fünf gemeinsamen Kindern?«

»Das werde ich wohl nie erfahren, weil ich nicht mal ein Kind machen werde. Schließlich will ich nicht über Leben und Tod entscheiden.«

»Du sollst das Kind doch nicht gleich umbringen, du Triebtäter!«

»Ich will nicht für jemand anderen entscheiden, ob er in dieser beschissenen Welt überhaupt leben will. Und irgendwann muss dieser Mensch auch zwangsläufig sterben, nur weil ich ihn in die Welt gesetzt habe. Nee, nee, nee, ich will nicht über Leben und Tod entscheiden.«

»Glaubst du denn allen Ernstes, dass du darüber entscheidest, du Armleuchter? Nichts auf dieser Welt passiert zufällig. Alles hat seinen Sinn!«

»Oh nein, nicht schon wieder deine nervige sinnlose Sinnfrage! Das macht mich schon seit Wochen verrückt. Denkst du wirklich, es gäbe so was wie Vorbestimmung oder einen übernatürlichen Grund, warum wir alle hier rumlungern? Wenn du damals nicht zufällig mit Mutter geschlafen hättest, dann würde es mich überhaupt nicht geben, so einfach ist das. Für deine Geilheit brauchst du doch nicht irgendwelche göttlichen Ausreden zu suchen.«

»Meinst du wirklich, der liebe Gott hätte uns geschaffen, ohne einen tiefen Sinn?«

»Wenn es wirklich einen Gott gibt, der so was wie dich bewusst geschaffen hat, dann sicherlich nicht um deinetwillen, sondern um seinetwillen, oder um zu dokumentieren, dass er einen sehr seltsamen Humor hat. Wenn du dir einen Fernseher anschaffst, dann denkst du in erster Linie ja auch an deinen Spaß und nicht an den Spaß des Fernsehers.«

»Ach, Mehmet, du kapierst es nicht. Den Sinn des Lebens wirst du nie finden. Es ist so, als ob du von einem drei Stunden langen Spielfilm gerade mal eine Sekunde siehst, und das auch nur aus ein paar Kilometern Entfernung, und trotzdem glaubst du, den ganzen Inhalt des Films verstanden zu haben.«

»Ja, ja, Vater, alles, was du nicht kapierst, ist natürlich gottgegeben. Als Kind habe ich mal Opa gefragt: ›Opa, worauf steht die Erde?‹ – ›Auf den Hörnern eines Ochsen‹, hat er gesagt. ›Und worauf steht der Ochse?‹, wollte ich wissen. ›Hau ab, nerv mich nicht, das kapierst du sowieso nicht, du Dreikäsehoch. Das weiß nur der allmächtige Gott in seiner unendlichen Güte‹, hat er geflucht.«

»Dein Opa hat aber auch gesagt, der Sinn des Lebens ist die Vorbereitung auf das Jenseits. Dass man alles Mögliche tut, um ins Paradies zu kommen und nicht in die Hölle. Denn selbst deine Seele ist unsterblich.«

»Ja gut, nehmen wir an, du kommst irgendwann mal ins Paradies. Da bin ich mir eigentlich nicht ganz so sicher, nach dem, was du Mutter und mir angetan hast. Aber nehmen wir es mal an. Das ist auf die Dauer doch unendlich langweilig, sich Milliarden von Jahren ohne Sorgen und irgendeine Art von Beschäftigung sinnlos um die Ohren zu hauen. Und was kommt nach diesen Milliarden von Jahren Langeweile? Wieder ein paar Milliarden Jahre?«

»Mehmet, gib es auf. Das ist zu kompliziert für dich. Das wirst du nie verstehen. In deinem Alter hast du von dem gesamten Film nicht mal eine halbe Sekunde gesehen.«

»Dass, was ich gesehen habe, reicht mir. Ich weiß, dass der ganze Kosmos keinem höheren Befehl oder irgendeiner Bestimmung gehorcht. Er ist nur ein unaufhörliches, sinnloses Treiben der Materie. So hat man es mir in der Uni beigebracht. Du kannst so oft versuchen wie du willst, deinem Leben einen Sinn zu geben, ob durch viel Geld verdienen, den Armen und Schwachen helfen, massenweise Kinder machen oder Fußball gucken. Das Leben ist und bleibt leer, hohl und überflüssig.«

»Wenn das so ist, dann kannst du mit deinen lächerlichen Revolutionen ja aufhören.«

»Na ja, irgendwie muss sich der Mensch die Zeit doch vertreiben, obwohl sie nicht so lang ist wie im Paradies.«

»Aber dass die Menschen so sind, wie sie nun mal sind, muss doch einen Grund haben. Mit zwei Augen, zwei Beinen, zehn Fingern, einem Herzen usw.«

»Ja, wenn die Evolution einen anderen Verlauf genommen hätte und wenn die Menschen mit zwei Köpfen, vier Augen, zwölf Fingern und drei Herzen rumlaufen würden, was ja ab und zu wirklich vorkommt, dann hättet ihr versucht, auch darin einen Sinn zu entdecken. Und alle würden sagen, das wäre Gottes Wille. Aber im Grunde wäre es dann genauso zufällig und zwecklos, wie es jetzt ist. Es gibt einfach keine höhere Bestimmung dafür, dass es so ist, wie es jetzt nun mal ist. Nur wenn unsere Gehirne sich überhaupt nicht entwickelt hätten, dann hätten wir nichts, womit wir versuchen könnten, alles zusammenzureimen. Aber der gesamte Kosmos wäre trotzdem genauso, wie er jetzt ist. Denn das Universum schert es ausgesprochen wenig, ob wir ein geniales oder ein lächerliches Ameisenhirn haben.«

»Sag doch Mehmethirn statt Ameisenhirn.«

»Du bist doch das einzige höhere Wesen, das seit meiner Geburt mein Leben bestimmt. Und ehrlich gesagt, an dir kann ich beim besten Willen nichts Göttliches entdecken.«

»Ich bin auch nicht göttlich, du Idiot, ich sehe nur so aus. Ich bin nur ein ganz einfacher Mensch, der seinen Sinn hier auf dieser Welt erfüllt. Aber du, du fragst ja nicht mal danach.«

»Wann werde ich wohl eine Antwort auf die Frage nach dem Sinn des Lebens kriegen? Wenn ich tot bin, mit Sicherheit nicht. Weil ich mich dann mittels ein paar Würmern und Maden in ein Nichts auflösen werde. Und damit wird auch meine Frage sich in ein Nichts auflösen. Oder hast du schon von irgendeinem Toten gehört, der nach dem Sinn des Lebens fragt?«

»Gut, ehrlich gesagt, ich kann ohne nachzudenken hunderte von Gründen aufzählen, warum es bei dir keinen Sinn hat. Aber trotzdem, selbst du bist ein Teil der Natur.«

»Ein Regenwurm oder ein Haufen Hundescheiße sind auch ein Teil der Natur. Haben die etwa auch ein sinnvolles Dasein? Dieser Haufen fragt bestimmt nicht ständig danach, ob sein Dasein göttlich vorbestimmt ist. Der dampft nur glücklich und zufrieden vor sich hin.«

»Jetzt hast du endlich mal was Vergleichbares gefunden, mein Sohn, das so wenig wie du nach dem Sinn des Lebens fragt. Dazu gratuliere ich dir von ganzem Herzen. Dir und dem Haufen Hundescheiße.«

»Vater, du hast ja Recht, das mit dem Glauben ist ein guter Trick, um sich das Leben einigermaßen zufrieden und glücklich zu gestalten. Aber das Problem ist, wenn man den Trick durchschaut hat, dann funktioniert er nicht mehr, so wie jedes andere Zauberkunststück.«

»Was habe ich bei dir nur falsch gemacht? Das war bestimmt deine Mutter. Ein solch sinnloses Leben, wie du es führst, das muss doch grauenhaft sein!«

»Mal ganz im Ernst, kann das Leben denn überhaupt einen Sinn haben, ich meine für den Einzelnen, wenn er nicht mal in der Lage ist, über seine eigene Geburt zu bestimmen? Wir können uns nicht mal aussuchen, Mensch zu sein.«

»Du kriegst nichts geregelt, mein Junge, jedenfalls nicht in diesem Leben!«

»Ich habe das Gefühl, dass du, seitdem Mutter weg ist, krampfhaft versuchst, irgendwas zu finden, an dem du dich wieder festklammern kannst. Vielleicht haben dich ja auch die Zeugen Jehovas durcheinander gebracht, die letzte Woche hier waren.«

»Quatsch! An Gott habe ich immer geglaubt, und zwar mit ganzem Herzen.«

»Vater, du bist genauso wie dein Kumpel Ottokar. Du glaubst auch an Außerirdische.«

»Was für ein Schwachsinn. Ich glaub doch an Gott und nicht an Außerirdische.«

»Ist Gott nicht auch ein Außerirdischer? Oder kennst du irgendjemand, der ihn hier auf der Erde schon mal gesehen hat?«

»Er regiert das gesamte Universum. Er hat nicht nur uns Menschen, sondern auch alle Außerirdischen geschaffen.«

»In allen heiligen Büchern wird nicht mal Amerika erwähnt, du erzählst was von Außerirdischen. Aber sag mal, warum bist du eigentlich so unheimlich scharf darauf, die hilflose Marionette in der Hand eines Schöpfers zu sein? Du willst nur alle deine Sünden und Fehler auf ihn abladen.«

»Und was ist mit der Seele und dem Bewusstsein, das der Mensch hat?«

»Die Wissenschaftler sind gerade dabei, Menschen zu klonen. Diese geklonten Menschen werden genauso ein Bewusstsein haben wie wir. Denkst du, für jeden geklonten Menschen wird Gott extra eine geklonte Seele rüberschicken?«

Ich schnappe mir den Obstkorb zum zweiten Mal und verziehe mich wieder ins Badezimmer.

»Los, René, nimm deinen Kosmetikkoffer und verschwinde hier. Jetzt bin ich wieder an der Reihe.«

Ich kann so viel in den Apfel glotzen, wie ich will, da wird beim besten Willen kein Bildschirm draus. Nicht mal ein Buch! Und von meiner Frau keine Spur! Um den Fernseher zu sehen, muss man zuerst immer die Verpackung aufmachen. Also schnappe ich mir das Messer und schäle alle Äpfel. Dann schneide ich sie vorsichtig in gleich große Stücke.

Nichts! Und wieder Nichts! Die verdammten Äpfel sind nichts als Äpfel! Und schmecken tun sie auch danach. Ich beiße in den sauren Apfel und putze sie alle weg. Anschließend esse ich auch noch die restlichen Kiwis, Apfelsinen und Bananen aus dem Korb. Fehlanzeige. Nichts Außergewöhnliches oder Unmögliches. Nur die Bananen waren etwas zu unreif. Und mir ist jetzt schlecht.

»Osman, bist du denn bekloppt? Was hast du denn mit dem ganzen Obst gemacht?«, wundert sich René, als ich wieder aus dem Badezimmer komme.

»Gegessen, was denn sonst? Du sagst doch, ich soll mehr Obst essen.«

»Ja, aber nicht die Ration für einen Monat auf einmal! Obst ist gut für die Figur, aber man soll es auch nicht übertreiben. Davon bekommt man Bauchscherzen.«

Eigentlich brauche ich mir wegen meines Gewichts zur Zeit keine Sorgen mehr zu machen. Seitdem meine Frau weg ist, werde ich jeden Tag von alleine immer weniger und weniger. Wenn Eminanim noch ein paar Wochen länger wegbleibt, dann werde ich wohl endgültig von der Bildfläche verschwinden, ganz ohne eine besondere Diät oder gar Selbstmord. Für mich ist beides ohnehin fast dasselbe.

»Ach, übrigens, während du geschlafen hast, habe ich in dem Krankenhaus angerufen, bei dem der Betreuer von Ottokar arbeiten soll«, ruft Mehmet. »Aber sie kennen dort keinen Patienten mit Namen Ottokar, den Namen von dem Betreuer kennt da auch niemand.«

»Willst du mir damit sagen, dass die beiden wirklich Außerirdische sind?«

»Das ist jetzt deine Interpretation. Ich bin der Meinung, entweder die sind dort superverschwiegen wegen Datenschutz, oder Ottokar und sein angeblicher Betreuer sind beide durchgeknallt. Jedenfalls hat man in dem Krankenhaus noch nie von den beiden was gehört.«

Ich ziehe meine Jacke an und laufe aus dem Haus. Ich kann meine Jacke vorne sogar zuknöpfen. So schnell ich kann, renne ich zu Ottokars Wohnung. Vielleicht erwische ich ihn ja doch noch. Wenn ich Glück habe, kann er mir sogar einen Ersatzapfel besorgen. Ich bin mir ziemlich sicher, dass ich noch nicht verrückt bin. Vielleicht befinde ich mich bereits an der Grenze. Aber noch habe ich sie nicht überschritten.

Kein Duchgeknallter würde sich mit solchen Fragen beschäftigen. Die richtig Durchgeknallten gehen ganz normal arbeiten, kommen abends nach Hause, streiten oder schweigen sich aus, schlafen und gehen am nächsten Tag wieder schuften. Wie die Roboter. Diese Menschen stellen sich nie solche Fragen. Die halten sich und ihr Leben für normal. Weil in unserer Gesellschaft all das als normal gilt, was die Mehrheit tut. Wenn die Mehrheit aber unnormal ist, dann ist eben das normal!

Verdammt, Ottokar ist nicht zu Hause. Wo ist er? Befindet er sich in der Klapsmühle oder im Weltall? Was ist jetzt die Wahrheit? Muss denn die Wahrheit normal sein?

Am nächsten Tag gehe ich schnurstracks zu Hans' Wohnung. Es könnte ja sein, dass er Ottokar gesehen hat.

Wenn ich es mir so recht überlege, bin ich noch nie bei ihm zu Hause gewesen. In all den Jahren hat er mich noch nie zu sich nach Hause eingeladen. Und ehrlich gesagt, so scharf war ich auch nicht darauf zu sehen, wie er seine arme kleine Ehefrau fertigmacht. Mit Eminanim zusammen hätte ich zu denen hingehen sollen, damit sie mal sieht, wie es bei anderen Leuten läuft. Dann hätte sie mich mehr zu schätzen gewusst. Alles was ich tue, ist ein dicker Fehler und ein riesengroßer Dorn in Eminanims Auge. Ob ich nun rede, schweige, stottere, huste oder rülpse. Selbst durch mein Atmen fühlte sie sich gestört, insbesondere nachts. »Osman, stell deine Motorsäge doch endlich ein paar Stufen niedriger«, schnaubte sie.

»Entschuldigung, mein Herr, ich habe mich wohl in der Tür geirrt. Ich habe falsch geklingelt«, sage ich nicht zu Eminanim, sondern zu dem bärtigen, zwei Meter großen Monster, das die gesamte Tür ausfüllt.

»Willst du mich anmachen, du Zwerg? Was willst du hier?«, pfeift das Monster durch seine riesige Zahnlücke, packt mich mit der rechten Klaue am Kragen und hebt mich ohne Mühe bis an die Zimmerdecke. Wenn das Ungeheuer mich jetzt in sein Maul fallen ließe, würde ich einfach in einer seiner Zahnlücken verschwinden. Stattdessen knallt es meinen Kopf drei mal an die Decke, als klopfe es dort, um die Nachbarn um etwas Ruhe zu bitten. Aber anständigerweise macht man das mit einem Besen und nicht mit meinem Kopf. Außerdem bin ich mir absolut sicher, dass es niemand wagen würde, über diesem Monster zu wohnen.

»Warum klingelst du an meiner Tür, du unverschämter Gartenzwerg?«

»Entschuldigen Sie vielmals, aber ich kriege kein Luft! Ich habe mich in der Tür geirrt. Ich weiß nicht genau, wo mein Arbeitskollege Hans wohnt. Ich dachte, hier«, stottere ich und höre, wie mein Angstschweiß auf den Boden klatscht. Sekunden später klatsche ich gleich daneben, weil das Monster mich unsanft auf den harten Beton fallen lässt.

»Hans ist in der Küche und wäscht das Geschirr ab. Ich bin seine Frau.«

»Nein, nein, entschuldigen Sie. Ich bin hier sicher vollkommen falsch. Das kann nicht mein Arbeitskollege Hans sein. Der Hans, den ich meine, weiß nicht mal, wie man Geschirr wäscht. Selbst wenn er es wüsste, würde er es aus Prinzip nicht tun.« Und der Hans, den ich meine, hat bestimmt keine Frau, die doppelt so groß ist wie er. Und doppelt so breit. Diese Dame war in ihrer Jugend, in den frühen Achtzigern, vermutlich Kugelstoßerin, Gewichtheberin und Hammerwerferin in irgendeinem Ostblockland. Wahrscheinlich in Bulgarien oder Rumänien. Das kann nicht die Frau von Hans sein. Der hat bestimmt eine Frau, die mehr wie eine Frau aussieht. Und keine ukrainische Kugelstoßerin.

»Ich vermute, du bist hier genau richtig, du Zwerg«, zischt sie, oder er, was auch immer, woher soll ich das denn wissen? »Der faule Kerl will nämlich nie freiwillig abwaschen. Aber wenn ich ihm die dreckige Pfanne so ein-, zweimal auf den hohlen Kopf knalle, dann wäscht der ab wie ein Weltmeister. In 13 Minuten und 17 Sekunden«, sagt sie und knallt die dreckige Pfanne – ich traue meinen Augen nicht, aber es stimmt wirklich – meinem armen Kumpel Hans auf den hohlen, ich meine, auf den kahlen Hinterkopf.

»H… Ha… Han… Hans, das bist du ja wirklich«, stammele ich wie vom Donner gerührt.

»O… Oo… Oss… Osman, was willst du denn hier?«, staunt er nicht weniger, mit einer immer größer werdenden Beule auf dem Kopf.

»Du … du, du wäschst ab?!«

»…«

Das Schweigen des Lämmchens! Mein armer Hans!

»Der Schlappschwanz, der will's nicht anders. Den muss ich immer dazu prügeln«, höre ich die tiefe Stimme der hormongemästeten Gewichtheberin aus Rumänien oder der DDR, »was meinst du, woher er das blaue Auge auf der linken Seite hat?«

»Hans, bist du das wirklich?! Das kann doch alles gar nicht wahr sein! Was ist denn los? Ich glaube, ich träume! Ein ganz schlimmer Alptraum!«

»Los, steh hier nicht im Weg rum, träum im Wohnzimmer weiter. Lenk den Schwachkopf nicht weiter von der Arbeit ab!«, rülpst das Ungeheuer hinter mir und schubst mich unsanft aus der Küche raus.

»Hat dieser Hans noch einen Zwillingsbruder namens Hans?«, frage ich sie. Es fällt schwer zu glauben, dass in dieser Kreatur irgendwo eine »Sie« steckt. Selbst Erkek Fatma sieht im Vergleich zu ihr wie Miss Universum aus.

»Woher soll ich das wissen! Ist mir doch völlig egal. Ich habe ihm schon am Hochzeitstag den Umgang mit seiner dämlichen Familie verboten.«

Sie dirigiert mich mit ihren Patschhänden grob zu einem Stuhl und schubst mich drauf.

»Und den Umgang mit seinen Kumpels aus Halle 4 eigentlich auch«, ruft sie weiter, »ich bin gespannt, wie der Saftsack mir diesen Vorfall jetzt erklären will?«

»Stimmt das wirklich? Ihr seid wirklich miteinander verheiratet? Mit Hochzeit und allem und so?«, frage ich immer noch schockiert mit offenem Mund.

»Was denkst du denn von mir, du Zwerg? Denkst du etwa, ein Mädchen wie ich würde in wilder Ehe leben?« Sie ist so schon wild genug.

Dieses Drama stellt alles bisher Dagewesene komplett in den Schatten: Eminanims Flucht, Ottokars Aliens, Mehmets Harem, Renés Kleidersammlung und sogar den Getriebeschaden meines Ford Transit! All dies wird null und nichtig neben dem, was ich hier miterleben muss!

Ich kann meinen Augen nicht trauen! Ich werde immer misstrauischer. Ist das vielleicht schon der zweite Streich, den meine Augen mir spielen, nach der bösen Apfel-Geschichte?

Mein Gott, was ist das für eine verdorbene, durch und durch verkommene Welt, wo man weder seiner Frau noch seinen Augen trauen darf? Vom Wetter, von Politikern und der eigenen Familie ganz zu schweigen.

Kurz darauf kommt diese arme Kreatur, die sich angeblich »Hans« nennt, und setzt sich ängstlich vorne auf die Kante vom Sofa. Unglaublich! Dieser Hanswurst kann doch unmöglich mein tapferer, ungemein starker und selbstbewusster Arbeitskollege Hans sein! Er schaut wie ein geprügelter Hund zitternd auf den Boden. Genau in dem Moment klatscht ein riesengroßer, nasser Lappen mitten in sein Gesicht.

»Hat dir jemand gesagt, dass du dich auf das Sofa setzen darfst? Wenn dein Stuhl besetzt ist, dann musst du stehen bleiben, klar? Los, steh auf und putz die Fenster, du fauler Hund!«

Was ist das für ein Alptraum?! Warum wehrt Hans sich nicht?! Wieso verhaut er diese Frau nicht mal wie all die anderen Männer, die er fast täglich verprügelt? Fragen über Fragen, die sich allerdings erübrigen, wenn man auch nur einen Blick auf dieses Monster wirft. Gleich danach drängt sich einem aber unweigerlich die Frage auf, warum hat er dieses Walross geheiratet? Warum heiraten Männer überhaupt? Weil die Frauen so scharf drauf sind und die Männer mit irgendwelchen Tricks wie Tränen, Schwangersein, Gefühlen, Steuervorteilen oder einem Teller Pommes überlisten. Seit einiger Zeit dürfen auch gleichgeschlechtliche Paare heiraten. Deshalb sollten Frauen nur Frauen heiraten und den Rest der Menschheit in Ruhe lassen. Es ist bestimmt nicht im Sinne des Schöpfers, einen Mann und eine Frau ein Leben lang »bis dass der Tod euch scheidet«, aufeinander zu hetzen.

Ich bin völlig deprimiert! Den dreckig grauen Lappen wie eine Maske auf dem Gesicht des Mannes zu sehen, der seit Jahren mein Fels in der Brandung war, raubt mir die letzte Hoffnung für die Zukunft der Menschheit. Ich habe das starke Bedürfnis, dem Mann zur Seite zu stehen nach alldem, was er für mich getan hat.

»Hans, hörst du mich unter dem Tuch? Wo ist dein schlaues Buch?«, beschwöre ich ihn. Ich will unbedingt ein paar Zeilen vortragen, obwohl ich weiß, dass ich in diesem Wohnzimmer damit mein Leben aufs Spiel setze.

»Was für ein Buch?!«, donnert es durch den Raum. Hans zuckt wie getroffen zusammen und vergräbt sich unter dem stinkenden Lappen. Er wischt sich selbst förmlich wie ein Stück Dreck mehr und mehr von der Bildfläche. Heldenhaft werfe ich mich ins Feuer, um ihn zu retten:

»Ein Frauen-Buch! Es ist ein Frauen-Buch!«, schreie ich.

»Was ist das, ein Frauen-Buch? Ist das ein Pornoheft?«, brüllt sie, dass das Fenster unten in der Haustür klirrt.

Von Hans ist inzwischen unter dem Lappen nichts mehr zu sehen. Er hat sich förmlich aufgelöst. Das Ungeheuer findet aber bei einem Mal Hinlangen Hans' rechtes Ohr und zieht ihn daran bis zur Zimmerdecke hoch. Der kleine Hans zappelt wie ein Wurm am Angelhaken.

»Du hast ein Pornoheft vor mir versteckt?!«, donnert es Sekunden später, nachdem es in ihren Augen geblitzt hat. Wie man weiß, ist Licht schneller als Schall.

Inzwischen zappelt Hans nicht mehr. Wenn ich Glück habe, dann ist er vielleicht nur ohnmächtig.

»Gnädige Frau, Sie haben mich missverstanden. Ich habe nicht Frauen-Buch gesagt, sondern Traum-Buch! Das kleine Wort muss sich wohl auf dem Weg bis zu Ihnen etwas verändert haben.«

Das Monster lässt los, und der Lappen klatscht auf den Boden. Darunter oder daneben lässt sich allerdings kein menschliches Wesen ausmachen; weder tot noch lebendig!

»Wissen Sie, ich habe heute Nacht unheimlich schlecht geträumt. Ich wollte nur wissen, was meine Träume bedeuten.« Während ich so vor mich hin plappere, beobachte ich gespannt, ob der Lappen ein Lebenszeichen von sich gibt.

»Du, elender Wurm, habe ich dir nicht ausdrücklich verboten, dich nach der Arbeit mit deinen Kumpels zu verabreden?«, brüllt das Schreckgespenst den Lappen an. Ich dachte immer, so was gibt's nur in Zeichentrickfilmen, dass Ungeheuer und Gegenstände sich miteinander unterhalten. Nach der Homo-Ehe scheint nun auch die Monster-Lappen-Ehe möglich zu sein.

»Aber ich habe das Arschloch doch gar nicht eingeladen«, schluchzt der Lappen.

»Wo er Recht hat, hat er Recht«, stehe ich dem Lappen bei.

»Wenn er dich nicht eingeladen hat, was suchst du dann hier?«

»Ich hab's doch schon gesagt, ich habe so schrecklich geträumt heute Nacht.« Ich glaube, ich träume immer noch! »Ich wusste ja nicht mal, wo der Hans wohnt. Und dass er eine derart bezaubernde Gattin hat, wusste ich selbstverständlich auch nicht. Ich kann gar nicht verstehen, warum er mir das verheimlicht hat.«

Zum ersten Mal huscht so etwas wie ein Lächeln über die Vorderseite ihres Kopfes. Da, wo die anderen Leute ihr Gesicht haben.

»Willst du vielleicht was zu Trinken haben?«, fragt sie mich. Mit Lob kriegt man selbst eine Giftschlange aus ihrem Versteck, sagt man.

»Gerne. Sagen wir mal, zur Feier des Tages, dass Hans immer noch lebt«, jubele ich.

»Da mach dir mal keine Sorgen. Der ist nicht totzukriegen. Los, Wurm, komm da raus und putz endlich die Fenster!«

Dank der modernen Zeichentricktechnik wird Hans größer und größer und der Lappen kleiner und kleiner. Das mit dem »größer und größer« ist natürlich relativ gemeint. Er wird selbstverständlich nur so groß, wie Hans nun einmal ist. Plötzlich schnappt sich seine Frau ein dickes Seil und geht rüber zu ihm. Will sie meinen armen Kumpel als Zugabe fesseln und foltern?

»Das ist so ein Trottel! Schon zweimal ist er beim Fensterputzen runtergefallen«, flucht sie, »aber der kratzt ja nicht ab. Er bricht sich jedesmal nur alle Beine und Arme und ist dann für die Hausarbeit nicht mehr zu gebrauchen. Liegt Monate lang in der Ecke rum wie ein Müllsack und stinkt vor sich hin.«

Aus dem Seilende macht sie eine Schlinge und legt sie Hans um den Hals. Und das andere Ende wird an der Heizung festgebunden. Will sie ihn etwa ermorden und mir die Schuld geben?

»Ich will hinterher auf den Scheiben keinen einzigen Streifen sehen, hörst du? Sonst schmeiße ich dich eigenhändig runter. Aber durchs geschlossene Fenster und ohne Seil!«

»Sie hatten mich gefragt, ob ich was trinken will«, sage ich schüchtern, damit sie endlich von ihrem Opfer ablässt. »Ich hätte gerne ein Mineralwasser.«

»Hol's dir doch selber. Oder warte, bis der Wurm mit dem Fensterputzen fertig ist.«

»Ich hatte heute Nacht die schreckliche Vision, dass mich meine geliebte Ehefrau verlässt«, sage ich mit tief betroffener Stimme.

»Wieso träumst du denn erst jetzt davon, du Spätzünder? Die ist doch schon längst abgehauen, weil du sie so unmöglich behandelt hast.«

Das hat ihr bestimmt Hans verraten, um sich damit bei ihr einzuschleimen. Na ja, ich kann es ihm nicht mal übel nehmen, er hat mildernde Umstände.

»Das war die Vorgeschichte. So fängt mein Alptraum seit Tagen immer an. Aber heute Nacht ging es weiter. Und ich habe geträumt, dass sie nie wieder zu mir zurückkommt. Das ist so grauenhaft. Nun, sagen Sie doch mal, was würden Sie denn an meiner Stelle tun?«, frage ich und gebe Hans den lebenswichtigen Tipp, dass er mit Shampoo waschen soll, wegen der Streifen.

»Was du tust, ist mir völlig wurscht! Anstelle deiner Frau würde ich nach Hause kommen und dich erst mal windelweich prügeln. Und anschließend würde ich dich mit einem Tritt in den Arsch hochkantig auf die Straße werfen.«

»Sie sind aber eine schrille Dame, hi hi hi. Sie können aber tolle Witze reißen. Alle Achtung. Hans hat mir überhaupt nicht erzählt, dass er so eine humorvolle Ehefrau hat. Hi hi hoooo, hr hr hr …«

»Du brauchst hier überhaupt nicht so blöd rumzukichern. Das war kein Witz. Ich habe in meinem ganzen Leben noch keinen Witz gemacht.«

»Hi ho haaa, noch nie im Leben einen Witz gemacht, sagen Sie? Haaaa hooo hiiiiii! Unglaublich! Sie sind ja eine echte Komikerin! Sie sind ja genial! Sie sind ja riesig! Öh, Entschuldigung, das war nicht bildlich gemeint.«

»Und jetzt hau ab, du Zwerg! Ich dulde keinen Frauenschänder in meinem Haus! Du hast mir schon viel zu viel von meiner Zeit gestohlen.«

Sie fasst mich am Arm und schmeißt mich mit einem Ruck vor die Tür. Beim Rausgehen habe ich nicht mal den Fußboden berührt. Wie ein Müllsack poltere ich die Treppe herunter. Gleich danach landet auch Hans neben mir unten im Hausflur.

»Du Frauenschänder, lass dich hier nie wieder blicken! Und du elender Wurm bist in einer Stunde wieder zu Hause! Ich brauche jetzt meinen Mittagsschlaf.«

Ich fliege förmlich die restlichen Treppen hinunter. Aber Hans ist trotzdem vor mir auf der Straße.

»Mann oh, Mann oh, Mann, da hat die alte Schlampe aber mal richtig Glück gehabt«, flucht er.

»Du hast Recht«, sage ich, »so einen Sklaven wie dich hat auch nicht jede!«

»Was? Ich und Sklave? Dass ich nicht lache. Das hast du in den falschen Hals gekriegt. Die blöde Kuh hat Glück, dass ich nicht der Typ von Mann bin, der seine Ehefrau vor wildfremden Leuten verprügelt.«

»Wie ungerecht doch die Welt ist, Hans. Deine Frau verprügelt dich sogar vor deinen eigenen Freunden.«

»Hör mal, Osman, spinnst du, oder was?! Ich habe doch nur so getan. Aber wenn ich gleich wieder nach Hause komme, ha haa, da wird sie was erleben.«

Mein Kumpel Hans ist ein wahres Chamäleon!

Vor meinen Augen hat er sich vom Macho-Hans zum Waschlappen-Hans verwandelt. Und entwickelte sich auf der Straße blitzschnell zum Ausgeh-Hans. Um gleich drauf zum Angeber-Hans zu werden, so wie ich ihn seit eh und je bewundere.

»Wenn ich gleich zu Hause bin, dann werde ich sie an den Haaren packen und an die Wand klatschen!«

Ich gebe es ungern zu, aber nach diesen traumatischen Erlebnissen von vorhin haben die Sprüche von meinem Kumpel ein kleines bisschen an Glaubwürdigkeit verloren. Jetzt stelle ich mir Fragen, die mir vorher bei ihm nie in den Sinn gekommen sind: Wie will er an ihre Haare gelangen? Dafür bräuchte er schon eine sehr, sehr lange Leiter. Es sei denn, er meint die Haare an ihren Beinen. Und wie um Himmels willen will er sie hochheben, um sie anschließend an eine Wand zu klatschen? Dafür bräuchte er mindestens einen 20-Tonnen-Kran mit Ausleger. Nehmen wir mal an, er hätte beides in seiner Wohnung, eine Feuerwehrleiter und einen 20-Tonnen-Kran. Ich weiß, was dann passieren würde: Sie würde ihn an dem Kran festbinden, damit er das Haus auch mal von außen saubermachen kann.

»Nein, ehrlich, Hans, du hast dich völlig korrekt verhalten. Ein Mann von Welt darf gegenüber einer Frau niemals die Beherrschung verlieren. Wegen deines starken Charakters habe ich dich eben gerade wirklich beneidet. Du bist ein großes Beispiel für das männliche Geschlecht. Ich danke dir, mein Kumpel, für diese wundervolle Erfahrung!«

»Ich muss zugeben, Osman, es war nicht leicht für mich. Es hat einiges an Selbstdisziplin gekostet.«

Er gibt sich so viel Mühe, seine offene Wunde zu kaschieren. Deshalb will ich da auch nicht weiter rumstochern. Aber je mehr ich an das Monster in der Wohnung von Hans denke, desto mehr wird mir bewusst, was ich an Eminanim hatte. Ich habe bisher wie der Teufel das Weihwasser, oder wie der Mehmet die Arbeit, höllisch vermieden, nicht an glückliche Tage mit meiner Frau zu denken. Oder gar an meine eigenen Fehler.

Was würde das schon bringen? Gar nichts! Außer dass ich Eminanim noch mehr nachweine und noch mehr nachlaufe. Um dem vorzubeugen, laufe ich seit Tagen anderen Frauen nach. Ohne Erfolg! Keine einzige Frau beißt an. Bei meinem momentanen Aussehen müsste ich wohl sogar einen Kampfhund dafür bezahlen, damit er mich beißt.

Instinktiv sind wir »Zum Wohl« gelaufen. Welch ein Wunder, um die Zeit hat Hörbi schon auf, obwohl es keinen Fußball im Fernsehen gibt. Ich sehe mit großen Augen, dass dieser Tag, der mir viele unglaubliche Überraschungen bereitet hat, noch eine weitere dicke Überraschung parat hält: Hörbi knutscht hinter dem Tresen eng umschlungen mit einem fremden Mann!

Für mich ist der Mensch natürlich fremd. Unserem Hörbi scheint er allerdings auch nicht allzu vertraut zu sein. Sonst würden die beiden nicht die ganze Zeit versuchen, sich gegenseitig aufzufressen. So was passiert nur in der ersten Zeit. Später versucht man nicht mehr, sich gegenseitig auszulutschen, sondern kotzt sich an.

Montag, 4. April, 19:08 Uhr

»René, ich war gerade bei Hörbi in der Kneipe«, sage ich so nebenbei, als ich wieder zu Hause bin.

In dem Moment, wo ich Hörbis Namen erwähne, hört er schlagartig damit auf, wie ein Papagei ständig das gleiche Lied herunterzuleiern:

»Männer umschwirr'n mich wie Motten das Licht,
und wenn sie verbrennen, ja dafür kann ich nicht.
Ich bin von Kopf bis Fuß auf Liebe eingestellt,
das ist meine Welt
und sonst gar nichts.«

»Warum hörst du plötzlich auf zu singen? Na los, sing doch weiter«, tue ich ahnungslos, als wüsste ich aus eigener Erfahrung nicht zu genau, was für Orkane in einem wüten, wenn man nur den Namen des Verflossenen hört. Aber ich muss aufpassen. Ich will René nicht unnötig wehtun. Ich muss versuchen, ihm alles ganz behutsam beizubringen. So sanft und einfühlsam wie möglich.

»Ich bin schon fertig mit Üben!«

»Wie? Und was ist mit der feschen Lola?«

»Was meinst du damit?«

»Ich bin die fesche Lola,
der Liebling der Säsong.
Ich hab' ein Pianola
zu Haus' in mein' Salong.
Ich bin die fesche Lola,
mich liebt ein jeder Mann.
Doch an mein Pianola,
da lass' ich keinen ran!«

»Osman, nerv mich nicht! Ich will wissen, was Herbert gesagt hat!«

»Was soll er schon großartig gesagt haben? Er hat nur gerufen: ›Hallo, Osman, lange nicht gesehen, wie geht's?‹«

»Das interessiert mich überhaupt nicht! Ich will nur wissen, was er über mich gesagt hat! Hat er denn was über mich gesagt?«

»Ja, natürlich!«

»Was denn? Was denn? Was hat er über mich gesagt?«

»Das einzige, was er gesagt hat, ist: ›Wer ist René? Eine René kenn ich nicht‹!«

»Was soll das denn heißen, ›Eine René kenn ich nicht‹? Wieso redet er solchen Scheiß aus heiterem Himmel? Eigentlich müsste er sagen, dass er ohne mich nicht mehr leben kann! Oder im schlimmsten Fall, dass ich mich zum Teufel scheren soll! Was er natürlich bei einem Prachtweib wie mir nie über die Lippen kriegen würde.«

»Du hast Recht. So richtig aus heiterem Himmel hat er das nicht gesagt. Sondern weil ich von ihm unbedingt wissen wollte, wie er seine Situation denn René erklären will.«

»Was für eine Situation denn?«

»Ich habe zu ihm gesagt: ›Hörbi, wie willst du das René erklären?‹ Da hat er gesagt: ›Wer ist René? Eine René kenn ich nicht‹! Aber ich nehme an, dass er nur so blöd geantwortet hat, weil sein neuer Lover daneben stand.«

»Was?! Was?! Sein neuer Lover?!«, kreischt René kreideweiß. »Sein neuer Lover stand daneben, sagst du? Er hat eine Neue? Mich hat er nie in die Kneipe mitgenommen. Angeblich wollte er sich dort nicht outen. Wo hat er gestanden? Direkt daneben?«

»Also, zuerst stand er nicht direkt daneben. Die erste halbe Stunde waren sie damit beschäftigt, sich auf dem Tresen abzulecken. Also, wenn Hans und ich nicht eingegriffen hätten, dann hätten sie sich bestimmt gegenseitig aufgefressen. Die haben rumgeknutscht, als wollten sie alle Rekorde brechen.«

»Er hat mit einer Schlampe auf dem Tresen rumgeknutscht? Oh, mein Gott! Wie sah die Tunte aus?«

»Wie soll Hörbi schon aussehen? Viel verändert hat er sich nicht. Wie immer halt. Groß, grob, schwer von Begriff und um diese Zeit schon sturzbesoffen.«

»Ich meine doch nicht den Herbert, du Depp! Ich will wissen, wie die andere aussah. Wie hat sie ausgesehen? Was hatte sie an?«

»Also, was soll ich sagen, der Mann ist bestimmt Motorradfahrer. Er war von oben bis unten nur mit Leder bekleidet. Lederjacke, Lederhose, Lederweste, Lederschuhe, Ledermütze. Mit Lederbändern an den Handgelenken, Lederband um den Hals und einem dicken Schnurrbart.«

»Waaas? Ganz in Leder? Ein richtiger Kerl mit Schnurrbart? Das ist ja ekelhaft! Treibt er es jetzt mit Männern?«

»Hör mal René, bist du bescheuert oder was? Seitdem ich ihn kenne, ist der Kerl stockschwul.«

»Ja, aber bisher war er nur mit Mädchen wie mir zusammen. Jetzt treibt er es mit Kerlen! Igiitt, igiitt, bääääh! Ich kotz gleich!«, heult er und läuft laut schluchzend direkt zum Klo.

»René, jetzt reg dich doch nicht so auf! In paar Tagen hast du deinen großen Auftritt. Das ist doch viel wichtiger. Vergiss den Idioten doch einfach. Ich hab dir die Geschichte doch ganz behutsam beigebracht.« Aber René knallt die Tür zu und lässt mich stehen.

Geteiltes Leid ist halbes Leid! Jetzt, wo ich weiß, dass Renés Ex auch einen Neuen hat, geht's mir plötzlich entschieden besser. Vielleicht ist der Schnauzbart-Träger auch ein Mafioso. Schließlich war er ganz in Leder gekleidet und hatte am helllichten Tag eine schwarze Sonnenbrille auf.

Auf den Fernsehschirm sehe ich eine Nachricht an mich geklebt. Hurra, hurra, Eminanim will sich übermorgen mit mir treffen!!

»Um zehn Uhr bei Fatma Erkek, zusammen mit Frau Frau Doktor Nietzschelos-Freudkenner«, steht da in Renés Handschrift. Er hat anstatt Doppel-Doktor Doppel-Frau aus ihr gemacht und die Namen etwas durcheinander gewürfelt. Hoffentlich stimmt wenigstens die Uhrzeit. Ich renne mit dem Zettel sofort zu René ins Badezimmer und singe noch ein Lied aus Marlenes Repertoire, um ihn aufzuheitern:

»Wer wird denn weinen,
wenn man auseinander geht.
Wenn an der nächsten Ecke
schon der andere steht!«

Oh, mein Gott, der Idiot versucht sich aufzuhängen! Vielleicht habe ich ihm die Geschichte mit Hörbi doch nicht sensibel genug beigebracht.

»René, hör auf damit, bist du wahnsinnig!«, brülle ich und schubse ihn vom Klodeckel runter, noch bevor er sich die Schlinge um den Hals legen kann. René kommt ins Taumeln, versucht sich oben am Klokasten festzuhalten und kracht dann mit großem Getöse auf die Fliesen. Hoffentlich hat der sich nicht das Genick gebrochen! René sagt kein Wort! Er ist kreideweiß und totenstill. Ob ich in diesem Fall schuld wäre? Ist es strafbar, wenn man jemanden vor dem Selbstmord rettet und ihn dabei erst recht umbringt? Das Problem ist, dass ich die Schlinge nicht sehe. Habe ich mir das auch nur eingebildet? War das wieder so ein Apfeleffekt? Und was ist, wenn ich gar nicht beweisen kann, dass er sich umbringen wollte? Ich sage dem Richter einfach, René wollte sich das Leben nehmen und hat sich selbst vom Klo runtergestürzt!

Renés beide Knie sind verdreht und sehen sehr unnatürlich aus. Er hat sich offenbar beide Beine gebrochen. Aber das ist jetzt nebensächlich. Er kann ohne Probleme auf seine Beine verzichten. Bisher habe ich noch keinen Toten gesehen, der durch die Gegend hüpft oder Fußball spielt.

Renés Tod trifft mich völlig unvorbereitet. Ich habe nicht mal die Telefonnummer vom Leichenbeschauer. Plötzlich höre ich ihn ganz leise stöhnen. Will er mir etwa weismachen, dass er noch nicht ganz tot ist? Der Kerl will einfach weiter leiden.

Von mir aus, die Telefonnummer vom Notarzt kenne ich wenigstens.

»Osman, bist du denn bekloppt geworden, was habe ich dir denn getan? Warum hast du mich gegen die Wand geschmissen?«, stöhnt er.

»Was hätte ich denn tun sollen, René? Als ich sah, wie du dich aufhängst, da musste ich ganz schnell reagieren, um dich zu retten.«

»Was, mich erhängen? Spinnst du jetzt völlig? Oh, mein Kopf, oh, mein Kopf! Ich wollte doch nur die Klospülung anschauen. Die hat schon wieder geklemmt.«

»Ich war mir absolut sicher, dass du wegen Hörbis neuem Lover Selbstmord begehen wolltest. Aber ich konnte die Schlinge nicht finden.«

»Weil es keine Schlinge gibt, du Idiot!«

»Ja, sag ich doch. Wie wolltest du dich denn eigentlich ohne Schlinge erhängen?«

»Oh, mein Kopf! Guck dir diese Beule an, was du angerichtet hast. Ich ruf den Notarzt an!«

»Ich würd sagen, du bleibst liegen, und ich rufe den Notarzt an. Deine Beine sind etwas verknotet. Oder hast du es noch nicht gemerkt?«

»Oh Gott! Was ist mit meinen Beinen los?«

»Soll ich dir deine Beine wieder gerade machen?«

»Nein, nein, bloß nicht anfassen! Bloß nicht anfassen! Jetzt geh und ruf endlich den Notarzt!«

Bis der Krankenwagen kommt, darf ich seine Beine nicht ordnen. Aber Haare kämmen und schminken muss ich. Ihn natürlich, nicht mich.

»Gut, dass ich mir meine Beine gestern frisch rasiert habe«, stöhnt er.

»René, bleib ganz ruhig da liegen. Jetzt machst du noch Witze, weil du einen Schock hast und die Verletzung frisch ist. Aber gleich setzen die Wehen ein.«

Als endlich die Sanitäter da sind, bekommt René sofort

mehrere Schläuche in den Körper gesteckt und wird an einen Tropf angeschlossen. Sie legen ihn ganz vorsichtig, so verknotet wie er ist, auf die Tragbahre und schleppen ihn runter in den Krankenwagen. Ich soll in drei Stunden im Krankenhaus anrufen.

Als ich nach fünf Stunden mit meinem Ford-Transit zum Krankenhaus fahre, ist es schon lange nach Mitternacht.

Sein Pfleger sagt mir, dass René sich beide Beine gebrochen hat. Das hatte ich schon selber vermutet. Man kann sich nicht mehrere Knoten in die Beine machen, ohne sie dabei zu brechen.

»René, das sieht aber schick aus. Wo hast du denn den Gips her?«

»Er hat so lange Palaver gemacht, bis wir gezwungen waren, den Gips und den Rollstuhl rosa zu lackieren«, sagt einer der Pfleger reichlich genervt.

»Das glaube ich Ihnen gerne«, sage ich. »Meine Wohnung sieht mittlerweile nämlich schlimmer aus als ein orientalischer Puff!«

Mit drei Pflegern laden wir René mit seinem Rollstuhl hinten in den Ford Transit.

»Mach dir keine Sorgen, meine Junge. In ein paar Wochen gehen wir wieder joggen«, tröste ich ihn, während ich losfahre.

»Ach, daran denke ich überhaupt nicht. Ist mir völlig egal!«

»Woran denkst du denn sonst?«

»Frag nicht so dumm, weißt du doch!«

»Etwa an Hörbi?«

»Ja, natürlich! Meinst du, die haben sich sehr doll geknutscht?«

»Ich weiß es nicht. Es war unheimlich dunkel in der Kneipe.«

»Aber du hast doch gesagt, dass die sich gegenseitig fast aufgefressen haben.«

»Das stimmt nicht, René. Das hat Hans gesagt.«

»Also hat Hans das auch gesehen? Die ganze Welt wusste schon Bescheid, nur ich nicht!«

»Das hat nichts zu sagen. Du weißt doch, dass Hans sehr kurzsichtig ist. Und er hatte seine Brille nicht dabei, weil ihn seine Frau so plötzlich rausgeschmissen hat.«

»Aber du bist doch nicht kurzsichtig!«

»Ehrlich gesagt, sah der Kuss, den die beiden ausgetauscht haben, ziemlich harmlos aus. Mehr so ein freundschaftliches Küsschen auf die Wange.«

»Jetzt sag schon die Wahrheit, Osman. Mehr als mir beide Beine brechen kann ich ja nicht!«

»Wenn ich es mir so recht überlege, hätte es sogar seine Mutter sein können.«

»Was, die alte Elfriede ganz in Leder, mit Ketten überall? Willst du mir sagen, er treibt es jetzt mit seiner eigenen Mutter?«

»Vielleicht war Hörbi ja nicht mal dabei. Vielleicht hat seine Mutter ja einen neuen Liebhaber! Wer weiß, vielleicht waren wir sogar in der falschen Kneipe!«

Endlich sind wir vor der Wohnung. Ein Glück, dass Mehmet zu Hause ist. Zusammen tragen wir René samt Rollstuhl durchs Treppenhaus nach oben und legen ihn vorsichtig ins Bett.

»Was ist denn mit ihm passiert?«, fragt Mehmet, als wir im Wohnzimmer alleine sind.

»Ich habe ihm erzählt, dass Hörbi einen neuen Lover hat. Dann habe ich ihn erwischt, wie er sich umbringen wollte.«

»Echt? Er wollte sich wirklich umbringen?«

»Er stand auf dem Klodeckel. Ich habe ihn gerettet, ihm aber dabei leider beide Beine gebrochen.«

»Da hast du dich aber getäuscht. Wenn René auf dem Klodeckel rumturnt, dann will er sich garantiert nicht umbringen. Er will nur seine miese Stimmung etwas aufbessern.«

»Meinst du, es macht unheimlich Spaß, vom Klodeckel runterzuspringen?«

»Ach, Quatsch, der wollte doch nur an sein Drogendepot ran.«

»Was soll das heißen? Was meinst du mit ›sein Drogendepot‹?«

»Drogenversteck!«

»Das weiß ich auch! Soll das heißen, es gibt hier Drogen im Haus?«

»Na klar, jede Menge! Kaffee, Tee, Zigaretten, Bier und ein bisschen Koks.«

»Woher weißt du das? Nimmt René wirklich richtige Drogen?«

»Ja, hast du das denn nicht gemerkt, dass René sich hier tagtäglich eine Nase nach der anderen zieht? Dass es ihm nicht von Natur aus so blendend geht, obwohl ihn sein Liebhaber rausgeschmissen hat, das ist doch klar, oder?«

»Ja, wie das zierliche, kleine Kerlchen das verkraftet hat, das hat mir schon imponiert.«

»René ist völlig depressiv. Aber er will nicht, dass der Rest der Menschheit das mitbekommt.«

»Meinst du, dass er hier nur deswegen wie ein Irrer putzt und für Ordnung sorgt, weil in seinem Inneren so große Unordnung herrscht?«

»Natürlich! Aber hast du nie Renés verheulte Augen bemerkt?«

»Doch, doch, einmal habe ich es gesehen. Aber ich habe gedacht, er hätte Schminke hineinbekommen.«

»Er versucht uns und auch sich selbst was vorzumachen. Was meinst du, warum er uns, seit er hier ist, ständig Marlene-Dietrich-Lieder vorsingt, so dass selbst du mittlerweile alle Songs auswendig gelernt hast?«

»Blöde Frage, warum wohl? Weil er bei dieser Wohltätigkeitsveranstaltung auftreten will. Da freue ich mich schon drauf. Marlene in Gips und Rollstuhl.«

»Nein, nein, nein, darum ging's nicht. René versuchte mit Hilfe von Koks Marlene zu spielen, damit er sich nicht selber spielen muss. Im Grunde ist das haargenau das Gleiche wie mit Ottokar und seinen Außerirdischen.«

»Was mir jetzt Sorgen macht, ist dieses Drogendepot. Ich

werde verrückt im Kopf. Es gibt Drogen in meiner Wohnung. Gerade jetzt, wo ich fast täglich bei der Polizei lande. Wenn sie hier eine Razzia gemacht hätten, wäre ich wieder im Knast gelandet, und die hätten den Schlüssel für immer weggeschmissen.«

»Ach, da passiert schon nichts, bei den kleinen Mengen, die er im Spülkasten lagert.«

»Ehrlich gesagt, ich kann mir das nicht mal vorstellen. Immer, wenn ich mein Geschäft erledige und Spülung abziehe, kommt da doch nur Wasser raus und keine Drogen. Vielleicht wollte René ja bei dir damit nur angeben.«

»Wenn du meinst, dass es dir dann besser geht, dann glaub das mal.«

»Aber woher willst du das so genau wissen?«

»Weil wir uns schon des Öfteren gemeinsam die eine oder andere Linie reingezogen haben!«

Mittwoch, 6. April, 9:50 Uhr

Mit zittrigen Fingern klingele ich an der Haustür. Ich weiß gar nicht, warum ich so aufgeregt bin. Vielleicht, weil ich zum ersten Mal in meinem Leben die Wohnung von Erkek Fatma betrete, obwohl sie nur drei Häuser weiter wohnt? Oder weil ich in wenigen Minuten Eminanim wiedersehen werde?

»Du kommst aber später, als ich dachte«, nörgelt Erkek Fatma schon früh am Morgen mit mir rum. Dass sie mich nett und höflich begrüßen würde, habe ich sowieso nicht erwartet.

»Oh, Entschuldigung, sind die beiden schon da? Man hat mir gesagt, das Treffen ist erst um zehn Uhr. Wir haben doch erst Viertel vor zehn.«

»Natürlich sind die noch nicht da. Aber ich hatte erwartet, dass du noch viel früher hier antanzt. Schließlich ist es unübersehbar, dass du aus dem letzten Loch pfeifst.«

»Ach, weißt du, Erkek Fatma, mir geht's heute nicht so gut. Die ganze Nacht konnte ich wieder kein Auge zumachen. Und wenn, dann wurde ich von den schlimmsten Alpträumen geplagt. Tief in meinem Innern habe ich das ungute Gefühl, dass alles noch viel schlimmer kommen wird.«

»Was heißt denn noch schlimmer?«

»Du hast Recht, noch schlimmer geht's nicht mehr! Ich ahne Übles, was unsere Ehe angeht.«

»Eure Ehe bekommt heute den längst fälligen Gnadenschuss, könnte man sagen, wenn man böswillig wäre.«

»Genau, du kannst es also sagen.«

»Osman, heb dir deine Sticheleien und Verleumdungen für deine Noch-Ehefrau auf. Mit der bist du noch verheiratet, mit mir nicht. Vielleicht kann sie es ja ein letztes Mal ertragen.«

»Genau deswegen will ich nicht wieder heiraten, Erkek Fatma. Die Gefahr, so eine wie dich zu erwischen, ist doch recht groß.«

»Würde ich dir auch nicht raten. Aber du musst wissen, die Singles sterben früher als die Verheirateten.«

»Dafür sind die Verheirateten aber länger verheiratet.«

In solchen Situationen zweifele ich regelmäßig an der Existenz des gerechten Gottes. Wie kann man zulassen, dass so ein armer, niedlicher Kerl wie René sich beide Beine bricht, während so eine giftige Schlange wie Erkek Fatma fröhlich herumhüpfen und Ehen kaputtmachen darf?

Gut, bei René habe ich ein ganz klein bisschen dem Schicksal nachgeholfen. Aber wann werde ich wohl jemals das Glück und die Gelegenheit dazu haben, Erkek Fatma allein ohne Zeugen im Klo zu erwischen?

»Ach, wissen Sie, gnädige Frau Fatma, eigentlich bin ich ja ein herzensguter Mensch«, gebe ich klein bei, um nicht schon vor dem Spiel als Verlierer dazustehen.

»Da haben meine Ohren mir wohl einen Streich gespielt! Habe ich da richtig gehört, was hast du gesagt?«

»Ich habe gesagt, eigentlich bin ich ja herzensgut.«

»Von dem Schwachsinn rede ich nicht! Was hast du davor gesagt?«

»Ich habe gesagt, gnädige Frau Fatma.«

»Also bitte schön, seit wann bin ich denn gnädige Frau Fatma für dich?«

»Schon immer! Gegenüber Damen bin ich immer höflich und absolut zuvorkommend.«

»Das muss neu sein, davon habe ich bisher noch nie was mitbekommen!«

»Ich sagte ja auch ›gegenüber Damen‹ und nicht ›gegenüber Klapperschlangen‹«, antworte ich selbstverständlich nicht. In dem Fall könnte ich Eminanim für immer abschreiben.

»Osman, was hältst du davon, wenn wir einen kleinen Test machen, ob du wirklich ein guter Mensch bist?«

»Du willst testen, ob ich ein guter Mensch bin?«
»Ja, oder ob du überhaupt ein Mensch bist?«
»Willst du dich nicht zuerst testen lassen?«
»Brauche ich nicht. Habe ich gar nicht nötig.«
Was hat sie denn schon wieder ausgebrütet? In welche Falle will sie mich dieses Mal tappen lassen?! Was für ein faules Ei will sie mir denn jetzt ins Nest legen?
»Wovor hast du Angst, Osman? Traust du dich etwa nicht? Oder bist du doch kein guter Mensch?«
Endlich klingelt es an der Tür. Eminanim und Frau Doktor Doktor und so weiter und so weiter retten mich aus dieser verzwickten Situation.
»Guten Morgen, Eminanim, guten Morgen Frau Doktor Doktor Sigmunde Freudlos-Nietzschekenner«, rufe ich ausgesprochen höflich, während ich ihnen ihre Mäntel abnehme.
»Oh, das trifft sich gut, dass ihr beiden gerade kommt. Ich wollte mit Osman einen kleinen Test machen, ob er ein guter Mensch ist«, lässt die Hexe nicht locker.
»Oh, ein psychologischer Test, das hört sich ja interessant an«, sagt die Psychotante erfreut, »bei solchen Geschichten bin ich immer gespannt, wie sie aufgebaut sind. Na, dann mal los!«
Wenn ich jetzt nicht mitmache, dann sieht es so aus, als hätte ich Angst, als schlechter Mensch enttarnt zu werden, und mein hässliches, wahres Ich könnte zu Tage treten. Eigentlich brauche ich mir darüber keine Gedanken zu machen, denn die drei Damen sind ohnehin davon überzeugt.
»Ich kenne Osman, für so was hat er weder Interesse noch Verständnis«, ruft Eminanim und stürzt mich damit in ein noch größeres Dilemma.
»Keineswegs, natürlich freue ich mich darauf«, jubele ich. Ich muss und will meiner Frau zeigen, dass ich mich verändert habe. »Ich habe nichts zu verbergen. Ich habe in Wartezimmern von Ärzten reihenweise solche Testbögen ausgefüllt. Das Ergebnis in diesen Klatschmagazinen war immer, dass ich von Natur aus ein überaus guter Mensch bin. In einigen Tests habe

ich sogar Mutter Teresa und Mahatma Gandhi meilenweit übertroffen.«

»Ja, ja, sehr witzig, Osman, das glaubst du doch wohl selber nicht«, höhnt Erkek Fatma.

›Finde keine gute Wohnung, sondern finde gute Nachbarn‹, sagt ein türkisches Sprichwort. Ich habe leider beides nicht!

»Gnädige Frau Fatma, meine hochgeschätzte Nachbarin, das war es doch gerade, worauf ich aufmerksam machen wollte. Die Aussagekraft von solchen primitiven Tests in den Schundmagazinen ist doch gleich null! Ein halbes Dutzend solcher Tests haben gezeigt, dass ich ein besserer Mensch bin als Mahatma Gandhi. Aber ob ich wirklich ein besserer Mensch bin als Mutter Teresa, wie diese Tests behaupten, daran habe ich sogar selbst Zweifel. Ich weiß nicht, ich weiß nicht!«

»Doch, doch, Osman, warum eigentlich nicht? Wenn du dich ein ganz klein bisschen mehr anstrengst.«

»Meinst du, meine gnädige Nachbarin Fatma?«

»Ja, warum denn nicht? Du musst dich nur noch bisschen mehr anstrengen, um noch besser zu lügen. Dann findest du vielleicht irgendwo einen Idioten, der dir glaubt.«

Aus einer Klapperschlange wird eben keine Frühlingsblume! Da können die Naturwissenschaftler so viele Gene manipulieren, wie sie wollen.

»Frau Fatma, ich will Sie nicht drängen, aber ich habe nicht so schrecklich viel Zeit. Ich schlage vor, wir fangen jetzt sofort mit dem Test an«, mischt sich Frau Doktor Doktor usw. usf. ein.

»Das sehe ich auch so«, ruft Eminanim, »ich habe auch keine Zeit.«

Oh, verdammt! Das hört sich aber gar nicht gut an! Eminanim hat sich nicht viel Zeit für mich genommen. Sie will die Sache so schnell wie möglich hinter sich bringen und dann für immer aus meinem Leben verschwinden.

»Also, Osman, mein Test hat überhaupt nichts mit diesen Tests in den Zeitschriften zu tun. Dieser Test hier ist ein Erfahrungstest. Bist du dazu bereit?«

»Hmm … hmm, na ja«, murmele ich.

»Pass auf, hier kommt die Frage: Du siehst an der Haltestelle die Straßenbahn stehen. Von weitem läuft ein Mann die Straße runter, um die Straßenbahn noch zu erreichen. Welche Gedanken schießen dir in dem Moment durch den Kopf?«

Ich denke, diese verdammte Stadt ist so groß, warum musst du blöde Hexe ausgerechnet vor meiner Nase wohnen?

»Osman, nicht lange nachdenken. Spontan antworten. Sag schon, was denkst du in dem Moment?«

»Ich denke, der Mann will die Straßenbahn erreichen, bevor sie wegfährt.«

»Das wissen wir schon, das ist doch offensichtlich. Die Frage ist, wünschst du dir, dass er die Straßenbahn erreicht, oder möchtest du, dass sie vor seiner Nase wegfährt?«

Ich wünsche, dass alle Straßenbahnen, Busse, Züge, Flugzeuge, Taxis und Rikschas immer direkt vor deiner Nase wegfahren! Oder besser, dich überfahren!

»Eine hochinteressante Frage. Da bin ich aber neugierig auf seine Antwort«, freut sich Frau Freudlos.

»Ich kenne die Antwort«, sagt meine Frau, »Osman ist es so was von egal, ob der Mann seine Straßenbahn kriegt oder nicht. Ihm sind die anderen Leute völlig gleichgültig. Er ist die Gleichgültigkeit in Person.«

»Nun, was soll ich dazu sagen, einerseits, andererseits«, sage ich bedächtig, um nicht gleich das Kind mit dem Bade auszuschütten oder gar zu ersäufen.

»Wie bitte, was ist das denn für 'ne Antwort?«

»Es kommt ganz drauf an, wer derjenige ist, der die Straße entlangläuft«, sage ich diplomatisch. Ich weiß ja nicht, was für eine Falle sie für mich vorbereitet hat.

»Aha, so ist das also, du wünschst nicht allen Menschen, dass sie diese Straßenbahn erreichen? Du gönnst deinen Mitbürgern in brenzligen Situationen nicht unbedingt den Erfolg.«

»Öhm … eh … öh …«

»Mehr brauchst du doch gar nicht zu sagen! Es ist alles gesagt worden. Und so einer wie du behauptet also, ein guter Mensch zu sein.«

»Mein Gott, soll ich vielleicht einem Frauenmörder wünschen, dass er die Straßenbahn noch erreicht und dadurch vor der Polizei flüchtet? So dass er dadurch noch weitere Frauen ermorden kann?« Es sei denn, er killt Erkek Fatma.

»Ich habe gesagt, ein Mann läuft zur Straßenbahn, nicht ein Mörder läuft zur Straßenbahn! Noch habe ich nicht behauptet, dass alle Männer Mörder sind!«

»Wenn er zum Beispiel ein Messer in der Hand hält, von dem noch das Blut tropft!«

»Vergiss es, Osman, vergiss es! Du bist durchgefallen! Du bist durch und durch ein schlechter Mensch.«

»Frau, wenn du keine Zeit hast, warum wolltest du überhaupt dieses Treffen?«, wende ich mich an Eminanim.

»Ich habe gehofft, dass wir heute hier endlich einiges besprechen und aufklären können, damit niemand von uns in Zukunft im Zorn zurückschauen muss!«

»Mach dir da mal keine Sorgen. Ich werde bestimmt nicht im Zorn zurückschauen. Ich werde überhaupt nicht zurückschauen!«

»Herr Engin, ich habe den Eindruck, dass Sie sich immer sofort angegriffen fühlen. Für mich als Außenstehende bedeutet das, es besteht erheblicher Klärungsbedarf in dieser Beziehung.«

»Na gut, ich bin einverstanden, über alles zu reden. Deswegen bin ich ja hier. Ich bin bereit.«

»Breit wäre wohl der wesentlich passendere Ausdruck«, mischt sich wieder jemand von den billigeren Plätzen in die Diskussion ein.

Nein, nein, diesmal lasse ich mir das Treffen mit meiner Frau nicht von Erkek Fatma versauen! Diesmal nicht! Ich beiße die Zähne zusammen und versuche mich abzuregen, um einigermaßen normal zu wirken. Weder werde ich jetzt Eminanim nach Hause schleifen, noch werde ich Erkek Fatma über's Knie legen.

Urplötzlich packe ich Eminanim, reiße sie an mich und umarme sie sehr leidenschaftlich, dass sie im Gesicht blau anläuft.

»Hören Sie auf, Herr Engin, hören Sie doch auf! Sie kann nicht mehr atmen!«

»Lass sie sofort los, Osman! Wenn Eminanim was passiert, bringe ich dich eigenhändig um, du Schwein!«, brüllt die andere Hysterikerin.

»Was ist denn mit euch los? Darf ich denn nicht mehr meine eigene Ehefrau umarmen, oder was? Ich habe sie all die Wochen so schrecklich vermisst und will jetzt endlich mal mit ihr in Ruhe reden.«

»Und da hast du dir wohl gedacht, wenn sie tot ist, kann sie dir nicht mehr widersprechen!«, motzt sie wieder. Ja, wer wohl?

»Eminanim, ich bin doch immer noch ein junger Kracher, nicht wahr?«, zwinkere ich meiner Frau zu.

»Du meinst wohl, ein alter Knacker.«

Ich ignoriere die unverschämte Fatma und starte noch einen Versuch, meine Frau milde zu stimmen:

»Ich bin aber trotzdem immer noch dein Göttergatte, nicht wahr, mein Liebling?«

»Bestenfalls eine Götterratte«, zerrt jemand erneut an meinen Nerven. Aber ich lasse mich nicht zu einem Streit hinreißen; heute werde ich mich, trotz aller widrigen Umstände, beherrschen.

»Osman, so viel wie in den letzten beiden Tagen haben wir in den letzten zwanzig Jahren insgesamt nicht gesprochen«, röchelt meine Frau.

»Aber du musst auch zugeben, dass wir uns in den zwanzig Jahren auch nicht so oft gestritten haben.«

»Ist ja auch kein Wunder! Weil wir nie miteinander geredet haben!«

»Herr Engin, ich werde beim Amtsgericht erwirken, dass Sie Frau Engin nicht nahe kommen dürfen. Die arme Frau ist ja ihres Lebens nicht mehr sicher«, stellt die Psychologin plötzlich fest.

»Was heißt nicht nah?«

»Sie werden gesetzlich gezwungen, einen Mindestabstand von 20 Metern zu halten.«

»20 Meter? Das ist doch viel zu viel. Können wir uns nicht auf 2 Meter einigen?«

»Darüber verhandele ich nicht!«

»5 Meter?«

»Wir sind doch nicht auf dem Basar.«

»Also gut, 10 Meter.«

»Sie beide haben ein sehr großes Kommunikationsproblem. Ich gehe mal davon aus, dass Sie beide nie gelernt haben, den Ursachen von Problemen auf den Grund zu gehen.«

»Das vermuten Sie ganz richtig, Frau Doktor«, nickt Eminanim, »wir haben unsere Probleme nie ausdiskutieren können. Osman hat immer sofort geschmollt und mindestens zwei Wochen lang seine berühmte Fratze gezogen. Wenn er davon endlich genug hatte, hatte ich bereits vergessen, worüber wir uns eigentlich gestritten haben.«

»Na, daran siehst du doch, dass der ganze Streit mit Sicherheit nicht so wichtig war.«

»Immer wenn ich mit dir über was reden wollte, dann schrillten bei dir sofort die Alarmglocken. Ich brauchte nur in deine Richtung zu gucken und Luft zu holen, da hast du sofort gedacht, ich will Geld von dir. Oder was viel Lästigeres: über unsere Beziehung reden, oder gar Sex!«

»Ich habe letztens wirklich einige Male versucht mit dir rumzumachen, Eminanim, aber es hat irgendwie nicht geklappt, immer kam was dazwischen. Mal war es: ›Hör auf damit, die Kinder könnten was hören‹, oder ›Nimm die Finger weg, ich war gerade beim Frisör‹, oder ›Was soll das, ich habe meine Wechseljahre‹. Nur einmal war ich erfolgreich, aber das weißt du nicht mal, weil du damals ganz fest geschlafen hast.«

»Nein, Osman, das war doch genau andersrum! Du hast

immer irgendwelche Gründe erfunden, um deine Ruhe zu haben: Ich muss Fußball gucken, heute gibt's die Afrika-Meisterschaft‹. Oder ›Ich bin erkältet, meine Nase läuft‹, oder ›In Halle 4 habe ich mir heute mit dem Presslufthammer meine Dinger zerquetscht‹. Und das eine Mal, wo du glaubst, dass du erfolgreich warst, bist du sturzbesoffen nach Hause gekommen und hast dich über Mehmets Gummipuppe hergemacht.«

»Ach, Eminanim, es ist doch alles völlig normal. Bei allen Ehepaaren lässt das Gefühl, im siebten Himmel zu schweben, nach einer gewissen Zeit etwas nach.«

»Also, was das angeht, sind meine Gefühle nie über das Erdgeschoss hinausgekommen, geschweige denn jemals in den siebten Himmel!«

»Vermutlich haben sie immer im Keller gesteckt«, glaubt Erkek Fatma ergänzen zu müssen.

»Osman, einmal hast du sogar Blinddarmreizung vorgetäuscht, damit ich bloß keinen Sex verlange.«

»Emimanim, das ist völlig unfair! Du hast natürlich leicht reden. Aber ich bin selbstverständlich derjenige, der im Drei-Schicht-Betrieb in Halle 4 arbeiten muss. Und dass ich den Kindern ein gutes Vorbild sein muss, war ja auch selbstverständlich. Du solltest doch es mir hoch anrechnen, dass ich dir überhaupt so viele Kinder gemacht habe. Welcher Mann zeugt heutzutage noch freiwillig Kinder? Keiner! Die wollen nicht mal heiraten! Die wollen alle frei und ungebunden sein und im Gegensatz zu mir ihr Leben genießen.«

»Osman, du willst mir doch nicht jetzt im Nachhinein weismachen, dass du alle unsere Kinder absichtlich in die Welt gesetzt hast. Du hattest nur keine Ahnung von Verhütung.«

»Ich und verhüten? Das ist ja so, als wenn ich als Mittelstürmer aufgestellt werde, aber keine Tore schießen darf.«

»Herr Engin, die Frauen müssen auch wie wahnsinnig schuften. Sowohl auf der Arbeit als auch zu Hause. Und zusätzlich verlangt die Gesellschaft von ihnen, dass sie immer hübsch und sexy aussehen.«

»Ach, wenn Sie wüssten, der Kerl ist doch durch und durch lahmarschig«, ruft meine Frau, »selbst nachdem er sich seine Kreditkarte hat klauen lassen, lag er nur apathisch vor dem Fernseher, anstatt bei der Bank anzurufen.«

»Ja, weil ich mir sicher war, dass der Dieb mit meiner Karte weniger Geld ausgeben wird als du.«

»Ich will es noch mal wiederholen und ausdrücklich betonen: Sie beide haben ein extrem gestörtes Kommunikationsverhältnis! Diese unablässigen gegenseitigen Vorhaltungen sind nur bedingt förderlich«, mischt die Psychotante sich wieder ein.

»Ach, in unserem Verhältnis war schon immer alles mehr als gestört, Frau Doktor. Er hat mich in all den Jahren nie verstanden. Und wollte auch nie verstehen!«

»Ich kann es Ihnen richtig nachfühlen. Es bewegt mich so sehr!«, wird sie prompt bemitleidet.

»So, so, Eminanim, das beruht aber dann auf Gegenseitigkeit, würde ich sagen. Du hast ja auch nie versucht, mich zu verstehen.«

»Entschuldigung, Entschuldigung! Du hast ja so Recht! Ich hatte fast vergessen, wie unermüdlich du versucht hast, mir die Abseitsfalle oder die Viererkette im Fußball zu erklären. Und dass Werder vermehrt über die Flügel stürmen soll, und dass die tödlichen Pässe in die Tiefe präzise geschlenzt werden müssen. Ich bin dir dafür im Nachhinein auch sehr, sehr dankbar. Das hat unserem Eheleben wirklich ausgesprochen gut getan.«

»Frau Doktor Doktor Sigmunde Freudlos-Nietzschekenner«, wende ich mich diesmal Hilfe suchend an die Therapeutin. »Sie können sicher bestätigen, dass Fußball gucken die ganz offensichtliche Sehnsucht des Mannes nach Liebe ist. Das habe ich im Fernsehen von einem Ihrer Kollegen gehört. Er sagte, das ist so ähnlich wie bei Kindern, die sich in ihr Zimmer zurückziehen und dort einsperren.«

»Das stimmt, bei Kindern ist das so. Wenn die sich zurückziehen und von der Außenwelt abkapseln, dann ist das ein verzweifelter Versuch, Aufmerksamkeit zu erlangen. Sozusagen ein stiller Aufschrei nach Liebe! Aber ich kann mir beim besten Willen nicht vorstellen, dass einer meiner Berufskollegen das mit Fußballgucken gleichsetzt. Ich vermute, dass Sie das bei einer Comedy-Sendung gesehen haben. Es ist zu offensichtlich, was in den Männern vorgeht, wenn sie in Horden laut brüllend zum Fußballstadion laufen. Das ist ein Anzeichen der immer noch andauernden Barbarei der Männer, wenn sie bewaffnet mit Trillerpfeife, Fahne und Bier auf der Tribüne oder auf dem Sofa rumgrölen. Noch deutlicher kann man Kriegslust nicht demonstrieren. Wenn sie dann stundenlang brüllen: ›Wir ziehen den Bayern die Lederhosen aus!‹, hat dieses Hosen-Ausziehen garantiert nichts mit der Liebe zu tun, sondern mit der Sehnsucht nach ihrer Neandertalerzeit. Wo sie sich in Kriegsbemalung hordenweise gegenseitig den Schädel eingeschlagen haben. Allein deswegen empfehle ich allen meinen Klientinnen, dass sie ihre Traummänner noch möglichst in der Flirtphase einmal im Fußballstadion live erleben sollten. Da lernen sie ihren Traummann und die Männer allgemein viel besser kennen als bei zehn künstlich-romantischen Dinners mit Kerzenschein. Denn hinterher jammern sie ja doch, dass sie leider wieder nicht den Prinzen erwischt haben, sondern zum hundertsten Mal einen hässlichen Frosch geküsst haben. Weil es die Prinzen nämlich gar nicht gibt, außer im Märchen und in Hollywood. Es gibt nur am Anfang der Beziehung gut schauspielernde Männer!«

»Genau! Osman war am Anfang, also in den ersten zwei Wochen, auch die Höflichkeit und Aufmerksamkeit in Person«, petzt meine Frau.

»Eminanim, du warst aber nicht nur damals meine Prinzessin, sondern du bist es heute immer noch«, schleime ich dazwischen.

»Die Prinzessinnen, die ich kenne, die verbringen ihre Zeit in Palästen oder auf Gala-Bällen und nicht in der Waschküche«, macht sich Erkek Fatma bei mir noch unbeliebter.

»Eminanim, jetzt sei doch nicht so ungerecht! Das stimmt

doch gar nicht, dass ich nur über Fußball geredet habe. Mit deinem linksradikalen Sohn, dem Möchtegern-Revolutionär Mehmet, habe ich mich doch fast jeden Tag wegen dem Blödsinn, den er erzählt, in die Haare gekriegt.«

»Wahrscheinlich du mehr als er«, meint die Hexe 1 schon wieder dazwischenreden zu müssen. »Wie soll der arme Mehmet denn dich an den Haaren zu fassen kriegen? Wo nichts ist, da ist nun mal nichts!«

»Erkek Fatma, ich habe noch genug Haare auf dem Kopf. Und im Gegensatz zu anderen Leuten habe ich wenigstens keine auf den Zähnen!«

»Herr Engin, das ist ganz hervorragend, dass Sie mich jetzt darauf gebracht haben«, ruft Frau Freudlos diesmal richtig erfreut, »auf dieses Thema würde ich gerne genauer eingehen!«

»Sie wollen was über Erkek Fatmas Haare auf den Zähnen sagen? Das finde ich richtig prima von Ihnen. Es ist ohnehin ziemlich ungerecht, dass ich der Einzige bin, der fertig gemacht wird. Obwohl andere das wesentlich mehr verdient hätten. Ich will da keinen Namen nennen, aber Sie haben schon eine sehr gute Wahl getroffen«, strahle ich wie ein Honigkuchenpferd und zeige meine unbehaarten Zähne.

»Herr Engin, ich wollte nur auf das sogenannte politische Engagement der Männer etwas näher eingehen. Im Grunde genommen ist das nichts anderes als deren Hordenkriege beim vollkommen idiotischen Fußballspiel. In der Politik gibt es genauso Mannschaften und Fanclubs wie beim Fußball. Die völlig Untalentierten und die Versager gründen Fanclubs oder werden Kassenwart beim Ortsverein der SPD oder der CDU. Die besonders Gerissenen, Skrupellosen und Brutalen schaffen es bis zum Parteivorsitzenden oder bis zum Trainer und Vereinspräsidenten. Beide Horden geben ihren Gruppierungen dämliche Namen wie ›SC Union Berlin-Ost‹ oder ›CSU München-Süd‹. Und danach bei den Meisterschaften beziehungsweise den Wahlen wird getrickst, gespuckt, getreten, gedopt, gekokst und bestochen, was das Zeug hält. Der einzige Unterschied ist, dass der eine Haufen kurze Hosen anhat und der andere Krawatte und Kragen. Die Anhänger der einen Partei beschimpfen die Fans der anderen Clubs, und mit großem, ekelerregendem Gejohle ziehen sie dann von Stadion zu Stadion, von Wahlkampf zu Wahlkampf. Überall werden die Gefühle der Massen durch Alkohol und dumme Sprüche noch mehr hoch geputscht. Dass alle Generalsekretäre und Trainer Kokser sind, kann doch kein Zufall sein!«

»Aber, Frau Doktor, unsere Welt wird doch von Politikern regiert!«

»Glauben Sie allen Ernstes, dass unsere Welt von diesen mickrigen und selbstverliebten Betrügern regiert wird? Das weiß doch heutzutage jedes Kind, dass in Wirklichkeit die Banken die Fäden ziehen.«

»Mein Sohn Mehmet plappert jeden Tag auch in der Richtung. Meinen Sie, ich sollte ihm mehr zuhören?«, versuche ich mich mit dieser Frau nicht noch mehr anzulegen, da sie zur Zeit in Eminanims Gunst ganz oben steht. Ja, man könnte sogar sagen, sie thront!

»Ach, wenn Sie wüssten, wie Recht Sie doch haben, Frau Doktor Doktor Sigmunde Freudlos-Nietzschekenner«, ruft meine Frau in die Runde. Dadurch, dass sie die Psychologin bei ihrem vollen Namen nennt, versucht sie mir mal wieder klar zu machen, dass diese Frau viel gebildeter und schlauer ist als ich. Dabei hat sie einen so schönen, kurzen, leicht auszusprechenden Namen: Hexe 2!

»Aber das Ganze ist, wie gesagt, ein grundsätzliches Männerproblem und betrifft keineswegs nur Herrn Engin allein. Wenn Männer gerade keine Zoten von sich geben oder frauenfeindliche Sprüche klopfen, dann reden sie halt über Sport oder Politik. Männer verspüren den inneren Drang, die Situation mit irgendwelchen Banalitäten auszufüllen.«

»Also ich habe noch nie einen inneren Drang gespürt, irgendwas auszufüllen. Außer höchstens jeden Samstag meinen

Lottoschein. Ach, Eminanim, bist du wirklich sicher, dass du meinen Lottoschein nicht mitgenommen hast?«

»Sehen Sie, Frau Doktor, das meinte ich! Schon wieder weicht er aus. Und so wie Sie richtig analysiert haben, versucht er, das ernste Gespräch ins Lächerliche zu ziehen. Das ist seine Spezialität«, ruft meine Frau.

»Männer glauben, dass sie immer und überall witzig und cool sein müssen, und spielen den Hampelmann. Ungefragt geben sie dumme Sprüche und nichtssagende Banalitäten von sich, um ja nicht was Persönliches preisgeben zu müssen. Männer meiden es wie der Teufel das Weihwasser, mit anderen Leuten wirklich intim zu werden und über ihre wahren Gefühle zu reden. Nicht mal mit ihren engsten Freunden sind sie dazu in der Lage. Sie können es nicht und sie wollen es nicht. Es ist ganz offenbar nicht ihr Ding. Es macht ihnen absolut keinen Spaß!«

»Für Osman bedeutet Spaß in erster Linie, wie gesagt, Fußball gucken. Wenn ein dämlicher Fußballspieler, dessen IQ meist noch niedriger ist als der Rasen, auf dem er sein ganzes Leben lang rumtrampelt, ein Tor geschossen hat, dann ist das für Osman das höchste der Gefühle. Das müssen Sie mal gesehen haben, dann springt er wie ein kleines Kind auf dem Sofa rum und schreit wie ein Gehirnamputierter durch die Gegend.«

»Ich weiß, Frau Engin, und dazu versuchen diese Männer auch noch, die Strukturen unserer Gesellschaft mit Fußballausdrücken zu erklären. Weil sie zu einer normalen Kommunikation nicht mehr in der Lage sind. Genauso wie die vorhin erwähnten Politiker, die während der Wahlen von Sturm und Abwehr, von Defensivtaktik und Flügelkämpfen, von Fallrückziehern und Torriechern schwafeln.«

»Wenn das so ist, dann will ich es mal für Osman so formulieren, damit er es endlich kapiert«, wendet sich Eminanim zu mir rüber. »Osman, ich pfeife unsere Ehe jetzt ab. Das Spiel ist endgültig aus. Hast du das jetzt verstanden?«

»Nein, nein, nein, Eminanim, so einfach geht das nicht!

Ohne Trikottausch kommst du nicht raus. Abgesehen davon spielst du in der gegnerischen Mannschaft, du kannst nicht einfach abpfeifen. Du bist hier doch nicht der Schiedsrichter. Ihr Mädels habt vielleicht ein paar Begriffe aufgeschnappt, aber die Regeln habt ihr immer noch nicht kapiert. Es gibt nämlich noch die reguläre Nachspielzeit, dann die Verlängerung und anschließend das Elfmeterschießen. Unter Umständen sogar noch ein Wiederholungsspiel.«

»Frau Engin, das Traurige an der Sache ist, es betrifft nicht nur Ihren Mann alleine! Alle Männer sind so! Aber die Frauen denken, nur sie hätten den Griff ins Klo getan und den falschen Mann erwischt. Und einige versuchen es dann später mit der zweiten und gleich danach mit der dritten Ehe. Das Dumme ist, es klappt nie! Der richtige Mann für die Ehe, wie ihn sich die Frauen wünschen, der ist noch nicht geboren!«

»Das sage ich doch immer«, rufe ich, »eigentlich müssen Frauen Frauen heiraten, um endlich glücklich zu sein. Mit anderen Worten, es ist nicht alles meine Schuld.«

»Ach, Kinder, wenn ich euch so sehe, dann freue ich mich wirklich, dass ich nicht mehr verheiratet bin und meinen Alten aus dem Haus gejagt habe«, strahlt Erkek Fatma schadenfroh. »Das ist ja wirklich herrlich mit euch beiden!«

»Ach, tu doch nicht so«, antworte ich, »in Wirklichkeit bist du doch zutiefst traurig darüber, dass du nicht mehr jeden Tag die Gelegenheit hast, einen Mann fertig zu machen. Deshalb mischst du dich in den Ehekrach anderer Leute in der Nachbarschaft ein, um dich endlich wieder in diesem Glücksgefühl zu suhlen.«

»Hör mal, Fatma, es gibt ja schließlich auch Ehen, wo sich die beiden Partner verstehen«, greift meine Frau ein. »Nicht überall wird gekämpft und gestritten. Es gibt doch noch einige Ehen, die bis ins hohe Alter halten.«

»Eminanim, das sind die Leute, die sich irgendwie mit ihrer ausweglosen Situation arrangiert haben und weder ausbrechen können noch ausbrechen wollen«, ruft Erkek Fatma, »deshalb hocken sie wie zwei Gefängnisinsassen völlig apathisch und desinteressiert in der gleichen Zelle bis zum Tod nebeneinander. Nur wenn du mit der Langeweile und den ständigen Streitereien einverstanden bist, dann funktioniert die Ehe. Zumindest nach außen hin! Die Ehen funktionieren sowieso nur nach außen hin. Wie es im Inneren aussieht, das wissen nur die Überlebenden. Du glaubst gar nicht, wie viele Paare ich allein bei uns hier in der Straße erlebt habe, die mir einen Tag Romeo und Julia vorgespielt haben, und am nächsten haben sie sich dann mit viel Getöse scheiden lassen.«

»Erkek Fatma, das reicht jetzt nun aber wirklich!«, gehe ich dazwischen, »ich bin mir mittlerweile absolut sicher, dass du überglücklich wärst, wenn sich Eminanim von mir scheiden ließe!«

»Ach, Osman, wollen wir doch ehrlich sein, Fatma hat doch Recht! Unsere Ehe ist schon längst tot!«

»Aber Eminanim, wir wollten doch in guten und schlechten Zeiten zusammenhalten.«

»Osman, ich habe absolut keine Kraft und Geduld mehr, auf gute Zeiten zu warten. Gute Zeiten, schlechte Zeiten, das gibt's nur im Fernsehen. Bei uns gab's 25 Jahre nur schlechte Zeiten. Das ist ein bisschen einseitig. Ein sehr blödes Drehbuch, sage ich dir!«

»Ja, Eminanim, beides zusammen geht nicht«, lacht Erkek Fatma schadenfroh. »Du kannst nicht Leidenschaft, Romantik, Sex und dauerhafte Beziehung auf einmal haben wollen.«

»Das stimmt doch nicht! Ich kenne auch Paare, die dreißig Jahre und mehr glücklich zusammenleben«, stehe ich tapfer meiner Frau zur Seite. Meine wirkliche Meinung interessiert hier sowieso keinen!

»Ja, wie gesagt, die kenne ich auch«, lacht Erkek Fatma noch lauter, »die leben glücklich und zufrieden zusammen wie Brüderchen und Schwesterchen. Oder besser gesagt, wie eine gut funktionierende WG. Aber mit Sicherheit nicht als Liebespaar. Die Menschen sind halt nicht dafür geschaffen, sich über so einen langen Zeitraum erotisch anziehend zu finden. Und schon nach kurzer Zeit fangen sie mit ihren Spielchen an, mit fremdgehen und so. Dass Menschen so alt werden, war von der Natur überhaupt nicht vorgesehen. Früher sind sie ja mit höchstens 30 abgekratzt und brauchten sich über lange Ehen keine Sorgen zu machen.«

»Eminanim, bitte denk daran, was haben wir uns denn geschworen? Wir wollen zusammenbleiben, bis der Tod uns scheidet! Da war keine Rede davon, dass wir zusammenbleiben wollen, bis Erkek Fatma uns scheidet!«

»Herr Engin, es ist zwecklos, das Scheitern Ihrer Ehe Frau Fatma anlasten zu wollen«, spielen sich die Hexen den Ball gegenseitig zu. »Es ist nun mal eine unwiderlegbare Tatsache, dass über 50 Prozent aller Ehen in den Großstädten geschieden werden. Tendenz steigend. Deshalb sollten Sie froh und glücklich sein, dass Sie eine Partnerin hatten, mit der Sie 25 Jahre zusammenleben konnten. Das können die wenigsten Menschen von sich behaupten.«

»Warum geben Sie mir immer negative Beispiele? Können Sie nicht mal auch was Nettes sagen? Genauso gut könnten Sie mir sagen, dass ich froh und glücklich sein soll, dass ich weder Pest noch Cholera habe oder noch nie mit dem Flugzeug abgestürzt bin. Das würde mir im Moment genauso viel Trost spenden.«

»Herr Engin, meine Aufgabe hier ist es nicht, Sie zu trösten, sondern zur Klärung der Situation beizutragen. Ihre Frau hat mir berichtet, dass Sie in all den Jahren grundlos extrem eifersüchtig gewesen sind und ihr hartes Leben dadurch auch noch zusätzlich zur Hölle gemacht haben. Jetzt überlegen Sie doch mal genau, weswegen Sie eigentlich so eifersüchtig waren?«

»Was ist das denn für eine komische Frage? Weil ich meine Frau so schrecklich liebe, natürlich!«

»Ja, so einfach wollen wir es uns doch nicht machen. Denken Sie mal ein bisschen genauer nach. Waren Sie so eifersüchtig, weil Sie Ihre Ehefrau wirklich so sehr liebten oder weil Sie Ihre

Frau als Teil Ihres Besitzes gesehen haben? So wie Sie auf Ihr Auto aufpassen, damit es keine Kratzer bekommt.«

»Wenn er mir so viel Aufmerksamkeit geschenkt hätte wie seinem gottverdammten Ford Transit, dann hätte er aus mir die glücklichste Frau auf Gottes Erden gemacht«, jammert Eminanim. »Er ist mehr mit seinem Franz-Josef verheiratet als mit mir. Deswegen will ich den beiden Verliebten nicht mehr im Wege stehen. Ich räume zu Gunsten dieses klapprigen Ford Transit das Feld!«

»Es ist unübersehbar, Sie haben nie an Ihrer Ehe gearbeitet, Herr Engin.«

»Ich habe mir gedacht, ich arbeite jeden Tag von morgens bis abends wie ein Tier in Halle 4, das müsste als Arbeit reichen. Aber dafür ist meine Frau jetzt bis ans Ende ihrer Tage bestens versorgt.«

»Aber nur, wenn ich nächste Woche tot umfalle«, ergänzt Eminanim.

»Du darfst ruhig weiterleben, mein Schatz, es ist doch völlig selbstverständlich, dass ich jetzt Unterhalt an dich zahle.«

»Osman, du wolltest mir doch keinen Cent von deinen vielen Millionen geben!«

»Ich hab's mir anders überlegt. Ich kann dich doch nicht verhungern lassen.«

»Mach dir deswegen keine Gedanken, ich will dein Geld nicht. Du brauchst bald jeden Cent von deinem Arbeitslosengeld für dich selbst. Du wirst doch sicherlich bald gekündigt. Mehmet sagt, dass du schon die ganze Zeit nicht mehr arbeiten gegangen bist.«

Lotto-Millionäre gehen nicht arbeiten, sondern sie lassen sich bearbeiten, und zwar von attraktiven Frauen an einem schönen Strand. So sehe ich es jedenfalls immer in der Fernsehwerbung.

»Frau, das gehört sich aber so. Es geht gar nicht darum, ob ich zahlen will, ich muss es sogar!«

»Ich will aber nicht!«

»Eminanim, das ist vom Gesetzgeber so vorgeschrieben.

Wenn sich ein Paar scheiden lässt, dann wird der Mann wie eine Gans gerupft, und die Anwälte verdienen sich dumm und dusselig. So steht's in der Verfassung, sagt Hans!«

»Glauben Sie mir, Herr Engin, ich kann Ihre Situation sehr gut verstehen. Alle Beziehungen laufen mehr oder weniger nach demselben Muster ab. Ganz am Anfang einer Beziehung, wenn es ein bisschen kriselt und alles nicht mehr so hundertprozentig stimmt, dann sagen sich die Paare: Ach, lass uns heiraten, dann wird's bestimmt besser! Dann heiratet man mit einem Riesen-Tralala. Danach lassen sie sich richtig gehen und es läuft noch schlechter, dann sagen sie: Komm, lass uns ein Kind machen, das gibt unserer Beziehung den richtigen Kick! Die hoffen, die mit der Zeit entstandene Leere mit dem Kind füllen zu können. Aber in der Regel wird es mit dem Kind nicht viel besser, eher umgekehrt. Wegen der Erziehung des Kindes streitet man sich noch mehr als zuvor. Danach sagen sie sich: Komm, lass uns noch ein paar Kinder machen, vielleicht wird's dadurch besser! Aber stattdessen werden die Spannungen nur noch mehr. All diese Paare sehen natürlich, dass ihre Beziehung alles andere als glücklich und harmonisch verläuft. Aber sie haben nicht die Courage und das Selbstbewusstsein, sich in Würde zu trennen. Viele widmen sich dann, genau wie Sie, ganz ihrer Arbeit und versuchen, das Private völlig auszublenden. Das entfremdet die Partner logischerweise noch mehr voneinander. Deswegen beschließen die Leute in so einer Situation: Lass uns mal ein Haus bauen, das wird uns dann wieder näher zusammenrücken lassen! Wegen der Schulden und dem Handwerkerstress müssen sie dann rein körperlich wirklich zusammenrücken. Aber weil sie sich nicht mehr riechen können, wird die Situation dann völlig unerträglich. Und erst danach wird sich mit einer großen Schlammschlacht geschieden.«

Auf diese lange Rede fällt mir beim besten Willen keine Antwort ein. Ehrlich gesagt, ich habe nicht mal richtig kapiert, was mir die Frau damit sagen will. Deswegen komme ich zu dem Schluss, dass es wohl ein Scherz von ihr war.

»Ha ha ha, nicht schlecht«, grinse ich. »Uns beide können Sie ja mit der Geschichte nicht gemeint haben. Wir haben kein Haus gebaut, wir wohnen immer noch zur Miete. Stattdessen haben wir gleich einen ganzen Schwung Kinder in die Welt gesetzt. Das ist wesentlich billiger und macht mehr Spaß. Leider nur am Anfang.«

»Langfristig wird das auch Ihr hauptsächliches Problem bleiben, Herr Engin. Mit allen Frauen wird es Ihnen nur am Anfang Spaß machen. In Wirklichkeit wollen Sie aber nur mit Ihrer Mutter schlafen!«

»Sie sind noch viel perverser als ich! Was haben Sie für eklige Phantasien? Sehe ich aus wie ein Leichenschänder? Meine Mutter – Gott hab sie selig – ist schon seit vielen Jahren tot!«

»Es geht doch nicht um Ihre reale Mutter, sondern um das Bild Ihrer Mutter, das Sie in Ihrem Kopf haben.«

»Ich weiß schon, wie Sie das meinen«, sage ich und hole zum Rundumschlag aus, um allen Frauen mit dem zu imponieren, was ich mal von Mehmet in dem Zusammenhang aufgeschnappt habe. Und versäume natürlich nicht, ein intelligentes Wortspiel davor zu setzen:

»Frau Freud-Freudlos, Sie meinen natürlich die Kastrationsangst!«

Völlig unbeeindruckt kontert sie:

»Nein, davon rede ich nicht. Ich meine Ihren Ödipuskomplex!«

»Was für ein Ding?«

»Ach, lassen wir das sein, Herr Engin. Ihnen das jetzt erklären zu wollen, wäre wirklich eine Sisyphos-Arbeit.«

»Aha, jetzt spielen Sie auf meinen Spitznamen an: Sissipus!«

»Reden wir stattdessen mal Klartext: Was zu Ende ist, muss auch endgültig beendet werden! Ziehen Sie die Konsequenzen. Das Spiel ist definitiv aus. Ihre Frau hat es doch gerade sehr eindeutig zum Ausdruck gebracht.«

»Nein, nein, nein, so einfach geht das nicht«, wehre ich mich hartnäckig, »das Spiel ist noch lange nicht aus! Wir sind bestenfalls in der Tee- und Pinkelpause!«

»Es sieht so aus, als müsstest du dir jetzt einen anderen zum Anpinkeln suchen, Osman. Eminanim wird sich das von dir auf jeden Fall jetzt nicht mehr gefallen lassen«, bohrt Erkek Fatma erneut in meiner blutende Wunde und lässt den Dampfkessel meiner Geduld endgültig explodieren. Die Frau macht mich fertig! Ich kann mich beim besten Willen nicht mehr beherrschen:

»Erkek Fatma, ich weiß ja nicht, wie es zwischen dir und deinem Mann war. Aber ich habe meine Frau noch nie angepinkelt! Ist das klar? Wenn dein Mann es getan hat, habe ich vollstes Verständnis für ihn. Die Tatsache, dass ich mich ausnahmsweise mal in deiner beschissenen Wohnung befinde, gibt dir noch lange nicht das Recht, mich vor allen Leuten beliebig fertig zu machen. Also halt endlich deine verdammte, unverschämte Klappe!«

»Halt, halt, halt, Herr Engin, so geht das aber nicht! So diskutiert man nicht miteinander!«

»Osman, was soll denn das? Beherrsche dich bitte! Du bist hier doch nicht zu Hause! Wenn du Fatma so böse beschimpfst und beleidigst, dann gehe ich sofort weg, und du siehst mich nie wieder!«

»Das ist ja toll, Eminanim! Sie beschimpft und beleidigt mich schon seit Tagen, das stört dich nicht im Geringsten. Ich verstehe das alles nicht. Ich kann mich einfach nie alleine mit dir in Ruhe unterhalten. Immer muss eine Horde wild gewordener, frustrierter Frauen dabei sein. Ich finde das so was von unmöglich, dass wir uns ausgerechnet hier treffen müssen. Selbst das Bahnhofsklo wäre mir lieber gewesen.«

»Jetzt entschuldige dich sofort bei Fatma. Sonst beende ich auf der Stelle unser Gespräch!«

»Also gut, ich entschuldige mich. Aber warum will sie uns beide unbedingt trennen? Ich bin doch glücklich mit dir!«

»Du weißt doch, wenn es am Schönsten ist, sollte man aufhören. Sie will offenbar nur dein Bestes.«

»Eminanim, du nimmst meine Gefühle nicht ernst!«

»Endlich mal was Neues, Osman. Jahrelang hast du nämlich meine Gefühle nicht ernst genommen. Die Fußballergebnisse vom letzten Jahr waren für dich entschieden interessanter als meine Bedürfnisse.«

»Aber nur die von der ersten Liga«, versuche ich die Situation etwas zu entschärfen.

»Es ist nun mal eine Tatsache, dass es im Leben eines Ehemannes kaum was Gewöhnlicheres und Langweiligeres gibt als die eigene Ehefrau«, philosophiert die Ehezerstörerin Nummer 2. Die Nummer 1 ist nach meinem kleinen Wutausbruch in die Küche geflüchtet, um Kaffee zu kochen. Ich schäume regelrecht vor Wut. Ich könnte das Kaffeewasser schneller zum Kochen bringen als der Herd in der Küche.

»Nein, Osman, nein, und nochmal nein! Ich will meinen alten, demütigenden Job als Haushälterin in deiner Wohnung nie wieder haben. Guck, was aus mir nach all den Jahren geworden ist: nichts!«

»Wieso denn nichts? Du bist doch Hausfrau! Erst wenn du dich scheiden lässt, dann bist du nichts.«

»Osman, du weißt ja bis heute noch nicht mal, an welchem Tag ich Geburtstag habe.«

»Doch, weiß ich wohl!«

»Wenn du jetzt sagst, es ist der Tag, an dem Kamerun gegen Italien drei zu zwei nach Verlängerung gespielt hat, drehe ich dir den Hals um!«

»Ich habe dir doch an deinem Geburtstag öfters Telegramme geschickt.«

»Telegramme hast du doch nur bei deinen eigenen Geburtstagen an dich selbst geschickt. Um damit vor deinen Kumpels anzugeben. Und immer, wenn ich dir durch die Blume ganz dezent zu verstehen gegeben habe, dass du vergessen hast, mir ein Geburtstagsgeschenk zu machen, was hast du da geantwortet? Du hast gesagt, warum soll ich dir Blumen kaufen, wir sind doch verheiratet.«

»Ich wollte dir die ganzen Blumen bei deinem nächsten runden Geburtstag auf einmal schenken. Du weißt, ich bin kein Mann von Kleinigkeiten.«

»Einige runde Geburtstage habe ich zwischendurch auch gehabt. Auf welchen wartest du denn? Auf den hundertsten? Dann kannst du die Blumen gleich als Kranz auf mein Grab legen! Einen geklauten Kranz selbstverständlich.«

»Eminanim, ich finde es sehr unfair von dir, dass du dich gerade jetzt von mir trennen willst, wo es mir doch so schlecht geht. Habe ich dir schon gesagt, dass ich in letzter Zeit wahnsinnige Rückenschmerzen und höllische Magenschmerzen habe? Das mit den Nierenschmerzen, Gallenbeschwerden und der Mittelohrentzündung kennst du ja sowieso.«

»Du hast deine Prostata, Hämorrhoiden und die Potenzschwierigkeiten vergessen.«

»Die habe ich nicht vergessen. Aber über so was rede ich nicht vor allen Leuten. Ein Gentleman genießt und schweigt.«

»Und deinen Gehirntumor, wenn du mal Kopfschmerzen hattest, und die chronische Lungenentzündung, wenn du mal gehustet hast.«

»Herr Engin, Eminanim muss langsam anfangen, auch an sich zu denken und etwas egoistischer zu sein. Die ganze Menschheitsgeschichte über wurden wir Frauen ausgenutzt und ausgebeutet.«

»Ich sehe es ja ein, dass die Frauen irgendwann mal was dagegen tun sollen. Aber womit ich nicht klarkomme, ist, dass ausgerechnet meine Frau damit anfangen soll. Ohne mich, ganz alleine, wird es ihr noch schlechter gehen als bisher. Ich denke keineswegs nur an mich, wir ihr alle glaubt. Ich mache mir nur große Sorgen, dass sie dann in der großen, weiten Welt verloren geht.«

»Herr Engin, Sie haben keine Angst, dass Ihre Frau ohne Sie verloren geht. Sie befürchten vielmehr, dass Eminanim das alles ohne Sie schafft!«

»Aber Eminanim, wir dürfen uns nicht trennen. Wir haben

doch die Verantwortung für die Kinder. Soll die kleine Hatice etwa ohne Mutter groß werden?«

»Herr Engin, wegen der Kinder hat Ihre Frau ihr eigenes Leben immer wieder auf später verschoben. Inzwischen hat sie keine Zeit mehr, um es noch weiter zu verschieben! Sie können sie nicht mehr damit erpressen.«

»Ich erpresse sie doch nicht! Das habe ich noch nie getan! Aber sie muss auch an die armen Kinder denken, die als Halbwaisen aufwachsen werden. Wer weiß, was aus denen dann wird?«

»Wie ungeheuer groß die Unterdrückung der Frauen in der Vergangenheit war und wie schier unermesslich ihr Nachholbedarf ist, zeigt allein die Tatsache, dass sie jetzt sogar freiwillig zum Militärdienst wollen.«

»Ja, ist das denn nicht beknackt? Die Hälfte aller Männer wollen verweigern, und mein Sohn Mehmet würde sogar lieber auf dem Mond sein als in der Kaserne, und diese verrückten Frauen gehen freiwillig dahin.«

»Ich würde sagen, die Männer waren nur schlechte Vorbilder.«

»Eminanim, wenn dir diese Nachmacherei so wichtig ist, dann versuch doch wie ich in Halle 4 zu arbeiten«, wende ich mich an meine Frau. »Schiebe Überstunden mit Meister Viehtreiber oder lerne endlich Ford Transit fahren.«

»Oder versuch auch noch im Stehen zu pinkeln«, ruft jemand aus der Küche, auf den ich jetzt nicht näher eingehen will.

Mit Tränen in den Augen flehe ich meine Frau an:

»Eminanim, mach, was du willst, aber mach bitte unsere glückliche Ehe nicht kaputt.«

»Osman, im Grunde genommen war ich all die Jahre die einzige in unserer Ehe, die verheiratet war. Du hast dich ständig benommen, als wenn du Junggeselle auf Besuch wärst. Ich aber habe alle meine Wünsche, Hoffnungen und Träume immer unserer Ehe untergeordnet.«

»Frau, jetzt tu mal nicht so, als wenn du immer nur der Engel gewesen wärst. Mit deiner ständigen Meckerei und Ausfragerei hast du mich regelmäßig zu Weißglut getrieben. Mit deinen Unterstellungen hast du mir das Gefühl gegeben, als wenn ich dich permanent betrügen würde und Angst hätte darüber zu reden.«

»Alles ist da gewesen, Osman, alles ist da gewesen. Ich habe alles mitgekriegt.«

»Eminanim, ich sage es dir nochmals vor Zeugen: Ich hatte niemals Seitensprünge! Ich schwör's dir!«

»Mach dich nicht lächerlich, Osman, für wie blöd hältst du mich eigentlich?«

»Ich bin nie fremdgegangen. Es gab keine Seitensprünge. Höchstens mal einen kleinen Seitenhüpfer. Nicht der Rede wert!« Ob sie es schon weiß, dass ich im Puff war?

»So, so, Herr Engin, das ist also nicht der Rede wert? Ist es denn nicht immer das Gleiche? Wenn Männer so was tun, dann ist es immer nur ein kleiner Seitenhüpfer. Aber wenn Frauen auf solche Ideen kommen, dann ist es gleich der Weltuntergang.«

»Also, ich sehe das ein bisschen anders. Aber wenn das für Eminanim so war, dann bin ich natürlich sofort bereit, mich dafür nachträglich zu entschuldigen.«

»Ach, Osman, wenn du wüsstest, wie oft ich schon versucht habe, dich für dein Benehmen bei mir zu entschuldigen! Ich habe dir mindestens tausendmal gesagt, dass ich mich von dir scheiden lasse, wenn du dich nicht endlich änderst!«

»Ja, aber woher sollte ich denn wissen, dass du das wirklich ernst meinst? Jede Frau fängt doch gleich nach der Hochzeit mit diesem Geblubber an.«

»Und ich habe endgültig eingesehen, dass wir unsere Differenzen und Streitigkeiten nicht eher begraben können, bevor einer von uns beiden begraben wird. Und so lange will ich nun wirklich nicht warten!«

»Eminanim, kannst du nicht wenigstens so lange warten, bis die Kinder im Grab liegen?«

»Herr Engin, für Ihre Kinder wäre es bestimmt besser, dass

sie eine glückliche Mutter ohne Mann haben als eine unglückliche mit Ehemann!«

»Ja, aber so haben sie dazu auch noch einen unglücklichen Vater! Wer will das schon?! Wie willst du das verantworten?«

»Osman, ich komme dir mit der Scheidung doch nur entgegen. Jahrelang hast du gemeckert, dass du dir wie ein Gefangener vorkommst. Ich entlasse dich also hiermit vorzeitig aus dem Ehe-Gefängnis. Aber garantiert nicht wegen guter Führung.«

»Eminanim, es kann sein, dass ich den einen oder den anderen Fehler gemacht habe. Ich war jung, ich war unreif …«

»… und ich brauchte das Geld! Das sagen die mittlerweile berühmten Frauen immer, die in ihrer Jugend Nacktfotos gemacht haben«, vollendet eine nervige Stimme aus der Küche meinen Satz.

»Erkek Fatma, da können wir aber alle froh sein, dass du in deiner Jugend niemals Geld gebraucht hast«, rufe ich zurück.

»Herr Engin, ich habe mich lange mit Ihrer Frau unterhalten. Sie ist nachhaltig traumatisiert. Sie war ständig depressiv. Ihre Nerven liegen völlig blank! Und das seit Jahren!«

»Davon habe ich wirklich nichts gemerkt! Das Einzige, was ich immer mitbekommen habe, war, dass sie meine Nerven strapazierte.«

»Sie war so enttäuscht und traurig darüber, dass die Hochzeit, die Ehe, der sie jahrelang entgegengefiebert hat, sie nicht glücklich machte. Ganz im Gegenteil, sie musste sich ständig selbst verleugnen und alle ihre Wünsche hintanstellen, damit diese Ehe nach außen hin fortbestehen konnte.«

»Mein Gott, das hört sich ja so an, als hätte ich mich nie mit meiner Frau verstanden!«, rufe ich empört.

»So war es auch, Osman«, murmelt sie.

»Frau, warum sollen wir uns plötzlich nicht verstanden haben? Schließlich sprechen wir die gleiche Sprache und haben die gleiche Kultur. Und dazu haben wir noch fast die gleichen Interessen. Wenn du auch noch ein bisschen Fußball mögen würdest!«

»Herr Engin, es sind nicht die verschiedenen Kulturen oder die unterschiedlichen Sprachen, die eine Ehe kaputtmachen, sondern die Sprachlosigkeit! Nicht die ungleichen Interessen sind das Problem, sondern dass man kein Interesse mehr an dem anderen zeigt.«

»Für uns Frauen hat die Ehe nur Nachteile«, höre ich die lästige Stimme diesmal aus dem Klo, »wir verlieren auf einen Schlag unseren aufmerksamen Liebhaber!« Und sie stellt gleich danach noch eine Quizfrage wie in einer Game-Show: »Wie nennt man eine Frau, die beim Sex mit ihrem eigenen Ehemann laut stöhnt, zittert und Lustschreie von sich gibt?«

Und nachdem sie die Klospülung betätigt hat, beantwortet sie lautstark ihre eigene Frage:

»Eine elende Heuchlerin!«

Ich verstehe überhaupt nicht, wen sie mit diesem blöden Witz ärgern will? Die Frauen? Die Männer? Oder nur mich? Aber wenn alle Ehefrauen ihren Männern was vorgaukeln, dann kann man schlecht mich dafür verantwortlich machen. In Wirklichkeit ist es dem Mann doch so was von egal, ob die Frau nun stöhnt oder kreischt. Wahrscheinlich ist dieses Theater nur für die Nachbarin ausgedacht worden, um sie zu ärgern und neidisch zu machen.

Es stellt sich aber die Frage, warum die Frauen ihren Ehemännern im Bett was vorspielen, obwohl sie davon überzeugt sind, dass die Männer dabei nur an sich selbst denken. Nur, damit sie hinterher sagen können: »Alle meine Orgasmen waren vorgetäuscht«? Fragen über Fragen, auf die ich keine vernünftige Antwort weiß. In Wirklichkeit will ich nur meine Frau wieder zurückhaben. Aber wenn ich so darüber nachdenke, weiß ich mittlerweile nicht mal, warum ich das eigentlich will? Wahrscheinlich weil sie nicht will! Denn nach ihrer Theorie bin ich doch auf alles scharf, wozu sie keine Lust hat. Zusätzlich ist sie der Ansicht, ich würde mich deshalb von ihr nicht scheiden lassen, weil ich zu faul sei, mir ’ne neue Putzfrau zu suchen.

Ich konnte eben beobachten, dass der blöde Witz von Erkek Fatma auf das Gesicht von beiden Frauen ein kleines Lächeln gezaubert hat. Deshalb will ich versuchen, unser Gespräch etwas humorvoller zu gestalten. Ich habe gehört, dass es Frauen geben soll, die so was mögen.

»Eminanim, du spielst also mit dem Gedanken, dich von mir zu trennen? Gut, das ist dein gutes Recht«, zeige ich höchst sympathisch meine Zähne. »Aber ich verlange von dir, dass du mich in dem 1a-Zustand zurücklässt, in dem du mich vorgefunden hast.«

»Osman, du bist nicht der Einzige, der vor 25 Jahren ein bisschen knackiger und hübscher war. Oder willst du nur deine alte, unmögliche Hochwasser-Hose von damals wieder haben? Die war mindestens vier Nummern zu klein und zehn Zentimeter zu kurz.«

»Eminanim, ich habe niemals einen Hehl daraus gemacht, dass du es bist, die hinter meiner geschmackvollen Kleidung steckt. An dir ist eine der besten Modedesignerinnen der Welt verloren gegangen.«

»Und zusätzlich ist an ihr eine wundervolle Frau verloren gegangen«, meint die Toilette. Ich ignoriere den Pott und lege sofort noch ein Argument nach:

»Eminanim, du musst doch zugeben, unsere Ehe war alles in allem unglaublich glücklich.«

»Unglaublich schon, Osman, aber nicht glücklich. Wenn Fußball im Fernsehen war, durfte ich plötzlich besuchen gehen, wen ich wollte. Aber natürlich nur bei ganz wichtigen Spielen. Wie Weltmeisterschaft, Europameisterschaft, Championsliga, UEFA-Cup, Pokalspiele oder Meisterschaft. Nicht zu vergessen Fechten, Boxen, Basketball, Volleyball, Autorennen, Synchronschwimmen.«

»Eminanim, siehst du, du bist auch eine Expertin geworden.«

»Osman, ich stelle heute ganz überrascht fest, dass du in der Lage bist, wie ein ganz normaler Mensch zu reden, wenn du nur willst. Es tut mir fast Leid, dass wir uns scheiden lassen.«

»Eminanim, du kannst dich doch von mir nicht scheiden lassen. Was sollen denn unsere lieben Verwandten dazu sagen? Was würden denn unsere armen Kinder dazu sagen? Und das Allerwichtigste ist doch, was würde dein Gewissen dazu sagen?«

»Mit meinem Gewissen habe ich in der Hinsicht überhaupt keine Probleme. Aber was sagt dir denn dein Gewissen? Es redet sich wahrscheinlich den Mund fusselig, du schweigst und glotzt Löcher in den Fernseher.«

»Also, ich habe ein reines Gewissen.«

»Weil du es noch nie benutzt hast, Osman«, ruft Erkek Fatma, »es liegt bestimmt immer noch verpackt im Keller.«

»Eminanim, glaub's mir, ich bin nach wie vor völlig verrückt nach dir!«

»Osman, es ist ja nun nicht so, dass ich dich überhaupt nicht mehr sehen will.«

»Was?! Wirklich?! Eminanim will mich! Eminanim kommt zu mir zurück! Eminanim zieht bei mir wieder ein! Juppii, juppiiii, hurrraaaaaaa!!«

»Ich glaube, du hast da was falsch verstanden. Nur rein theoretisch wäre ich gern wieder mit dir zusammen, nicht so, wie es jetzt ist. Ich würde dich nur als ganzen Menschen zum Mann haben wollen. Leider gibt's dich nur noch als leere Hülle. Als Mogelpackung sozusagen. Denn all deine Gefühle und Empfindungen hast du auf Nimmerwiedersehen verdrängt.«

»Eminanim, es mag ja sein, dass ich unsere Beziehung für selbstverständlich gehalten und nicht intensiv daran gebastelt habe. Aber du musst doch zugeben, dass ich immer ein gutes Familienoberhaupt war und alles unter Kontrolle hatte.«

»Das Einzige, was du in all den Jahren wirklich unter Kontrolle hattest, war die Fernbedienung.«

»Eminanim, dieses Handy hier, das schenke ich dir. Damit du mich sofort von überall anrufen kannst, falls es Probleme mit den Kindern gibt«, tue ich höchst spendabel und drücke ihr das Handy von Mehmet in den Schoß, das ich heute Morgen aus seinem Zimmer geklaut habe. Aber es dauert keine Sekunde, da hat sie meine Pläne schon wieder durchschaut:

»Nee, neee, behalt das Ding lieber selber! Ich weiß genau, warum du es mir schenken willst. Damit du mich überall und zu jeder Zeit kontrollieren kannst!«

»Nein, nein, das verstehst du völlig falsch. Ich habe selbst eins. Ständig rufen bei mir irgendwelche wildfremden Frauen an und wollen sich mit mir verabreden. Ich verstehe auch nicht, wie sie so schnell erfahren haben, dass ich zur Zeit solo bin? Na ja, Eminanim, mir wäre es natürlich viel lieber, ausschließlich mit dir die schönen Dinge zu erleben. Mit der schönsten und begehrenswertesten Frau, die meine Augen je erblicken durften!«

»Osman, was ist los, geht's dir nicht gut?«

»Doch, mir geht's sehr gut. Ich fühle mich hervorragend. Ich möchte sagen, ich fühle mich wie Venedig: Durch alle meine Lebensadern strömt, wie in riesigen Kanälen, unendlich starke Sehnsucht nach dir. Wobei alle roten Blutkörperchen wie italienische Gondolieri die schönsten Liebeslieder für dich singen: Ooo sole mio, Eminanim, ooo sole mio. A mio amore, Frau, a mio amore! Nanay nanay nooom!«

Das habe ich aus Eminanims Romanen, die im Schlafzimmer rumlagen, gelernt. Mit ein paar Komplimenten und etwas Süßholz-Raspelei kann man angeblich jede Frau rumkriegen. Und weil Eminanim so was von mir noch nie erlebt hat, müsste der Trick eigentlich funktionieren. »In unserer Milchstraße gibt es zweihundert Milliarden Sterne. Aber keiner von denen leuchtet und funkelt so hell wie deine Augen, mein Engel!«

»Osman, hör endlich mit diesen dämlichen Albernheiten auf! Und nimm jetzt dieses bescheuerte Ding wieder zurück. Ich will keinen als Geschenk getarnten Kontrollapparat und erst recht keine als Kompliment getarnte Verarschung!«

Ich wusste es! Ich kenne die Frau zu gut! Sie mich natürlich auch!

Erkek Fatma kommt mit einer Kanne Kaffee und fünf Tassen

ins Wohnzimmer zurück und schaut mich besonders eigenartig an.

»Wieso denn fünf Tassen, erwartest du noch jemanden?«, fragt Eminanim.

»Keine Ahnung! Das ist nur für den Fall, dass sich Osmans Gewissen doch noch hier einfinden sollte.«

Alle im Raum lachen. Bei so viel Frechheit kann man nur fluchen oder lachen. Ich wähle jedenfalls die zweite Möglichkeit. Aber ich weiß beim besten Willen nicht, was für ein Gesicht ich dazu machen soll. Dass ich über ihren Witz gelacht habe, rettet mich nicht vor ihren Blicken. Sie mustert mich so demonstrativ neugierig, als sähe sie mich gerade jetzt zum ersten Mal.

»Erkek Fatma, was ist denn los mit dir? Sind deine Kontaktlinsen kaputt? Erkennst du mich etwa nicht mehr?«

»Osman, ich versuche nur herauszufinden, in welcher Phase du mittlerweile steckst. Immer noch in der ›Ich-bin-ein-Nichts! Eminanim, bitte-verlass-mich-nicht-Phase‹ oder in der ›Alle-Frauen-sind-sowieso-dämliche-Schlampen-Phase‹ oder schon in der ›Andere-Mütter-haben-auch-schöne-Töchter-Phase‹?«

»Erkek Fatma, such dir von mir aus irgendeine Phase aus. Mich würde doch nur interessieren, wann du endlich aus deiner ›Alle Männer sind Schweine, nur weil ich keinen abgekriegt habe-Phase‹ raus bist!«

»Herr Engin, es sollte Ihnen aber nicht egal sein, in welcher Phase Sie sich momentan befinden«, versucht natürlich auch die Nummer 2 ihren Senf dazuzugeben. »Wenn eine langjährige Beziehung in die Brüche geht, ist es zwingend notwendig, dass hinterher offensiv Trauerarbeit geleistet wird.«

»Von Ihnen höre ich nur, dass ich arbeiten muss!«

»An Ihrer Beziehung haben Sie nun wirklich nicht gearbeitet, wie wir alle festgestellt haben. Deswegen sollten Sie wenigstens an Ihrer Trennung arbeiten, damit es ein gesunder Abschied für alle wird. Sie müssen lernen, zu Ihren Gefühlen zu stehen und ihnen auch freien Lauf lassen. Nur so können Sie es schaffen, Ihre Frau loszulassen. Nur so können Sie sich auch langfristig für eine neue Beziehung öffnen. Sonst kommen Sie nie darüber hinweg. Und diese negativen Gefühle werden Sie jahrelang verfolgen und in periodischen Abständen immer wieder hochkommen!«

»Das hätten Sie wohl gerne, dass ich hier jetzt heule, weine, jammere, in Tränen ausbreche, krächze, ächze und winsele, was?«

»Herr Engin, da haben Sie was falsch verstanden. Trauerarbeit heißt doch nicht, dass Sie jetzt winseln und kriechen müssen. Es geht vielmehr darum, dass Sie sich bewusst machen, dass hier eine Trennung vollzogen worden ist. Dass es einen Schlussstrich gegeben hat. Sie müssen lernen zu akzeptieren, dass Sie die Talsohle erreicht haben, dass es Ihnen schlecht geht, dass Sie eine erbärmliche Kreatur sind.«

»Nein, nein, nein, Sie können sagen, was Sie wollen. Ihr werdet nie die Genugtuung bekommen, mich heulen zu sehen. Das schafft ihr nicht! Ihr nicht! Ist mir doch egal, dass Eminanim mich nicht will! Ich will sie sowieso nicht! Ich habe sie nämlich nie gewollt! Ein richtiger Mann wie ich wird garantiert nicht wegen so einem Blödsinn in ein tiefes Loch fallen! Er wird überhaupt nicht fallen!«

Ich gebe auf! Ich gebe endgültig alles auf und renne zu Tür. Aber bevor ich die Tür hinter mir zuknalle, setze ich ein überlegenes Lächeln auf und sage:

»Eminanim, du kannst wieder zurückkommen und mit deinem Lieblingssohn zusammenwohnen. Ich ziehe nämlich aus der Wohnung aus.«

»Wo willst du denn hin? Da bin ich aber neugierig.«

»Das darf ich dir leider nicht sagen. Das ist ein sehr großes Geheimnis.« Wenn ich von den Weibern so brutal torpediert werde und kläglich untergehen soll, dann sollen die Schuldigen auch nasse Füße bekommen. Meine von Natur aus neugierige Frau wird noch neugieriger:

»Ein ganz großes Geheimnis, sagst du?«

»Ja! Ich darf es dir nicht sagen, ich habe es versprochen!«

»Sei doch nicht so kindisch, Osman. Ich werde es ohnehin erfahren. Aber sicherlich ziehst du bei Ottokar ein.«

»Du hast Recht, du wirst es ohnehin erfahren. Also gut, ich sag's dir lieber gleich. Ich werde bei deiner besten Freundin einziehen.«

Ihr überlegener Gesichtsausdruck verflüchtigt sich zusehends:

»Bei meiner besten Freundin, sagst du? So was darfst du nicht! Ich lass mich sofort scheiden!«

»Damit kannst du mir nicht mehr drohen. Du lässt dich sowieso scheiden.«

»Wer ist diese Schlampe, die einer Freundin den Ehemann ausspannt?«

»Ich sagte doch, deine beste Freundin. Mehr darf ich nicht preisgeben.«

»Aber meine beste Freundin ist doch Frau Fatma.«

»Na gut, ich habe geahnt, dass du alles rauskriegst. Du hast Recht, es ist Erkek Fatma. Was meinst du wohl, warum wir dir seit Tagen dieses Theater vorspielen, als könnten wir uns nicht ausstehen und würden ständig nur streiten? Damit du von unserer Liebe keinen Wind bekommst.«

Eminanim sieht aus wie vom Blitz getroffen. Und Erkek Fatma hat es zum ersten Mal die Sprache verschlagen. Sie ist völlig perplex. Ich habe zwei Fliegen mit einer Klappe geschlagen.

»Du Schwein! Du bist echt ein Schwein! Hau ab, ich will dich nicht mehr sehen!«, knallt Eminanim ihre Kaffeetasse auf den Tisch. Erkek Fatma zuckt zusammen, als hätte man ihr die Tasse auf den Kopf geknallt.

»Frau, sei doch nicht wieder so ungerecht. Hat Erkek Fatma denn gar keine Schuld? Dazu gehören immerhin zwei.«

So, jetzt können sie sich gegenseitig die Federn rupfen. Ich grinse wie ein gebratener Hammelkopf, mache eine knappe Verbeugung beim Rausgehen und bemerke süffisant:

»Eminanim, jetzt mach doch aus einer Mücke keinen Elefanten. Es bleibt doch gewissermaßen alles in der Familie, ihr beide seid doch fast wie Schwestern.«

»Osman, ich will dich nicht mehr sehen! Geh zum Teufel! Endgültig!«, kreischt meine Frau kreidebleich.

»Erkek Fatma, es tut mir echt Leid, dass ich dich mit reingezogen habe. Aber irgendwann hätte Eminanim doch von unserer unschuldigen Liebe erfahren. Ich melde mich bald wieder, tschüs, Liebling!«

Mittwoch, 6. April, 13:13 Uhr

Wie kann ein Loch so tief sein?!

Es ist alles so finster um mich herum! Ich befinde mich wohl in einem dieser ekelhaften schwarzen Löcher, von denen Ottokar immer so geschwärmt hat. Das ist der endgültige Beweis dafür, dass Ottokar nicht ganz dicht ist. Wie kann ein Mensch nur von so was träumen?

Aber möglicherweise ist unser ganzes Leben hier nichts anderes als ein einziger Alptraum. Und deshalb fühle ich mich genauso wie eine von diesen ekelhaften Küchenschaben, die auf dem Rücken gelandet ist. Ich kann mich noch so sehr abrackern, irgendwie soll ich nicht auf die Beine kommen.

Ich habe die Befürchtung, dass ich deshalb nach dem Sinn des Lebens forsche, damit ich nur ja nicht auf die Idee komme, nach dem Sinn meines eigenen jämmerlichen und völlig verpfuschten Lebens zu fragen.

»Nach dem Weggang Ihrer Frau hatten Sie das Gefühl der Leere. Deshalb stellten Sie sich plötzlich die Sinnfrage«, sagte der Therapeut trocken. Aber ich glaube eher, dass das daran lag, weil Eminanim mich danach fragte.

Die Wahrheit zu wissen, bringt einen doch nicht immer weiter. Eher umgekehrt! Gut, mir gegenüber könnte ich vielleicht ein bisschen ehrlicher sein und sagen:

»Also Osman, sieh es ein, du bist dumm, hässlich, eingebildet und ein großes Arschloch! Du hast einen Geschmack wie ein Pferd und hast die meiste Zeit deines Lebens vor der Glotze verbracht und da auch nur Schund angeschaut. Du hast deine Frau immer schlecht behandelt, und um deine Kinder hast du dich auch nie gekümmert. Auf der Straße bist du jedem

Rock nachgerannt, selbst dem von einem hässlichen schottischen Opa, als es dunkel war. Du hast versucht, deine Arbeitskollegen gegeneinander aufzuhetzen, und deinem Meister kriechst du schon seit dreißig Jahren ständig in den Arsch!«

Wozu soll das gut sein?! Was habe ich davon, wenn ich mich in dieser Situation noch mehr fertig mache? Eminanim hat das ganz gut erkannt und sich gerade noch rechtzeitig aus dem Staub gemacht. Leider kann ich mich vor mir selber nicht aus dem Staub machen.

Oh Gott, bin ich unglücklich! Der Länge nach schmeiße ich mich auf das Wohnzimmersofa. Dieses alte Sofa weckt in mir allerlei Erinnerungen. Sogar weit entfernte Erinnerungen feuchter Art: Alle meine Kinder haben mindestens dreimal darauf gepinkelt.

Plötzlich kommt René aus dem Badezimmer angerollt.

»Na, Osman, da bist du ja schon wieder. Wie geht's dir jetzt?«, ruft er, während er seinen frisch geputzten rosafarbenen Rollstuhl manövriert. Offensichtlich hat er sich wieder zugekokst. Er hat sogar noch Reste vom weißen Pulver an der Nase. Aber wie kommt er denn mit kaputten Beinen oben an die Klospülung ran?

»Ich bin am Boden zerstört und völlig zerbrochen«, antworte ich.

»Du hast deine Beziehung genauso kaputtgemacht wie meine Beine.«

»Das ist unfair. Ich habe dich doch vor dem Genickbruch bewahrt.«

»Peter, Peter, komm zu mir zurück!
Peter, Peter, warst mein bestes Stück!
Peter, Peter, ich war so gemein!
Später, später, sieht man erst alles ein!«, trällert René plötzlich, trotz seiner kaputten Beine und meiner lädierten Laune, Marlene-Dietrich-Lieder.

»Eminanim, Eminanim, ich war so gemein!

Später, später, sieht man erst alles ein!«, trällere ich den Refrain mit und bilde mit meinem Schicksalsgenossen den Chor der Verlassenen.

»Super, Osman, hört sich doch gar nicht so schlecht an. Und jetzt nochmal«, spornt mein Vorsänger mich an. Ich und René singen im Duett, aber trotzdem jeder für sich:

»Eminanim, komm zu mir zurück!
Herbert, warst mein bestes Stück!
Eminanim, ich war so gemein!
Später, später, sieht man erst alles ein!«

»Ja, geht doch, Osman! Sehr schön. Jetzt nochmal alles von vorne.«

»Nein, danke, ich will dir nicht die Show stehlen.«

»Das hast du bereits.«

»Was soll das denn nun schon wieder heißen?«

»Na, wer hat mir denn vor lauter Neid die Beine gebrochen, damit er auf der Show-Bühne meinen Platz einnehmen kann?«

»Moment mal, im Gegenteil! Ich wollte doch nur verhindern, dass du die Weltbühne für immer verlässt.«

»Osman, du glaubst doch nicht allen Ernstes, dass ich in dem Zustand, mit zwei gebrochenen Beinen, auf die Bühne gerollt komme! Oder kannst du dich daran erinnern, dass Marlene Dietrich jemals im Rollstuhl aufgetreten ist?«

»Ich bin mir sicher, dass sie auch nicht mit einer Glatze aufgetreten ist.«

»Herr im Himmel! Wozu sind Perücken und Make-up da? Sie sah privat ja auch nicht aus wie Marlene. Sie hieß nicht mal so. Ihr eigentlicher Name war Maria Magdalena.«

»Mag ja sein, dass sie privat, wie alle anderen Frauen, keine Zaubermaus war. Aber garantiert war sie kein verlassener, erniedrigter, erledigter, hässlicher alter Mann mit krummen Beinen.«

»Du hast Recht, Osman. Eine hässlichere Marlene hat es nie gegeben und wird es nie geben. Aber du hast dich selbst in diese bekloppte Situation gebracht. Wir haben keine andere Wahl.«

»Ich habe eine andere Wahl: Ich mache nicht mit! Du trittst, ich meine, du rollst selber auf. Ich könnte dir lediglich helfen, dich auf die Bühne zu schieben.«

»Osman, wir haben nicht genug Zeit. Du bist die perfekte Notbesetzung. Du kennst alle ihre Lieder auswendig.«

»Was blieb mir denn anderes übrig? Ich war doch seit Wochen gezwungen, diesen Schwachsinn zu ertragen. Am besten, du fragst Mehmet. Er ist für alles Perverse zu haben. Mein Ruf ist ramponiert genug, das kann ich mir nicht leisten.«

»Mehmet kennt die Lieder nicht mal. Und die Veranstaltung ist schon morgen Abend.«

»Mehmet war schlau. Er ist jedes Mal geflüchtet, wenn du angefangen hast zu jaulen.«

»So, Osman, wir üben jetzt noch einen Song zusammen:
Männer umschwirr'n mich wie Motten das Licht,
und wenn sie verbrennen, ja dafür kann ich nicht.
Ich bin von Kopf bis Fuß auf Liebe eingestellt.«

»Hast du dir auch die Ohren gebrochen oder was? Nein, nein, und nochmals nein! Von mir aus kannst du dich auf deine Hinterbeine stellen.«

»Wie denn, du hast mir alle beide kaltblütig gebrochen.«

»Dann stell dich auf die Vorderbeine.«

»Du Egoist! Du elender Kotzbrocken! Willst du die Veranstaltung platzen lassen? Weißt du, wie viel Leute sich für diesen Abend vorbereitet haben? Die ganze Szene wird da sein. Das ist ein riesengroßes Wohltätigkeits-Event. Das Geld wollen wir zur Unterstützung der eingesperrten Homosexuellen in Ägypten spenden.«

Ich lasse René weiter schimpfen und verlasse fluchtartig den Raum. Ich ziehe mich in Mehmets Zimmer zurück und werfe mich auf das Bett. Das Zimmer sieht wieder so aus, als hätte eine Bombe eingeschlagen. Dieser Mehmet ist so unglaublich dreckig und schlampig, dass nicht mal der verrückteste Reinlichkeitsfetischist aller Zeiten es fertig bringt, sein Zimmer sauber zu halten. Ich muss natürlich René zugestehen, dass er seit zwei Tagen wegen seiner kaputten Beine in seiner Bewegungsfreiheit ein kleines bisschen eingeschränkt ist. Ich sehe ganz hinten unter dem Schreibtisch einen halb angeknabberten Apfel. Aber der hat schon Beine bekommen und versucht wegzulaufen. Die Maden auf dem gammeligen Apfel haben sich anscheinend vorgenommen, diese Kloake für immer zu verlassen. Selbst den Würmern ist Mehmets Zimmer zu verdreckt. Ich kann sie so gut verstehen.

Ich beuge mich vor, um das ekelhafte Ding in den Mülleimer zu schmeißen. Alles bewegt sich! Igitt!!

Diese Wür…, die Wür…, würg!!

Mein Gott, das sind keine Würmer oder Maden, was da zappelt! Das sind meine kleine Tochter Hatice und meine Frau Eminanim.

Das ist Ottokars Zauber-Apfel!

Donnerstag, 7. April, 16:12 Uhr

So unglaublich es auch ist; ich muss ohne Eminanim weiterleben! Und das ist dann wohl auch die Moral von dieser Geschichte:

Jeder lebt nur sein eigenes Leben! Jeder tritt die letzte Reise ganz alleine an. Oder jedes Schaf wird am eigenen Bein vom Schlachter aufgehängt.

Ich war all die Jahre felsenfest davon überzeugt, dass sie mir ganz alleine gehört. So wie ein Arm oder ein Bein. Ich fühle mich amputiert. Es schmerzt, als würde man mir ohne Betäubung bei lebendigem Leibe das Herz aus der Brust reißen. Nicht mal einen verfaulten Zahn oder den Blinddarm entfernt man ohne Betäubung.

Sie ist weg! Einfach so! Mir nichts, dir nichts!

Liebe kann man nicht erzwingen. Das Blöde dabei ist: An der Sehnsucht stirbt man nicht! Ich muss das alles aufschreiben. Sonst glaubt mir später niemand. Nicht mal ich!

Ich fühle mich völlig erschöpft. Ich bin müde vom Reden, ich bin müde vom Denken, ich bin müde vom Aufschreiben, denn es bringt alles nichts. Ich bin am Ende! Meine Gedanken, die Gefühle, unsere Diskussionen, die ganze Beziehung – alles dreht sich im Kreis wie ein billiges Dorfkarussell.

Das ist ja mal wieder typisch Mehmet! Er hat mich und René einfach eingesperrt. Der zerstreute Kerl verbraucht noch mehr Schlüssel als Frauen. Das letzte Exemplar, das wir im Haus hatten, habe ich ihm Anfang der Woche ausgehändigt. Den Schlüssel natürlich; keine Frau! Von Letzteren habe ich selbst keine.

»René, ob du es glaubst oder nicht, Mehmet, dieser Idiot, hat das Karussell mitgenommen«, rufe ich, während ich neben der Wohnungstür apathisch auf den Boden sinke.

»Aber das Dorf hat er doch hoffentlich dagelassen, oder?«

»Woher weißt du denn, was ich denke? Kannst du jetzt auch noch Gedankenlesen, oder was?«

»Ist überhaupt nicht nötig. Du führst schon seit Wochen Selbstgespräche.«

»Ja, dann weißt du sicherlich auch, dass Mehmet mit dem Haustürschlüssel verduftet ist.«

»Und wie kommen wir jetzt raus?«, kreischt er panisch, während er in den Flur gerollt kommt.

»René, uns bleibt nichts anderes übrig, als uns einen gemütlichen Abend vor dem Fernseher zu genehmigen.«

»Das kommt überhaupt nicht in Frage! Wir müssen zu dieser Gala.«

»Dann müssen wir leider aus dem Fenster klettern.«

»Gute Idee, aber ich glaube, mein Rollstuhl kann zur Zeit nicht so gut klettern. Der hat sich beide Beine gebrochen.«

»Ja, dann müssen wir doch zu Hause bleiben, da kann ich auch nichts für.«

»Osman, das ist wieder einer deiner miesen Tricks, um die Marlene-Dietrich-Veranstaltung zu sabotieren.«

»Nein, das war wirklich Mehmet. Keine Ahnung, warum er das getan hat. Wahrscheinlich hat er immer noch nicht überwunden, dass Marlene vor den Nazis nach Amerika geflüchtet ist und nicht in die Sowjetunion. Das hättest du ihm nicht erzählen dürfen.«

»Osman, hör auf mit dem Quatsch. Wir haben jetzt wirklich keine Zeit für deine blöden Witze. Gib mir das Telefon, ich ruf den Schlüsseldienst an.«

Nach einigen Telefonaten gibt René resigniert auf.

»Die können erst in zwei Stunden kommen! Und so was nennt sich Notdienst. Herr im Himmel, wie kommen wir hier raus, verdammt nochmal?«

»Durch die Tür. Wir benutzen dich als Rammbock.«

»Sehr witzig, ungeheuer witzig!«

»Wirklich! Das meine ich ernst.«

»Darf ich mir vorher einen Motorradhelm aufsetzen?«

»Nicht nötig. Ich will dich doch gar nicht mit dem Kopf gegen die Tür hauen, obwohl das auch eine gute Idee ist. Aber wozu hast du denn diesen knochenharten Gips am Bein?«

»Hör mal, willst du mich endgültig zum Krüppel machen? Reicht es dir nicht, dass du mir beide Beine gebrochen hast?«

»Jetzt stell dich nicht so an. Das geht ruck zuck.«

»Also gut, probieren wir es. Gebrochen sind sie ja ohnehin.«

Um richtig Anlauf zu nehmen, schiebe ich Renés rosa Rammbock bis in die Küche. Ich muss mich voll konzentrieren. Beim ersten Mal muss alles klappen. Ein zweites Mal wird er es mir garantiert nicht erlauben.

»Halt, Osman, was soll das denn werden? Wie weit willst du mich denn noch schieben? Wir wollen doch nicht das Römische Reich zu Fall bringen, sondern nur deine alte, vergammelte Wohnungstür.«

Ich bereite mich wie ein Bobfahrer bei der Olympiade auf meinen Einsatz vor und lasse mich durch keinerlei äußere Einflüsse wie Zuschauerrufe, Schiedsrichter, Kameraleute, Regen und Renés aus der Fassung bringen.

Ich schiebe den Wagen zweimal vor und zurück und wippe auf Zehenspitzen. Und dann schieße ich los wie ein Pfeil vom Bogen. Wie ein Gladiator lenke ich meinen Wagen auf das Ziel zu; wo ist meine Peitsche?

Kurz vor dem Ziel lasse ich René samt Rollstuhl weiterfliegen und werfe mich zur Seite. Auf dem Boden liegend sehe ich, dass der rosarote Rammbock wie ein führerloser Zug gegen unsere Wohnungstür donnert. Dann kracht es richtig, und ich sehe nur noch Staub. Gott sei Dank, offenbar hat es geklappt. Die gesamte Wohnungstür samt Rahmen bricht aus der Fassung und stürzt in den Flur. Ich bin gespannt, ob René diese Aktion überlebt hat.

Zum Glück haben wir im Flur ein Treppengeländer. Durch

den sich mittlerweile wieder legenden Staub sehe ich, dass sich René daran wie eine Fliege im Spinnennetz verfangen hat. Sonst wäre er genauso wie der Rollstuhl zwei Etagen runtergepoltert. Was auch keine schlechte Lösung gewesen wäre. Dann müsste ich ihn jetzt nicht wie ein Baby auf den Armen die ganzen Treppen runtertragen. Es war auch ganz schön schwierig, seine verkrallten Finger vom Geländer loszureißen. René ist im Gesicht weißer als die Wand und noch weniger gesprächig. Ich weiß nicht, warum er sich so anstellt? Meine tollkühne Aktion hat ihm wohl die Sprache verschlagen.

Er starrt mich mit aufgerissenen Augen an, während ich ihn auf den Armen nach unten trage und auf den Beifahrersitz des Ford Transit packe. Anscheinend hat er wirklich einen leichten Schock bekommen. Hoffentlich merkt er nicht sofort, dass seine Frisur ruiniert ist.

Während ich am »Zum Wohl« vorbeifahre, findet René seine Sprache wieder.

»Osman, bist du wahnsinnig? Jetzt bin ich endgültig felsenfest davon überzeugt, dass du mich umbringen willst!«, kreischt er und versucht, mich mit der Handinnenfläche zu schlagen, um seine Fingernägel nicht abzubrechen.

»Quatsch! Ich gebe mir doch nur Mühe, damit du rechtzeitig zu deiner Marlene Dietrich kommst.«

»Fahr langsamer, wie soll ich denn so den Lidstrich nachziehen? Ich steche mir gleich die Augen aus. Das ist doch wirklich ein Jammer, dass ich diesen tollen Körper jetzt in diesen blöden Rollstuhl zwängen muss. Osman, du denkst doch daran, dass du nicht zum Vordereingang fahren darfst, nicht wahr?«

»Wieso, wegen des Rollstuhls?«

»Wegen der Prominenz. Wir Künstler benutzen immer den VIP-Eingang.«

»Mecker nicht rum. Sei froh, wenn du überhaupt durch die Tür passt. Ich habe keine Lust, noch einen Rahmen raushauen zu müssen.«

Mit mehr Farbschichten im Gesicht als jeder Malerlehrling auf seinem verdreckten Blaumann stolpere ich auf die Bühne. René hat mein Gesicht drei Stunden lang so voll gekleistert, dass ich vorschlug:

»Also, bei derart vielen Schichten sollten wir aber eine Raufasertapete darunter kleben.«

»Nicht nötig, dein Gesicht ist rau genug«, ließ er sich nicht ablenken, während er mir erneut grünes Zeug ins Gesicht klatschte. Im Gesicht nahm die Pampe natürlich sofort eine andere Farbe an. Aber es war ja auch nicht anders zu erwarten ohne Unterputz.

»Mein Gott, jetzt halt doch mal still, Darling«, schimpfte er absolut stilvoll, »Osman, jetzt brauchst du noch einen Künstlernamen. Wir nennen dich; Osmania!«

Mein fünf Meter langer weißer Pelz putzt den Boden sauber, während ich die Bühne erklimme.

»Wenn das Mehmet sieht, bringt er mich um. Für diesen Fummel mussten garantiert Hundertschaften armer Tiere ihr Leben lassen. Dabei kann man den Boden mit einem herkömmlichen Besen reinigen«, hatte ich mich bei René beschwert.

»Das macht nichts, das sind Polyestertierchen. Die spüren keinen Schmerz.«

Ich habe eine so ekelhaft kurze Hose an, dass selbst meine Unterhose einen halben Meter länger war. An der hat René ziemlich rumschnippeln müssen.

»Unter den Hotpants darf kein Slip rausgucken. Jedenfalls nicht im Schritt«, meinte er, »und erst recht keiner, der aussieht wie eine alte Tischdecke.« Womöglich hat Eminanim meine Unterhosen wirklich aus alten Tischdecken zusammengenäht. Sie hat ja nie was weggeschmissen. Aus alten Jacken wurden Hosen für Hatice. Aus meinen Hemden wurden erst Röcke, dann Küchentücher. Und wenn die zu alt waren, wurde damit der Ford Transit abgetrocknet.

Ich habe mich aber tapfer gewehrt, als René meine Beine und den Schnurrbart rasieren wollte. Da war Schluss mit lustig! Ob für meine blonde Langhaarperücke ein blondes Pferd herhalten musste, weiß ich nicht; jedenfalls habe ich seit Jahren wieder Haare auf dem Kopf und nicht nur auf dem Rücken. René sagte:

»Jeder Schimpanse wäre mit der Wolle glücklich, die du auf dem Rücken hast. So kommt man gut durch den Winter.«

Mit den zehn Zentimeter langen, feuerroten Fingernägeln, die René mir auf die Finger geklebt hat, habe ich Probleme, das Mikrofon anzufassen. Der Mikrofonständer ist mir eine willkommene Stütze, um bei diesen hochhackigen Schuhen – ganz zu schweigen von den schwarzen Strapsen – nicht sofort auf die Nase zu fallen.

»Das reicht, ich sehe schon aus wie sie«, platzte mir zum Schluss der Kragen.

»Was soll das heißen, du siehst schon aus wie sie? Bilde dir bloß nichts ein«, wies mich René zurecht, »Marlene dreht sich im Grabe um.«

Nach einem langen Überraschungsmoment, in dem das fassungslose Publikum sich nicht entscheiden kann, ob es lachen oder weinen soll, bekomme ich plötzlich tosenden Beifall. Mindestens 500 Leute klatschen sich enthusiastisch die Hände wund.

Ich sehe, wie René neben der Bühne – für die Zuschauer nicht zu sehen – vor lauter Lampenfieber mit seinem Rollstuhl hin und her zappelt.

»Fesch, fesch, fesch«, ruft er mir zu.

»Vielen Dank für das Kompliment, René. Das ist ganz allein dein Verdienst, dass ich aussehe wie ein wild gewordener Indianer auf dem Kriegspfad«, nicke ich wohlwollend zu ihm rüber und mache eine elegante Verbeugung.

»Nicht du bist fesch, du Idiot! Fang schon endlich an, die fesche Lola zu singen, los! Hörst du denn nicht, die Musik läuft schon!«

Das lasse ich mir nicht zweimal sagen. Was Normales kriege ich nämlich vor lauter Aufregung nicht raus. Nicht mal »Guten Abend«.

»Ich bin die fesche Lola,
der Liebling der Säsong.
Ich hab' ein Pianola
zu Haus' in mein' Salong.
Ich bin die fesche Lola,
mich liebt ein jeder Mann.
Doch an mein Pianola,
da lass' ich keinen ran!«

Dabei setze ich mich auf den großen Barhocker. Aber nicht, wie Marlene es getan hat, um elegant und sexy auszusehen, sondern nur, um nicht umzukippen vor lauter Aufregung und Schamgefühl; und wegen dieser hochhackigen Schuhe. Selbst auf dem Hocker umklammere ich immer noch wie ein Ertrinkender den Mikrofonständer.

Ein Glück, dass diese Veranstaltung nur Schwule und Lesben anspricht. Oder diejenigen, die es mal werden wollen. Gott sei Dank habe ich in solchen Kreisen keine Verwandten und Bekannten, die mich in dieser unglaublich peinlichen Situation sehen könnten. Außer vielleicht die, die hier in der ersten Reihe stehen: Mein Psychotherapeut Johannes, Frau Rostlaube, mein Fahrraddieb, der Detektiv, die beiden Polizisten, Doktor Gutdünken, seine Helferin, die japanische Reisegruppe, die Filmgruppe aus dem Frauenhaus, die gesamte Belegschaft von Halle 4 und mein Meister Viehtreiber, Igu vom Bordell, der Mafioso mit Hund, Frau Fischkopf, Hörbi, Hans, Ottokar, sein Betreuer Werner Liebmich, Frau Ingeborg Lehrknecht-Ziegenbart, Opa Prizibilsky, Frau Doktor Sigmunde Nietzschekenner, Erkek Fatma, Recep, meine Schwiegertochter Helga, mein übsches Albesun Antoinette-Annkathrin, mein kommunistischer Sohn Mehmet, meine kleine Tochter Hatice und meine Frau Eminanim.

Oh Gott, was machen die denn alle hier?!

Mir kann keiner erzählen, dass all diese Leute wegen der eingesperrten ägyptischen Schwulen da sind. Ich bin mir absolut sicher, dass ich diesen peinlichsten Moment meines Lebens ausschließlich Mehmet zu verdanken habe. Er hat garantiert die ganzen Leute hier zusammengetrommelt. Ich versuche verzweifelt mit meinen langen, dünnen Absätzen das dicke Parkett zu durchbohren, um auf der Stelle im Erdboden zu versinken.

Mit »Osman, Osman«-Jubelrufen kocht der Saal, während die lesbischen Frauen und japanischen Touristen um die Wette filmen. Obwohl ich niemandem in die Augen schauen kann oder will, kreuzen sich für eine Sekunde meine Blicke mit denen Eminanims. Diesen Blick meiner Frau kann ich beim besten Willen nicht klar deuten. Ihr Blick ist so vielschichtig wie meine gegenwärtige Gesichtsfarbe. Die oberste Schicht ihres Blickes sagt: »Du bist lächerlich! Du bist Geschichte, mein Junge.« Die zweite Schicht sagt: »All die Jahre hast du den Macho raushängen lassen. Kaum bin ich aus dem Haus, springst du in Frauenkleidern auf der Bühne rum.« Die dritte Schicht droht: »Ich bringe dich um, wenn du jemandem verrätst, dass wir uns kennen!« Die vierte Schicht flüstert: »…, …, …« Ist das wahr? Habe ich das richtig gesehen? Mein Herz schlägt wie verrückt, und ich mache eine spontane Programmänderung. Ich gebe dem Techniker ein Zeichen und krame ein ganz neues Lied aus meinem Marlene-Dietrich-Repertoire heraus und singe ganz ohne Musik:

»Man lebt in einer großen Stadt
und ist doch so allein!
Der Mann, nach dem man Sehnsucht hat,
scheint noch nicht da zu sein.
Man kennt ihn nicht und kennt ihn doch genau,
und man hat Angst, dass er vorübergeht.
Und sucht bei andern ihn und bleibt doch seine Frau,
bis man ihm plötzlich gegenübersteht.
Und da weiß man nicht, was man sagen soll,
und man findet alles so banal.
Und man nahm doch früher gern den Mund so voll,
und jetzt stottert man mit einem Mal.
Alles das, was man sich vorgenommen hat,

ihm sofort im ersten Augenblick zu sagen,
das vergisst man glatt, denn es sagt sein Blick,
dass er einen längst verstanden hat.«

Der Saal tobt. So viel Beifall hat nicht mal der FC Bayern München bekommen, als er das letzte Mal deutscher Meister wurde. Meine Verwandten und Bekannten in den ersten Reihen erledigen ihre Aufgabe als Anheizer sehr gut. Tausend Hände grabschen nach mir auf der Bühne. Niemanden hält es mehr auf den Sitzen. Eminanim auch nicht. Sie kämpft sich durch die Masse und drängelt sich bis zu mir an die Bühne.

»Osman, was ist denn mit dir los? Du und ein Marlene-Dietrich-Auftritt?

»Eminanim, ich bin vielseitig interessiert und kulturell unglaublich beschlagen. Aber ich gehe damit nicht hausieren wie einige andere.«

»Aber was ist denn mit deiner anderen Hälfte passiert?«

»Eminanim, ich laufe schon seit Wochen als halber Mann rum. Meine bessere Hälfte hat mich doch verlassen, falls du es noch nicht mitbekommen haben solltest.«

»Doch, doch, davon habe ich schon gehört. Ich meinte aber eher, dass du unglaublich viel abgenommen hast. Wie geht's dir denn so?«

»Ich muss ab und zu heulen, aber sonst geht es mir bestens.«

»Du denkst also wirklich immer noch an mich?«

»Nein, überhaupt nicht mehr! Das habe ich fest im Griff. Mein persönlicher Rekord liegt zur Zeit bei 2 Minuten und 23 Sekunden. Allerdings wurde mir in der Zeit ein Weisheitszahn gezogen. Eminanim, ich glaube, mittlerweile weiß die ganze Welt, dass du mich verlassen hast. Ständig rufen unsere ganzen Bekannten und Verwandten an, um mich zu trösten. Oder zu ärgern, wie man's nimmt!«

»Beruhige dich, Osman, das geht mir nicht anders. Und hilft dir das wenigstens etwas?«

»Überhaupt nicht. Die fangen nämlich alle nach ein paar Minuten an, ihre eigenen Eheprobleme zu erzählen. Ich sage dann: ›Hey, hey, Leute, es geht hier um mich! Ich bin derjenige, der kurz vorm Durchdrehen ist!‹«

»Osman, ich muss zugeben, heute siehst du wirklich toll aus.«

»Eminanim, wenn du deinen Besuch angekündigt hättest, dann hätte ich mir auch noch die Beine glatt rasiert. Sogar beide.«

»Die Fassade ist richtig bemerkenswert. Da hat René sich enorm viel Mühe gegeben.«

»Eminanim, unter der Fassade herrscht ein unglaublicher Aufruhr, wie bei einer südamerikanischen Gefängnisrevolte.«

»Ach, wie süß«, strahlt sie.

»Was? Gefängnisrevolten findest du süß? Du bist ja noch perverser als das Pack hier!«

»Nein, ich meine doch diesen Brief, den du an mich geschrieben, aber nicht abgeschickt hast. Ich fand das so unendlich süß, wie du den vor allen Leuten im Postamt vorgetragen hast. Mehmet hat mir die Videokassette von den japanischen Touristen besorgt.«

Aha, daher also der Sinneswandel!

»Habe ich mir doch gleich gedacht, dass er die ganze Truppe hierher bestellt hat.«

»Ja, denn er will gleich seine Verlobung mit Antoinette-Annkathrin bekannt geben. Da müssen wir doch als Vater und Mutter dabei sein.«

»Hä? Wie bitte?«

Oh Gott, deshalb war dieses Mädchen also so nett zu mir!

»Und was ist mit deinem schmierigen Mafioso da hinten?«, traue ich mich endlich zu fragen und deute mit dem Kopf zu ihm hinüber.

»Als ich von Mehmet hörte, dass du auf ihn eifersüchtig bist, da habe ich mich fast weggeschmissen. Das ist Opa Heinrich. Er wohnt bei Recep im Haus und ist seit vierzig Jahren blind. Ich habe ihm ein paar Mal beim Einkaufen geholfen.«

Die Steine, die mir gerade vom Herzen fallen, passen nicht

mal in diesen Saal, geschweige denn auf die kleine Bühne. Ich hebe Eminanim mit einem Ruck auf die Bühne, so wie die Rockstars ihre Groupies. Ich klettere auf den Barhocker und zerre sie auf meinem Schoß, obwohl sie sich wegen der vielen Leute wie ein junges Mädchen ziert. Wie ein Klammeraffe halte ich mich von hinten an ihrer Taille fest.

Ich singe fröhlich mit meiner neuen alten Partnerin im Duett:

»Ich bin von Kopf bis Fuß auf Liebe eingestellt,
denn das ist meine Welt
und sonst gar nichts.«

Ich mache eine kleine künstlerische Pause und gebe meiner Frau einen dicken, vollen, langen Kuss auf den Mund. Fassungslos vor Glück beobachte ich dabei aus den Augenwinkeln, wie René und Hörbi, Hans und Erkek Fatma, Mehmet und Antoinette-Annkathrin, Hatice und Pokémon, Ottokar und sein Intergalaktiker km45ps, Recep und seine Frau Helga, Ottokars Betreuer Werner Liebmich und Schantal, mein Psychotherapeut Johannes und Frau Doktor Nietzschekenner, Doktor Gutdünken und seine Helferin, Frau Rostlaube und Doktor Hoffmann, Frau Ingeborg Lehrknecht-Ziegenbart und Opa Prizibilsky, Meister Viehtreiber und Igu, Oma Fischkopf und Opa Heinrich, seine beiden Hunde, der Polizist mit dem Schmerbauch und die Sado-Maso-Polizistin, der Fahrraddieb und der Detektiv sowie die lesbische und die japanische Filmgruppe das gleiche tun.

Das ist das häppigste Happy End aller Zeiten!!

Gemeinsam singen wir alle im Chor:

»Wir sind von Kopf bis Fuß auf Liebe eingestellt,
denn das ist unsere Welt
und sonst gar nichts ...«

Freitag, 8. April, 11:11 Uhr

»Osman, du hast doch nicht etwa allen Ernstes geglaubt, dass ich wirklich wieder hier einziehe und wir erneut zusammen sind?«, giftet Eminanim, als sie am nächsten Tag bei uns zu Hause vorbeikommt. »Ich will nur meine restlichen Sachen abholen. Dieses Theater habe ich doch gestern nur mitgespielt, um Mehmets Verlobung nicht zu versauen.«

Schockiert lasse ich mich in Renés Rollstuhl fallen. Hörbis Wiederkehr hat dem armen Kerl förmlich Flügel verliehen. Er kann wieder gehen; er schwebt regelrecht.

Aber im Grunde habe ich es doch immer gewusst!

Es ist vorbei!

»Es ist alles aus!«, *liest Eminanim die letzten Sätze aus meinem Tagebuch laut vor und klappt das Heft sichtlich erleichtert zusammen.*

»Osman, jetzt glaube ich dir, dass du mich tatsächlich immer noch liebst. Ich dich natürlich auch. Ich kenne dich doch, du bist so unkreativ, das alles hättest du nicht erfinden können, wenn du es nicht aus tiefstem Herzen empfunden hättest. Dein Tagebuch hat mich noch mehr überzeugt als die japanische Videokassette.«

»Für die Weitergabe der Videokassette muss ich mich ohnehin noch bei Mehmet bedanken. Übrigens, wo ist das glückliche, frisch verlobte Paar eigentlich hin?«, frage ich.

»Weißt du das denn nicht? Mehmet und Antoinette-Annkathrin sind heute Morgen nach Amerika geflogen. Sie wollen morgen in Las Vegas heiraten und dann die Flitterwochen auf Hawaii verbringen. Sie planen, sich bei Key West in Florida eine riesengroße Farm zu kaufen. Vielleicht auch die ganze Insel!«

»Mein Gott, das waren meine Lotto-Millionen!«

Osman Engin im dtv

www.osmanengin.de

»Bei Engin bekommen alle ihr Fett weg und den Spiegel vorgehalten. Boshaft, kritisch, ironisch und witzig.«
Ramesch

Kanaken-Gandhi
Roman
ISBN 3-423-20476-1

»Engin erzählt in seinem ersten Roman in rasantem Tempo die aberwitzige Geschichte einer Abschiebung. Der ›Kanaken-Gandhi‹ beweist, dass Engins Humor langstreckentauglich ist.« (taz)

Oberkanakengeil
Geschichten aus dem deutschen Alltag
ISBN 3-423-20631-4

Irrwitzige Geschichten des ungeheuer integrationsversessenen türkischen Mitbürgers, der nun – ausgestattet mit seinem deutschen Pass – im kulturellen Durcheinander verzweifelt nach Gewissheiten sucht.

GötterRatte
Roman
ISBN 3-423-20708-6

Engin, Meister der politisch unkorrekten Satire und liebevoller Spötter, lässt in diesem Roman seinen gleichnamigen Helden in